M000205575

Il Risveglio di Isabella

La bellezza non può dormire per sempre

di
Melissa Muldoon

tradotta da
Melissa Muldoon

con l'assistenza di
Beatrice Massaro

Matta Press · Austin

MelissaMuldoon.com

Illustrazione di Copertina, Disegno di Copertina,
Disegni e illustrazioni interne,
Stampa & Layout
A cura di
Melissa Muldoon

Matta Press
23030 Ranch Road 620 S., Suite 160-124
Lakeway, Texas 78734

Copyright © 2019 by Melissa Muldoon

Tutti i diritti riservati, inclusi i diritti di riproduzione di parti del testo
Per informazioni contattare Matta Press
2303 Ranch Road 620 S., Suite 160-124, Lakeway, TX 78734
MelissaMuldoon.com

Immagine di copertina a cura di Melissa Muldoon
Interior book design a cura di Melissa Muldoon

Stampato negli Stati Uniti d'America

1a Edizione
Muldoon, Melissa.
Il Risveglio di Isabella

Con Antico Ardore

A tutti color che amano
E cercano la bellezza
nei suoi mille volti

Agli Aretini e alla loro città che è
ricca a bellezza e tesori nascosti

Cari lettori,

Con piacere vi presento la traduzione di "Il Risveglio di Isabella," già pubblicato in inglese nel 2017 col titolo "Waking Isabella." Sono l'autrice di altri due libri scritti in inglese e ambientati in Italia, "Dreaming Sophia" e "Eternally Artemisia." Sono anche la Studentessa Matta— studio senza sosta la lingua italiana, e gestisco il sito StudentessaMatta. com per promuovere la lingua e la cultura italiana.

Ho ambientato "Il Risveglio di Isabella" ad Arezzo, perché mi sento a casa lì e perché volevo presentare agli stranieri la bellezza, la storia, e la giostra—una festa che in questa città affascinante, è vissuta in modo molto particolare. Quando parlo della giostra con persone di altre città d'Italia mi rendo conto che persino alcuni Italiani potrebbero imparare qualcosa di più su questo evento. Essendo americana, la storia è scritta dal punto di vista di una straniera, e include elementi che ho imparato durante i miei soggiorni lì. La storia è fiction, quindi tutti i personaggi sono inventati, ma i dettagli della vita di Isabella de' Medici, i santi, i luoghi, e le leggende sono veri.

Dopo la sua pubblicazione in inglese ho ricevuto molte richieste dalle persone che seguono il mio dual language blog e dagli amici Italiani— soprattutto gli aretini—che il libro venisse tradotto in italiano. Pensavo che oltre ad essere un omaggio ad Arezzo, sarebbe stato un altro modo di migliorare la mia conoscenza della lingua. Sicuramente nel corso della traduzione di "Il Risveglio di Isabella," ho imparato tante cose! Prima di tutto mi sono resa conto che fare una traduzione è come realizzare un'opera d'arte e qualche volta è difficile colmare il divario tra le due lingue. Dato che non sono una traduttrice professionista mi sono affidata all'esperienza di diversi consulenti italiani; alla fine, quindi la traduzione non è soltanto il frutto d'amore di questa studentessa matta ma, di un'intera squadra di madrelingua.

La mia protagonista Leonora direbbe che se ci si ferma e ci si guarda intorno, si scopre la bellezza nelle sue diverse forme, prima fra tutte la generosità degli amici.

Vorrei ringraziare di cuore:

Gloria Acerboni per i suoi instancabili sforzi e il suo incoraggiamento. Fin dall'inizio, durante la scrittura in inglese e poi durante la scrittura in italiano mi è stata sempre accanto.

Beatrice Massaro, l'ultima che ha letto tutto il testo per risolvere gli errori e per vedere se il testo fosse fluente e scorrevole in italiano.

Silvia Filipponi, Roberta Dalla Ricca, Ilaria Sclafani e Ilaria Navarra per i loro suggerimenti e contributi preziosi.

Grazie a tutti! Buona lettura!

Melissa Muldoon

L'arte è la menzogna che ci fa capire la verità

- Pablo Picasso

È stato stimato che 100.000 opere d'arte siano state depredate dai nazisti o comunque andate perdute durante la seconda guerra mondiale. Un gran numero di queste non è mai stato riconsegnato ai legittimi proprietari.

Isabella

Capitolo 1

Assassinio di una principessa

16 Luglio 1576

Quando Isabella si svegliò quella mattina con l'intenzione di lavare i lunghi capelli scuri non poteva immaginare che sarebbe morta prima che si fossero asciugati. China sul catino di porcellana, mentre versava acqua tiepida sulla testa per rimuovere le ultime tracce del sapone alla lavanda, pensava piuttosto al suo amante.

Alzandosi in piedi, gettò indietro la chioma ancora grondante, disegnando un arco d'acqua nell'aria che sgocciolò sulla fronte e sulla schiena. Si guardò allo specchio e sollevò il mento. Inclinando la testa leggermente all'indietro, studiò il suo naso e la curva del suo lungo collo. Soddisfatta del suo aspetto, e contenta di invecchiare bene nonostante si stesse avvicinando al suo trentaquattresimo anno, tirò la sua camicia da notte più stretta per osservare il resto del suo corpo.

Il lino sottile, ora bagnato, le si era appiccicato addosso, rivelando le forme di una donna che pure aveva già partorito due figli. Si passò una mano di lato, lungo i fianchi, e un sorriso le si allargò sul viso mentre pensava a colui che di recente aveva tracciato con le sue dita il profilo nudo del suo ombelico.

Raccogliendo la lettera che il nano Morgante aveva lasciato sul tavolo accanto al suo letto, lesse la prima riga.

«Mia cara signora, sei il mio pensiero più bello che mai mi abbandonerà».

«Ah, il mio caro amore, Troilo», pensò nostalgicamente. *«Quanto mi manchi!».*

Dalla finestra aperta, sentì le foglie fruscianti delle querce che circondavano la villa in cima alla collina. Posò la mano su una delle persiane di legno e da quel punto di osservazione privilegiato, riusciva ad ammirare i riflessi violacei ed offuscati delle valli toscane che correvano verso il mare. Quella era la sua terra. Lo sapeva bene, ne aveva esplorato ogni valle ed ogni cima a cavallo.

Chiuse gli occhi e ricordò un momento di gioia pura. Mentre galoppava attraverso le pianure, sentendo il vento che le accarezzava le guance e le scompigliava i capelli. Il suo sguardo fisso aveva visto con piacere Troilo saltare oltre un tronco riverso a terra e avvicinarsi con rapidità. Chiamandolo, l'aveva sfidato: «Dai! Prendimi se puoi, mio caro signore!»

Sebbene fosse stata lei a prendere l'iniziativa, Troilo era un abile cavaliere, suo pari in tutto e per tutto. Quando era saltata su, sapeva bene che l'avrebbe raggiunta subito. O forse voleva essere presa, ecco perché aveva tirato le redini. Raggiunta la cima, respirando a fatica, aveva aspettato che Troilo si fermasse accanto a lei. Accostando il suo cavallo a quello di lei, si era chinato e l'aveva baciata intensamente sulla bocca.

Isabella rise di piacere al ricordo. Ma rileggendo di nuovo la lettera, la sua gioia svanì in un attimo.

«Ho una paura terribile. Temo per te, mia amata signora. Le maree stanno cambiando. Ci sono vipere in seno alla tua famiglia e si preparano a mordere».

«Sono un branco di pazzi», disse ad alta voce, come se Troilo potesse sentirla. «Subdoli e affamati di potere! Quando tornerò a Firenze, convincerò Francesco a consegnarmi i soldi che mio padre mi ha promesso».

Ovvero, se fosse riuscita a strappare il nuovo duca dalle grinfie della sua puttana veneziana. Scosse la testa disgustata e riportò la sua attenzione sulla lettera di Troilo.

«Amore mio, l'ora è disperata ed è giunto il momento che tu e i bambini partiate. Devi lasciare tutto immediatamente e venire con me in Spagna. Non c'è tempo da perdere. Ti aspetterò a...

Isabella rimase immobile e nel silenzio sentì il rumore di un'asse del pavimento scricchiolare leggermente. I suoi occhi attraversarono la stanza e sapeva benissimo che qualcuno si trovava dall'altra parte della porta di quercia. Scrutando attentamente la porta, osservò la maniglia che girava lentamente prima a destra e poi a sinistra, ma il chiavistello non si mosse. In precedenza aveva ordinato a Morgante, prima che se ne andasse, di chiudere a chiave le porte della sua camera in modo che nessuno potesse entrare senza il suo permesso.

Si fermò, in attesa di vedere cosa sarebbe successo dopo. Ma tutto era tranquillo dall'altra parte. Solo il ticchettio dell'orologio sul camino rompeva il silenzio nella stanza. In piedi, con addosso solo la leggera sottoveste di lino, Isabella rabbrividì involontariamente per la fredda brezza mattutina che entrava dalla finestra aperta. Mentre aspettava, sentì un brivido di paura lungo la schiena e avvertì un primo attacco di panico.

Mentre il tempo passava e non accadeva nulla, si sedette cautamente sul letto, cercando di stabilizzare il suo cuore agitato. Dal cortile, appena fuori, sentiva le parole dello stalliere che cercava di calmare i cavalli. Quel tono ebbe un effetto magico anche su di lei, e così riacquistando la sua compostezza, si alzò in piedi in tutta la sua regale altezza.

Scostando le ciocche di capelli umidi dal viso, si guardò di nuovo nello specchio e ricordò a se stessa: «*Non c'è nulla da temere. Io sono una Medici. Non sono forse la figlia di Cosimo ed Eleonora? Nessuno oserebbe mai farmi del male*».

Alla ricerca di una conferma, Isabella guardò il dipinto sul muro che la ritraeva con la sua amata mamma. Adorava quel quadro e lo portava con sé ovunque andasse. Anche se sua madre era morta da molti anni, quando Isabella guardava quella immagine, sentiva ancora il forte legame tra loro due. Le dava forza ricordare a se stessa la donna bella e intelligente da cui discendeva. Sembrava che gli oggetti sopravvivessero al tempo più facilmente delle persone, e Isabella sapeva che finché avrebbe avuto quel dipinto con sé, anche lei sarebbe sopravvissuta attraverso i secoli.

In quel momento di insicurezza e di panico aveva bisogno del coraggio di sua madre più che mai. Posando lo sguardo sul suo viso candido, disse: «*Sono tua figlia, e seguirò i tuoi insegnamenti, mamma. Insieme affronteremo tutto questo. Non lascerò che loro...*», le parole di

Isabella svanirono sulle sue labbra al suono di un pugno che batteva alla sua porta.

«Isabella, fammi entrare. Dobbiamo parlare».

«Ah, quindi *sei* tu, Paolo», rispose lei, cercando di mantenere un tono distaccato. «Sapevo che potevi essere tu lì fuori appostato nel corridoio. Stavo iniziando a chiedermi quando si sarebbe fatto vedere mio marito».

«Apri la porta, Isabella», ripeté. «Ho ricevuto un messaggio da Cafaggiolo e ho notizie di tua cugina Leonora».

«E quali notizie potrebbero mai essere, tanto da indurti a battere sulla mia porta come un barbaro?»

«C'è stato un incidente», disse Paolo piano attraverso la porta chiusa. «Leonora è morta. Tua cugina è morta».

Il respiro di Isabella le si bloccò in gola. Immediatamente la sua spavalderia si sciolse, e lasciò il posto alla bile che invase il suo stomaco. Afferrò il catino di porcellana per reggersi in piedi. Quando si scorse nello specchio, rabbrividì al suo riflesso. Non riconosceva più la donna che vi si rifletteva. Gli occhi erano come buchi neri in una maschera grigio cenere, era come se un fantasma la stesse fissando.

Quando i colpi sulla porta ricominciarono, Isabella strinse istintivamente al petto la lettera di Troilo. Sapeva già che ne sarebbe scaturita una lite se Paolo l'avesse scoperta. Attraversando la stanza, si inginocchiò davanti ai cassetti in legno. Li toccò uno dopo l'altro, li conosceva a memoria, e alla fine ne aprì uno piccolo, lì in fondo. Baciò delicatamente la pergamena, poi infilò la lettera nel cassetto.

Appena udì la porta della sua camera aprirsi, si alzò e si voltò di scatto. La figura massiccia del marito riempiva lo spazio della porta, nella sua mano destra reggeva una chiave. La faceva oscillare lentamente seguendo il ticchettio dell'orologio che ora si udiva nuovamente. Alla vista dei capelli umidi di sua moglie e della sua poco sobria biancheria, le sue labbra carnose si trasformarono in uno sguardo malizioso.

«Vedo che sei adorabile come sempre, anche se poco vestita. Ti sei fatta bella per me? Vieni nel mio caldo abbraccio e saluta correttamente il tuo marito».

Quando Isabella alzò le braccia e le incrociò protettivamente sui seni, Paolo ridacchiò. Felice di averla colta alla sprovvista, fece un passo verso di lei. Per evitarlo, Isabella si scansò, ma nonostante la sua mole, lui era troppo veloce per lei. L'afferrò per i capelli e la sbatté contro il bacile, facendo cadere la brocca sul pavimento. Imprigionata nel suo rozzo abbraccio, sentì le sue dita umide premere sulle sue braccia nude e la puzza del suo alito. Il suo stomaco si rivoltò di nuovo e sentì salire il vomito.

«Lasciami! Non toccarmi!»

Gli girò le spalle e tentò di sollevare un ginocchio per infliggergli un colpo potente. Prima che ci riuscisse, lui la fermò con un duro colpo.

«No, non farlo, dolcezza», l'avvertì in tono minaccioso. «Vieni. Sono passate due settimane da quando ci siamo visti l'ultima volta. Non hai parole gentili o baci per me? Li hai sprecati tutti per Troilo?»

Quando sentì il nome di Troilo, Isabella si bloccò.

«Ah, sì... ora mi dai retta. Non sono un idiota. Non sono così sciocco come pensi. Sono ben consapevole di come mi hai preso in giro, di come mi hai ingannato per anni. Con mio cugino, per giunta! Pensavi che io fossi così cieco da non sapere che non erano figli miei? I bambini che avevamo concepito morirono nel tuo grembo e furono lavati via dal tuo sangue. Invece, con lui, ci sei riuscita».

Trascinandola brutalmente verso il letto, la spinse e si buttò su di lei. «Sicuramente puoi condividere anche con me il tuo frutto maturo». Accarezzandole la guancia, continuò: «Vi siete presi gioco di me. Tu con la tua ridicola tresca, e il tuo caro papà che mi elargiva con parsimonia briciole della sua fortuna».

Con respiro affannoso, aggiunse: «Ma tanto per cambiare, ho io il coltello dalla parte del manico. E credimi, ora che Cosimo è morto, ho intenzione di farvela pagare».

Isabella ricominciò a lottare, e le diede una brutta scossa, e la sua testa andò all'indietro. Sollevando una mano, scostò i capelli bagnati che le erano ricaduti sulla fronte. «Ecco, ecco, amore mio. Se non la smetti, renderai solo le cose più difficili».

Al suo tono, Isabella socchiuse gli occhi e lo guardò con aria di sfida. «Mi fai schifo. Mi disgusti», disse. «Sei sempre stato un uomo gretto. Hai sempre avuto in mente un'unica cosa: godere e tormentare le donne».

Un sorriso malizioso si allargò sulla faccia arrossata di Paolo, come se ciò che lei aveva appena detto lo eccitasse. «Ah, ma non hai ancora capito, allora? Pensi che agisca da solo? Per carità, no, stupida donna! Francesco mi ha mandato qui oggi per occuparmi della miseria dei Medici. Le mie istruzioni sono di sottometterti e assicurarmi che tu sia punita severamente».

Appena sentì il nome di suo fratello, Isabella girò la testa di lato. Paolo alzò la mano e voltò il viso di lei verso il suo, mentre con la lingua le leccava il collo. «Ah, hai ancora un dolce sapore, amore mio». Le sue dita pesanti le pizzicarono la guancia, e lei si dimenò sotto il suo peso soffocante. Quando lui si spostò leggermente, lei liberò un braccio e tirò fuori le unghie, graffiandolo.

«Puttana! Miserabile donnaccia», gridò Paolo mentre il sangue gli scorreva lungo il collo.

«Mia signora, mi avete chiamato? Avete perso qualcosa? Pensavo di aver sentito un rumore. Siete...?»

Allungando il collo, Paolo ridacchiò quando vide Morgante in piedi sulla soglia. Isabella urlò al nano di aiutarla ma Paolo le coprì la bocca, soffocando le sue grida. Morgante rabbrividì, incapace di salvarla, paralizzato come servo del suo padrone. Sapeva che se avesse alzato una mano per aiutare la sua padrona, sarebbe stato ucciso all'istante.

«Vattene! Via! Esci da qui», gridò Paolo. «Non c'è bisogno di te qui, mezzo uomo». Quindi, afferrando e bloccando il braccio di Isabella, strappò via la sottoveste che le fasciava il corpo. Si buttò su di lei, la penetrò brutalmente. Spinse più e più volte, trafiggendola selvaggiamente e godendo della sua sofferenza. Isabella si dimenò da una parte all'altra ma, con le braccia bloccate, tutto quello che riuscì a fare fu morderlo sul collo. Paolo reagì colpendola con il dorso della mano.

Sussurrandole all'orecchio, Paolo la tormentava crudelmente: «Non c'è nessuno qui a proteggerti. Non c'è Troilo qui a difenderti, dolcezza mia. Pensi che ti sia rimasto fedele, che gli sia perfino importato qualcosa? È solo un servo al soldo di tuo fratello. Suvvia... Forse mio cugino può essersi infatuato delle curve sensuali del tuo corpo da prostituta, ma il tuo fascino non è nulla in confronto ai soldi offerti dai tuoi parenti. Troilo è un vigliacco, ha preso il bottino e ora sta scappando in Francia per salvarsi la pelle».

Isabella era priva d'interesse per l'uomo a cui era stata promessa in sposa a undici anni e che aveva sposato a sedici. Lo vide per quello che era: un uomo brutale, uno spaccone e un bugiardo. Per tutta la sua vita era stato Paolo, il duca Orsini, e aveva fatto tutto ciò che suo padre e i suoi fratelli avevano chiesto, era sempre stato una pedina nei giochi di potere dei Medici. In quel momento, mentre esaminava la faccia rossa e furibonda di Paolo, sapeva che stava mentendo su Troilo, eppure, nel momento stesso in cui aveva menzionato il suo nome, qualcosa dentro di lei era morto.

Disgustata dalla sua brutalità, ancora imprigionata sul letto sotto il suo peso, gli sputò addosso e osservò con piacere mentre lui si ritraeva per asciugarsi la guancia con l'angolo di uno dei suoi cuscini di pizzo.

Paolo, vedendo la paura che prima aveva offuscato gli occhi di sua moglie sostituita ancora una volta dal suo altero disprezzo, prese il cuscino ricamato con lo stemma di famiglia e glielo premette sul naso e sulla bocca. «Credi forse, poiché sei una Medici, che le tue azioni resteranno impunite? Bene, mia cara, niente è per sempre. Te la sei cercata, tu e i tuoi modi arroganti. Sei stata così sciocca, amore mio, a pensare di poter giocare allo stesso gioco di un uomo e vincere».

Quando lui iniziò a soffocarla con forza, Isabella cominciò a tirare calci, ma ben presto lo sforzo le tolse ogni forza. Non appena Paolo sollevò il cuscino dal suo viso, lei sentì il peso del corpo di suo marito spostarsi e provò un enorme sollievo. Aveva sete d'aria, che respirò a grandi boccate ma dovette tossire violentemente. Quando ritornò in sé, Isabella cercò di rotolare giù dal letto, ma il suo corpo era come paralizzato si sentiva come se un cavallo da tiro l'avesse calpestata. Si fermò per un attimo, affaticata, pensando che ormai la sua umiliazione e la sua punizione fossero finite e che Paolo l'avrebbe lasciata in pace. Attendeva di sentire che la porta sbattesse, che lui fosse andato via.

Ma sbagliava. Lui rimase nella stanza, e lei lo sentì respirare pesantemente a pochi passi di distanza. Con voce rauca, sussurrò: «Cos'altro c'è, Paolo? Volevi la tua vendetta... ora vattene».

Con una lieve risata, Paolo rispose: «Oh, carissima Isabella, mi stavo solo riscaldando». E pacatamente aggiunse: «È ora che tu ti unisca a Leonora».

All'udire il nome della sua amata cugina, una lacrima scivolò sulla guancia di Isabella. Pensò con disperazione ai preparativi che avrebbe dovuto fare per il suo funerale. Improvvisamente, il significato delle parole appena pronunciate da Paolo rendevano chiaro il suo dolore. Isabella aprì lentamente le palpebre pesanti e mise bene a fuoco ciò che lui si preparava a fare. Il dolore si trasformò rapidamente in orrore mentre lo guardava staccare dal muro il ritratto di lei e di sua madre.

Passando la mano sulla superficie della tela, lui la schernì: «Temo che, dopo oggi... beh, non avrai più bisogno di questo. È un vero peccato. Sei così bella, lo sai. Peccato che anche questo debba essere distrutto».

Radunò tutte le sue forze, Isabella si tirò su e ordinò: «Non toccarlo! È mio e solo mio! Ti farò...».

Paolo la interruppe con una risata cattiva. «Che *cosa* intendi fare tu esattamente, mio piccolo animaletto impaurito? Isabella, non vedi? Non hai più alcun controllo su di me. Per quanto riguarda questo», disse guardando il dipinto, «lo restituirò a tuo fratello come prova che il nostro...» Le sorrise di nuovo: «il nostro piccolo lavoro è stato portato a termine. Sono sicuro che lo vedrà come un trofeo. Sarà la prova della sua autorità su di te... se non lo distruggerà prima».

«Paolo, basta! Io...»

«Zitta Isabella, mi hai stancato, e devo davvero sbrigarmi perché ho altre cose da fare stamattina». Guardando verso il soffitto, fischiò forte. Dall'alto, si sentì il fruscio di passi. Seguendo la direzione del suo sguardo, Isabella vide che un piccolo foro era stato praticato attraverso il soffitto sopra il suo letto. Non l'aveva mai notato, e ora lo guardava con panico crescente mentre una sottile corda veniva spinta in basso. I suoi occhi si spalancarono ulteriormente quando vide Paolo afferrare la corda, dare un forte strattone, e iniziare a dare forma a un cappio.

Sembrava che suo marito, un esperto cacciatore, avesse pensato a tutto. Aveva preparato una trappola crudele per catturare la sua preda. Annaspò verso Paolo, incredula, realizzando appieno, per la prima volta, che intendeva ucciderla. Era davvero così crudele?

Il momento successivo si dimostrò persino privo di morale o di coscienza mentre le infilava a forza la corda attorno al collo e stringeva il nodo. Isabella tentò di reagire, ma mentre veniva sollevata inerme, la corda cominciò a stringere, schiacciando il suo collo sottile, spazzando via il respiro che alimentava la sua vita. Mentre il dolore aumentava, lei era piena di inesorabile tristezza. Il suo unico crimine era stato quello di essere una donna e di vivere con audacia e, per questo, era stata punita.

Capì che uccidendola, distruggendo il suo ritratto e spargendo menzogne sul suo conto, loro erano in grado di riscrivere la storia.

Cancellare una vita significava uccidere un piccolo pezzo di bellezza; nessuno dovrebbe avere questo tipo di potere su un altro essere vivente.

La sua vita, perfetta nella sua imperfezione, non era stata vissuta invano. Era stata una donna importante e aveva amato profondamente. Nessuno avrebbe mai potuto toglierle questo. Prima di perdere conoscenza, sentì la presenza di sua madre e il leggero tocco della sua mano. *«Isabella, cara bambina, ricorda, ogni vita tocca quella di un'altra, influenzandola e ispirandola»*.

Sulla soglia degli inferi, Isabella chiuse gli occhi per dormire per sempre, confortata da questo pensiero finale. Per quanto avessero potuto provarci, non l'avrebbero mai cancellata del tutto. Lei non lo avrebbe permesso. Una parte di lei sarebbe rimasta e, a tempo debito, qualcuno l'avrebbe ricordata... e la bellezza sarebbe stata risvegliata.

Capitolo 2
Navi fantasma
Aprile 2010

*L*a nebbia che aveva avvolto il villaggio di Half Moon Bay stava iniziando a diradarsi. Nora alzò gli occhi al cielo plumbeo e fu rincuorata quando vide un raggio di sole squarciare la foschia di un mattino californiano. Era ancora presto, si sentì orgogliosa di se stessa per aver avuto l'idea di alzarsi all'alba per trovare un buon parcheggio vicino alla strada principale. La fiera dell'antiquariato primaverile di Half Moon Bay, una vivace comunità balneare a sud di San Francisco, attirava gente da tutta la penisola, alla ricerca di tutto, dal vetro artigianale ai mobili fatti a mano.

Nora aveva fiuto per le cose particolari ed amava l'antiquariato, ma oggi non era lì per piacere. Aveva un compito preciso. Era alla ricerca di mobili per arredare la casa di Palo Alto che voleva rivendere. Voleva dare alla casa l'aspetto di un posto vissuto e curato da due persone che si amavano, anche se in realtà lei e Richard avevano fallito in questo.

Mentre Nora si avvicinava a Kelly Avenue, vide che la via principale che conduceva alla spiaggia era bloccata. Normalmente, era piena di automobili e camioncini. Oggi era invasa da bancarelle e venditori di cibo da strada. Inspirando, Nora arricciò il naso con disgusto per il forte odore di popcorn al burro, salsiccia piccante e pane fritto. Alle nove del mattino, non era pronta per un pasto così grasso, perciò si fermò in un caffè all'angolo e ordinò un macchiato da portar via.

Nonostante fosse un doppio espresso, il sapore era scialbo e amaro. Solo alcuni sorsi, poi Nora gettò il bicchiere nella spazzatura. Mentre il sole si alzava più in alto, il numero di acquirenti continuava ad aumentare e, con decisione, si spinse attraverso la folla. Mentre passava le bancherelle, ammirava l'eclettico assortimento in vendita e i tavoli pieni di giacche di feltro fatte a mano, ornamenti in vetro colorato e campanelli eolici.

Finora era stata brava e aveva camminato tra i venditori rifiutandosi di farsi attrarre da un acquisto capriccioso, ma non poté fare a meno di fermarsi di fronte a un tavolo con vestiti per bambini e neonati. Con delicatezza prese un minuscolo abito a punto smock delicatamente ricamato e tastò la stoffa, ammirando il disegno carino delle coccinelle rosse. C'era stato un tempo in cui avrebbe accumulato tanti vestiti come quelli, ma ora no. Lei posò giù il pezzo delicato, si voltò e continuò a camminare per la strada.

Cercò di rimanere concentrata sulla sua commissione e svoltò in una strada laterale diretta alla sezione dei mobili usati. Ma dopo un po' i suoi passi vacillarono ancora una volta quando vide un venditore che vendeva gioielli artigianali. Si avvicinò allo spettacolo di gemme dai colori vivaci e prese un paio di orecchini con una pietra rossa e se lo portò all'orecchio. Inclinando la testa da un lato all'altro, ammirò l'effetto nel piccolo specchio sul bancone. Era dotata di occhio artistico e critico, perché anche lei era una designer di gioielli.

No, non proprio, ricordò a se stessa. Era solo un'aspirante artista— il design dei gioielli era solo una moda del momento all'università. In realtà, era una ricercatrice a Stanford. Era quello che raccontava alla gente quando veniva loro presentata per la prima volta perché all'apparenza sembrava un lavoro piuttosto gratificante ed importante. Ma al momento non era nient'altro che un'assistente qualunque che controllava i testi per gli altri e il lavoro non era poi così appagante o creativo.

C'era stato un periodo, però al college, quando Nora era stata piuttosto presa dall'idea di diventare un'orafa. Aveva sperato che i suoi genitori si sarebbero sentiti elettrizzati come lei quando al telefono li aveva inondati con le sue chiacchiere, dicendo... come, gli aveva detto? Che aveva trovato la sua "vera vocazione" e "autentica voce creativa."

Invece di essere contenti, i suoi pensarono che stesse tirando fuori qualche idiozia new age, inseguendo un sogno irrealizzabile. «Sii realista, Nora», avevano risposto pazientemente. «Devi concentrati sulla laurea in storia, affinare le tue capacità di ricerca e trasformarle in un lavoro ben pagato. Non puoi buttar via tutta quell'educazione e ricominciare tutto da capo.»

Un po' a malincuore, Nora aveva capito il loro punto e si era laureata, pensando che sarebbe stata un'insegnante o forse avrebbe trovato un lavoro in un museo d'arte. Sembrava, tuttavia, come al college, che la sua passione e il desiderio di creare non potevano essere dissuasi. Durante il suo primo anno, seguì un corso di documentario e aveva stupito il suo professore con le sue capacità di videografia. Aveva sempre avuto un'innata capacità di percepire i sentimenti e le energie delle altre persone, facendoli prendere vita nella sua mente. Li componeva con la sua abilità naturale per la messa in scena e il suo talento per il teatro, e aveva creato una serie impressionante di cortometraggi.

Oltre ad essere considerata una nuova promettente documentarista, rivale di Sofia Coppola, grazie alla sua abilità nel rintracciare le informazioni più nascoste, Nora si era guadagnata un'ottima reputazione come eccellente ricercatrice. Sembrava che la sua mente fosse piena di informazioni irrilevanti ma, una volta iniziato, lei poteva parlare per ore delle sedie Curule italiane del XVI secolo, dei comò francesi e delle ceramiche di Delft. Senza battere ciglio, lei poteva intrattenervi con aneddoti sul simbolismo nei dipinti del Quattrocento, che spesso sfuggivano allo spettatore moderno.

Per alcune persone e per la maggior parte dei suoi amici, questi argomenti potevano essere d'effetto durante una festa, ma difficilmente le avrebbero procurato un lavoro nella Silicon Valley. Tuttavia, il suo consigliere di laurea aveva riconosciuto il suo talento e le aveva detto che non c'era nulla di sbagliato nell'essere un "custode del passato." Per motivarla ulteriormente, le aveva detto che l'avrebbe ingaggiata una volta conseguita la tesi.

Prendendolo in parola, aveva completato il dottorato e si era recata in Italia per finalizzare la ricerca sulla moda e sui gioielli indossati dalle donne nei dipinti del Rinascimento. Mentre era lì, passò lunghe ore nella Galleria degli Uffizi a studiare quadri e nella Biblioteca Nazionale a prendere appunti. Ma i momenti più memorabili furono quelli trascorsi nello studio del signor Martelli, un gioielliere fiorentino. All'epoca, pensava che fosse un'idea geniale. Quale modo migliore per capire l'arte del fare gioielli d'oro che imparare da un artigiano italiano che ha creato fedeli riproduzioni delle collane e degli orecchini indossati dalle stesse donne di cui stava scrivendo?

Lavorare con metalli rari e gemme semipreziose aveva risvegliato le sue passioni creative, e pensò seriamente di lasciar perdere la sua tesi per rimanere a Firenze e continuare il suo apprendistato. Ma, come in passato, non andava bene per i suoi, e loro le avevano consigliato di tornare negli Stati Uniti, ricordandole che aveva un lavoro sicuro che l'aspettava.

Mise via gli orecchini ma pensò che, *comunque, vivere a Firenze sarebbe stato...*

«Ehi, posso esserti utile?»

Alzando lo sguardo, Nora vide un uomo con disegni colorati inchiostrati sulle braccia che si stava rivolgendo a lei. «Ti faccio un buon prezzo se ne acquisti più di due».

Nora toccò un'etichetta attaccata a una collana e scosse la testa. Il design non era poi così originale e l'artigianalità era un po' sciatta. «Mi dispiace, non oggi», sorrise debolmente. «Sto solo curiosando.» Quando vide che il tipo ci era rimasto male, per essere gentile e per non offendere, mentre si voltava per andarsene, aggiunse: «Complimenti per i tatuaggi».

Mentre tornava in strada, pensò che se si guarda bene, la bellezza la si può trovare nei posti più insoliti. Girandosi un po' troppo velocemente, urtò una donna che spingeva un passeggino. Quando il bambino iniziò a piangere, si scusò profusamente. Ultimamente, sembrava che dovesse chiedere perdono a tutti.

All'improvviso gli effetti dell'essersi svegliata così presto incominciarono a farsi sentire. Guardando l'orologio, vide che erano appena le dieci, ma i passaggi tra gli stand erano già intasati di acquirenti. In mezzo a tutta quella folla, sentì un'ondata di stanchezza piombarle addosso. La caccia all'affare le sembrò improvvisamente troppo dura e si sentì mancare l'aria. Aveva bisogno di un momento per recuperare il suo equilibrio, perciò si mise la borsetta a tracolla e si fece strada attraverso la folla, dirigendosi verso la spiaggia.

Scivolando fuori dai sandali, camminò a distanza dalla riva, guardando svogliatamente le onde che si infrangevano, ipnotizzata dal loro suono. Mentre la marea in ritirata trascinava i detriti verso il mare, lei contemplò un uccello appollaiato in equilibrio precario sopra una boa. Nora prese il telefono, inquadrò la scena e scattò una foto. Ritoccò e migliorò l'immagine e, dopo averne apprezzato l'effetto, si chiese se fosse il caso o meno di pubblicarla su Facebook.

«Oh, cavolo!», pensò. Sebbene pensasse il contrario, nella didascalia scrisse: *più alto vola il gabbiano, e più vede lontano*, e la pubblicò.

Svogliatamente controllò la sua home, ma non vide niente di interessante, solo un mucchio di foto di gatti e bambini sorridenti e un paio di banalità trite e ritrite. Non riusciva a credere che si stesse lasciando trascinare di nuovo dai social media. «Oh, Nora! Che succede? Sei patetica».

Ultimamente si sentiva malinconica e vulnerabile, e non sembrava che le cose stessero migliorando. Si rese conto che la maggior parte dei suoi consigli di vita proveniva dai *meme* e dai saggi filosofi di Facebook, e prese seriamente in considerazione l'idea di cercare l'aiuto di un professionista.

Stava per gettare il telefono nella borsetta quando sentì il tipico *ding* che annunciava una richiesta di amicizia. Inclinando lo schermo per contrastare il bagliore del sole, Nora vide che il nome del mittente era Juliette Laurent.

Aprì il messaggio, e lesse: *"Ciao Nora! Ehi, ho appena visto il post sul gabbiano. Sembra che tu te la stia cavando bene in California. È passato molto tempo, sentiamoci! Se il tuo francese fa ancora schifo, possiamo sempre chattare in italiano!"*

Nora fece una smorfia, pensando che probabilmente avrebbe dovuto impostare meglio la sua privacy. Ma era comunque contenta che la sua immagine del gabbiano fosse volata attraverso l'oceano fino a Vouvray, in

Francia, dove viveva Juliette. Un tempo, erano state coinquiline a Firenze e avevano condiviso un appartamento a Le Cure, il quartiere a nord della città, vicino allo stadio di calcio.

Ripensò con affetto alla sua amica. Juli era stata lo yin del suo yang; si completavano a vicenda. I capelli biondi della sua amica e il suo fisico alto e slanciato erano stati il perfetto opposto dei lunghi capelli scuri e della figura minuta di Nora, e mentre lei aveva lavorato come apprendista gioielliera, Juliette aveva fatto pratica con un commerciante di vini italiano.

Guardando il suo telefono, si chiese se non fosse una specie di segno. Nel corso degli anni, Nora aveva relegato l'Italia nel fondo della sua mente. Ma ultimamente ovunque si voltasse qualcosa le riportava alla mente il periodo che aveva trascorso lì, come quella mattina alla bancarella di gioielli o la settimana prima nel magazzino all'ingrosso del suo quartiere.

Si era fermata per comprare un'enorme confezione di rotoli di carta per la cucina e del detersivo per il bucato. Invece di una toccata e fuga, come aveva previsto, era stata ipnotizzata da giganteschi monitor televisivi che continuavano a rimandare immagini sensazionali della Toscana. Era rimasta inchiodata, a osservare le immagini passare e ripassare di continuo. Era stata colta da un profondo rammarico e da un doloroso desiderio, tanto da aver addirittura dimenticato il motivo per cui era entrata nel negozio.

Mettendosi gli occhiali da sole in testa, Nora rilesse il breve messaggio dell'amica e sorrise. Il solo vedere il nome di Juliette le ricordava un tempo in cui aveva usato un altro linguaggio e non aveva avuto paura di fare delle scelte, viaggiare per il mondo e prendere le cose come venivano.

Dopo essere tornata a casa, in California, e aver iniziato a frequentare Richard, le due amiche avevano perso i contatti. Quasi non le sembrava possibile che fossero trascorsi sette anni da quando tra i binari della stazione di Santa Maria Novella aveva salutato la sua vecchia coinquilina. Come era possibile che fosse passato così tanto tempo e che fine avevano fatto i ragazzi che avevano frequentato? Li immaginò tutti già sposati con belle donne italiane e con due o tre figli ciascuno.

Piuttosto incuriosita, Nora si connesse con Juliette e iniziò a scorrere la sua home. Si aspettava di vedere che era tornata in Francia, ma con sua grande sorpresa, la pagina Facebook di Juliette era piena di immagini dell'Italia. «Bene, ora, vediamo cosa hai fatto durante le tue vacanze, Mademoiselle Laurent». Inclinando il telefono per vedere meglio lo schermo, lesse a voce alta nomi di città, "Firenze, Montepulciano, Lucca, Arezzo."

Con agitazione mosse i suoi piedi, sentendo la sabbia fredda e sciolta tra le dita dei piedi, incapace di mandare via un improvviso forte sentimento—come di un amore non corrisposto. Ogni collina toscana, ogni cascina, e ogni volto sorridente sembravano per Nora un continuo invito a curiosare ancora un po' nella vita della sua amica. Ma invece che appagare la sua voglia matta di rivedere l'Italia, la innervosirono e si sentì come se stesse ascoltando una conversazione che non riusciva completamente a comprendere. Era frustrante.

Nora continuò a scorrere le immagini, ma si fermò quando arrivò a una foto della sua amica che indossava dei jeans sporchi e un cappello di paglia, in piedi in un vigneto tra due uomini. Capì istintivamente che erano italiani, per via di quel loro modo di essere semplici che traspariva anche in jeans e t-shirt. Uno aveva lunghi capelli scuri ed era ben rasato; l'altro aveva un accenno di barba e capelli mossi.

All'improvviso Nora si rese conto che non erano foto da turista. Guardando la descrizione del profilo di Juliette, lesse: *"Lavora presso Urlo alla Luna. In una relazione con l'Italia".*

Nora ricadde nella sabbia. Juliette non era in vacanza in Italia. Viveva lì... lavorava in una azienda vinicola in Toscana!

Tenendo il telefono davanti al suo viso, studiò di nuovo l'immagine, e notò che uno degli uomini abbracciava Juliette. Il titolo della foto era: *"Innamorata di Arezzo... ma sono impegnatissima con questi due!"* Il post era seguito da emoji di bicchieri di vino e faccine, e aveva taggato due nomi: @MarcoOrlando e @GDonati.

Nora sentì il sapore dell'invidia. Le sembrava di inghiottire l'ultima goccia del caffè amaro che aveva buttato via poco prima. Ad alta voce sussurrò: «Quella dovrei essere io».

Da dove veniva quel pensiero? Malcontento... rimpianto? Ma quella sensazione non era solo la tipica invidia provocata da Facebook, dove si finiva per desiderare di essere in una delle immagini di vita perfetta postate da qualcun altro. No, era diverso. Le foto di Juliette riportavano a galla qualcosa che aveva a lungo taciuto e negato a se stessa. Senza sosta, si chiese come sarebbe stata la sua vita se avesse fatto scelte diverse. E se fosse rimasta in Italia, e se non fosse tornata a San Francisco? E se lei non si fosse mai sposata?

Si fermò un attimo e quell'ultima domanda indugiò nella sua testa. Se non avesse sposato Richard, che tipo di persona sarebbe stata adesso e che cosa avrebbe fatto?

Nora ripensò alla prima volta che aveva incontrato Richard. Ricordava i loro primi giorni al culmine della felicità quando avevano parlato di viaggiare e vedere il mondo. Alla fine, i loro piani da giramondo non si erano mai realizzati. Al contrario, suo marito l'aveva convinta a dedicarsi alla vita domestica, a comprare una casa e a coltivare un orto.

Sebbene avesse preferito trovare il tempo per tornare a studiare design... o trasformare i tanti appunti che aveva scritto nel corso degli anni in un libro suo... o realizzare video dalle idee che le riempivano la testa, aveva deciso di non rischiare. Invece di realizzare i suoi sogni personali, era rimasta con il suo ben pagato, se non banale, lavoro di ricerca per contribuire con la sua quota al mutuo.

Poi c'era stata tutta una serie di problemi relazionali. Anni prima aveva avuto alcuni aborti agli inizi `della gravidanza ed era stata colta da un grande senso di inadeguatezza e di tacita colpa. Dopo molte discussioni irrazionali e notti agitate trascorse in silenzio, piuttosto che affrontare le loro differenze e le loro delusioni per rafforzarsi, la loro relazione prese una piega verso il basso. Fino alla fine quando si era svegliata, un giorno, e si era resa conto che era estremamente depressa, una depressione che si trasformò in letargia, e con il passare del tempo, non le piaceva la persona che stava diventando.

Si rese conto che non poteva continuare così, e osando di reinvestire in se stessa, aveva chiesto una pausa, aveva bisogno di un po' tempo da sola per sistemare i suoi sentimenti. Ma, mentre le settimane scivolavano in mesi, durante i quali Richard calmava il suo orgoglio flirtando con una nuova tresca amorosa, la separazione si trasformò in qualcosa di inevitabile, e decisero di porre fine al loro matrimonio.

La decisione l'aveva devastata, ma lei aveva dovuto lasciarlo andare. Se Nora era onesta con se stessa, nel profondo sapeva che non lo aveva amato abbastanza da lottare per lui o per il loro futuro insieme. Ricordò a se stessa che meritava qualcuno che invece lo avrebbe fatto.

Nora mise una mano davanti agli occhi e guardò l'oceano. Fu allora che la vide. Davanti a lei c'era la sua nave fantasma... era la vita che non aveva scelto, e che seguiva una rotta parallela a quella che lei stava percorrendo ora. Guardandola, si sentì piena di rimpianti. Non avrebbe mai saputo come sarebbe stato vivere quell'altra vita, piena di difficoltà, gioie e dolori.

Ascoltava le onde che si riversavano sulla riva, si sentì come il gabbiano in equilibrio sulla boa, che cercava disperatamente di aggrapparsi a qualcosa, anche se non era nemmeno sicura di sapere a cosa si stesse aggrappando. A una vita di solitudine? O all'attesa di un nuovo compagno? E bambini...? Scosse la testa e si chiese se poteva ricominciare da capo.

Guardando la foto aperta sul piccolo schermo del suo telefono, pensò con aria cupa: *voglio davvero restare qui?*

Scorse di nuovo la home di Juliette, e sentì di nuovo una fitta di desiderio. L'Italia. Era solo una delle navi fantasma su cui non si era imbarcata. Forse, se fosse stata più coraggiosa e ci fosse invece salita per andarsene, sarebbe stata una persona completamente diversa.

Osservò l'orizzonte e vide come la forma misteriosa delle sue speranze e dei suoi rimpianti si allontanò, facendo rotta verso una terra lontana, diventando sempre più piccola fino a svanire completamente. La vista si annebbiò e lei sbatté le palpebre, scese una lacrima di frustrazione. Infilò il telefono nella borsa e appoggiò il mento sulle ginocchia. Tutta sola, su quella spiaggia deserta, le sue scelte continuavano ad assillarla.

Capitolo 3
Dove la vita è bella

*Q*uella sera, rannicchiata sul divano, mentre si gustava un bicchiere di vino rosso, Nora sfogliava un vecchio album fotografico di foto fatte in Italia. Lei e Julia avevano fatto molte gite di un giorno da Firenze, girovagando per la campagna toscana, e le immagini stavano suscitando bei ricordi. Ma c'era una foto, fatta ad Arezzo, che immortalava perfettamente la gioia di vivere di quel tempo vissuto insieme.

Dov'è? Si chiese mentre si voltava verso l'ultima pagina. Poi, guardando dall'altra parte della stanza verso il baule che suo padre aveva costruito per lei come regalo di nozze, si ricordò di averlo nascosto dentro uno dei cassetti segreti dove teneva tutti i suoi ricordi speciali.

Nora attraverso la stanza e si inginocchiò davanti al baule e passò la sua mano sopra il coperchio, godendosi la sensazione liscia e setosa del legno. Suo padre aveva coltivato il suo hobby come falegname quando lei era ancora una bambina. Fin dall'inizio, per ogni mobile, aveva ideato un sistema di cassetti segreti. Ma anche da bambina non le ci era mai voluto molto per scoprirli tutti e aveva rapidamente risolto i suoi enigmi.

Sollevò il coperchio, aprì uno dei piccoli cassetti e all'interno trovò la foto che stava cercando. Nora reggeva la foto alla luce e ci passò sopra le sue dita come in una carezza. Sebbene i colori stessero sbiadendo e virando verso il seppia, lei ricordava in maniera chiara il momento in cui era stata scattata. Vedere Julia con un grande sorriso sulla bocca ferma al centro di Piazza Grande ad Arezzo con in mano un'assurda lampada tempestata di conchiglie, le strappò un sorriso.

Tra le tante cose fatte insieme in Italia, una delle loro avventure preferite era stata quella di saltare su un treno e dirigersi da Firenze, verso sud per un pomeriggio, in cerca di antichi cimeli. Il mercatino californiano di Half Moon Bay non era all'altezza dei tesori che si potevano trovare ad Arezzo. In mezzo a un groviglio di chiavi arrugginite, a teiere sbeccate e vecchi armadi, era anche affascinante pensare di poter trovare perfino un gioiello prezioso o una lettera dimenticata e nascosta in un qualche cassetto segreto.

Mettendo via la foto, Nora prese il bicchiere vuoto. «Sembra che questa signorina abbia bisogno di un altro bicchiere», si disse.

Rimettendosi comoda sul divano, mise da parte l'album e accese la TV. Con poca convinzione passò da un canale all'altro, ma nulla riusciva a catturare la sua attenzione. Continuò a saltare fra le televendite, le repliche di Friends e le notizie della CNN, ma si fermò quando sentì la famosissima colonna sonora di un film che era appena iniziato. Riconoscendo la colonna sonora del film italiano La vita è bella, pensò, *sembra che l'universo mi stia ripetendo che ho bisogno di più bellezza nella mia vita.*

Prese un cuscino tra le braccia, lo abbracciò stretto e si preparò a guardare la romantica tragicommedia con protagonista Roberto Benigni che era stato girato proprio ad Arezzo. Era una storia che partiva con leggerezza, la faceva ridere, ma poi finiva inevitabilmente per farla piangere.

Appena cominciarono a scorrere i titoli e le prime scene iniziarono, Nora fu inondata dalle parole italiane, e assaporò i suoni familiari. Come al solito, appena sentì quell'accento italiano così espressivo, si sentì incredibilmente felice, e inaspettatamente, si commosse. Distrattamente, si asciugò via una lacrima di quella commozione e si sentì travolta ancora una volta dall'Italia, e poi rise con piacere quando sentì il protagonista esclamare: "Buongiorno, principessa!" Era nuovo in città, e la fortuna era con lui... persino le belle donne gli cadevano dal cielo, direttamente tra le sue braccia!

Catturata dai dialoghi veloci come il fuoco di una mitragliatrice, cercava di fare del suo meglio per stare dietro a quello che gli attori dicevano mentre camminavano tra le strade di Arezzo, e quasi non sentì il leggero ronzio del suo cellulare messo in vibrazione. Ma quando riprese a vibrare un'altra volta, Nora fu strappata via da Piazza Grande e riportata nel suo piccolo appartamento. Seguì il suono fin nella cucina, spostò la sua borsa e trovò il cellulare sepolto sotto un mucchio di posta, infilato dentro ad un libro.

Controllò il display, era un collega di lavoro. Si sentì immediatamente in colpa. Dall'inizio della settimana erano d'accordo per andare a bere qualcosa insieme, ma ora tutto ciò che voleva era guardare il suo film per tornare in Italia, anche se solo per poche ore e farsi un bel pianto terapeutico.

Inventò rapidamente una scusa e gli chiese scusa, ancora una volta, promettendo all'amico che si sarebbe fatta perdonare la settimana seguente. Appena finita la conversazione, con un sospiro di sollievo posò il cellulare sul banco della cucina, vicino al computer. Stava per tornare al suo film ma la sua attenzione fu distolta dalla copertina lucida del libro in cui aveva trovato il telefono e che una ragazza del Rinascimento con un viso ovale e un naso aquilino.

Nora accarezzò la guancia della donna e facendo la sua migliore imitazione di Benigni disse: «Buongiorno, principessa! Sembra che saremo solo io e te stasera».

Attirata dall'immagine della splendida principessa del Rinascimento, Nora prese tra le mani la biografia di Isabella de' Medici che stava leggendo, e la sfogliò. Si godeva il fruscio che emettevano, come se Isabella le stesse sussurrando una risposta. Non era del tutto sicura del perché fosse così ossessionata dalla principessa de' Medici, ma ultimamente leggeva tutto quello che riusciva a trovare su di lei. A dire la verità, stava iniziando a sentirsi stregata da quella donna.

Tutto era iniziato qualche mese prima. Stava verificando il numero di ville che Cosimo de' Medici aveva costruito, e che erano disseminate in tutta la Toscana. Seguendo una serie di collegamenti, Nora si era imbattuta in un sito che mostrava il capanno da caccia dei Medici nella piccola città di Cerreto Guidi. Stava per chiudere la pagina, ma fu catturata da un sorprendente passaggio che alludeva all'omicidio di sua figlia Isabella, accaduto proprio nella villa. La curiosità di Nora fu ulteriormente stimolata quando scoprì che la brutale uccisione era avvenuta per mano del marito stesso della donna.

La storia divenne ancora più succosa quando apprese che il fantasma della principessa de' Medici era presumibilmente intrappolato nel punto in cui era stata impiccata. Secondo una leggenda metropolitana Isabella aspettava ancora lì il ritorno di Troilo, il suo amante. Per ingannare il tempo si divertiva a comparire e spaventare inaspettatamente i turisti. A un certo punto, gli avvistamenti della principessa fantasma si erano fatti così plateali e frequenti che la gente l'aveva soprannominata La Dama Bianca.

Nora non era il tipo da lasciarsi scappare una buona storia di fantasmi, e aveva continuato a leggere e, anche dopo aver esaminato molti blog su internet, il suo interesse non era ancora stato saziato. La leggenda del fantasma di Isabella era solo un pretesto per Nora. Ben presto scoprì che Isabella era stata una vera diva e aveva apertamente sfidato le regole della società rinascimentale.

Nata nel 1560 da Cosimo I, il Granduca di Toscana, ed Eleonora de' Toledo, era la più brillante tra tutti i suoi fratelli. Bella ed emancipata, Isabella era allo stesso livello di un personaggio di spicco maschile e presto divenne nota come la "Stella di Firenze". Aveva abbracciato la vita seguendo le proprie regole sconvolgendo quelle della società di quei tempi e poteva essere considerata una femminista che dettava le proprie regole. Per una donna del sedicesimo secolo questa era davvero una cosa pericolosa dato che la maggior parte delle mogli erano tenute sottochiave. Per Isabella, in particolare, alla fine non aveva portato a nulla di buono.

Studiando la foto sulla copertina del libro Nora fu colpita ancora una volta dall'atteggiamento orgoglioso della principessa e dall'intelligenza che brillava nei suoi occhi. Nora non riusciva a staccare gli occhi dallo sguardo penetrante di quella ragazza del sedicesimo secolo. Sembrava che la stesse sfidando. Innervosita, Nora spostò leggermente il libro e, per uno strano gioco di luce, sembrò quasi che Isabella le avesse appena fatto l'occhiolino.

Bene, bene, pensò Nora. *Cosa mi vorresti dire? Cosa potresti volere da me?* Con un dito, tracciò la curva del collo da cigno della giovane donna de' Medici, adornato da un filo di perle iridescenti dalle quali pendeva un pesante ciondolo d'oro con rubino, simbolo del suo fidanzamento. Cercò una matita, prese a caso una busta, la prima cosa che le capitò in mano, e iniziò a copiare la collana, con dei tratti decisi.

Mentre faceva lo schizzo, Nora ricordò alcuni dettagli che sapeva di Isabella. Si rese conto che la Principessa del Rinascimento sapeva che il matrimonio raramente è basato sull'amore romantico e che il suo ruolo doveva essere quello di diventare una moglie buona e accondiscendente. La Stella di Firenze sapeva benissimo quale fosse il suo compito, ma questo non le aveva impedito di oltrepassare il confine ed entrare nel letto del cugino di suo marito. Era una donna forte, con delle idee tutte sue.

I dettagli eccitanti delle sue avventure sensuali e il modo brutale in cui era stata uccisa avevano accresciuto la sua fama e dato origine alla leggenda del suo fantasma. Stranamente, negli ultimi tempi, gli avvistamenti del fantasma di Isabella erano diminuiti. Nora immaginò che la dama si fosse stancata di fare apparizioni pubbliche. O forse la bella e colta principessa, che si dilettava nel fare scene drammatiche, si stava solo prendendo una pausa.

«Questo è solo un intermezzo», aveva scherzato Nora con i suoi colleghi. «Il terzo atto sta per iniziare. Probabilmente starà aspettando dietro le quinte per fare il suo grande rientro». Dato che Isabella era sempre la star dello show, non sarebbe stata certo Nora a fermarla.

Mentre guardava la collana che aveva appena abbozzato, Nora pensò che non era niente male. Per dare al disegno una maggiore profondità, lo evidenziò con qualche altra ombreggiatura, poi gettò via la busta sul bancone prese il suo bicchiere di vino. Mentre beveva girò la busta, vide il familiare logo dell'università. La riprese in mano e usando la matita per aprirla ne tirò fuori un volantino che pubblicizzava gli eventi della Settimana della Donna del prossimo autunno. In grassetto, c'era scritto: Riporta In Vita Un'Eroina Sconosciuta!

Il battito del suo cuore accelerò. La principessa de' Medici era il simbolo dell'eroina dimenticata. Era forse un altro segno? Era un messaggio della Dama Bianca, il suo invito a riportare in vita il suo spirito?

Ridendo piano di se stessa, Nora pensò che avrebbe potuto raccontare la storia di Isabella. Beh, perché no? Aveva le risorse e le capacità creative per realizzare un video ma, cosa più importante, aveva già studiato il materiale.

Prima che potesse pentirsene Nora prese il portatile e iniziò a preparare una proposta per un breve documentario che intendeva chiamare... Ci pensò un momento. «Come dovrei chiamarlo?». Prendendo in mano il suo libro, studiando la copertina, disse ad alta voce, «Lo chiamerò "Il Risveglio di Isabella: Ritratto di una Principessa." Sì, è perfetto!»

Per due settimane di seguito, Nora lavorò sulla sua idea di video. Una volta iniziato, non riuscì più a fermare il diluvio di idee. E dopo molte nottate e dopo essersi alzata presto per completare il lavoro, Nora era euforica e soddisfatta di poter essere premiata con una borsa di studio per completare il suo documentario. Il compenso era basso, ma abbastanza per finanziare parzialmente un viaggio in Italia, dove aveva programmato di girare.

Dato il via libero, Nora pianificò il viaggio, ma a parte comprare il suo biglietto aereo e aver chiesto qualche mese di aspettativa, i suoi piani erano ancora poco chiari. Aveva una vaga idea di come sarebbe stata la sua estate. Cominciava da Roma e poi si dirigeva verso Cerreto Guidi, dove Isabella era stata assassinata. Doveva assolutamente vedere il posto da sola... e sperava, anche in modo non realistico, di incontrare il fantasma di Isabella.

Poi Nora pensò che si sarebbe trasferita a Firenze, dove avrebbe affittato un appartamento per l'estate nella zona d'Oltrarno. Lì, all'ombra di Palazzo Pitti, la casa della principessa de' Medici, poteva immaginarsi a lavorare al suo film, a fare passeggiate lungo Ponte Vecchio e a pranzare con panini al lampredotto acquistati al chioschetto vicino agli Uffizi.

Prima di partire contattò Juliette per farle sapere che era in arrivo e suggerirle di incontrarsi a Firenze. Nel giro di poche ore, la sua amica rispose al messaggio. "Ascolta, so che sarai impegnata con il tuo film nel nord della Toscana e che hai deciso di stare a Firenze, ma ecco un'altra idea... vieni a passare l'estate ad Arezzo. Sono andata a vivere nell'azienda vinicola in campagna e il mio appartamento in centro è disponibile. Puoi finire il tuo documentario nel nostro angolo di Toscana—dove la vita è bella!"

L'offerta era più che allettante e Nora trovò che fosse un invito che non poteva rifiutare. Le cose stavano andando a posto come se la principessa de' Medici in persona stesse orchestrando il tutto. Alla fine di maggio Nora si ritrovò su una pista dell'aeroporto di San Francisco in attesa del decollo. Dal suo posto vicino al finestrino su un aereo diretto a Roma, osservò una raffica di lavoratori dell'aeroporto che caricavano borse e scatole sull'aereo.

Mentre Nora guardava i bagagli rotolare sulla rampa per essere riposti nella stiva, si congratulò con se stessa. Sebbene avesse in programma di tornare dopo qualche mese, questo sembrava un passo nella giusta direzione. Senza ancora aver nemmeno lasciato il gate pensò di aver già fatto parecchia strada da quella spiaggia di Half Moon Bay e non aveva nemmeno lasciato il gate dell'aeroporto di San Francisco. Cos'altro l'aspettava in Italia, poteva solo immaginarlo.

Esaminando mentalmente i piani per il suo film e ricordando quello che sapeva già della sua capricciosa e inafferrabile star, Nora pensò un po' ironicamente, *forse sarò proprio io a risvegliare Isabella.*

Capitolo 4

Incenso e rimpianti

Ottobre 2007 — Due anni e mezzo prima

*L*uca sedeva rigido nel banco della chiesa in penombra, e fissava le sue mani. Alzò brevemente lo sguardo quando il prete iniziò a intonare un'antica preghiera. Scrutò un attimo quel vecchio signore con la tonaca con l'intenzione di ascoltarlo. Ma si arrese, fece un lungo sospiro e poi respirò profondamente, inalando il profumo di cera, di incenso e dei vecchi rimpianti.

«Signore onnipotente, Tu sei fonte di vita. In Te, noi abbiamo la vita e prosperiamo. Amaci nella vita e nella morte, e per la Tua grazia, guidaci verso il Tuo regno, attraverso Tuo figlio Gesù Cristo. Nel nome del Padre, del figlio e dello Spirito Santo».

Quando il prete terminò con la liturgia e fece il segno della croce, Luca mugugnò la risposta di rito: "Amen."

Lui, come tutti in città, si era ritrovato nella Chiesa di San Donato per dire addio a Carlotta, che li aveva lasciati appena una settimana prima, a causa di un terribile incidente. Alcuni, come Luca, la conoscevano molto bene, altri solo di sfuggita. Dopotutto, Arezzo era una piccola cittadina, e a chi ci viveva non erano passate inosservate le sue fughe ed i suoi ritorni. Era il tipo di persona che aveva vissuto la sua vita alla grande e in un modo o in un altro, aveva lasciato un forte ricordo in quasi ognuno di loro. Il ricordo di lei, buono o cattivo, dipendeva dall'umore del giorno in cui l'avevano incontrata. Ma adesso, al di là dell'opinione di ognuno di loro, faceva molto riflettere il fatto che se ne fosse andata.

Quelli che la conoscevano meglio erano venuti per rendere omaggio ad una defunta. Ma Luca immaginò che come lui, anche gli altri parrocchiani erano lì per riflettere sulla propria mortalità e sui propri fallimenti. Era così perso nei suoi pensieri, che quando il prete riprese la celebrazione, le sue parole di consolazione lo inondarono come un mucchio di promesse e preghiere senza senso. Luca non si girò nemmeno per vedere chi era la donna che zittiva un bambino o chi dietro di lui stesse trascinando i piedi facendo scricchiolare la panca.

Invece, analizzò quell'arco di pietra lì di fronte su cui erano raffigurate le scene dalla vita di San Donato. Lo fissava con curiosità, ammirando le forme gotiche allungate e i quadrilobi, ripercorrendo con gli occhi la lavorazione della pietra, ripensando a quell'artista dimenticato da tempo che li aveva intagliati.

Mentre annegava nel mare dei suoi timori, era poco più che cosciente quando uno dei parrocchiani andò al pulpito per leggere un passo della Bibbia. Il suo sguardo era rivolto verso il cielo ed era concentrato sul soffitto sopra la sua testa. Studiava gli angeli ed i profeti nei quadranti, pensava che erano sempre stati lì e che ancora lì sarebbero stati, anche dopo la sua morte. Questo pensiero lo rassicurò molto più delle parole del prete o della persona che era andata a leggere. C'era un non so che di senza tempo e di rassicurante nel sapere che l'arte sopravviveva mentre le vite umane erano così fragili e deboli.

Luca si spostò sul banco e ricordò altri momenti in cui si era seduto lì in quella chiesa, spalla a spalla con sua nonna Margherita. Spesso l'accompagnava alla messa una volta a settimana per fare una preghiera e accendere una candela in memoria di suo nonno.

Mentre gli spostava i capelli sulla fronte, sua nonna Nita gli aveva detto che somigliava a Federico—quel nonno che non aveva mai conosciuto. «Era un brav'uomo, tuo nonno. Era una persona perbene», gli diceva, «e tu gli somigli in tutto».

Il ragazzino era cresciuto ascoltando storie su suo nonno—un artista che aveva vissuto a Parigi—di cui sua nonna Margherita si era innamorata durante la guerra, ma anche del suo bisnonno che aveva dato inizio all'attività antiquaria di famiglia negli anni trenta.

Ancora una volta gli venne da sorridere, mentre ricordava la sua tenacia, e le sue tormentate storie di partigiani—i ribelli italiani che si erano opposti ai nazisti sull'uscio della sua casa.

Oltre alle messe settimanali, c'erano stati altri momenti piacevoli trascorsi in quella chiesa. Quando era molto più giovane era stato un fantino di talento e partecipava alla famosa Giostra in città. Per tre anni di fila, dopo ogni edizione, aveva sollevato l'ambito premio—la Lancia d'Oro, simbolo di trionfo e di vittoria.

La mente di Luca continuava a vagare in un caleidoscopio di ricordi: matrimoni, battesimi e messe di Natale che si erano svolte in quella sontuosa chiesa, al di sotto di quel soffitto dorato. Chiuse gli occhi e cominciò a rivedere quei momenti. Erano stati tempi felici. Ora gli sembrava di venire qui sempre più spesso per piangere la perdita di persone care. Prima sua nonna, subito dopo il suo amato allenatore.

Con un forte sentimento di rimpianto, ripensò ad Antonio Giorgeschi, la prima persona che lo aveva messo su una sella e che gli aveva insegnato a sussurrare ai cavalli. E adesso, Luca era seduto su quello stesso banco di legno, mentre ascoltava le solite parole, e riviveva le stesse identiche emozioni per la perdita di Carlotta.

Fu il rumore del portone della chiesa che sbatteva leggermente, annunciando l'arrivo di qualche ritardatario, ad interrompere le riflessioni di Luca e lo indussero a guardare dietro di lui. Così vide Egidio entrare nella cappella. Quando gli occhi dell'anziano incontrarono quelli di Luca, lui sollevò il suo cappello e mandò a Luca un sorriso di comprensione. Egidio era un amico di sua nonna, e nonostante la sua età, era vestito di tutto punto, con freschi pantaloni di lino e giacca. Al collo aveva una cravatta blu e gialla fissata con una spilla d'oro. Luca era contento di vedere che il suo vecchio amico aveva fatto in tempo ad arrivare da Firenze per il funerale. Era parte della famiglia e la sua presenza lo consolava.

Prima di girarsi in avanti di nuovo, Luca scrutò ancora la folla e vide sua madre, suo padre e sua sorella Serena, seduti poco più in là. Mentre il suo sguardo vagava sul resto della congregazione, si arrestò quando vide Marco e Mariella, seduti qualche fila avanti a loro. Era passato un po' di tempo da quando ci aveva parlato l'ultima volta, e notò che i capelli di Marco si erano allungati. E sembrava anche che questo suo vecchio amico non avesse dormito per giorni. Un tempo avevano condiviso grandi momenti insieme, improvvisamente i ricordi di quei giorni di gioventù ricominciarono a tornargli alla mente. Carlotta era il capobanda, loro tre insieme avevano conquistato tutto. Avevano cavalcato i loro cavalli attraverso campi dorati, avevano nuotato nelle acque scure di laghi e fiumi, e ululato alla luna di mezzanotte. Erano stati giorni spensierati, innocenti ed emozionanti. Entrambi l'avevano amata.

Ma questo era allora. Ora le cose erano cambiate.

Quando Marco vide Luca che lo guardava, alzò la sua mano in cenno di saluto. Luca lo guardò per un attimo ma senza ricambiare. Entrambi avevano perso Carlotta, ma in quel momento Luca non aveva nulla da dire a Marco. Anche se avesse avuto le parole, non avrebbe saputo come metterle insieme. Non era in grado di dire se le cose potevano tornare come una volta, e non sapeva nemmeno se era quello che voleva.

Il coro cominciò a cantare e mentre i chierichetti accendevano le candele dell'altare e si preparavano per la comunione Luca li guardò con poca convinzione. Quando tutti si alzarono in piedi anche lui lo fece, lentamente, inconsapevole o semplicemente non curandosi del fatto che qualcuno lo stesse osservando nell'ombra.

Se si fosse girato, Luca avrebbe visto il nonno di Carlotta, Ruggero Falconi, appoggiato pesantemente al suo bastone, in fondo alla cappella. Ma Luca non si girò, e non vide il vecchio che tirava fuori il suo portafoglio, lo apriva e nostalgicamente guardava una bella foto della giovane ragazza.

Invece di trattenersi, seduto lì da solo, il vecchio accarezzò la guancia della donna con le sue dita mentre pensava alla sua perdita. Ma la foto non era una foto a colori di sua nipote, piuttosto una vecchia e sbiadita foto in bianco e nero della donna che un tempo aveva amato. Mentre studiava la sua corporatura slanciata di fianco ad una versione più giovane di se stesso, ripensò a quando quella foto era stata scattata.

Che anno era? Ah, sì... era il dieci maggio del 1940. Strano il fatto che potesse ricordarsi in maniera così chiara di quel momento, ed addirittura la data esatta. Erano appena tornati dal Comune, dove avevano fatto le pubblicazioni di matrimonio e Bernardo, il padre di lei, aveva scattato quella foto.

Ruggero continuò a guardare quella immagine, e cominciò a scuotere la testa per l'amarezza. Chiudendo gli occhi, ripensò alle umiliazioni del passato, vivide come se fossero successe ieri. Il futuro che aveva immaginato con quella donna della foto, che invece non si era mai realizzato. L'aveva persa per un altro uomo, la ragazza che aveva amato da quando era giovane, gli era sfuggita. Aveva fatto un respiro profondo ed aveva sentito un forte dolore come se il suo cuore fosse chiuso in una morsa. Aveva sussurrato: «A cosa pensava? Avrei dovuto essere io! Che cosa ridicola, ero stato rifiutato. Io sono quello che avrebbe potuto offrire molto di più a Margherita».

Mentre la gente gli passava accanto ed andava verso l'altare, Ruggero ritornò al presente. Vide Luca ritornare al suo posto, fece un sussulto. Per un momento gli sembrò di aver visto un fantasma. La faccia di quell'uomo più giovane gli ricordò quella di un altro uomo. Mentre le dita gli tremavano, ripose la foto nel suo portafoglio, lasció andare via i cupi ricordi e quelle cose che non aveva mai confessato a nessuno.

Ancora una volta, richiuse a chiave quel contenitore di ricordi e lo pose in fondo al suo cuore. Era molto più facile prendersela con gli altri invece che ammettere i propri peccati.

Sussurrando appena, disse: «Donati è colpevole della morte di Carlotta. È lui il colpevole».

L'organo risuonò e riempì la chiesa con un suono melodico e solenne, la messa era finita ed il rumore delle persone che si alzavano riempì quel luogo sacro. I pensieri melanconici di Luca furono spazzati via dalla musica e dal mormorio fatto di voci e di saluti di commiato tra le persone. Mentre gli amici uscivano dalla chiesa, anche Luca si alzò, si aggiustò la cravatta e si sistemò le maniche della giacca. Parlò con alcuni amici, aspettando il momento in cui sarebbe stato ancora una volta solo con i suoi tristi pensieri.

Mentre gli ultimi prendevano le loro borse e le loro giacche e si avviavano verso l'uscita nella luce del sole per riprendere le loro vite, lui si girò verso sua madre e la abbracciò. Appena Luca si allontanò un po', lei lo guardò accigliata, vedendo che non si era fatto la barba.

«Vieni a casa, giusto? Ho preparato il pranzo. Una cosa leggera, giusto per tenerti in forza».

«Certo, mamma», disse, anche se non aveva più appetito da giorni. Mentre dava un bacio a sua sorella, le sussurrò in un orecchio, «portali a casa. Vengo subito... ho solo bisogno di un attimo».

Serena lo guardò con tristezza e disse: «Si preoccupa per te, lo sai. Non fare troppo tardi». Luca seguì con lo sguardo la sua famiglia che lasciava la chiesa e si girò di nuovo verso l'altare. Respirò il dolce profumo dei gigli e quello di terra delle felci, studiò la foto che era stata posata su un cavalletto accanto alle corone dei fiori. Era una foto di Carlotta che Marco aveva fatto alcuni anni prima. Lei indossava un abito lungo di cotone bianco in mezzo ad un campo di papaveri, con il viso nel sole, ed i suoi lunghi capelli scuri che le cadevano sulle spalle.

Nel vuoto e rimbombante spazio, lui, immobile guardava la ragazza che conosceva da una vita. Era folle, libera e poco aveva a che fare con questa terra. Guardando quella foto, raggiante, si poteva pensare che era una donna felice, ma le foto a volte possono ingannare.

Scuotendo la sua testa, pensó, *che cosa avrei potuto fare di diverso? Cosa avrei potuto fare di diverso per alleviare la tua pena?*

Aveva amato la ragazza che era stata, ma aveva amato anche la donna che era diventata?

«*Se solo...*" Ma non portò a termine il suo pensiero. La sua concentrazione fu interrotta dal rumore di alcuni passi dietro di lui e da qualcuno che si schiariva la voce. Si girò e vide Marco e Mariella. I tre si ritrovarono in cerchio senza dire una parola, con il fantasma di Carlotta che vagava lì in mezzo.

Alla fine, per rompere quell'imbarazzante silenzio, Mariella si avvicinò e lo baciò su entrambe le guance. Marco la seguì e allungando la mano, tirò a se il suo amico e lo strinse in un rapido abbraccio.

Fecero un passo indietro, si guardarono nervosamente fino a che Marco disse: «Mi dispiace. Senti Luca, se hai bisogno di qualcosa, fammelo sapere. Volevo solo dirti...». Fece una pausa quando si accorse dello svilimento negli occhi di Luca.

«Non dire niente», disse Luca. «Lascia stare. Io proprio non posso...»

Marco aspettò per vedere se avrebbe continuato, ma Luca non disse altro. Alla fine, annuì e disse sottovoce: «Non puoi immaginare quanto mi dispiace».

Non si aspettava una risposta, così Marco si avviò velocemente verso la porta. Mariella guardò suo fratello ritrarsi. Guardando verso Luca, alzò le spalle come per scusarlo e disse: «L'ha presa male. Ma, davvero, Luca, ricorda che se hai bisogno di qualcosa, di qualsiasi cosa, noi ci siamo. Tutto quello che devi fare è chiamarci. Siamo qui. Chiamaci».

Luca annuì e si girò di nuovo lentamente verso l'altare. Mariella, lo guardò con tristezza e poi si girò per andare a raggiungere suo fratello. Prima di lasciare la chiesa, si fermò in una delle piccole nicchie per accendere una candela in memoria della defunta. Mentre accese un fiammifero ed avvicinò la fiamma allo stoppino, i suoi occhi si volsero ancora verso destra e guardò Luca ancora una volta mentre contemplava la foto di Carlotta.

Mariella provava compassione ma era anche una donna di solide convinzioni così come un po' pettegola. Conosceva Luca da una vita e da lontano, lo aveva visto trasformarsi da ragazzo incosciente in un uomo attento. Carlotta, invece, non era mai cambiata. Era stata una ragazza un po' folle e non aveva mai abbandonato questo suo essere superficiale. A dire il vero, Mariella non aveva una buona opinione di Carlotta fin da quando avevano sette o otto anni. Ancora oggi, aveva nelle orecchie la sua voce mentre la prendeva in giro per il suo peso, e la chiamava grassa ciambella. Al di là di questi suoi sentimenti personali, a Mariella non era mai piaciuto il modo in cui Carlotta trattava suo fratello, o Luca. Ma la sua morte era così terribile, triste, tragica e veloce, che si fece il segno della croce e chiese il perdono di Dio.

Quando Mariella fu fuori dalla vista, guardò il Santo Patrono, San Donato, e fece richiesta di essere perdonata per ogni tipo di cattivo pensiero che aveva avuto sulla defunta. Continuò a pregare, ma quando sentì Luca parlare, lo guardò sorpresa, pensando che stesse parlando con lei. Si girò e vide che invece stava ancora parlando alla foto di Carlotta

Appena capì che quelle parole non erano rivolte a lei, cercò di non ascoltare. Ma era una persona curiosa, e non ci riuscì del tutto, anche perché la chiesa era silenziosa e lo sentì dire: «Ti ho persa tanto tempo fa, Carlotta. Una parte di me ti amerà per sempre. Perdonami, amore mio».

Capitolo 5

La passeggera inaspettata

Giugno 2010

*R*oma era come la ricordava Nora—una città vivace e piena di possibilità. Navigando a capofitto le strade trafficate, non poteva impedirsi di scattare terribili immagini turistiche di edifici antichi e pilastri caduti, dal finestrino sporco del suo taxi. Era entusiasta di tornare in Italia, di ascoltare ancora una volta l'italiano parlato, e vivere la lingua di persona. Nonostante il fuso orario, era elettrizzata dal rumore della strada—il coro di clacson e il lamento delle sirene della polizia—dopo tanto tempo era una sinfonia per le sue orecchie.

Mentre il suo autista si avvicinava al centro storico, in direzione del Campidoglio, passò davanti al Teatro Marcello. Nora aveva notato l'antica struttura molte volte ma non aveva prestato molta attenzione. Per lei era stata solo una parte del pittoresco palcoscenico di Roma con colonne doriche e archi corinzi. Ma oggi, mentre passava in taxi, Nora si mise seduta dritta e osservò con maggior attenzione. Ora sapeva che l'edificio in cima alle rovine era un palazzo rinascimentale costruito dalla famiglia Orsini.

Paolo Orsini, che aveva sposato Isabella de' Medici, poteva far risalire al suo lignaggio fino all'VIII secolo. La sua famiglia discendeva da antichi banchieri romani e poteva rivendicare la loro giusta quota di papi, oltre a scandali sessuali e politici. Sua nonna, infatti, era stata la figlia illegittima di papa Giulio II. Alla giovane età di diciannove anni, fu nominato duca di Bracciano e gli fu dato istruzione di procreare e portare avanti la discendenza della famiglia.

Nora poggiò la testa sul sedile del taxi e un'espressione divertita apparve sul suo viso. Nel suo frastornato stato d'animo, pensò che *fosse universalmente riconosciuto che un uomo investito di un ducato debba essere in cerca di una moglie.*

C'era stato uno stuolo di bellezze tra le quali Paolo avrebbe potuto scegliere. Ma, ciò che aveva fatto distinguere la candidatura della fiorentina Isabella da tutte le altre non erano state la sua brillante arguzia né le sue capacità intellettuali, e nemmeno il suo talento nell'eseguire splendide melodie col liuto. Ciò che aveva spinto la famiglia Orsini verso l'undicenne principessa de' Medici era stata l'enorme dote, traboccante di fiorini d'oro.

Gli Orsini sarebbero potuti essere un'antica famiglia romana, ma alla fine del XV secolo, le loro casse stavano rapidamente esaurendosi e Paolo, in particolare, aveva un disperato bisogno di denaro. Gran scialacquatore, gli piacevano le cose belle della vita—un vino robusto, le cene sontuose, e indossare i cappotti fantasiosi di broccato con pizzi.

Ma ciò che gli piaceva di più erano le prostitute comuni, come Camilla la Magra, che pagò per riscaldare il suo letto. Erano abbondanti come gli stalloni che riempivano le sue scuderie, e se voleva picchiare una delle sue cortigiane romane o desiderava qualcosa di un po' più perverso, erano necessari ulteriori fondi per pagare il magnaccia del quartiere. La risposta ai suoi problemi finanziari si presentò nella forma della dote di Isabella.

Dal punto di vista di Cosimo de' Medici, sposare sua figlia con un Orsini sarebbe stata una piuma nel suo cappello. Nora poteva ben immaginare il Gran Duca di Firenze che ridacchiava a sua moglie Eleonora, per l'accordo politico che aveva concluso con la famiglia romana degli Orsini.

«Pensaci, amore mio! Sposare Isabella al Duca Orsini eleverà il nostro status agli occhi dei nostri vicini senesi. Ah! Possiamo anche essere una famiglia arrivista che discende da pastori di pecore, ma ora siamo allineati con una famiglia che può far risalire le sue radici a Cesare!»

«Bene, tesoro mio, sei stato davvero molto intelligente», rispose Eleonora, massaggiandosi teneramente le spalle. «Direi che è un matrimonio piuttosto vantaggioso. Spero, comunque, che la nostra giovane figlia sia fortunata come me. Bisogna fare il proprio dovere verso la propria famiglia e Firenze—prima di tutto... Ma la mia speranza è che anche lei trovi un uomo piacevole, con cui possa condividere una vita felice».

Con un luccichio malvagio, Cosimo l'attirò a sé e slegò i lacci della vestaglia in modo che l'appariscente veste si aprisse. Guardandola con desiderio, la strinse nel suo abbraccio.

«Davvero tesoro? Un uomo *piacevole* dici tu...?»

Spostandosi con lei verso il letto, aggiunse: «Bene, se è così... lascia che ti mostri io quanto possa essere piacevole».

Ridendo insieme, ricaddero sul morbido materasso. Sedotto dalle sue mani calde, aggiunse con un sorriso lezioso: «Oh sì, signore. Per favore mostratemi! Dopo tutto, è il mio dovere. Sapete che farei qualsiasi cosa per la famiglia... e per Firenze!»

Secondo tutte le persone coinvolte, il matrimonio tra Isabella e Paolo Orsini sembrava un incontro fatto in paradiso. Per Cosimo, tuttavia, c'era solo un piccolo problema—il lato oscuro del duca Orsini.

Questo, forse, gli aveva destato dubbi e preoccupazioni, ma Cosimo era un uomo intelligente. Per risparmiare alla sua preziosa figlia l'affronto di vivere con un misogino e un donnaiolo, poco dopo che il matrimonio fu consumato, riportò Isabella a Firenze dove poteva proteggerla.

Nora, esperta nella storia del Rinascimento, sapeva bene che era molto insolito per una sposa del quindicesimo secolo tornare a casa da suo padre e vivere indipendentemente da suo marito. Ma per Isabella, immaginava Nora, doveva essere stato un sogno diventato realtà. Era quasi come se il matrimonio non avesse mai avuto luogo. Liberata dal suo rozzo marito, aveva potuto vivere una vita privilegiata, godendo di un'autonomia senza precedenti, di cui aveva approfittato appieno.

Per quanto riguarda Paolo, l'accordo avrebbe potuto insultare il suo onore, e il fatto che suo suocero tenesse i cordoni della borsa così stretti, lo avrebbe potuto infastidire. Ma alla fine dei conti, il fatto che Isabella rimanesse a Firenze non era poi così male. Con Isabella che viveva a Palazzo Pitti, accanto all'Arno, lui aveva maggiore libertà di condurre i suoi dubbi passatempi a Roma vicino al Tevere. Non provava vero amore per la sua sposa medicea, ma almeno aveva una moglie che gli avrebbe dato dei figli.

Era così assorbita dal pensiero del marito di Isabella, che quando il taxi di Nora svoltò l'angolo e si fermò di scatto davanti al suo albergo appena fuori Piazza Navona, lei sbatté le palpebre, quasi aspettandosi di vedere un bordello romano e donne come Camilla la Magra e Pasqua il Mangiatore d'Aglio che le salutavano da una delle finestre. Invece, quello che vide furono alcuni turisti in giro e uno stormo di piccioni nella piazza.

Ritornando pienamente in sé, Nora scese dal taxi e si concentrò sulle banali procedure di check-in. Salutò il portiere alla reception, firmò il registro, mostrò il suo passaporto e portò i bagagli dall'atrio al terzo piano in un antico ascensore delle dimensioni di un armadio da biancheria.

Nella sua stanza, prima di accendere le luci o di tirare indietro le tende, accese l'aria condizionata e si collegò al Wi-Fi dell'hotel. Mentre guardava la vita tornare al suo cellulare, l'aria fresca la rianimò. Non passò molto tempo prima che il suo telefonino suonasse, avvisandola di una serie di nuovi messaggi.

Li catalogò in ordine di importanza, dai meno rilevanti ai più critici, e vide che c'erano un paio di messaggi da parte di sua madre e uno da parte di Richard. Preferendo incominciare dal peggiore, aprì per primo il messaggio del suo ex da cui apprese che avevano un potenziale acquirente per la casa. Diceva che l'avrebbe tenuta aggiornata e concludeva suggerendole un posto dove andare a mangiare la migliore pizza di Roma.

«Incredibile», sbuffò Nora. Richard non era mai stato in Italia e le stava dicendo dove andare a mangiare.

Con un lamento, si sdraiò sul letto.

Richard poteva essere irremovibile e un'autorità su tutto, da quale marca di auto acquistare fino che grado preciso impostare sul termostato. Le sue intenzioni erano buone, ma i suoi suggerimenti suonavano spesso come falsi complimenti. Ancora adesso rabbrividiva nel ricordare alcuni dei suoi commenti passati.

«Certo, stai benissimo con quell'abito, solo tu puoi permettertelo—

ma è *davvero* quello che indossi stasera?» O, il suo preferito, «Non so come fai ad essere così snella—vorrei anch'io poter mangiare due palline di gelato ogni sera come te».

Girandosi su un fianco, si raggomitolò in una palla, appoggiò la testa sul suo braccio e pensò al loro inizio perfetto. Era stato casuale e leggero, e ciò che l'aveva attratta all'inizio era stato il suo umorismo e il suo fascino. Ma forse avrebbe dovuto saperlo meglio; inizialmente c'erano stati segnali di allarme. Erano usciti da poche settimane, e già Richard aveva pianificato tutto il loro futuro, ingabbiandola in un rigido piano decennale per la loro famiglia futura. Si era spinto fino al punto di scegliere i nomi dei loro figli. L'inchiostro non era ancora asciutto sul loro certificato di matrimonio che lui aveva già pensato alla cameretta per quei bambini immaginari.

Purtroppo, la stanza era rimasta vuota per anni, e dopo molte visite mediche e due aborti, avevano scoperto che non potevano avere figli. Non era che uno di loro non potesse avere un bambino, solo non potevano averne insieme—qualcosa nel loro DNA non era compatibile. L'universo sembrava aver giocato uno scherzo crudele su di loro, facendogli sapere praticamente dall'inizio che la loro unione non era adatta. Le faceva molto male e si sentiva terribilmente in colpa per il fatto di non aver potuto dare a Richard il figlio che voleva così disperatamente. Di conseguenza, le crepe cominciarono ad apparire sulla superficie del loro matrimonio apparentemente felice.

Sdraiarsi sul letto nella stanza buia, nella sua piccola camera d'albergo a Roma, era stato un grosso errore. Non solo stava iniziando a risentire del jet-lag, ma ripensare al suo ex stava rovinando il suo buonumore. Ruotò la testa per guardare l'orologio sul comodino, vide che era ancora presto. Com'è facile scivolare in un sonno comatoso per sfuggire a pensieri di delusioni e dolore passati.

Nora chiuse gli occhi e iniziò ad allontanarsi, ma le sue palpebre si aprirono per qualche istante quando sentì una voce interna sussurrare con urgenza: «Svegliati! Non arrenderti mai! Dai Nora! Che stai aspettando? È l'ora di esplorare questa magnifica città.»

Rimase immobile sul letto, riordinando le sue priorità. Isabella sarebbe stata a un tale ottundimento letargico? *«Dai. Sei a Roma»*, si disse Nora. Questo è un momento da non perdere. Radunando tutta l'energia che riuscì a raccogliere come se fosse comandata dalla stessa principessa de' Medici in persona, Nora si alzò in piedi, prese la borsetta e si ricordò all'ultimo momento di staccare il telefono dalla presa a muro. Già più in forza, sentì che le sue batterie interne, proprio come quelle del suo cellulare, stavano iniziando a ricaricarsi.

Uscì in strada e oltrepassò la folla del Pantheon e dei venditori ambulanti di Piazza Navona. Come sempre, i contrasti eclettici dell'Italia, unendo passato e presente, le piacevano. Un attimo passò davanti a boutique di lusso con le mode futuristiche di Dolce e Gabbana, e un attimo dopo passò accanto a una chiesa gesuita del XVII secolo. Roma non l'aveva mai delusa, e dopo solo mezz'ora la sua gallery fotografica era piena di scatti di arcangeli, cornicioni e sampietrini. Seguendo le orme di Isabella, assaporava la sua indipendenza e aveva persino smesso di gustare un *triplo* cono di gelato al pistacchio, cioccolato e fragola!

La mattina dopo, Nora si svegliò sorprendentemente rinfrescata e piena di aspettative per partire per Cerreto Guidi. Forse era più sveglia a causa della passeggiata che aveva fatto la sera prima, sentendo la vitalità dell'Italia che scorreva intorno a lei, o forse era stata la chiacchierata che aveva sentito nella sua testa a gli ammonimenti di Isabella che le dicevano di smettere di pensare al passato a di andare avanti con la sua vita.

In ogni caso, poche ore dopo, aprendo la portiera posteriore della sua Fiat noleggiata, lei disse con ritrovata determinazione: «Sì, Isabella. Hai ragione, tu. È l'ora di andare in avanti.» Lanciò la sua custodia per fotocamere sul sedile, aggiunse: «Okay, entra pure, anche tu, principessa. Mettiti comoda, abbiamo un lungo viaggio davanti a noi».

Si sedette al volante e, contemplando l'ingorgo di automobili e motociclette che intasavano le strade, per un momento Nora fu presa dal panico e si chiese se sarebbe stata in grado di guidare nel traffico romano. Poi però risentì la voce del suo passeggero sul sedile posteriore: «Cosa stai aspettando? Su, avanti! Smetti di perdere tempo e andiamo».

Regolando lo specchietto retrovisore, poté quasi vedere l'autoritaria principessa seduta dietro di lei e annuì. Alzò il volume della radio e disse al suo inaspettato passeggero: «Tranquilla. Posso farcela. Si rilassi signora. Ci penso io».

A metà del viaggio, Nora si fermò a un autogrill e fece rifornimento. Al bar ben arredato, in piedi e spalla a spalla con altri viaggiatori, buttò giù un espresso e fece incetta di Baci Perugina. Amava il suono dei minuscoli piattini tintinnanti e il gusto del cioccolato e della nocciola. Alzando la sua piccola tazza e salutando il suo riflesso nello specchio sopra il bar, si disse: *«Mi ricordo benissimo»*.

Quando arrivò a Cerreto Guidi, il sole era basso nel cielo della sera. La città era stata nominata per gli alberi che un tempo popolavano la zona, la maggior parte dei quali era stata abbattuta da tempo. Ansiosa di avere un primo assaggio della casetta dei Medici prima di dirigersi verso il suo alloggio situato lungo la strada che portava a Vinci, la città in cui era nato Leonardo, Nora attraversò il centro della città.

Prima che lei se ne rendesse conto, tuttavia, dopo aver passato un paio di condomini, una trattoria e alcuni negozi di articoli sportivi, aveva praticamente attraversato l'intero piccolo paese e si stava nuovamente dirigendo verso la campagna. Girando per la polverosa carrareccia che portava in un vitigno, si rese conto che Cerreto Guidi era persino più piccola di quanto avesse immaginato. Mentre si avvicinava di nuovo al paese a una velocità molto più lenta, guardando in alto, poteva vedere la casetta di caccia dei Medici, situata in cima a una collina ben al di sopra del gruppo di palazzi più moderni che si erano sviluppati intorno a esso.

Solo una delle tante che Cosimo aveva costruito, la casetta di caccia era servita come luogo per sfuggire al caldo di Firenze e per dedicarsi al passatempo preferito di tutti—quello di armare un fucile e sparare a un cinghiale. Era il Club Medici, il palazzo del piacere di Cosimo, l'originale Club Med, e se un bacio veniva rubato, o più di una cavalla montata, nessuno era più saggio.

Arrivata allo stop di fronte alla villa, Nora tirò il freno a mano e si fermò per un momento. Non riusciva a credere che fosse finalmente seduta di fronte alla casa di Isabella. «Bene, amica mia, siamo qui finalmente».

Con le braccia aggrappate al volante, ammirò la doppia scalinata, lastricata di mattoni rossi, da cui si poteva salire anche a cavallo. Era proprio in questo luogo che i Medici, con il loro seguito di servitori, venivano a caccia. Ma in una particolare mattina d'estate, invece di avventurarsi nei boschi, una specie più bella era stata catturata e uccisa all'interno delle mura della villa.

Uscendo dalla macchina, Nora disse: «Sei pronta per girare la tua prima scena, signorina de' Medici?»

Appoggiò una mano sulla cima della portiera aperta e restò in ascolto. Illuminata dal sole al tramonto, la facciata della casa brillava di calda intensità. In lontananza, sentiva gli uccelli notturni che cinguettavano e il ronzio dei grilli. Respirò profondamente e i suoi sensi furono risvegliati da un familiare profumo toscano. Era l'aroma di terra, fieno e funghi terrosi.

Nora ricordò un altro momento, in una città simile quando, anni prima, lei e Juliette erano state invitate da alcuni amici di Firenze ad andare alla ricerca di tartufi. Anche se la loro raccolta era stata scarsa ed erano tornate a casa ricoperte di terra, si erano divertite come matte, urlando a squarciagola mentre scivolavano giù dalle colline scoscese fino ai boschi. Strano come una semplice fragranza riuscisse a risvegliare ricordi dimenticati.

Guardandosi intorno, Nora immaginò la principessa de' Medici, vestita con il suo equipaggiamento da cavallerizza, montare su un magnifico stallone e sorvegliare la sua terra. Come Nora, anche lei aveva inspirato profondamente, annusando il terriccio fresco e il profumo delle foglie di quercia? Forse, Isabella si era fatta strada attraverso il folto boschetto, pensando alla caccia del giorno dopo. O forse aveva camminato tra gli alberi anticipando un incontro clandestino con il suo amante.

Studiò le linee rigide del padiglione di caccia e, ora più che mai, a causa degli odori, dei suoni e del calore del sole, le sembrò di attingere sempre di più dalla figura di Isabella. Chiudendo gli occhi, sentì tutta la gamma di emozioni che aveva reso Isabella una donna così intrigante.

All'inizio, un'ondata di dolore si abbatté su di lei, proprio co.
quella che aveva travolto Isabella quando aveva saputo che sua madre
Eleonora era morta di malaria dopo una vacanza in Maremma. Tutti quelli
che avevano viaggiato con la mamma, quell'estate, erano stati colpiti dalla
malattia e anche lei era stata contagiata, così come il suo amato fratello
minore Giovanni. Quello era stato l'anno più straziante.

Ma c'erano state anche altre tragedie. Nel corso della sua giovanissima
vita, Isabella aveva partecipato ai funerali di tre sorelle più giovani e a
quelli dei suoi stessi bambini non ancora nati. Nora poteva vedere le
lacrime della principessa de' Medici che le scorrevano lungo le guance
dopo aver perso un altro bambino. Anche i suoi occhi si rannuvolarono,
e spazzò via la memoria amara della propria perdita. Nessuno si riprende
mai veramente dalla morte di un bambino.

A differenza di Nora, però, la Stella di Firenze non era caduta in
un'apatica indifferenza troppo stanca per continuare la sua vita. Sentendo
la sua vocazione, Isabella si era invece rialzata dalla tragedia per diventare
la first lady di Firenze. Non si era mai allontanata dalle sue responsabilità
e con il suo potenziale aveva governato Firenze con disinvoltura.

Dai salotti del palazzo mediceo, aveva protetto le arti e la cultura della
città attraverso vivaci discussioni intellettuali e sontuose rappresentazioni
teatrali. Aveva anche gettato le basi per il primo dizionario italiano e per
l'Accademia della Crusca, ospitando cenacoli in cui si discuteva sull'uso
corretto della lingua.

Nora ammirava Isabella per le sue molte qualità positive, ma allo
stesso tempo non poteva negare il brivido che aveva provato leggendo il
diario di Isabella. In effetti, Nora non era riuscita a smettere di leggerlo
perché era così simile ai romanzi rosa contemporanei. Non c'era dubbio,
nella sua mente, la Principessa era stata una donna lussuriosa piena di
desideri romantici, se non erotici.

Aprendo gli occhi all'improvviso, Nora fu invasa da un fiero senso
di fiducia, sentendo la voglia di Isabella di avere potere e controllo. Era la
figlia di Cosimo in tutto e per tutto. Come lui, anche Isabella era un po'
egoista e non le importava di quello che pensavano gli altri. Era conosciuta

e la sua posizione, così come la sua ricchezza, guidando per le ₆ enze in una conchiglia trainata da cavalli.

ι sembrava che la ricerca del potere e l'auto-gratificazione ιυssειυ ιε ευse che avevano motivato Isabella di più. Erano le stesse ragioni per cui si era rotolata a volte ubriaca dal letto alla fine della giornata, giusto in tempo per ricominciare da capo. Alla fine, Isabella aveva esagerato e spinto il suo stravagante stile di vita troppo in là.

Finché Cosimo era stato vivo, Isabella e la sua compagna di scorribande—sua cugina Leonora—erano state al sicuro. Ma quando il vecchio leone morì, non rimase nessuno a difenderle o a proteggerle. Dopo aver fatto arrabbiare le loro controparti maschili, vale a dire i suoi fratelli Francesco e Pietro e suo marito Paolo, lei e Leonora non erano state più viste come beni, ma come oneri finanziari scomodi e imbarazzanti.

A quel punto, gli uomini medici, con il loro ego gravemente ferito e calpestato, avevano progettato di liberarsi delle loro fastidiose donne. Prima Leonora era morta misteriosamente nella villa medicea di Cafaggiolo, e poi Isabella nel padiglione di caccia di Cerreto Guidi. Entrambi i mariti sostenevano che le morti erano state accidentali, ma nessuno credeva davvero che Leonora fosse inciampata e caduta giù per le scale o che Isabella fosse scivolata nella vasca e si fosse rotta il cranio una mattina presto mentre si lavava i capelli.

Mentre calava il crepuscolo e gli ultimi raggi del sole svanivano nella notte grigia, Nora tornò a sedersi sul sedile della sua auto a noleggio e si chiese, *cosa mi dirai domani di più, Isabella? Conoscerò mai i tuoi segreti e cosa è successo veramente quel giorno? Cosa vorresti dirmi, se potessi?*

Nora si fermò e ascoltò, ma tutto ciò che udì in risposta fu il vento che frusciava tra le foglie degli alberi. Tutto il resto rimase stranamente silenzioso e selvaggiamente tetro.

Capitolo 6

Un dipinto da ricordare

*L*a mattina seguente, Nora tornò nel padiglione di caccia dei Medici pronta per iniziare le riprese. Mentre guidava dal suo alloggio, le sembrò di vedere la principessa de' Medici dietro ogni curva. C'erano cartelli che mostravano le fattezze di Isabella tra i cartelloni pubblicitari della Coop locale, sulle insegne di agriturismi che invitavano gli automobilisti a visitare la "Fattoria Isabella de' Medici" che produceva vino e olio d'oliva, e altri che invitavano a lavare i vestiti nella lavanderia automatica "La Lavanderia di Isabella."

Da quando era partita da San Francisco, Nora aveva provato la sensazione che Isabella fosse in viaggio con lei, e la sensazione era diventata più forte durante il suo viaggio da Roma. Ora, in questo angolo della Toscana, di fronte alle prove visibili della Stella di Firenze, chilometro dopo chilometro la sensazione non faceva che rafforzarsi.

Mentre Nora canticchiava sulle note di una canzone alla radio, vide l'ennesima versione posterizzata di Isabella sul ciglio della strada e iniziò a pensare a tutti i ritratti della fanciulla che erano stati dipinti nel corso degli anni. Nel Rinascimento, non c'erano telecamere e non c'era Facebook. Eppure, il desiderio umano di comunicare, vantarsi e condividere immagini di familiari e amici era stato altrettanto forte.

I Medici, in particolare, amavano mettersi in mostra, e il pittore di corte Bronzino era sempre felice di accontentarli. Per creare ritratti più lusinghieri, con abilità e immaginazione, attenuava i nasi prominenti e assottigliava le sopracciglia con la stessa competenza di un moderno esperto di Photoshop.

Segni del potere e della ricchezza della famiglia erano proclamati anche dai ritratti delle donne medicee, avvolte in abiti trapuntati d'oro e d'argento e coperte di gioielli, mentre coccolavano i loro figli dalle guance rosee. Queste immagini con gli eredi maschi, vantando al mondo che la prima famiglia di Firenze era qui per rimanere, presentando prove fisiche della fecondità delle loro mogli, la potenza dei loro uomini—che combinati hanno contribuito a propagare a far crescere l'albero genealogico.

Negli ultimi mesi, Nora aveva sfogliato molti libri di Storia dell'Arte mentre studiava le foto di Isabella in varie epoche, ma ce n'era una che l'aveva in special modo intrigata. Era un ritratto del Bronzino di cui non si aveva più traccia, in cui Isabella era seduta accanto a sua madre. Il dipinto aveva suscitato molto scalpore a quei tempi. Era un ritratto stupefacente e aveva catturato, con grande squisitezza, il fascino delle due donne de' Medici.

All'epoca, tuttavia, il ritratto era stato ritenuto un'anomalia, poiché era inaudito ritrarre una madre con la propria figlia. Dopotutto, che tipo di messaggio trasmetteva e a quale scopo serviva? Le femmine, a quel tempo, erano tenute in pochissima considerazione a parte che per i loro organi riproduttivi. Non rappresentavano certamente un simbolo di intelligenza e potere.

Ma era stato un capriccio di Cosimo ordinare il dipinto. Dopotutto era il Granduca di Toscana—sovrano della regione ed era lui a prendere tutte le decisioni—e non c'era nessuno che potesse fermarlo se avesse scelto di essere un anticonformista. E come uomo perdutamente innamorato di sua moglie e che adorava la sua brillante e abile figlia, doveva aver ritenuto che non ci fosse alcun motivo per non avere un ritratto che raffigurasse le due donne più importanti della sua vita.

Oltre a essere una commissione particolare, fin dall'inizio il dipinto, come la principessa stessa, aveva avuto una storia complicata. Era scomparso poco dopo la morte di Isabella per poi riapparire diversi anni dopo in Francia; era poi scomparso di nuovo quando i nazisti erano entrati a Parigi e l'avevano occupata. I dettagli su come il dipinto fosse finito al Louvre erano alquanto sospetti e si perdevano in una polverosa scia di informazioni imprecise.

Ciò non aveva minimamente dissuaso Nora dallo sviluppare una teoria tutta sua su ciò che fosse accaduto a quel dipinto errante. Grazie a un po' di ragionamento deduttivo, aveva concluso che Francesco de' Medici era stato il primo a nasconderlo. Forse aveva intenzione di rubare il dipinto come mezzo per esercitare il suo potere su sua sorella, ma alla fine era servito solo a ricordargli il crimine impensabile che aveva commesso contro di lei. Invece di ostentarlo, incapace di guardare il suo viso orgoglioso, cambiò idea e lo nascose in soffitta, fuori dalla vista e lontano dalla mente.

Lasciato andare in rovina in un angolo dimenticato del Palazzo Medici, nel tempo il dipinto di Isabella andò perduto e dimenticato. Per fortuna, o meglio per sfortuna, Nora pensò—a seconda di come la si vedeva—un discendente dei Medici alla fine lo riportò alla luce. Avendo bisogno di denaro, lo vendette a qualcuno che lo passò a qualcun altro fino a quando attraversò il confine con la Francia e finì al Louvre.

Ma, dopo la guerra, ancora una volta il ritratto capriccioso aveva preso il volo e svanì dal museo francese. A questo punto, sebbene Nora avesse fatto del suo meglio per mettere insieme i pezzi, usando le sue eccellenti capacità di ricerca, non aveva idea di dove fosse la tela ora. Proprio come il fantasma di Isabella, la pittura appariva arbitrariamente e poi scompariva, e per il momento come la principessa stravagante, anch'essa era tornata sottoterra.

Nora si avvicinò a un incrocio, sentendo gli ingranaggi di un vecchio trattore arrugginito, Nora rallentò e attese che il veicolo girasse l'angolo. Turbolento e sbuffando rumorosamente, si spostò in avanti e avanzò pesantemente lungo la strada.

Nora digrignò i denti e imprecò: «Porca miseria!»

Controllando l'orologio, vide che era già in ritardo di dieci minuti per il suo appuntamento alla villa. Rimanere bloccata sulla strada andando a passo di lumaca dietro a questo contadino, l'avrebbe fatta solo tardare ulteriormente. Tamburellando con le dita sul volante, attese un secondo prima di tentare di uscire e passare, ma il traffico in arrivo la costrinse a ritirarsi. Tornando in posizione dietro il trattore, si rassegnò al ritardo.

In ansia andava lentamente nella scia del contadino, desiderando di essere libera e priva di restrizioni, si chiese se Isabella fosse stata impaziente come lei, seduta per un ritratto, desiderando anche lei di poter fare altre cose.

Quando finalmente il trattore si fermò per lasciarla passare, e Nora stava ancora percorrendo la strada, le sue fantasia presero il volo. Cambiò stazione alla radio, e quando lo fece, si sintonizzò sulle voci trasmesse da uno studio di un artista del sedicesimo secolo. Come se fosse in piedi nella stanza con il maestro e il suo soggetto volubile—Isabella, Nora sentì echeggiare, le loro parole attraverso i secoli e giocare nella sua testa.

«Per carità! Isabella, cara ragazza, per favore sedetevi e smettete di agitarvi di continuo. Ho solo bisogno di qualche altro minuto del vostro tempo, e poi sarete libera di andare». Bronzino abbassò lo sguardo sulla sua tavolozza, mescolò un po' più terra d'ombra bruciata nel suo pigmento per rafforzare il colore, poi si voltò verso la ragazza e si lasciò sfuggire un altro sospiro esasperato. «Non ci posso credere. Vi siete mossa di nuovo».

Camminò rapidamente verso il suo soggetto, le aggiustò le spalle e le inclinò la testa appena un po' a destra in modo che fosse di nuovo immersa nel caldo sole estivo che si riversava dalla finestra. «Ora, tenete la testa un po' più in alto... ecco, così va meglio. Restate in questa posizione e tra un quarto d'ora avremo finito, per oggi».

Il pittore tornò alla sua tela e mentre la esaminò, Isabella roteò gli occhi e tirò fuori la lingua. Quando il pittore alzò di nuovo gli occhi, le toccò i capelli, increspò le labbra e gli sorrise dolcemente. Abituata alle sue buffonate, Bronzino la ignorò e accarezzò delicatamente la tela con il suo pennello.

«Adesso prova a stare ferma—mi raccomando!» insistette l'artista mentre continuava a disegnare i dettagli. Sperava di finire l'ultima parte, approfittando del suo buon umore, prima che lei scivolasse fuori dalla sua vista e il suo lavoro sarebbe stato sospeso fino al giorno successivo. Dopo un momento, alzò gli occhi e contemplò di nuovo il soggetto. «Isabella, solleva la tua collana un po' più in alto, così posso vederla meglio.»

Obbediente, Isabella fece come richiesto, e mentre si riposizionava di nuovo sul suo cuscino sfiorò con orgoglio la grande e preziosa perla che era simbolo del suo fidanzamento.

«Tenetela tra le dita... un po' di più. Sì, così. Perfetto!»

Isabella rimase immobile per qualche istante, un modello di grazia e dignità nella sua pesante veste di velluto, ma quando udì un grido provenire dal giardino sottostante, si contorse di nuovo e girò la testa in direzione della finestra aperta. Aveva sentito la voce di Giovanni, suo fratello minore di due anni, che la chiamava per unirsi agli altri in una partita ad acchiapparello, e così fece al pittore un broncio implorante.

«Per piacere, Maestro, non possiamo smettere per questo pomeriggio? Sono stanca del peso di questa collana e ho bisogno di una pausa. Sicuramente non vorrete tormentarmi quando c'è ancora molto del giorno da godere! Non sentite le mie sorelle e i miei fratelli liberi dai loro tutori e dai loro studi? Prometto che non dirò a mio padre che abbiamo finito prima...»

«Che fai, tesoro?», chiese una voce profonda proveniente dalla soglia dello studio. «Stai di nuovo molestando il nostro povero pittore? Non so come faccia a sopportarti».

Un sorriso illuminò la faccia della fanciulla. «Papà!», Isabella avrebbe voluto correre da lui ma notando il cipiglio sul volto del pittore, rimase dov'era.

Invece, dal suo trespolo, lei porse a suo padre domande. «Quando sei tornato? Sembra che tu sia stato via un'eternità. Com'era Roma? Dimmelo! Com'è la città? È molto diversa da Firenze? Hai viaggiato in una bella carrozza... hai...» Sorridendo graziosamente, aggiunse: «Mi hai comprato un regalo?»

Alzando le mani, il duca rise: «Aspetta, aspetta. Una domanda alla volta».

Andò al cavalletto dell'artista e da dietro la schiena di Bronzino il duca studiò il ritratto. Dopo un momento, sollevò le braccia in segno di approvazione. «Ben fatto, Bronzino. Hai catturato perfettamente la bellezza e la grazia di mia figlia. È una ragazza adorabile, diventerà una giovane donna attraente; riesco anche a vedere lo scintillio dell'ingegno che illumina i suoi occhi».

Guardando prima la tela e poi la sua bambina seduta a pochi passi, notò il modo in cui batteva impazientemente i piedi per il desiderio di essere liberata. Ridacchiò di nuovo per la sua impazienza.

«Bene, Agostino. Che dite? È tempo di liberare questa adorabile colomba?»

L'artista, intuendo che non sarebbe stato più possibile lavorare al ritratto per quel giorno, chinò la testa e acconsentì al granduca. «Come desiderate, mio Signore». Guardò Isabella, e quando lei gli rivolse uno sguardo allegro, alzò gli occhi al cielo. Posò il pennello e ammonì, «Mi raccomando. Tornate qui domani alla stessa ora. Vi prego di non dimenticarvene».

«Vedi, Isabella?», intervenne il Granduca. «Il Maestro Bronzino non è così crudele ed esigente come pensi. È un uomo abbastanza ragionevole e un eccellente pittore. Ora, vieni, e dai a tuo padre l'abbraccio che ha tanto atteso».

Felice di essere libera, Isabella non perse tempo a scivolare via dal trespolo di velluto per correre direttamente tra le sue braccia. Poi, facendo un passo indietro, fece una piccola giravolta. «Padre, cosa pensi del mio vestito?»

«Molto carino, davvero», disse il duca. «È un vestito adatto ad una duchessa».

«Ora che sei a casa, non vedo l'ora che tu senta la nuova canzone che ho composto. Ci ho lavorato tutta la settimana. Ho così tante cose da dirti. Proprio l'altro giorno, stavo parlando in francese con il mio tutore e lui mi ha detto che sono quasi più brava di lui. Sto anche leggendo un nuovo libro di poesie latine, datomi dal Signor...»

«Aspetta! Rallenta, Isabella, mia cara ragazza. Ci saranno molti giorni per condividere con me tutti i tuoi successi. Inizieremo questa sera, quando potrai suonare una bella melodia sul liuto per intrattenerci tutti. Com'è bello rivederti, mi sei mancata così tanto».

Si allungò e le accarezzò la guancia e poi, vedendo il pendente d'oro che dondolava dal suo collo, lo prese tra le mani e lo guardò pensieroso.

«Tu, il mio cucciolo, sei rara come questa perla». Si accigliò leggermente mentre toccava lo splendido medaglione.

«Cosa c'è che non va, papà? Non ti piace il mio regalo di fidanzamento? Ti dà dispiacere?»

Vedendo la sua agitazione, la tranquillizzò all'istante. «Al contrario. Penso che la collana che il Duca di Bracciano ti ha mandato sia magnifica. Immagina», disse, «presto sarai anche tu una duchessa, come tua madre».

Si rivolse al Bronzino e ricordò all'artista: «Assicurati di mettere in particolare risalto questa collana nel ritratto di mia figlia. Vogliamo mostrare agli Orsini che i Medici sono lusingati e onorati dalla loro generosa offerta».

Sbalordito al pensiero del matrimonio, le labbra rosee di Isabella si sollevarono.

«Oh, sì papà. È una bella collana, e essere la sposa di un uomo così importante sarà un privilegio. Quando incontrerò il mio fidanzato? Sarà bello? E dovrò cantare e condividere con lui le cose che ho letto? Posso solo immaginare quanto sarà meravigliosa la mia vita con un marito così gentile e amorevole, proprio come sei tu. Giustappunto l'altro giorno Morgante ed io abbiamo inscenato la cerimonia di nozze... Giovanni, naturalmente, è intervenuto come mio sposo».

All'inizio, il duca non rispose. La scintilla di gioia che aveva illuminato i suoi occhi si era leggermente attenuata. Ma vedendo l'espressione speranzosa di sua figlia, si riprese velocemente e rispose: «Tutto a tempo debito, tesoro mio. Non sono ancora disposto a separarmi da te. Santo cielo, lo sarò mai?»

Cosimo baciò la figlia sulla fronte e continuò: «Isabella, sappi questo. Non avrai mai bisogno di niente. Sarò sempre qui per proteggerti. Sei semplicemente troppo preziosa e troppo intelligente per essere tenuta sottochiave, e nessuno lo farà mai...».

Quando una donna dai capelli scuri, avvolta in un abito color dell'oro scalpicciò leggermente sulla soglia, tutti gli occhi si voltarono nella sua direzione. Il pittore Bronzino chinò cortesemente la testa e Cosimo esclamò: «Ah, Eleonora, dolce moglie! Stavo appunto venendo nelle tue stanze».

Sorpreso di vederlo lì, Eleonora esclamò: «Cosimo, amore mio. Sei tornato! I bambini ed io abbiamo contato le ore in attesa del tuo ritorno».

«Come ho fatto io», disse. Attraversò la stanza in pochi passi, Cosimo raggiunse il fianco di sua moglie e la piegò, dandole un bacio che fece arrossire anche il pittore. Isabella ridacchiò e pensò al giorno in cui suo marito l'avrebbe baciata come suo padre baciava sua madre.

«Il mio viaggio di ritorno è stato ritardato di un giorno o due ad Arezzo», spiegò. «Stavo ispezionando la postazione di comando e le mura che sto costruendo lì per proteggere la città». Rivolto a Isabella, disse: «Un giorno ti ci porterò, cucciolo mio. La fortezza sta venendo su bene ed è quasi terminata».

«Oh, papà! Mi piacerebbe. Dimmi, che aspetto ha?»

«Il Maestro Sangallo ha creato una massiccia struttura con cinque imponenti bastioni. Ha la forma di una stella ed è una cosa formidabile da vedere in cima alla collina più alta della città. Da quel punto di osservazione, abbiamo una visione chiara dell'intera valle sottostante.»

Allungò la mano verso Isabella, la fece piroettare su se stessa. «Sai che Arezzo è proprio una città affascinante? Oh, niente a che fare con Firenze», si affrettò a chiarire. «Tuttavia, gli Aretini sono un popolo piuttosto divertente. Mi hanno intrattenuto con canti e buon cibo. Ma la cosa più incredibile di tutte è stata il torneo dei cavalieri. Una giostra in cui le quattro parti della città competono l'una contro l'altra, caricando a cavallo un bersaglio con le loro lance. È uno spettacolo fantastico! Troveresti la competizione molto coinvolgente».

Lasciando che Isabella si esibisse in un'altra serie di giravolte, Cosimo la guardò per un momento ridacchiando, «La giostra mi ha sicuramente messo di buon umore e mi ha fatto sentire un uomo molto più giovane. Ero quasi tentato di cimentarmi anch'io».

Eleonora si avvicinò al suo fianco e lo prese a braccetto. «Ah, credo che la festa di Arezzo abbia contribuito ad alleggerire i tuoi pensieri, oltre a farti divertire. Sai che le ore passano così noiosamente quando sei via...

e io mi sento così sola».

In tono piuttosto provocante aggiunse: «Ma mi sono tenuta occupata. Mi sono dedicata a qualche svago».

La scrutò, e lei soggiunse, fintamente offesa: «Oh, signore! Non ti preoccupare. Sono riuscita a tenermi fuori dai guai. Siate certo che le fortune dei Medici sono ancora intatte. Non ho scommesso tutti i nostri soldi».

Con un cenno della mano indicò una tela in fondo alla stanza. «Piuttosto sono stata prigioniera del nostro bel pittore qui. Il signor Bronzino ha appena finito il ritratto mio e del nostro amato piccolo Giovanni».

Muovendosi con disinvoltura tra il fruscio delle sue gonne, si spostò vivacemente verso la parete più lontana e chiese al marito di unirsi a lei. «Vieni amore mio. Dimmi cosa ne pensi».

Cosimo la seguì e la osservò mentre toglieva la copertura che avvolgeva una grande tela. Rimase in silenzio un momento e tutti trattennero il respiro. Poi gridò: «Bronzino, mi hai deliziato ancora una volta! Il tuo lavoro è semplicemente sbalorditivo. Bravo! Molto bene!».

Alzando le mani come se volesse incorniciare il viso della moglie con le dita, Cosimo disse: «E tu, mia cara, sei una visione. Sono un marito molto fortunato. Sei molto, molto affascinante».

La duchessa gli rivolse un sorrisetto deliberato a cui lui rispose con un sorriso furbo. Poi aggiunse: «Per tenerti lontana dai guai e dal tavolo da gioco, penso che un altro dipinto faccia al caso nostro. Mi faresti l'onore di posare ancora?»

«Come desideri mio Signore», rispose Eleonora. «E quale dei nostri ragazzi dovremmo far includere? Francesco, forse? Dopo tutto, sarà il prossimo granduca».

«No, no, amore mio. Ho qualcos'altro in mente. Niente mi renderebbe più felice che avere un dipinto di te con Isabella seduta al tuo fianco».

«Che meraviglia!», esclamò Eleonora. «Un dipinto di tua moglie e tua figlia. Francesco ne sarà così deluso, però». Rivolgendosi al pittore, chiese: «Signor Bronzino, Maestro! Non è una richiesta insolita? Un ritratto di una madre con sua figlia è piuttosto strano, non è vero?»

Sul lato opposto della stanza Isabella, che aveva ripreso a ballare con un compagno immaginario, smise di volteggiare per ascoltare il discorso tra i suoi genitori. Segretamente era soddisfatta all'idea di posare con sua madre per un dipinto, e ancora più felice di usurpare la posizione che sarebbe spettata a suo fratello.

Cosimo esclamò: «Che importa se non è d'uso? Io decido le regole. E niente renderebbe più felice questo vecchio duca». Sfidando il pittore di corte dei Medici: disse: «Cosa ne pensi, Bronzino? Credi di poter rendere giustizia a queste due donne adorabili e riprodurre anche la loro bellezza interiore? Non è un compito facile, temo».

Bronzino sorrise di piacere e disse: «Mio caro duca, ho dipinto molte immagini di Isabella, così come di vostra moglie con i vostri altri figli; sarebbe mio estremo piacere dipingerle insieme. Farà scalpore in città! Non parleranno d'altro. Credetemi. Sarà un dipinto da ricordare».

Capitolo 7

Preludio di una tempesta

*A*vvicinandosi alla villa di Cerreto Guidi, le parole di Bronzino svanirono nel tempo, ma i pensieri sul dipinto di Isabella rimasero in prima linea nella mente di Nora. Guardando l'orologio del cruscotto nella sua auto a noleggio, vide che era quasi mezzogiorno—l'apice di una torrida giornata toscana. Parcheggiò la macchina all'ombra, poi salì le scale fino all'ampio cortile. Mentre lo faceva, sentiva il calore opprimente che emanava dalle pietre del terrazzo. Il cortile appariva deserto tranne che per due adolescenti assorti nei loro telefonini seduti all'ombra del portico della chiesa accanto alla casa principale.

Quando entrò nella sala principale, Nora fu immediatamente salutata educatamente da un custode solitario. Si presentò come Leonora Havilland, l'americana che stava facendo un documentario su Isabella de' Medici. Mise una mano nella borsa e tirò fuori qualche pagina stampata e disse: «Ho chiamato il dipartimento delle comunicazioni dei musei fiorentini un mese fa per ottenere il permesso di filmare».

Nora attese che la guardia controllasse i documenti, e ricordò i salti mortali che lei aveva fatto per ottenere l'approvazione necessaria. Era passata da un coordinatore del progetto museale italiano ad un altro, finché alla fine, con grande perseveranza, aveva parlato con la persona giusta che aveva l'autorità per concedere un accesso illimitato alla proprietà per realizzare il suo film.

Vedendo l'uomo corrugare leggermente la fronte, mentre studiava i documenti in inglese, disse in italiano: «Spero che le abbiano detto che stavo per arrivare oggi».

Sentendola parlare in italiano, la guardia la guardò sollevato e sorrise. Restituì i documenti, e poi l'uomo tarchiato disse: «Bene! Parla italiano! Che sollievo! Sì, signora, mi hanno aggiornato e La stavo aspettando».

«Meno male! Stavo iniziando a pensare che potesse esserci un problema...»

«Oh, no! Al contrario, da quello che ho capito io, gli amministratori di Firenze sono piuttosto contenti dell'idea e della premessa del tuo documentario. Personalmente, penso che anche Isabella sarebbe contenta. Quanto a me, sono pronto ad assisterLa. Mi faccia sapere se ha qualche domanda o ha bisogno di qualcosa. Farò del mio meglio per rendere il Sua soggiorno qui a Cerreto Guidi il più piacevole possibile».

Tendendo la mano si presentò. «Sono Giuseppe. Giuseppe Gargiulo. Sono il curatore del museo di caccia. Qui troverà una collezione di armi, risalente al Medioevo».

«Bene! Grazie signor Gargiulo. Posso lasciare la mia borsa fotografica con Lei qui alla scrivania? Prima di iniziare, voglio dare un'occhiata e familiarizzare con la disposizione della villa. Ho alcune idee specifiche riguardo a dove vorrei girare il film e ho bisogno di controllare l'illuminazione prima di installare l'attrezzatura».

«Certo! Faccia come se fosse casa sua», le disse: consegnandole un tesserino ufficiale del museo da portare al collo.

Sentendo già l'attrazione magica del luogo, Nora posò la sua pesante borsa e andò nella prima stanza. Muovendosi in uno schema circolare attraverso le camere al primo piano, si fermava di tanto in tanto per focalizzare la sua attenzione su un pezzo antico o ammirare le teche di vetro posizionate nel mezzo della stanza e contro il muro piene di vecchie pistole, pugnali da caccia e spade. Dall'eccessivo numero di dipinti appesi al muro di cavalli e cani, vide quali erano le vere passioni dei Medici.

Quando tornò nel corridoio principale, fu felice di essere accolta da due enormi ritratti dei genitori di Isabella, Eleonora e suo marito, Cosimo. Accanto a loro c'erano le immagini dei loro undici figli che avevano avuto nel corso di ventitré anni. Persa nei suoi pensieri, Nora contemplò i dipinti e non sentì avvincinarsi il curatore del museo finché lui non si trovò a pochi passi di distanza. Seguendo il suo sguardo, anche Giuseppe osservò pensieroso i membri della famiglia Medici.

Dopo un momento, disse: «Sono stupendi, no?» Vedendo il suo

cenno, indicò un dipinto di Isabella, vestita con un elaborato abito con fronzoli e pizzo che pendeva a breve distanza. «Guarda quello. Da' un'occhiata più da vicino. Di recente abbiamo fatto una scoperta davvero notevole».

«Cosa avete trovato?» chiese lei.

«I curatori hanno visto uno sdoppiamento di immagini—un'altra immagine sotto la superficie. Una specia di pentimento... Era il dipinto sotto che aveva iniziato a mostrarsi, e questo li ha allertati».

Nora ripeté la parola *pentimento*, assaporando il suono della parola italiana. Pensava che fosse un modo perfetto per descrivere la scelta di un artista di cambiare idea e dipingere coprendo un precedente lavoro.

Giuseppe continuò: «Dopo aver esaminato la tela, si insospettirono, così ordinarono una pulizia accurata e scoprirono che qualcuno aveva dipinto sopra la versione originale di Isabella. In effetti, sono andati così oltre da cambiare i suoi lineamenti, aggiungendo completamente un nuovo volto a quello originale. Sembra che sia cambiato anche il colore dello sfondo».

Guardando il dipinto con occhi nuovi, Nora disse: «Hanno restaurato Isabella magnificamente. Sono sicura che non ha apprezzato di essere stata coperta per tutti quegli anni».

«Ne sono sicuro!» concordò Giuseppe. Diede un'occhiata a Nora, aggiunse: «I restauratori hanno fatto il lavoro qui, in una delle stanze sul retro, e mi hanno invitato ad assistere mentre levavano con cura lo strato superiore di pittura per rivelare il volto della principessa».

«Immagino che debba essere stato come trovare un tesoro sepolto, un regalo che il tempo ha ripristinato».

Lui sorrise alla sua analogia. Poi scrollando le spalle, aggiunse: «Non riesco a capire! Per carità! Non capirò mai perché la gente fa queste cose. Come possono dilettanti avere il coraggio di manomettere un capolavoro?»

«È un vero peccato, non è vero? Molto probabilmente il dipinto è stato alterato per soddisfare i gusti moderni. Lo facevano spesso a cavallo di secolo. Isabella aveva un viso adorabile, ma le sue fattezze erano tipiche dei Medici, forti e audaci. I vittoriani, d'altra parte, preferivano uno stile più ornato—cupidi, nuvole e fiocchi—come le delicate signore di Fragonard. Se questo ritratto di Isabella era stato ridipinto, probabilmente era stato fatto per vendere il quadro per adattarsi alla combinazione di colori e decorazione del salotto di qualcuno».

«Ovviamente», disse scherzando. «Dopo tutto, in un salotto, i quadri devono accordarsi con le tende». Raggiunse la scrivania, prese la sua borsa fotografica e disse: «Se sei qui per fare un documentario su Isabella, probabilmente già conosci bene la principessa».

Una scintilla divertita illuminò gli occhi di Nora, che rispose: «Sì, sembra così. Ultimamente, Isabella è stata la mia costante compagna, e ogni giorno imparo un po' di più su di lei come se mi stesse sussurrando qualcosa all'orecchio. Ho fatto ricerche approfondite e sono diventata un'esperta sulla nobildonna. Chissà, forse eravamo amiche in una vita precedente».

Con una piccola scrollata di spalle, aggiunse: «Comunque, è per questo che sto facendo questo film. Vedo i molti lati di Isabella e voglio presentare la donna che ho imparato a conoscere con gli altri, in modo che tutti possano apprezzarla come me».

Giuseppe sembrò contento della risposta, felice di avere un visitatore, anche se si trattava di uno soltanto. Cerreto Guidi non poteva in alcun modo definirsi la tipica trappola per turisti. Dato che il museo della caccia si trovava nel mezzo di una remota area della Toscana, non servita da treni e con autobus locali che passavano con scarsissima frequenza, poteva contare raramente su grandi folle come quelle che invadevano Firenze. Certo, la gente a volte si concedeva una deviazione per vedere le armi in mostra, e poi c'erano gli amanti del brivido che volevano dare un'occhiata al fantasma di Isabella. A parte la storia dei fantasmi, che fino ad oggi continuava ad andare in giro, poche persone in realtà sapevano molto della donna o dei suoi successi.

«Venga da questa parte. Questa ha il corridoio che ci porta alla Camera del cappio. Lei è pronta? Ci sono altri dipinti della *mia* Isabella nella sua camera da letto».

Spalancando il braccio indicò a sinistra. Interessata a vedere le camere della principessa, nel posto in cui fu assassinata, Nora lo seguì in una piccola anticamera situata nell'altra ala della casa.

Quando entrarono nella stanza piena di altri dipinti scuri, la guardia rallentò i suoi passi e si fermò. «Quello è Paolo Orsini, il marito di Isabella, il Duca di Bracciano».

Nora studiò il volto del marito di Isabella. Poteva vedere che l'artista non era stato molto generoso con il soggetto; non aveva infatti ritoccato il ritratto per migliorarne l'aspetto. Sembrava un uomo di bassa statura, fiero, piuttosto grassoccio. La sua espressione era emaciata e come stanca del mondo, un effetto creato dalle palpebre gonfie e dai baffi che nascondevano il labbro superiore. Anche con la sua più fervida immaginazione, le era difficile pensare che Paolo facesse girare la testa ad una qualunque giovane donna; ancora più arduo era immaginarlo come amante, infuocato sotto le lenzuola, con una prostituta al suo fianco.

«Siamo fortunati ad avere questi dipinti», fece notare Giuseppe. «L'unica ragione per cui sono qui è che furono nascosti ai nazisti durante l'occupazione tedesca. Per tenerli al sicuro, furono portati nella cantina di un contadino dalle parti di Vinci».

Nora guardò il ritratto con maggiore interesse. Aveva visto un film girato a Hollywood una volta, sui partigiani italiani che avevano nascosto preziosi dipinti e artefatti inestimabili durante il periodo dell'occupazione tedesca. Ma sembrava che la vita reale fosse più affascinante della finzione.

Per tamponare il sudore che stava cominciando a gocciolarle lungo il collo, infilò la mano nella borsa, tirò fuori un ventaglio di carta e cominciò a sventolarlo vigorosamente. Notò che il custode invece, pur vestito con pantaloni lunghi e una camicia abbottonata, sembrava fresco come una rosa. In effetti, anche nel pieno della calura estiva, aveva un foulard avvolto intorno al collo per evitare di essere sorpreso dal minimo refolo d'aria ribelle.

Rivolgendo i suoi pensieri al ritratto, Nora disse: «Forse Paolo meritava di essere rubato da Hitler». In modo frettoloso chiarì, «Mi dispiace, ovviamente il dipinto sarebbe dovuto essere protetto. Mi sembra solo che, da quello che ho imparato sul marito di Isabella, stando alle testimonianze di alcune cortigiane romane, il marito di Isabella sembra essere stato un uomo piuttosto malvagio, un mostro quasi».

«Non potrei essere più d'accordo con Lei—povera Isabella—sposata con un uomo così».

Si voltò verso di lei e aggiunse: «Quando Hitler arrivò con le sue truppe, mandò squadre di soldati guidati da esperti d'arte tedeschi e ordinò loro di raccogliere il maggior numero possibile di dipinti e sculture italiane per spedirli a Berlino».

«Il dittatore tedesco era davvero ossessionato. Aveva intenzione di creare il più importante museo d'arte del mondo, conservando tutti i pezzi più famosi per sé».

«Il bastardo ha avuto il coraggio di rubare i capolavori di chiese e musei, persino delle case private delle persone. Una volta iniziato, i membri della resistenza iniziarono a nascondere alcuni dei pezzi più notevoli prima che potessero metterci le mani sopra».

Nora si accigliò. Immaginò il crepacuore che avrebbe provato se qualcuno avesse bussato alla sua porta nel bel mezzo della notte, ordinandole di farlo entrare. Che orrore osservare i soldati che si precipitavano dentro, rovesciavano mobili, controllando cassetti, per cercare oggetti da confiscare—argento, strumenti musicali, quadri e altro ancora. Quindi, rimanendo completamente indifesi osservando come uno per uno, i tuoi beni più preziosi potessero essere confiscati e spinti nel retro di un camion destinato a Berlino, senza possibilità alcuna di poterli recuperare.

Vedendo i suoi occhi annebbiarsi, Giuseppe continuò: «Fu un momento molto oscuro e pericoloso, signora. Niente e nessuno era al sicuro. Le battaglie si svolgevano lungo la cosiddetta linea gotica, ma c'erano combattimenti anche qui in Toscana. Dopo la caduta di Mussolini», continuò: «molte persone erano entusiaste, ma quando fu liberato da Hitler e fondò la Repubblica di Salò, beh... molti reagirono con violenza e cominciò una nuova fase della guerra».

«Quello fu l'inizio della guerra civile", disse Nora. "La guerra tra i fascisti e chiunque altro volesse liberare l'Italia da potenze straniere e dittatori».

«Sì, esatto». Facendo qualche passo verso la porta della camera da letto di Isabella, Giuseppe aggiunse: «Non si poteva aspettare che arrivassero gli alleati... così la resistenza iniziò a combattere i nazisti. C'erano così tante persone coinvolte nel movimento clandestino—contadini, operai e parroci, persino la Principessa di Piemonte, l'ultima della famiglia reale, e le sue dame».

«Marie Josè—l'ultima regina d'Italia, faceva parte della resistenza?».

Giuseppe annuì. «Ha simpatizzato con i partigiani, sì. Ha persino contrabbandato armi, denaro e cibo per loro».

Impressionata, Nora non poté fare a meno di pensare che Isabella, la principessa dei Medici, avrebbe fatto lo stesso».

«Erano tutti molto coraggiosi e corsero parecchi rischi. I ribelli fecero piccoli agguati e interruppero le loro operazioni militari, ma ogni volta che lo facevano i tedeschi reagivano perfidamente. Se i ribelli venivano catturati, venivano picchiati, fucilati o deportati nei campi tedeschi nel nord. Arrivarono perfino a massacrare interi villaggi. Inclusi i bambini».

«Non avevo la minima idea del massacro di così tante persone innocenti in questa zona». Il pensiero di un bambino ammazzato fece sobbalzare Nora.

«Oh, sì, signora. Come ho detto, nessuno era al sicuro. Ma questo non fermò i ribelli. Per evitare di essere catturati, fuggirono e si nascosero sulle colline. Nelle città, le persone iniziarono a incontrarsi segretamente, nascondendo i loro messaggi nei libri o nelle suole delle scarpe. Dovevano stare attenti, però. C'erano informatori ovunque. Se si sospettava anche del più semplice atto di gentilezza nei confronti dei ribelli, come offrire del pane ai prigionieri britannici, le spie fasciste erano pronte a denunciare tutto ai tedeschi».

Giuseppe si zittì per un momento poi, alzando gli occhi e indicando un altro ritratto fuori dalla stanza di Isabella, aggiunse: «Persino nascondere un dipinto era un segno di sfida e poteva portarti dritto davanti a un plotone d'esecuzione nazista».

Nora cercò di immaginare le pacifiche colline della Toscana, che Isabella aveva una volta attraversato a cavallo, invase da carri armati nazisti e spie fasciste. Rabbrividì leggermente, sentendo le grida di donne e bambini torturati e fucilati.

«Sembra folle», disse Nora. A se stessa, pensò, così tanto odio e avidità, così tante vite distrutte—così anta arte persa. E per cosa? La tirannia di un uomo bigotto ed egoista?»

Nora rimise il ventaglio nella borsa e aggiustò il borsone con la videocamera che le era scivolata giù dalla spalla. Guardò Giuseppe e disse: «Ultimamente mi sono interrogata su una cosa».

«Mi dica, signora», disse lui.

«Forse potete aiutarmi a far luce su una questione che riguarda un particolare dipinto di Isabella e...»

Senza che lei dicesse di più, Giuseppe annuì con la testa in segno di comprensione. «Ah, credo che si riferisca al dipinto di Isabella e di sua madre, Eleonora—il capolavoro mancante».

«Sì, proprio quello», rispose Nora. «Il ritratto dipinto da Bronzino.»

«Ma dai! È un ritratto fantastico. Sì, certo, lo conosco», rispose subito la guardia.

«Una volta era appeso al Louvre e...»

«Gli italiani non erano molto contenti di questo», disse appassionatamente. Non era giusto! Quel quadro, proprio come la Gioconda di Leonardo, appartiene al popolo italiano e sarebbe dovuto essere restituito agli Uffizi di Firenze molto tempo fa».

«Ne sa qualcosa di più? Sto cercando di scoprire cosa gli sia successo durante la guerra e perché sia ancora disperso».

Giuseppe scosse la testa. «Quando i nazisti hanno occupato Parigi, ci fu una grande confusione. Molto probabilmente è stato distrutto».

«O forse», disse Nora speranzosa, «è stato nascosto da qualche parte nella cantina di qualcuno, ed è pronto a fare una drammatica riapparizione».

«Magari, signora, speriamo». Aprendo la porta della camera da letto di Isabella, Giuseppe aggiunse: «Lei è pronta? Entri pure!»

Nora si fermò un attimo prima di varcare la soglia, preparandosi mentalmente alle emozioni che avrebbe potuto provare. Quando entrò nella stanza, tuttavia, fu sorpresa da quanto sembrasse normale. Diede un'occhiata alla carta da parati floreale e al soffitto in legno a cassettoni decorato con delicati fiori dipinti a mano. C'erano diversi armadietti e alcune sedie e, sull'ampio comò, riposavano una spazzola d'argento e un pettine. I suoi occhi vagarono per la stanza e si fermarono sul letto a baldacchino drappeggiato di seta rossa. Sembrava pacifico e sereno, il boudoir di ogni nobildonna.

Quando il cellulare del custode prese a squillare, Giuseppe disse: «Scusi, signora. Se ha bisogno di me, sono in fondo al corridoio». Rise bonariamente. «E *boh*, se Isabella decide di apparire, sa dove trovarmi».

Mentre Nora si voltava, lo sentì dire al telefono: «Dimmi... ah Jacopo, sei proprio tu...».

Sola nella stanza, Nora tirò fuori un treppiede e alcuni obiettivi e iniziò a montare l'attrezzatura video. Diede un'occhiata alla sceneggiatura e provò la battuta di apertura quando ebbe la sensazione di essere spiata dall'alto. Un brivido imprevisto le attraversò il corpo, e una strana sensazione di presagio la investì. Alzando gli occhi, vide per la prima volta il buco nel soffitto da cui Paolo aveva introdotto la corda per impiccare Isabella.

Il respiro di Nora si mozzò e, per un attimo, sentì la pressione di un cappio alla base del collo. Scosse la testa e si schiarì la gola, poi cercò di sottrarsi a una opprimente sensazione di terrore. Che cosa era successo esattamente in quella stanza? Sentì una strana energia turbinare nell'aria, chiuse gli occhi e rimase in ascolto. Sembrava che le parole arrivassero a ondate dal passato, e lei poteva sentire il dialogo acceso tra marito e moglie ouverture di un omicidio.

«Isabella, lasciami entrare. Abbiamo qualcosa di cui discutere».

«Ah, quindi sei tu, Paolo. Mi chiedevo quando saresti arrivato».

«Apri la porta, Isabella. Ho notizie di tua cugina Leonora. C'è stato

un incidente. É morta».

Nora aprì lentamente gli occhi. Aveva appena immaginato l'atto finale della tragedia di Isabella? I resoconti dell'incidente che aveva letto in precedenza erano solo fatti su una pagina ingiallita e polverosa. Ora sembravano incredibilmente reali. Intrappolata, ancora una volta, nella psiche di Isabella, Nora iniziò a girare il suo documentario.

Alla fine del pomeriggio, tornò nella camera da letto di Isabella per raccogliere gli attrezzi che aveva lasciato lì. Perse alcuni istanti per rivedere alcune delle scene filmate e fu soddisfatta del lavoro svolto fino a quel momento. Mise in conto di tornare per filmare ancora, ma quello che aveva era un buon inizio. Ad Arezzo avrebbe iniziato l'editing, applicando la musica e le voci fuori campo. Prese nota mentalmente di comunicare a Giuseppe le date in cui sarebbe tornata.

Mentre riponeva la sua macchina fotografica, pensò un po' mestamente che, se da una parte, era stata una giornata produttiva, dall'altra aveva riservato poche sorprese. Lì nella villa, Nora aveva sentito la presenza di Isabella intorno a sé, ma non aveva avuto alcuna visione della Dama Bianca. Anche se aveva sbirciato negli armadi e sondato negli angoli più bui, non aveva assistito ad alcuna apparizione. Naturalmente, la leggenda del fantasma di Isabella era solo una sciocca invenzione, fabbricata per far vendere riviste. Non poté, comunque, fare a meno di sentirsi un po' delusa.

Nel mezzo alla stanza, Nora disse: «Davvero, Isabella, è così che tratti i tuoi ospiti? Sono venuta fin dalla California. Il minimo che avresti potuto fare era presentarti di persona».

Si chinò per raccogliere il suo ingombrante equipaggiamento e proprio allora percepì una forte folata di vento che attraversò la stanza e fece sbattere la porta. Sorpresa, lasciò il treppiede che cadde rumorosamente sul pavimento.

Dopo pochissimo Giuseppe aprì la porta e domandò: «Tutto bene signora?»

Mettendosi una mano sul cuore che batteva all'impazzata, Nora rise a dispetto di se stessa: «Sì, Giuseppe. Tutto a posto. Va tutto bene, solo un grande spavento». Si guardò attorno e commentò: «Comunque sarebbe stato divertente vedere La Dama Bianca».

Il custode sorrise. «Non è l'unica. Tutti vogliono vedere Isabella. È una signora misteriosa e si mostra solo di tanto in tanto».

Aveva appena finito di parlare che un'altra raffica di vento attraversò la finestra, e fece muovere le tende del letto a baldacchino. Giuseppe si diresse verso la finestra per chiudere le imposte e si fermò un momento ad ammirare il panorama.

«Qui sulla collina spesso c'è una forte brezza," Dando un'occhiata a Nora, disse, "La sente? Il tempo sta per cambiare. Stasera ci sarà pioggia. Qui in Toscana i nubifragi possono essere piuttosto violenti. Spero che lei non abbia paura di qualche fulmine e tuono».

«Beh, oggi ero pronta a incontrare un fantasma», ribatté Nora, «quindi non credo che sarà un po' di pioggia a spaventarmi».

Come per metterla alla prova, un'ondata d'aria ancora più potente fece riaprire di scatto le persiane di legno mandandole a sbattere contro il muro. Giuseppe si affrettò a richiuderle e disse: «Signora, si prepari. Questo è solo il preludio di una tempesta».

Capitolo 8

La Dama Bianca

Mentre il vento si alzava e le nuvole temporalesche si accumulavano, avvicinandosi sempre più vicino verso Cerreto Guidi, Nora tornò al suo alloggio a un paio di chilometri dalla città. Dopo avere consumato un abbondante piatto di tagliatelle ricoperte da una ricca salsa di cinghiale, seguita da una torta fatta con i limoni coltivati nel giardino del ristorante, cadde a letto sentendosi incredibilmente sazia. Ma ricordò a se stessa che era in Italia, dopotutto, dove tutte le sue passeggiate avrebbero neutralizzato gli effetti della pasta e del gelato. Altrimenti, non c'era assolutamente alcun Dio.

Spense la luce nella sua stanzetta pittoresca, si sistemò nello stretto letto cercando di mettersi comoda. Dall'esterno della sua finestra sentiva le foglie degli alberi frusciare. Era esausta, ma comunque non riusciva ad addormentarsi.

Nell'oscurità, Nora si accorse del ronzare irritante di una zanzara troppo vicino all'orecchio e iniziò a mulinare selvaggiamente le braccia in aria. La stanza rimase in silenzio per un momento e si congratulò con se stessa per aver respinto l'assalitore, ma poi il fastidioso ronzio riprese come prima. Lei gemette e si tirò le coperte sulla testa. Tuttavia, dopo pochi istanti, le venne caldo e, sentendosi soffocare, le scagliò via e rotolò sul fianco.

Osservando l'orologio, si rese conto che era ancora presto—erano solo le dieci. Per passare il tempo, iniziò a contare i rintocchi delle campane della chiesa che segnavano anche i quarti d'ora. Mentre lo faceva, i suoi pensieri tornarono alla villa dei Medici. Era stato un pomeriggio particolarmente illuminante e aveva apprezzato la sua conversazione con Giuseppe, la guardia. Era stato anche un po' agghiacciante vedere il ritratto di Paolo, l'uomo che aveva assassinato sua moglie a sangue freddo.

Nora si chiese come sarebbe stato essere sposata con un uomo simile.

Dopo aver visto il volto del duca di Orsini e da quello che aveva letto su di lui, Nora sapeva che certamente non assomigliava affatto all'ideale di Isabella del perfetto cavaliere, né si poteva dire che ci fosse alcuna affinità intellettuale tra i due. Suo cugino Troilo, d'altro canto, ecco... lui sí che aveva una figura aggraziata. Bello, colto ed istruito, oltre che affascinante, era un compagno più adatto per la principessa de' Medici.

In effetti, sembrava che Troilo fosse uscito da una delle storie dei trovatori romantici di Isabella. Non ci sarebbe potuto essere un eroe più attraente ed empatico. Fuori i suoi sogni e tra le sue braccia, il cugino di Paolo si era fatto spazio e insieme avevano trovato una grande felicità.

Divertente, pensò Nora, era stata un'idea di Paolo, in primo luogo, di presentare i due. *Cosa gli era venuto in mente?* si chiese.

Ma Paolo, a causa dei suoi frequenti viaggi a Roma durante i quali Isabella abitava con suo padre, temeva che sua moglie si prendesse un amante. Non volendo diventare un marito cornuto o oggetto di ilarità tra i suoi amici, mandò Troilo, il suo cugino di fiducia, alla corte dei Medici per tenere d'occhio sua moglie. Paolo gli disse di fare amicizia con Isabella e ottenere la sua fiducia. Sapeva che Troilo avrebbe potuto flirtare con lei, lusingandola con versi poetici, ma a parte questo, sua moglie sarebbe restata rigorosamente intoccabile.

Ovviamente il Duca di Bracciano era stato uno stolto, e lo scherzo era indubbiamente passato a lui, perché non appena gli sguardi di Troilo e Isabella si erano incontrati, era scoccata la scintilla e la magia tra di loro era esplosa. Subito i due si impegnarono molto di più nel ballo da sala e nell'intrattenimento giocoso.

Lasciando che la sua immaginazione prendesse il sopravvento, Nora vide l'espressione felice di Isabella mentre ammirava il modo in cui la giacca di Troilo gli cadeva sulle ampie spalle. Chiudendo gli occhi, riusciva praticamente a sentire le parole canzonatorie che Isabella aveva sussurrato all'orecchio dell'uomo affascinante, poche ore dopo la loro presentazione.

«Poiché, caro signore, sembrate essere in ottima forma e ben capace di difendere l'onore di una signora, credo di essere abbastanza presa dalla vostra spada. Si direbbe un'arma potente».

«Ah, sì, gentile signora», rispose Troilo cogliendo prontamente l'occasione. «Sono alquanto svelto con essa, posso agilmente uccidere i più potenti nemici, per giacere ai vostri piedi».

«Davvero? Forse potreste insegnarmi l'arte raffinata di maneggiare una spada così forte e potente».

«Certamente, mia signora. Sarei più che felice di istruirvi nell'arte del duellare, se lo desiderate. Questa mia spada è pronta per essere utilizzata. Un abile guerriero deve accettare qualsiasi sfida, pronto a alzarsi a difendere la sua signora, disposto a soddisfare ogni sua esigenza».

Isabella dovette arrossire visibilmente inarcando maliziosamente un sopracciglio. «Bene, signore, io per prima sono pronta per la mia prima lezione».

Prima che i musici potessero intonare un'altra dolce melodia con i loro liuti, Isabella e Troilo erano scivolati fuori dalla porta e corsi su per le scale. Dietro le porte chiuse, lontano da occhi indiscreti, rotolavano nel letto, intrecciati in lenzuola di seta. Lì rimasero impigliati per più di dieci anni. Isabella non era riuscita a concepire un figlio con suo marito, ma ci era riuscita, invece, tra le braccia del suo amante—producendo due bellissimi bambini.

Avevano fatto del loro meglio per tenere sotto controllo la relazione. Se c'era qualcuno che avrebbe potuto interrompere i loro incontri, sarebbe stato Cosimo. Il padre di Isabella aveva invece chiuso un occhio e aveva permesso alla figlia di trarre piacere là dove poteva, visto che non l'avrebbe trovato con il proprio marito.

Le gioie rubate che Isabella aveva vissuto tra le braccia del suo amante furono incantevoli e, quando dovevano separarsi per alcuni periodi, si scambiavano lunghe lettere appassionate. Isabella aveva un talento speciale nello scrivere versi armoniosi: «*Io sarò la vostra schiava in eterno, intossicata da voi che mi avete offerto gentilezza e amore*».

Spesso le loro lettere contenevano parole in codice che solo loro conoscevano e che mascheravano battute in cui si prendevano gioco di Paolo. Nonostante Isabella fosse munifica con le sue parole di affetto, non osò mai rivolgersi a Troilo usando direttamente il suo nome, né firmò mai le lettere con il proprio: se le sue appassionate dichiarazioni fossero cadute nelle mani sbagliate, le conseguenze sarebbero state disastrose.

Isabella non si arrischiò mai neppure a scrivere lettere di suo pugno, poiché la sua calligrafia particolare era facilmente riconoscibile. Per mantenere l'anonimato, dettò i suoi pensieri al fedele servitore Morgante. Era un uomo intelligente, colto e saggio, molto amato dalla famiglia. Non era solo il servitore personale di Isabella, ma anche colui che a corte intratteneva tutti con parodie e battute spiritose. Talvolta accompagnava lo stesso Granduca nelle sue missioni diplomatiche. Poiché era una parte così essenziale della vita dei Medici, gli fu concesso il privilegio di sposarsi e di ricevere anche un piccolo appezzamento di terra.

Nora si sdraiò sulla schiena, ricordando un passaggio particolarmente intrigante di una delle lettere d'amore di Isabella.

«*Caro signore, la vostra lettera mi ha dato una tale gioia. Era come se foste presente desiderandovi anche più della vita stessa. Ogni ora sembra lunga quanto un migliaio di esse. Se non fosse per le grandi speranze che nutro di rivedervi presto, morirei all'istante. Ditemi che il vostro ritorno sarà il più veloce possibile, tanto caro è alla mia vita*».

Fissando distrattamente il vuoto Nora pronunciò ad alta voce le parole di Isabella: «Desiderandovi anche più della vita stessa. Io sarò la vostra schiava in eterno, intossicata da voi che mi avete offerto gentilezza e amore».

Come si potevano scrivere tali parole? Certo, era il sedicesimo secolo, e la gente tendeva a essere un po' più enfatica... eppure le emozioni, strazianti, erano lì, vivide e reali. Era chiaro che la principessa de' Medici era stata una donna profondamente innamorata e che, negli anni, il suo sentimento si era fatto sempre più forte.

Nora non poté fare a meno di provare un po' di invidia verso Isabella. Come era stato possibile che una donna del Rinascimento fosse riuscita a trovare un amore così romantico e lei, invece, una donna moderna ed emancipata, avesse fallito così miseramente? Sempre con lo sguardo rivolto al soffitto cercava di ricordare se Richard le avesse mai mandato messaggi del genere. Ripensò ai primi giorni del loro corteggiamento. Non erano mai stati veramente separati, le uniche cose che lui le avesse mai scritto erano state brevi liste della spesa, SMS che le ricordavano di comprare lo shampoo antiforfora o il deodorante: messaggi che non si potevano lontanamente paragonare alle lettere d'amore che avevano fatto girare la testa a Isabella.

Si sistemò il cuscino più comodo sotto la testa di nuovo e si chiese: *esiste davvero un amore come quello tra Isabella e Troilo?*

Ma quella era la fantasia, no? Ancora oggi, in questa era moderna, le donne sognavano di trovare un uomo di una bellezza selvaggia, capace di sfidarle sul piano intellettuale e che fosse, non da ultimo, anche un amante esperto. Disgraziatamente, pensò, queste ultime *erano solo un mucchio di sciocchezze hollywoodiane.*

Eppure, ricordò a se stessa, quanto una vita vissuta interamente da sola poteva essere amara. Ad essere onesta, anche lei desiderava quel sogno. Voleva provare un amore profondo come quello di Isabella, ma voleva anche rispetto reciproco, indipendenza e libertà. Pensò che se una donna complicata come Isabella de' Medici aveva trovato l'amore e un intelletto pari al suo—beh, allora forse c'era speranza anche per lei.

Distratta dallo svolazzare delle tende, Nora sentì la carezza di un soffio d'aria calda attraverso la finestra aperta. Sembrava che il custode del museo avesse avuto ragione riguardo al temporale. Si mise a sedere e guardò dalla finestra e ascoltò i rami nel giardino sottostante che si agitavano inquieti nell'umida brezza serale. Da lontano, sentì il brutto rombo del tuono rotolare attraverso i campi. Non passò molto tempo che un profumo dolce e pungente riempì l'aria e Nora udì lo scroscio dell'acqua che batteva sul terreno.

Mentre il ritmo della pioggia aumentava, ricadde stancamente sul letto. Per proteggersi dai lampi che squarciavano il cielo notturno, si tirò il cuscino sulla testa e si rilassò sul morbido materasso. Rannicchiata al sicuro, si rese vagamente conto del fragore della tempesta, e fu solo quando sentì una donna parlare che aprì gli occhi.

«Svegliati! Svegliati, Nora. Ho qualcosa di importante da dirti».

Tornando lentamente ai suoi sensi, Nora rispose assonnata: «Qualcosa di importante? Non capisco».

Per schiarire la sua vista, Nora si passò una mano sul viso, e quando riaprì gli occhi, sbatté le palpebre per la sorpresa. Non era più a letto, ma in piedi nel mezzo della stanza. Come fosse finita lì a parlare con una donna bagnata fradicia, vestita con un lungo abito bianco, non ne aveva la minima idea.

Un po' intontita chiese: «Sto sognando?»

Ignorando la sua domanda, la donna rispose: «Dobbiamo essere veloci. Non c'è tempo da perdere. Sarà qui presto».

Di cosa stava parlando? Si chiese Nora. «Chi sarà qui presto?»

Con impazienza, la visione in bianco gettò indietro i capelli gocciolanti, facendo scorrere un arco d'acqua sulla sua spalla. Nora osservava affascinata, cercando di dare un senso alla situazione, ma era invece distratta dalle gocce d'acqua che sembravano muoversi al rallentatore sopra la sua testa, sospese come gioielli luccicanti sulla testa.

Per riportare Nora all'attenzione, la donna fece un passo avanti e la scosse gentilmente. Il tempo si spostò di nuovo in avanti e la donna disse sottovoce: «Non puoi fidarti di nessuno, mia cara! Mi senti? Capisci? Vogliono vendetta. Non c'è tempo... Sbrigati... Francesco...»

Mentre la visione nebulosa continuava a muovere solo la bocca, Nora tendeva le orecchie, ma non riusciva a capire completamente il messaggio criptico che la donna sembrava così intenta a consegnare. Invece di diventare più chiaro, lo strano messaggio della donna si fece più complicato e confuso. A Nora sembrava di ascoltare una trasmissione radio debole e scoppiettante e che le parole provenissero da un posto molto lontano.

«Aiutami, Nora! Paolo è venuto... Leonora morta... la lettera...».

«Lettera? Quale lettera? Non ti capisco».

La visione trasparente sorrise obliquamente e ritirò un pezzo di carta pergamenata da dietro la schiena. Rapidamente esaminò il contenuto, prima di baciarlo, poi lo allungò a Nora, come se volesse che anche lei lo leggesse. Ma, proprio mentre Nora stava per prendere il biglietto dalla sua mano tesa, la donna si tirò indietro e si voltò invece verso una cassa di legno accanto al letto. Con un movimento aggraziato, si inginocchiò e fece scorrere la mano lungo il retro finché un compartimento segreto si aprì.

Con il nascondiglio completamente rivelato, scrutò da sopra la spalla per assicurarsi che Nora la stesse guardando, poi infilò la lettera all'interno. Con tono soddisfatto disse: «Ecco. Questo è fatto. La lettera è al sicuro».

In modo enigmatico aggiunse: «Ora, tutti i miei segreti sono nascosti, e solo coloro che sanno davvero dove cercarli li ritroveranno».

Al rallentatore, la donna girò in tondo e Nora si mosse nella sua orbita. Continuarono la loro danza a rotazione lenta, ma quando la donna si guardò alle spalle, si fermò all'improvviso. Indicando il muro più lontano, la visione gridò: «Il dipinto è sparito!»

Nora si girò, ma non vide altro che oscurità. Da dietro, la donna si avvicinò a lei e avvolse le braccia attorno a Nora. Nella stanza buia, sentiva il suo corpo freddo e tremante e la tristezza che inondava la mente della donna. Dolcemente, la signora in bianco gemette nel suo orecchio, «Fai qualcosa, Nora. Aiutami. L'ha preso!»

Sentendo un basso brontolio, la donna si avvicinò alla porta e appoggiò l'orecchio contro di essa. Quando si voltò, Nora vide che i suoi occhi erano ora spalancati per lo spavento.

«Sta arrivando. In fretta! Devi nasconderti».

Un lampo di luce accecò Nora.

«Trova il dipinto, Nora. Non lasciare che lo distruggano. Non lasciarli vincere. Fagli sapere...»

Quando un fragoroso rumore colpì la porta, entrambe le donne si girarono. Mentre un bagliore di luce accecante illuminava la stanza, Nora cadde vertiginosamente a terra. Cercò di respirare, ma stava soffocando sotto il peso di qualcosa che le copriva il viso. Con tutte le sue forze, respinse il suo aggressore.

Ormai completamente sveglia, guardò il pavimento e vide il suo cuscino disteso accanto al letto. Il suo assalitore era stato un sacco pieno di piume. Sospirò di sollievo, si ritrasse e pensò che *era stato solo un sogno*.

Nora rimase per un momento a guardare le ombre che danzavano sul soffitto, ascoltando il costante battito della pioggia. A poco a poco quel suono riuscì a calmarle i nervi scossi. In lontananza, udì il leggero rombo di un tuono. Il temporale era passato e si stava spostando più a valle. Ancora una volta, sentì il rintocco delle campane della chiesa che risuonavano nella notte umida.

Nora si alzò dal letto e si avvicinò alla finestra; spinse da parte le imposte. Alzò lo sguardo e vide una striscia di luce lunare che graffiava le nuvole notturne. Mentre si spostavano, un raggio di luce cadde dal cielo illuminando la villa medicea arroccata in cima alla collina.

Mentre gli ultimi resti del suo inquietante sogno svanivano, Nora pensò al tragico destino che era toccato alla principessa de' Medici e al mistero del suo ritratto scomparso. Durante quella giornata aveva indubbiamente agitato le acque del passato e ora sembrava che stesse ascoltando gli echi di quel nebuloso passato.

«Dai, Nora, riprenditi», disse ad alta voce.

Non poté, tuttavia, fare a meno di pensare che Isabella stesse allungando una mano verso di lei, esortandola a... A fare cosa? Ritrovare il suo quadro? Non aveva la minima idea di dove cominciare.

In piedi, davanti alla finestra aperta, Nora fu accarezzata da una corrente d'aria calda e umida che portava con sé il profumo delle foglie di quercia bagnate. Indipendentemente dal tempo e dal luogo, la vita di Isabella s'intrecciava alla sua. Era stata toccata dalla storia di Isabella mentre era ancora in California, e ora, lì in Italia, il filo che le teneva unite stava diventando ancora più forte.

Forse erano destinate ad aiutarsi l'un l'altra.

Tornando a guardare di nuovo la villa, Nora osservò le ombre tremolanti giocare sulla collina. Ad un certo punto, le sembrò che uno scuro stallone uscisse da un piccolo boschetto di alberi e venisse illuminato dalla pallida luce lunare. Seduta con orgoglio in sella c'era una dama vestita di bianco.

«Caspita!», esclamò Nora piano. Si sporse oltre il davanzale per vedere meglio, ma le nubi si spostarono di nuovo, immergendo la villa nel buio più totale. Ciò che era surreale assunse un'aura celestiale.

Capitolo 9

Le regole del gioco

Quello che sembrava così vero la sera prima, alla luce del giorno, si dileguò come il temporale notturno. Ora, seduta sulla terrazza del suo alloggio, con le valigie e le attrezzature fotografiche ammassate nell'atrio, Nora guardò la valle verde smeraldo e il cielo nebbioso, ancora carico di umidità, e scosse la testa alla stupida idea che avesse effettivamente incontrato la Dama Bianca.

Prese un respiro profondo, e notò che l'aria odorava di erba bagnata e lavanda, e il terrazzo di pietra brillava ancora di gocce di pioggia. Adesso c'era una brezza fresca, ma lei poteva sentire la temperatura salire. Era solo questione di tempo, prima che si trasformasse in un'altra giornata afosa.

Si tolse il leggero maglione di cotone, lo ficcò nella borsa e si passò una mano tra i capelli. Nonostante gli sforzi fatti per asciugarli e metterli in piega, poteva già sentirli incresparsi. Sembravano dotati di intelligenza propria, capaci di prevedere i cambiamenti meteorologici meglio di qualsiasi barometro. Li spinse via dal viso e li fissò usando i suoi occhiali da sole come una fascia, comprendendo che a volte bisogna arrendersi e lasciare che la natura segua il proprio corso.

Sollevò la sua tazza di caffè per finirlo, ma sentendo la suoneria del telefono, lo tirò fuori dalla borsetta e vide un messaggio di Richard. Nora sussultò leggermente mentre apriva il messaggio, preparandosi al peggio. Sorprendentemente, invece, le aveva inviato una notizia positiva, facendole sapere che la vendita della casa era andata a buon fine. I suoi sentimenti erano caldi e incoraggianti.

«Allora, credo sia tutto, Nora. Abbiamo passato dei bei momenti, ma adesso è finita. È giunta l'ora per entrambi di provare un'altra vita, alla fine. Spero che tu trovi quello stai cercando in Italia. In bocca al lupo per il film. Davvero».

Osservando il paesaggio, Nora pensò alla loro storia. Sembrava che questa fosse davvero l'ultima riga del loro capitolo finale. Quando sentì il telefono vibrare di nuovo abbassò lo sguardo e vide un altro messaggio da parte sua: «Ti invierò i dettagli finanziari più tardi. Lo farò con piacere. So che la matematica non è mai stata il tuo forte».

Che tipo, pensò. Tipico di Richard. Doveva fare lo sbruffone fino alla fine.

Nora mise giù il cellulare e tirò fuori le chiavi della macchina dalla borsa e le rigirò tra le mani un paio di volte, cercando di analizzare i suoi sentimenti. Inoltre, non era dispiaciuta per gli anni trascorsi insieme. Richard avrebbe sempre fatto parte del suo viaggio. *Mi sento ottimisticamente triste*, capì finalmente. Provava uno strano cocktail di emozioni, un po' di malinconia mista a sollievo, e un po' di trepidazione.

Alzando le chiavi sulla fronte in un saluto al suo ex, pensò, *beh, se questo è il nostro ultimo addio, quale posto migliore di questa terrazza in Toscana per salutarci per sempre?*

Guardando di nuovo il telefono, sfogliò il resto dei suoi messaggi. Ne cancellò alcuni, ma quando arrivò a uno da sua madre, si fermò. Non aveva mandato nemmeno un messaggio ai suoi genitori dopo che era atterrata e per questo si sentiva in colpa. Compose frettolosamente una risposta e, mentre premeva il pulsante di invio, il suo telefono iniziò a squillare.

Controllò il piccolo schermo e fu felice di vedere che il chiamante era Juliette. "Ciao, bella! Come stai? Come vanno le cose ad Arezzo? Stavo per chiamarti. Ci credi che sono di nuovo in Italia?»

«Era ora! Non vedo l'ora di rivederti», disse enfaticamente Juliette. «Quando pensi di arrivare qui?»

«Mi stavo giusto preparando a partire. Stavo pensando di fermarmi a Firenze per pranzo e per fare una passeggiata nelle nostre solite zone. Se non rimango bloccata nel traffico dell'ora di punta quando esco da Firenze, dovrei essere ad Arezzo verso le sei.

Passandosi una mano tra i capelli, raccontò a Juliette del lungo volo dalla California, di come aveva passato il tempo a Roma e del recente messaggio di Richard.

«E la villa?», chiese Juliette. «Come sono andate le riprese?»

«Il padiglione di caccia è incredibile e il custode del museo è un uomo eccezionale. Mi ha dato molte informazioni chiave e le riprese sono andate molto bene».

«Allora, hai incontrato il fantasma in persona, la signora Isabella, La Dama Bianca?»

«Solo nei miei sogni», ribatté Nora. «Sapessi che sensazione ho provato a essere nella stessa stanza in cui è stata uccisa la principessa de' Medici. Mi ha dato i brividi: era come se potessi sentirla parlare».

«Hai sempre avuto una vivida immaginazione. Sai che non sono mai stata a Cerreto Guidi?», disse Juliette.

«Devo tornarci per finire le riprese. Se hai tempo, potresti venire con me. Tra poche settimane la città organizza una festa in onore di Isabella. È una festa con molte bancarelle e cibo, oltre a essere una rievocazione storica».

Anche se era normalmente un piccolo paesino assonnato, Nora aveva appreso da Giuseppe che ogni anno la città organizzava una festa molto speciale: si selezionava una giovane donna che veniva vestita come Isabella; in groppa a un cavallo, la donna sfilava per le strade, presiedendo ad un festival creato per onorare la memoria della principessa de' Medici. C'erano musica e balli per le strade, oltre a rappresentazioni teatrali che rievocavano la storia della morte di Isabella.

«La festa di Isabella sembra lo spettacolo che sta succedendo qui.

Ancora stanno tirando fuori i costumi medievali ad Arezzo» disse Juliette. «Le cose sono a buon punto per la Giostra del Saracino. Stasera vedrai le strade addobbate con tutti gli striscioni del quartiere. Più tardi, gli sbandieratori e i musicisti si eserciteranno in Piazza Grande. Se arrivi abbastanza presto, possiamo bere qualcosa e guardare i giostratori che si esercitano in piazza».

«Un tempismo perfetto», osservò Nora.

«Ehi, ricordi quella volta che abbiamo incontrato quei due giostratori al bar?», chiese Juliette.

Nora lo rammentava eccome, e sorrise al ricordo.

Le due ragazze avevano passato un fine settimana magico ad Arezzo, rovistando fra le cose d'antiquariato e frequentando il festival della città—la Giostra. Era come tornare indietro nel tempo e Nora era stata completamente estasiata dall'apprendere che due volte l'anno, a giugno e settembre, la città si animava di un fascino antico e abiti sfarzosi che riportavano al Medioevo.

Erano venuti per fare acquisti nel mercatino antiquario ma erano state rapidamente distratte dalle bandiere colorate che decoravano la piazza principale che celebravano i quartieri che partecipavano al torneo. Era stata una scena piuttosto romantica, soprattutto per due giovani donne in cerca di una piccola avventura, e forse anche di un appuntamento con un bel giostratore.

Lei e Juliette erano state particolarmente colpite da due giovani cavalieri che avevano visto uscire da Piazza Grande dopo un giro di prova. Li avevano seguiti in un bar vicino e avevano rotto il ghiaccio chiedendo spiegazioni sulle regole del gioco. Lusingati dalle attenzioni di due attraenti ragazze straniere gli uomini, vestiti con farsetti ricamati e calzamaglie colorate, erano stati più che felici di accontentarle.

«Il modo in cui è organizzata la giostra è piuttosto semplice», aveva spiegato l'uomo dai capelli più scuri. «La città è divisa in quattro quartieri che rappresentano le antiche famiglie nobili della città. Ci sfidiamo a cavallo con le lance in un antico gioco di abilità e resistenza».

Indicò il suo costume blu e giallo e disse: «Io vengo da Porta Santo Spirito, e il mio amico laggiù, vestito di verde e bianco, è di Porta Sant'Andrea. Il mio nome è Saverio, a proposito, e lui è Dario. Le nostre squadre prendono il nome dalle porte medievali situate in quattro angoli della città e tutti noi abbiamo colori distintivi».

«Sembra un modo molto pratico per tenere sotto controllo tutti i partecipanti e i cavalieri, e sapere chi è amico o nemico», lo stuzzicò Nora. «Quanti giocatori ci sono?»

Juliette intervenne: «Sai, è rigorosamente a scopo di ricerca. Potremmo dover intervistare qualcun altro per assicurarci che tu ci dia le giuste informazioni».

Saverio alzò le mani in segno di finta offesa: «Cosa? Non ti fidi di un uomo che ha giurato di proteggere la città dagli invasori? Fidati di me! Dai!»

Juliette inclinò la testa scherzosamente e disse: «Beh, hai una lancia davvero impressionante—e sembri abbastanza capace di usarla».

Lui rise della sua battuta e aggiunse: «Maneggiare una lancia richiede molta pratica. Solo i cavalieri più esperti ce la fanno».

«Per la cronaca, quanti giostratori siete?», chiese Juliette.

«Ce ne sono due per ogni quartiere, quindi siamo in tutto otto. Durante la giostra, ognuno di noi a turno corre lungo la lizza—la pista della gara».

«Deve essere un vero onore essere selezionato per questo impegno e indossare questi bellissimi costumi», fece Juliette.

«Sì», confermò lui mentre allungava una gamba per rivelare una coscia muscolosa avvolta in una calzamaglia colorata. «È piuttosto difficile perdersi per strada. Figuratevi che a cavallo, e vestiti in questo modo, tendiamo persino a fermare il traffico. Anche se potrebbe sembrare che tutta la giostra ruoti attorno a noi, in realtà ci sono molte persone coinvolte nel torneo di Arezzo».

«Per esempio?», chiese Nora.

«Vediamo... per cominciare, il sindaco presiede a tutto. Poi c'è il Maestro di Campo e tutti i direttori e gli allenatori delle squadre. Niente sarebbe possibile, comunque, senza il supporto di tutti gli abitanti dei nostri quartieri che lavorano tutto l'anno per dare una mano».

Alzò lo sguardo, Nora vide Dario che si era unito a loro. Nelle sue mani, portava due boccali di birra e stava dando al suo amico uno sguardo interrogativo.

In risposta, Saverio disse al suo amico: "Sembra che abbiamo alcune nuove appassionate di giostra».

«Ah, sì?» disse Dario. Posò i boccali di birra, girò una sedia all'indietro e si mise a cavalcioni. Guardando Nora, disse: «Questo ragazzo è di Porta Santo Spirito ed è nuovo al gioco. Donati, uno dei loro migliori cavalieri, è appena partito per frequentare l'università a Roma».

Brindando a Saverio con il suo bicchiere, continuò scherzando: «Ti è capitata una bella patata bollente, questo è certo!»

«Patata bollente?», chiese Nora incuriosita.

Dario rise. «Sì! Significa che gli è toccato un compito ingrato». Lanciando un'occhiata a Saverio esclamò: «Che eredità impegnativa! Gianluca è un osso duro da imitare».

Alzò il bicchiere e disse: «Comunque, per quanto mi riguarda, è già da un paio d'anni che gareggio. Fa parte della storia della nostra famiglia. Il mio bisnonno ha contribuito a far rivivere la tradizione negli anni Trenta».

Bevendo un sorso della sua birra, lui chiese: «Che cos'altro vuoi sapere?»

«Se è stato riportato in vita negli anni trenta, quando è iniziato?»

«La nostra piccola competizione risale a molto tempo fa, e intendo molto, molto tempo fa», spiegò Dario. «Ha avuto origine durante le Crociate. Sembra che fosse un mezzo di difesa necessario per proteggere la città dalle incursioni dei Saraceni, i guerrieri musulmani. È difficile credere che siano arrivati fino ad Arezzo, vero? All'inizio è nato come esercizio di addestramento militare affinché i cavalieri, nelle loro armature splendenti, fossero sempre pronti. Nel corso del tempo, però, si è trasformato in questo festival, un modo per mettersi in mostra durante le visite dei vari dignitari, come i nostri vicini fiorentini. Probabilmente anche dignitari come il duca di Toscana, Cosimo de' Medici in persona».

«Come funziona esattamente la giostra? Uscite semplicemente al galoppo nella piazza, caricandovi l'un l'altro con quelle lance dall'aspetto sinistro?», domandò Nora.

«Non esattamente», ribatté Saverio divertito. «Lo scopo del gioco è quello di colpire il bersaglio appeso allo scudo del Buratto. È una effigie di legno posta alla fine della lizza che rappresenta il "Re delle Indie." Cerchiamo di colpirlo esattamente al centro con le nostre lance. Ma non è facile tenere una lancia della lunghezza di un uomo—e quasi altrettanto pesante—mentre si galoppa a gran velocità per colpire un bersaglio che è delle dimensioni di una moneta».

«Il tutto è reso ancora più difficile», continuò Dario, «dal fatto che il Buratto è girevole e ha un mazzafrusto, una specie di gatto a nove code che scatta per frustare un cavaliere se è troppo lento. Credimi; non è per niente bello. L'altro giorno, durante l'allenamento, sono stato colpito».

Saverio diede una pacca sulla schiena dell'amico, facendolo sussultare, e disse: «E lui mi chiama principiante!».

«Sì, beh, è questo ciò che rende la giostra così interessante. Non importa quanto tu sia esperto, è quasi impossibile prevedere quale sarà il risultato finale: tutto dipende dall'abilità e dalla fortuna degli otto atleti. Ovviamente, ci sono anche delle penalità: ad esempio, se lasci cadere la lancia, o se esci accidentalmente dalla pista».

«Ma», aggiunse Saverio, «i punti si possono anche raddoppiare se si rompe la lancia colpendo violentemente il Saraceno».

«E il quartiere vincente...?», chiese Juliette. «Ci deve pur essere un qualche tipo di premio».

«Certo c'è. La Lancia d'Oro».

«Direi che è qualcosa che mi piacerebbe vedere», fece Juliette. Quando Nora la prese a calci sotto il tavolo, lei soffocò una risata. Ritornando rapidamente seria, chiese: «Quando è tutto finito, cosa fate?»

«I vincitori festeggiano, i perdenti annegano il dispiacere nelle loro birre giurando di vincere la partita successiva, i turisti lasciano la città e Arezzo torna alla normalità», disse. «E Dario e io, beh, come tutti gli altri giostratori torniamo ai nostri soliti lavori».

«Ma gli allenamenti non finiscono mai», disse l'altro. «Praticamente vivo nelle stalle. Da ottobre a marzo sono in sella circa tre volte a settimana e da marzo a settembre cavalco tutti i giorni, tranne, ovviamente, la domenica».

«Però per me è un piacere», puntualizzò Saverio. «Non c'è niente di meglio che allenarsi con i cavalli all'alba quando l'erba è ancora impregnata di rugiada e c'è quella leggera foschia mattutina sospesa sui campi. O a volte alla sera, quando nessun altro è in giro. C'è una calma sui pascoli—

cioè, finché non fai volare il cavallo e allora sei l'unico a controllare il tuo destino, in competizione con nessuno tranne che con te stesso».

«Vedete?», continuò. «Bisogna avere molta dedizione e una profonda passione per portare avanti questa tradizione». Mostrando loro un sorriso brillante, aggiunse: «Sentite, offro io».

Fu in quel preciso istante che Nora prese una cotta per il bel prode di Porta Santo Spirito, il cui quartiere usava i colori blu e giallo. Non si era innamorata del ragazzo in sé, quanto piuttosto degli ideali che rappresentava, e naturalmente anche della sua città.

L'aveva entusiasmata sapere che esisteva un luogo dove il tempo si fermava, e la gente abbracciava ogni anno un'antica tradizione. Come trovava appropriato che il quartiere di Santo Spirito per il quale aveva deciso di tifare avesse scelto il motto "con antico ardore"; anche dentro di lei c'era qualcosa che rispondeva al suono dei tamburi, allo sfarzo e alla devozione espressi da questi talentuosi cavalieri.

Nora tornò al presente con riluttanza. Ancora una volta l'Italia stava stimolando i suoi sensi. Proprio come il gusto, la vista e l'olfatto le avevano parlato sin dal suo arrivo. Ora, ripensare ad Arezzo e alla giostra la stava riportando indietro nel tempo, a vecchi ricordi che risvegliavano l'antico ardore del suo cuore.

Parlando di nuovo con Juliette al telefono, Nora ammise: «Non vedo l'ora di tornare ad Arezzo. È passato troppo tempo. Sento che la città mi sta chiamando».

«Per non parlare di tutti i nuovi doppi sensi che possiamo inventare riguardo agli uomini con le lance», aggiunse scherzosamente Juliette.

«Non iniziare», l'avvertì Nora. Guardando l'orologio, disse: «Ascolta, possiamo risentirci stasera? Isabella ed io non vediamo l'ora di trasferirci da te. Si può aggiungere a noi, vero?»

«Più si è, meglio è. Porta con te quel vecchio fantasma toscano. Che la Dama Bianca sappia che è stata invitata ad unirsi a noi anche ad Arezzo!»

Capitolo 10

Buongiorno Principessa!

*Q*uando Nora arrivò ad Arezzo, più tardi nel pomeriggio, esattamente come aveva detto Juliette, la città era più vivace del solito addobbata in un mare di bandiere blu, gialle, verdi e rosse. Camminando lungo la strada principale per raggiungere Piazza Grande, schivò un uomo con una maglietta dei Rolling Stones che accompagnava un cavallo, e quasi si scontrò con una donna in abito medievale blu e borsa Gucci. Sembrava una staordinaria scenografia di un film in cui si mescolavano il passato e il presente. Ma a differenza di un set disneyano, quello che traspirava lì ad Arezzo, nella città che risale al medioevo, era un mix autentico basato su tradizioni centenarie.

Entrando nella maestosa Piazza Grande nel centro, Nora vide i furgoni delle consegne e gli operai in pantaloni da lavoro arancioni che avevano invaso la piazza. Il luogo brulicava di attività e ognuno sembrava concentrato sul proprio compito specifico. Lungo il perimetro della piazza, le impalcature erano in varie fasi di costruzione, e si poteva sentire il suono dei martelli e il rumore che delle travi metalliche. I palchi in costruzione avrebbero ospitato le migliaia di persone venuti da ogni parte per assistere all'evento.

Al centro di Piazza Grande, in leggera pendenza rispetto al resto, c'era la pista per i cavalli, costruita con sabbia e terra trasportate lì con i camion: l'antica pavimentazione a ciottoli era stata ricoperta in modo che la pista fosse più alta di almeno trenta centimetri rispetto al fondo originale, creando un percorso straordinariamente ampio e stabile. Ora i cavalli e i loro cavalieri potevano contare sulla trazione di cui avevano bisogno per percorrerla a tutta velocità.

Nora si guardò attorno per orientarsi, e poi salì le scale metalliche di uno degli spalti per vedere meglio. Mentre si sistemava sulla panca, si infilò gli occhiali da sole e osservò un cavaliere che si metteva in pista. Non poté fare a meno di provare un brivido mentre il cavaliere galoppava sul ripido pendìo della piazza, caricando ripetutamente il manichino del Saraceno. Era solo un'esercitazione e il giostratore non portava una lancia vera. Invece, la sua mano era pronta, e lei poté vedere che osservava il suo marchio con inesorabile precisione, preparandosi mentalmente a perforare il centro del bersaglio con la lancia che avrebbe tenuto il giorno seguente.

Quando il cavaliere raggiunse la cima della piazza, vicino alla Loggia del Vasari, Nora osservò come abilmente frenò il cavallo. Era uno spettacolo ipnotizzante e scoprì che non poteva distogliere lo sguardo. Sembrava che non fosse l'unica, dato che una piccola folla si era sistemata vicino a lei. Tutto intorno al perimetro della piazza, vide cittadini e turisti che facevano foto e applaudivano lo spettacolo.

Proprio mentre gli edifici merlati che circondavano la piazza cominciarono a proiettare lunghe ombre sulla piazza, Nora si rese conto, con un sussulto, che avrebbe dovuto cercare Juliette. Guardò indietro verso la loggia dove avevano pianificato di incontrarsi, poi al suo orologio, sapeva di essere in ritardo. Calcolò che le ci sarebbero voluti altri dieci minuti per farsi strada spazio tra la folla nella strada principale. Per risparmiare tempo, decise di prendere una scorciatoia sul retro della piazza.

Senza ulteriori ripensamenti, sgattaiolò sotto la ringhiera dello stadio improvvisato e saltò giù. Invece di atterrare in piedi, però, scivolò sul selciato bagnato, reso più insidioso dalla sabbia sdrucciolevole. *Non finirà bene*, pensò mentre continuava a scivolare verso il basso.

Nell'istante successivo, con sua grande sorpresa, fu presa da dietro e udì le familiari parole: «Buongiorno, principessa!»

Nonostante l'imbarazzo della situazione, Nora scoppiò a ridere, riconoscendo la battuta del suo film preferito. Un uomo la sollevò, tenendole la mano finché non riacquistò l'equilibrio e fu di nuovo in piedi.

«Tutto bene?»

Si girò per guardare in faccia la persona che l'aveva afferrata, ma le parole che Nora aveva avuto intenzione di dire le morirono sulle labbra. Non aveva previsto che una scintilla scoppiasse in modo così immediato e incontrollato redendola muta. Incuriosita controllò il suo soccorritore con bocca aperta—era alto, fisicamente in perfetta forma e con una mascella cesellata da centurione romano. Dopo un momento però, dal suo sorriso capì che era divertito dalla sua espressione stupita e imbarazzata.

Non essendo abituata a rimanere senza parole, ritrovò rapidamente la voce e l'intelletto. Nel tentativo di nascondere la propria confusione e il fatto che lo stava fissando, Nora si affrettò a dire vivacemente. «Sì, grazie. Sto bene, mi sento un po' stupida, tutto qui».

Prese la borsa, che era caduta a terra. Spazzolando via la sabbia, disse: «Sai bene come lusingare una ragazza. Sai veramente dire la cosa giusta per rimorchiare una ragazza—letteralmente! Complimenti! Mi hai proprio rallegrato la giornata—anche se hai rubato la battuta di Benigni!»

L'uomo rise. «Allora, conosci il film?»

«Certo!», esclamò. «L'avrò visto un migliaio di volte. Roberto è un attore difficile da imitare, ma sei riuscito a pronunciare la battuta magnificamente».

Squadrandolo dall'alto in basso di nuovo, questa volta notò che indossava un paio di jeans e una polo con l'emblema di uno dei quartieri. Intorno al collo indossava una sciarpa blu e gialla a maglie larghe. «Vedo che sei del quartiere di Santo Spirito», disse. «Sei un allenatore o un addestratore?»

«Ex giostratore e tifoso accanito della giostra del Saracino», puntualizzò lui. «Ora faccio parte dello staff e do una mano con i cavalli. Sono quello che guida i cavalieri lungo la pista fino alla linea di partenza».

Indicò l'estremità opposta della pista. «Lì, vedi in fondo alla piazza vicino alla fontana? Questo è il punto di partenza, e io da terra aiuto a controllare i fan che diventano un po' pazzi, così come i cavalli che si spaventano un po' per il rumore.

«Quindi, puoi toccare il cavallo...»

«Sì, ma mai la lancia», disse in fretta. «È severamente proibito.

Sono lì a ground zero, per così dire... è il mio compito guardare il Maestro di Campo e quando abbassa il suo scettro, segnalo al giostratore che è il suo turno».

Per schermare il sole del tardo pomeriggio, si coprì gli occhi con una mano e chiese: «Sei una tifosa di un quartiere in particolare?»

«Se non lo fossi stata prima lo sono ora, del quartiere Blu e Giallo. I cavalieri di Santo Spirito hanno dimostrato di essere alquanto cavallereschi», scherzò. «Inoltre, mi piacciono i colori del quartiere, ma...»

Nora si fermò a metà della frase quando ebbe la strana sensazione di averlo incontrato prima. I suoi capelli erano corti, era ben rasato, e c'era qualcosa nell'espressione del suo volto, nella forma del naso e nella linea della mascella. Poi sorridendo disse: «Aspetta un momento! Penso di conoscerti...»

L'uomo apparve dubbioso. «Non credo. Parli italiano molto bene, ma direi che sei straniera. Francese o forse inglese?»

Nora stava per rispondere quando il suo cellulare squillò. «Scusami, solo un attimo», disse mentre rispondeva alla chiamata. «Ciao, bella. Sì, sono qui. Scusa, so che sono in ritardo. I giostratori mi hanno distratta...»

Alzò lo sguardo e catturò lo sguardo dell'uomo e arrossì di nuovo per l'imbarazzo. Poi, al telefono, si affrettò a rispondere: «Sì, certo. Ti aspetterò qui. Sono in piazza, vicino al buratto». Ascoltò per un momento e poi disse: «Okay, a dopo».

Chiudendo la telefonata si rivolse di nuovo all'uomo. Poi un lento sorriso si allargò sul suo viso. "Certo! Mi ricordo bene dove ti ho visto prima».

Lui sollevò un sopracciglio e le rivolse uno sguardo perplesso.

«Se non mi sbaglio, credo che abbiamo un'amica in comune. Conosci Juliette Laurent?»

L'uomo la guardò pensieroso. «Certo, conosco Juli...»

«Sì! È tutto chiaro. Ho visto la tua foto sulla sua pagina Facebook».

«Facebook?»

«Juli e io ci siamo incontrate a Firenze anni fa; eravamo compagne di stanza...»

«Aspetta... sei la sua amica che fa il documentario. Quella che starà nel suo appartamento, giusto?»

«Sì, sono io, sono Nora. Beh, Leonora in realtà. Leonora Havilland— ma preferisco essere chiamata Nora la maggior parte delle volte».

«Leonora. È un nome bellissimo». Si strinsero la mano. «Che piacere, io sono Gianluca. Gianluca Donati, Luca per gli amici».

Gesticolando di nuovo in direzione della piazza, disse: «Come ho detto, una volta ero solito andare a cavallo. Ma questo è stato un po' di tempo fa. Una volta giostratore, però, resti sempre un giostratore. Non riesco a stare lontano dai cavalli... e questo festival...»

«È davvero incredibile», concordò Nora. "Sarò anche una straniera, ma c'è qualcosa di speciale in questo intero evento—posso capire perché la gente di questa città la prende così seriamente. È qualcosa di cui essere orgogliosi».

Lui si guardò i jeans sporchi e gli stivali da equitazione di pelle, disse: «Lo giuro. Quasi tutti i giorni mi vedresti in giacca e cravatta. Possiedo un negozio di antiquariato qui in città».

«Un giostratore e un antiquario. Che combinazione insolita. Solo in Italia è possibile trovarla, questo è certo. Dov'è il tuo negozio?»

«È "Il Negozio Dietro l'Angolo"».

«Quale angolo?»

«No», la corresse. «Il nome del negozio è Il Negozio Dietro L'Angolo. È in via della Bicchieraia. Quando esci dalla Piazza, vai dritto per un po' e poi gira a sinistra».

«Ah, ho capito, Il negozio dietro l'angolo. Molto simpatico e facile da ricordare. Ingegnoso, anche. Adoro l'antiquariato, a proposito. Io e Juli venivamo ad Arezzo apposta per passeggiare nell'antico mercato qui in Piazza Grande. È così che ho scoperto per la prima volta questa gemma di città. Mi sono innamorata...», poi aggiunse rapidamente, «Beh, della città, intendo».

«C'è davvero molto di Arezzo da apprezzare. Io sono cresciuto qui». Sorrise e continuò: «Potrei non essere del tutto obiettivo, sì, diciamolo sono decisamente di parte. Mio padre ha rilevato l'attività da suo nonno. Ora tocca a me dirigere il negozio. Sembra che noi Donati abbiamo il pallino per il passato».

«Non c'è niente di male in questo, anch'io sono fissata con la storia. Infatti, il documentario che sto girando riguarda Isabella de' Medici. Sono appena arrivata da Cerreto Guidi dove ho iniziato a girare...» Nora si fermò a metà frase e lanciò un urlo quando vide Juliette che attraversava la piazza nella sua direzione. «Juli!»

«Nora, è meraviglioso vederti. Non posso credere che tu sia finalmente qui. Bentornata».

Avvolgendo la sua amica in un caloroso abbraccio, Nora disse: «Oh mio Dio, Juli! È passato troppo tempo».

Juliette si girò poi verso l'uomo che le stava dietro e, afferrandolo per un braccio, lo spinse in avanti. «Marco, voglio che tu conosca la mia amica. Questa è Nora».

Nora lo riconobbe immediatamente come l'altro uomo della foto di Juliette su Facebook. Facendo un passo avanti, Marco baciò Nora su entrambe le guance. «Benvenuta ad Arezzo. Ho sentito tanto parlare di te. Mi sento come se fossimo già amici».

Nora guardò Juliette poi disse: «Bene, spero che non ti abbia detto proprio tutto. Potrebbe essere *imbarazzante*».

Juliette soffocò una risata. «Oh, solo cose belle», disse. «Gli lasceremo scoprire tutto il resto per gradi. Questo è Marco Orlando e, beh, tecnicamente è il mio capo. Lavoriamo insieme nella sua cantina, *L'Urlo alla Luna*. Dista pochi chilometri dalla città».

Gesticolando con il braccio, indicò vagamente un punto oltre l'orizzonte, disse: «È tra le colline laggiù, in quella direzione».

«Il capo? Dai», rispose Marco. «Juli, chi è il *vero* capo della cantina in questi giorni?»

«*Oui, d'accord, je l'avoue*», rispose Juliette. «Okay, lo ammetto. Posso essere un po' tiranna. In cantina, *io* sono il Capo. Ma ammettiamolo, amore, qualcuno qui deve pur fare l'adulto». Gli diede un buffetto sulla guancia e poi lo baciò.

Bene, *quello sì che era uno sviluppo interessante*, pensò Nora. Era evidente che Juliette e Marco erano molto più che capo-dipendente. La sua amica non le aveva detto niente durante il loro recente scambio di messaggi ed e-mail. Ora capiva la ragione per cui l'appartamento della sua amica era libero quell'estate.

Sbirciando oltre le spalle di Nora, Juliette disse con gioia: «Ah sei tu! Sono passate un paio di settimane da quando ti abbiamo visto. Come te la passi?» Si fece avanti e abbracciò Gianluca. «Speravamo di vederti in giro per la piazza ad aiutare con i cavalli».

I suoi occhi si spostarono da Luca a Nora, e osservò con un sorriso compiaciuto. «Così voi due vi siete già conosciuti, bene!»

A Nora, spiegò: «Gianluca è un nostro amico. Lui e Marco sono cresciuti insieme. Una volta erano entrambi giostratori, e si sfidavano l'un l'altro nella giostra».

«Giusto?», disse Juliette a Luca mentre dava un leggero strappo alla punta della sua sciarpa. «Bel tocco, a proposito. Mi piacciono i tuoi colori. Vedo che sei pronto per la giostra».

Con un'occhiata d'intesa, aggiunse furbescamente: «Nora, dovremo prendere una sciarpa blu e gialla anche per te. Mi sembra di ricordare che hai un debole per quel quartiere. Inoltre, il mio appartamento è nel quartiere di Santo Spirito, quindi devi essere ufficialmente una fan del quartiere di Luca».

Marco si schernì. «Juli, davvero, sto iniziando a offendermi. E il mio quartiere, Porta Crucifera?»

«Meglio indossare i colori dei campioni», lo interruppe Luca, con un sorriso beffardo.

Scettico, Marco scrutò il suo amico. «Davvero, e da quando? Sembra che Porta Crucifera abbia avuto una buona annata, l'anno scorso. Fammi pensare—non abbiamo vinto entrambe le giostre? Oh, è vero, lo abbiamo fatto! La tua contrada è arrivata al secondo misero posto, tutte e due le volte, se ricordo bene».

Dallo scambio di battute, Nora avrebbe scommesso che i due uomini fossero immensamente orgogliosi delle loro squadre, e anche altrettanto competitivi. Realizzando che probabilmente avrebbe potuto gettare benzina sul fuoco, chiese innocentemente: «Allora, ragazzi... qual è il quartiere favorito nella giostra questo fine settimana?»

All'unisono, ognuno disse il nome del proprio vicino.

«Vabbè, comunque è stato solo un colpo di fortuna che abbiate vinto l'ultima volta», disse Luca. «Pensate davvero di avere ancora quello che serve per vincere di nuovo?»

«Cazzo! Dici un sacco di cavolate», ribatté Marco.

Ascoltando i loro insulti coloriti, che continuavano ad aumentare, diventando sempre più cafoni, Nora si tirò indietro e alzò le mani. Juliette, ovviamente abituata a scambi così infervorati, si limitò a ridere e disse: «Oh, andiamo, ragazzi—calmatevi adesso, fate i bravi».

Marco le mise un braccio intorno alle spalle e disse: «Senti, Juli, lo sai che ci stiamo solo divertendo un po', vero?». Dando un'occhiata al suo amico, chiese: «Giusto, Luca? È tutto okay?».

Luca fece un gesto sprezzante. «Certo. Amici. Mai andata meglio».

Nora guardò l'uno e l'altro. Ora capiva perché Juliette aveva fatto quel commento sulla sua pagina di Facebook che "era molto impegnata con questi due". Sentiva cameratismo fra i due uomini, ed era evidente che erano amici da molto tempo, ma erano anche come due fratelli il cui spirito competitivo poteva creare non pochi problemi.

Tirando su un braccio, Juliette tirò da parte Nora e le porse le chiavi del suo appartamento. Mentre spiegava alcune stranezze su come funzionavano le serrature della porta, Nora guardò i due uomini a pochi passi di distanza. Rimasti soli, senza che le donne interagissero, era avvenuto un sottile cambiamento. Il loro buonumore si era ridotto di qualche grado e gli atteggiamenti si erano un po' raffreddati. Nora non riusciva a sentire quello che stavano dicendo, ma sembrava—beh, che cosa le sembrava? Di che cosa si trattasse, non ne era certa, sentiva solo che c'era qualcosa tra i due.

I pensieri di Nora furono interrotti quando sentì Juliette menzionare qualcosa sulla cena celebrativa del quartiere—la cena propiziatoria—che si teneva in ogni quartiere la sera prima del grande torneo. «Possiamo incontrarci domani sera e...».

Guardò Marco, lei gridò: «Merde! Accidenti, me n'ero dimenticata. Domani abbiamo un gruppo numeroso di turisti che arriva alla cantina. Non saremo in città per la cena propiziatoria».

«Esatto, capo. È stata una *tua* idea. Ricordi?», le rammentò Marco.

Juliette lo ignorò e continuò: «Ricordi la cena propiziatoria a cui abbiamo assistito nel passato?»

«Certo», disse Nora, ricordando vividamente l'evento per festeggiare i giostratori e i fan di ogni quartiere. Ricordava anche con affetto i lunghi tavoli allestiti nei parchi di tutta la città, tutto l'ottimo cibo e vino, così come i balli nelle strade.

«Luca», chiese Juliette, «non è Claudio il deejay, domani?»

Quando lui annuì, lei disse: «Adoro quel ragazzo». Con uno sguardo desolato, aggiunse: «Nora, mi dispiace lasciarti sola appena arrivata. Ma dovresti andarci comunque. Ascolta, ecco cosa farò. Domani mattina ti faccio avere un biglietto, e dopo l'evento in cantina, potrei provare...»

«Io ci vado», la interruppe Luca. «Leonora, perché non vieni con me? Sei una fan di Santo Spirito, dopotutto».

Nora lo guardò sorpresa.

«Mi piacerebbe avere compagnia», continuò. «Sarei più che felice di portarti in giro e presentarti ad alcuni dei nostri amici comuni».

L'invito sembrò molto allettante, e Nora lanciò un'occhiata a Juliette e le rivolse uno sguardo interrogativo. Interrompendo il messaggio silenzioso telegrafato tra le due amiche, Luca disse con un sorriso: «Non sono un sostituto di Juli, ma ti prometto che ti divertirai. Che cosa dici, principessa?»

Nora sorrise al riferimento alla battuta che aveva usato prima. "Beh, certo, perché no? Cioè, se davvero non ti dispiace accompagnarmi?»

«Figurati. Non accade tutti i giorni che una donna mi caschi tra le braccia dal cielo. Penso che sia un ottimo segno per Santo Spirito. Sarai il portafortuna del quartiere».

«Se la metti in questo modo, come posso resistere?»

«Possiamo incontrarci al parcheggio della fiera antiquaria. È domani, sai?».

«Pensavo che si tenesse il primo fine settimana di ogni mese».

«Sei molto fortunata. Hanno anticipato di tre settimane solo per venire incontro ai tuoi impegni», replicò lui.

Con un sorriso autoironico, Nora disse: «Addirittura! Che carina Arezzo a farlo solo per me!»

Lui le sorrise. «Beh, in effetti la fiera di solito è il primo fine settimana, ma all'inizio di questo mese c'è stato un evento speciale in piazza, e Bucciarelli l'assessore del comune ha deciso di cambiare la data. Vieni allo stand Donati verso le sette, e possiamo andare insieme alla cena».

«Sembra che la fortuna sia davvero dalla mia parte... giostre e antiquariato nello stesso giorno. Non potrei chiedere di meglio. Non vedo l'ora!», disse Nora.

Dall'altra parte della piazza, un uomo gridò qualcosa a Luca, che gettò un'occhiata alle sue spalle e gli fece un cenno. «Arrivo, Nico».

Scusandosi, disse al gruppo: «Scusate, i ragazzi hanno quasi finito. Vado... Devo andare ad aiutare a portare via tutto». Posando una mano sulla spalla di Marco, aggiunse: «Sei pronto a perdere domani?»

Senza batter ciglio, Marco rispose velocemente: «Vedremo... Penso proprio che raccoglierete un'altra sconfitta, cosa a cui siete abbonati d'altronde».

Fissando Marco negli occhi, Luca disse: «Sei un bastardo».

Marco, con gli occhi come due fessure, rispose: «Figlio di puttana, Luca. È meglio se lasci perdere...»

Juliette afferrò impaziente il braccio di Marco. «Ragazzi, andiamo, basta. Non ricominciamo da capo».

Lentamente girarono la testa in direzione di Juliette, concentrando la loro attenzione su di lei.

«Forza. Stringetevi la mano. Che vinca il migliore».

Vedendo quanto Juliette fosse esasperata entrambi cercarono di calmarsi e Marco allungò la mano. «In bocca al lupo, ci vediamo dopodomani in piazza».

Luca a sua volta strinse la mano di Marco. «Anche a te. Buona fortuna». E continuando a guardarlo con attenzione, disse: «A volte sei proprio uno stronzo lo sai».

Marco accondiscese senza riserve: «Lo so...» Poi aggiunse: «Ma sto cercando di cambiare. Quindi... tutto bene? Siamo a posto?»

Luca lo studiò per un momento. «Sì, tutto a posto».

Con un cenno verso Nora, Luca si voltò e attraversò la piazza, per raggiungere gli altri che stavano raccogliendo cavalli e attrezzi. Nora ascoltò divertita Marco e Juliette litigare su dove avrebbero dovuto mangiare. Dopo un momento, tuttavia, si voltò a guardare oltre le sue spalle e osservò pensosamente l'uomo che aveva appena incontrato. In lontananza, tra gli altri, vide Luca che reggeva le redini di un cavallo, sfiorandone il fianco. *Interessante*, pensò Nora. Non riusciva a capire, era appena arrivata, ma l'intuito le diceva che tra i due uomini c'era qualcosa di più che una semplice faida di quartiere.

Capitolo 11

Santi e Peccatori

*I*l mattino seguente, in un piccolo caffè all'aperto vicino all'appartamento di Juliette, Nora diede un morso alla sua brioche al cioccolato e le sue labbra si schiusero di un appiccicoso piacere. «I dolci italiani sono i migliori del mondo. Oh, quanto mi sono mancati». Guardando l'interno del bar, sentì il rumore di tazze tintinnanti dietro al bancone, e continuò: «Voglio dire, guarda quel vassoio pieno di paste deliziose, e hai visto il disegno che il barista ha fatto sulla schiuma del mio cappuccino? È quasi un peccato berlo. Quell'uomo è un artista. È proprio vero che se si ha abbastanza pazienza, si scopre che l'arte è ovunque, intorno a noi, anche nelle cose più piccole. Devi solo dedicarci il giusto tempo per vederle e apprezzarle».

«È un po' troppo presto per fare i filosofi», disse Juliette soffocando uno sbadiglio. Soffiò sul suo caffè, guardò oltre il bordo della tazzina e iniziò a dire: «*Je suis très contente que...*»

«Ascolta, Juli, scegli, o inglese o italiano, il mio francese è piuttosto limitato, come forse ricorderai».

«Mi ricordo», fece Juliette con un gemito esagerato. «Il tuo francese non è mai stato buono quanto il tuo italiano, tuttavia mi è mancato il tuo terribile accento».

«Ehi!», disse Nora le diede un colpetto sul braccio, facendo debordare il caffè dalla tazza della sua amica. Juliette sospirò con finta esasperazione e tirò fuori un tovagliolo per asciugare la tavola. «Sei sempre stata un po' troppo sensibile. Ma, per la cronaca, volevo dire che sono contenta che tu abbia deciso di venire ad Arezzo quest'estate. Avevo quasi dimenticato quanto ci divertissimo insieme. E a proposito, penso che questo film—Il Risveglio di Isabella—andrà alla grande. È proprio quello di cui avevi bisogno per distrarti...»

Cogliendo la sua attenzione, Juliette disse attentamente: «So che sono successe molte cose a entrambe noi negli ultimi due anni—ne è passato di tempo, ma posso percepire un nuovo—*merde*! Non so come esprimerlo nè in italiano nè in inglese. Diciamo un nuovo tipo di energia. Dopo avermi raccontato di Richard e le vostre perdite... beh, vedo che ora stai decisamente meglio».

Juliette afferrò una bustina di zucchero, la aprì e versò parte del contenuto nella sua tazzina. Alzando lo sguardo su Nora, disse: «Se vuoi sapere la mia opinione, invece di essere tu quella che sta riportando in vita Isabella, penso che sia il contrario. Penso che sia Isabella a riportare in vita te».

Nora diede un abbraccio veloce alla sua amica, e disse: «Ah, grazie, Juli. Sto iniziando a pensarla proprio così». Bevve un sorso del cappuccino e aggiunse: «Mi sei mancata e mi sono mancate le nostre lunghe chiacchierate. Come mai abbiamo perso i contatti?»

«La vita, immagino», disse Juliette, versando altro zucchero nel suo caffè. «A che ora abbiamo mandato Marco a casa?»

«È stato poco dopo cena. Non saprei dire se era contento di potersi finalmente liberare di noi e dei nostri ricordi o se fosse veramente riluttante ad andarsene», disse Nora.

«Conoscendo Marco, probabilmente entrambe le cose. Ma gli piaci».

Mettendo i gomiti sul tavolo, Nora si sporse e disse: «Me lo hai tenuto nascosto. Perché non mi hai detto che avevi una storia con Marco? È un tipo in gamba. Sono già mezza innamorato di lui».

Imitando la sua amica, anche Juliette si sporse e disse contrita: «Lo so. Stavo aspettando che tu arrivassi qui perché ero un po' imbarazzata. È così banale, non è vero? È quello che tutti ti dicono di non fare: non innamorarti del tuo capo, specialmente se è italiano. *Mais... c'est la vie?*»

«Ma tu non sei mai stata una che segue le convenzioni», disse Nora. «Ricordo che all'università, a Firenze, hai sempre saputo quello che volevi e facevi in modo di ottenerlo. Avresti voluto gestire una cantina. Guardati adesso. È quello che fai, no?»

«Sì, sono venuta per la cantina, ma poi ho perso la testa per questo italiano», confessò Juliette. «*Oh, mon Dieu. Qui l'aurait pensé?* Io sono francese e proprio prepotente come manager aziendale, mentre lui è un italiano socievole e creativo; si potrebbe pensare che siamo come acqua e olio, ma sai una cosa? Ci completiamo. Quando non sta fantasticando su qualche nuova idea, gli insegno alcuni dei miei trucchi di marketing che stanno aiutando a far crescere la nostra attività».

Juliette bevve un altro sorso di caffè. «È molto gentile e divertente, sai? Lui ha questo modo di farmi ridere anche quando mi fa arrabbiare. Tutto è sempre una continua sorpresa con lui».

«Bene, quando trovi qualcuno come Marco, che ti fa sorridere e ti fa stare bene, devi tenertelo stretto. Credimi. È merce rara».

«Ci sono momenti, tuttavia, in cui vorrei strangolarlo, lo sai. Proprio l'altro giorno, Marco...»

«Ho sentito il mio nome?»

«Marco! Tesoro. Guarda, Nora, *c'est le diable*—parli del diavolo...»

«Ciao amore!», chinandosi, la baciò sulle labbra. «Sapevo che ti avrei trovata qui. Mi sei mancata la scorsa notte». Sorridendo a Nora, disse: «Te la presto di tanto in tanto, ma è triste per me stare là fuori sulle colline tutto solo».

Juliette rise di gusto. «Sei un ragazzo grande ormai... puoi cavartela senza di me per una notte. Inoltre, io e Nora abbiamo trascorso la maggior parte della notte ad aggiornarci a vicenda. Avevamo un bel po' di cose da recuperare dall'ultima volta che ci siamo viste», puntualizzò Juliette. «Che ci fai qui, comunque? Non pensavo che ti avrei visto fino a tardi questo pomeriggio».

«Ho avuto alcune commissioni in città, e poi mentre camminavo, ho sentito il suono delle vostre voci. Se avete finito il caffè, perché non facciamo una passeggiata e mostriamo a Nora alcune delle attrazioni? Mi piacerebbe conoscere meglio la tua amica. Ieri sera sono riuscito a malapena a dire una parola».

«Sì, hai ragione. Mi dispiace per quello», disse Nora. «Non volevo monopolizzare Juliette. Mi piacerebbe vedere cosa c'è di nuovo e vedere alcuni dei miei posti preferiti».

«Va bene», disse Juliette, alzandosi in piedi e togliendole le briciole dalle mani. «Saliamo al Prato vicino a San Donato, la cattedrale. La fiera antiquaria è già in corso. Dopo, il ritorno al mio appartamento sarà molto più facile».

Prendendola a braccetto, aggiunse: «Marco adora fare la guida turistica. Lui conosce molte cose affascinanti su questa città».

«Da dove dovrei cominciare?» Marco contemplò.

«Inizia con San Donato», suggerì Nora. «Parlami di lui. Ho capito che è il santo patrono di Arezzo».

«Giusto. La cattedrale prende il nome da Donato, e una parte di lui risiede in una bara all'interno dell'altare».

«Ricordo che entrai in chiesa dopo l'ultima giostra alla quale partecipammo...», disse Nora, guardando Juliette per conferma. «È quella, vero?»

«Sì», rispose Juliette. «Dopo la competizione finisce...»

«E il mio quartiere vince, ovviamente», disse Marco con un sorriso.

«Certo, amore mio!», disse Juliette. «Dopo la vittoria di Porta Crucifera, tutti nel quartiere di Marco si affollano nella chiesa per festeggiare. La gente sta sui banchi, sventolando striscioni e cantando. Poi arrivano i giostratori, persino i loro cavalli hanno il permesso di entrare in chiesa».

«I cavalli vanno dentro? Non me lo ricordavo».

«Naturalmente, sono campioni anche loro. È lì nella cattedrale che i vincitori si presentano con la lancia d'oro», disse Marco.

«Probabilmente non ti ricordi, Nora, perché avevi gli occhi solo per il simpatico cavaliere».

«E, per come ricordo io, credo che Juli sia rimasta sveglia tutta la notte a festeggiare con...»

Juliette mise la mano sul braccio di Nora, fermandola. «Sì... ma basta così. Non abbiamo bisogno di entrare nei dettagli». Sorridendo innocentemente a Marco, continuò: «Amore, non stavi dicendo a Nora qualcosa su San Donato?»

«Sembra che io e Nora dobbiamo fare due chiacchiere sul tuo passato, signorina Laurent... ma lasceremo questa conversazione per un altro giorno», concesse Marco.

«Oh, scommetto che quando eri all'università Marco, non eri sempre così santo. Se controllassimo nel tuo armadio segreto, potremmo trovare alcuni scheletri», scherzò Juliette.

Marco le rivolse uno sguardo obliquo ma non fece commenti. Guardò invece Nora e disse: «Allora, volevi sapere di San Donato?»

Quando lei fece un cenno con la testa, attraversarono il centro della città risalendo il pendio verso la parte alta, lui si lanciò senza intoppi in una storia colorata su un prete che aveva eseguito il "miracolo del calice di cristallo."

«Un calice miracoloso, pensa», disse Nora.

Sorridendo Marco continuò. «Dicono che San Donato, un prete del primo secolo, raccolse un calice rotto che aveva un grande buco nel fondo. Ma, ancora, quando versò del vino nel calice di vetro, sorprendentemente rimase contenuto dentro, nemmeno una goccia fu sprecata. Con ammirazione, i pagani della chiesa si inginocchiarono e pregarono. Avendo percepito il potere di Dio in quel momento, si convertirono immediatamente al Cristianesimo.

Guardando Juliette, scherzò: «Un bel trucchetto, non credi, per riparare un bicchiere rotto? Potrebbero giovare anche a noi certi miracoli in cantina. Di certo ridurrebbe le nostre spese per i bicchieri».

Nora rise alla sua battuta, ma Juliette roteò solo gli occhi, probabilmente avendo già sentito quella battuta almeno un paio di volte.

«Allora, cosa è successo a San Donato dopo?», chiese Nora, il suo interesse era stato chiaramente stuzzicato.

Felice di averla intrattenuta, e con la sua domanda, Marco continuò. «Bene, come puoi ben immaginare, un prete che faceva miracoli era un po' scomodo ai prefetti romani regionali. Non era di buon auspicio per loro o per il loro governo provinciale, se a un cristiano come Donato fosse permesso di infiammare i contadini, convertendoli rapidamente in una religione che i Romani condannavano. Quindi, piuttosto che lasciare che Donato si aggirasse per abbagliarli, distrarli o salvare altre anime, lo arrestarono».

«E...», suggerì Nora.

«*Cutting to the chase* dicono gli Americani...»

«Sì, che vuol dire arrivare al sodo...», disse Nora

«Poco dopo gli tagliarono la testa...

Nora gemette alla brutta battuta in inglese.

Lui rise e poi disse: «Secondo una leggenda popolare, la testa di San Donato rimbalzò alcune volte prima di rotolare giù per la collina in direzione di Piazza Grande e La Pieve, la chiesa del popolo».

«No, non puoi dire sul serio».

«Beh! Vuoi sentire cosa è successo dopo?»

«Ho quasi paura», disse Nora.

«Non è così male. Al contrario, il popolo di Arezzo ha raccolto la testa di Donato, per proteggerla».

«E dov'è questa reliquia, adesso?», chiese Nora.

«Ti va vederla?», disse Marco, indicando la chiesa della Pieve che stavano passando. È tenuta lì dentro».

Nora guardò verso la facciata della chiesa, costruita con tre logge, con una serie di colonne che aumentavano ad ogni elevazione. Si rese conto che questa era la chiesa che si affacciava su Corso Italia, la cui caratteristica abside arrotondata poteva essere vista dall'altra parte nella Piazza grande, dandole il suo aspetto caratteristico.

«Puoi entrare per vedere la testa di San Donato», disse Juliette. "Beh, non è la sua testa attuale—è conservata in un busto d'argento che gli somiglia. Ma se vuoi davvero incontrare una vera santa, da vicino e di persona, dalla punta del naso fino in fondo alle dita dei piedi, ti porterò a Cortona per vedere Santa Margherita. La sua mummia è conservata in una teca di vetro in una chiesa dedicata a lei».

«Davvero, lei è effettivamente esposta proprio lì in chiesa in modo tale che tutti possano omaggiarla?»

«Sì. Come la bella addormentata, Santa Margherita giace pacificamente su un letto di raso, con la testa appoggiata su un cuscino di velluto, collocata lì per tutti parrocchiani che la vanno a vedere.»

Scuotendo la testa verso Juliette, Nora disse: «Queste sono le cose che trovo così intriganti sull'Italia, la devozione ai santi e alle loro parti del corpo. In America, noi in non abbiamo questo tipo di devozione sacra. Non fa parte della nostra cultura religiosa».

Quando raggiunsero il Prato in cima alla collina, dove la fiera antica era in pieno svolgimento, passarono davanti alla folla ed entrarono nella cattedrale accanto, dove camminarono ammirando l'altare magnificamente scolpito che rappresentava scene della vita di Donato.

Le immagini avevano molto più senso per Nora, ora che apprezzava meglio i miracoli che Donato aveva fatto proprio in quel punto. Ammirava il suo coraggio. E anche se era finita male per lui, la sua eredità viveva ancora in due chiese ad Arezzo—il suo corpo in una, la sua testa in un'altra, e il suo cuore continuava a battere per la città.

Continuando il loro pellegrinaggio, lasciarono il Duomo arioso e andarono alla piccola chiesa di San Domenico, a pochi passi di distanza, dove Nora ricordava di aver trovato la famosa croce dipinta da Cimabue, l'artista che aveva ispirato Michelangelo e Caravaggio.

Quando entrarono nella chiesa più umilmente decorata, rispetto a quella in cui erano prima, Nora percorse la lunghezza della navata e si fermò in silenzio davanti al crocifisso. Non si era mai stancata di guardare questo bell'artefatto che raffigurava la figura allungata e delicatamente curva del Cristo morto, che era fiancheggiata ai due lati dai ritratti di Maria e San Giovanni in piccoli riquadri rettangolari.

Indicando con riverenza, Nora disse: «Guarda. Si possono vedere le tracce del vecchio stile bizantino nel lavoro di Cimabue, nella foglia d'oro che ha usato sullo sfondo. Ma questo pezzo è in realtà innovativo».

«Cosa intendi?» chiese Marco.

«Si nota che stava sperimentando nuove idee. C'è un nuovo senso di realismo. Si capisce dagli occhi addolorati della Madonna. Se ne può quasi sentire il dolore. Questo non è un Cristo trionfante che sorge, ma un uomo che ha sofferto molto, e anche noi soffriamo e empatizziamo con lui. L'artista è riuscito a trasformare il momento della morte e della tristezza in qualcosa di bello e commovente».

Nora inspirò profondamente e assaporò l'odore dell'incenso e della polvere. Poi continuò: «Non sono mai stata religiosa, né ho letto molto la Bibbia, ma stare qui a guardare questa croce mi fa desiderare di credere in qualcosa più grande di me stessa. In questo luogo sacro, sono pronta ad abbracciare il potere dei santi».

«C'è sicuramente qualcosa nell'aria qui», concordò Juliette, che inserì una moneta in un dispositivo per attivare un riflettore che illuminava la croce.

Studiando la croce di Cimabue, che ora era illuminata, Marco disse a bassa voce: «Siamo fortunati ad avere questo crocifisso. È molto simile a quello che Cimabue dipinse alcuni anni dopo, e che è appeso nella chiesa di Santa Croce a Firenze; purtroppo fu praticamente distrutto durante l'alluvione».

Seduto su una panca di legno, con le mani appoggiate sul banco davanti a lui, proseguì: «Ma anche questo crocefisso è stato messo in pericolo e quasi rubato alla città. In effetti dobbiamo ringraziare Bernardo Lancini, il bisnonno di Luca, per averlo salvato. Durante la guerra, con l'aiuto di un prete e i partigiani, lo tennero lontano dalle mani dei nazisti, nascondendolo in un tunnel sotterraneo della ferrovia a nord della città. I Lancini hanno anche aiutato a salvare gli affreschi di Piero della Francesca, nella chiesa in mezzo alla città».

«Proprio l'altro ieri ne stavo parlando con qualcuno», disse Nora. Guardando verso Juliette, si ricordò: «Sai, il curatore del museo dei Medici a Cerreto Guidi. Mi stava parlando delle bande di ribelli che hanno salvato i ritratti dei Medici nella villa lì».

Nora si girò per guardare di nuovo Marco, e riprese: «È affascinante incontrare persone che erano così direttamente coinvolte nella resistenza. Anche la tua famiglia era partigiana?»

«Sì», confermò lui. «C'era una rete sotterranea che prosperò qui ad Arezzo. In effetti, la mia prozia da parte di mia madre—Maria Rosa— distribuiva ai partigiani che si rifugiavano sulle colline opuscoli e pane che teneva nascosti nel finto fondo del cestino della sua bicicletta. I ribelli si affidavano alle donne del villaggio, anche ai bambini per consegnare i messaggi da campo a campo. Ma alla fine fu arrestata.»

«Cosa le è successo?»

«All'inizio la tenerono a Villa Godiola e poi scomparve. La famiglia non l'ha mai più rivista».

«Villa Godiola—era un quartier generale tedesco?»

Marco annuì. «Era una delle tante ville qui intorno requisite dai nazisti»

Juliette alzò lo sguardo da un libro dei canti che aveva iniziato a sfogliare mentre ascoltava Marco e disse: «Anche in Francia è stato spaventoso. Proprio come i partigiani in Italia, i francesi hanno fatto del loro meglio per proteggere i tesori nazionali. Grazie a loro, la Monna Lisa fu tenuta lontana dalle mani del Führer. È stata spostata cinque o sei volte in vari luoghi segreti per essere al sicuro»

«Non ho mai capito perché Hitler fosse così ossessionato dai dipinti e dall'arte», disse Marco.

«Beh», rispose Nora, «È incredibile, ma voleva essere lui stesso un artista».

Quando vide l'incredulità sul volto di Marco, spiegò: «È vero. L'uomo che divenne dittatore della Germania aveva originariamente intenzioni artistiche e voleva frequentare l'Accademia delle Belle Arti di Vienna».

«Perché non l'ha fatto?»

«Ha fallito l'esame di ammissione perché ritenevano che il suo lavoro mancasse di creatività e di stile», disse Nora. «Il comitato di ammissione respinse i suoi acquerelli con fiori e case di campagna in favore di un'arte moderna più audace».

«Mi chiedo che cosa sia successo agli insegnanti che lo bocciarono. Sono sicuro che non è finita bene per loro».

«Infatti. Era così infuriato per il fatto che l'Accademia preferisse dipinti "privi di soggetto"», disse Nora, «che si vendicò facendo guerra agli artisti moderni. Definì quegli artisti "degenerati" e il loro stile "deviante"».

«Arte deviante? Non sono sicuro di capire... Sembra un po' orribile. Non credo di aver mai visto...»

«Hai mai visto un dipinto di Matisse o Vincent van Gogh?»

«Quella è arte deviante? Sicuramente, ora sei tu quella che sta scherzando».

«Niente affatto», disse Nora. «Ciò che diamo per scontato e vendiamo dappertutto oggi—su tazze da caffè, poster e calendari—Hitler l'ha considerato la rovina della civiltà moderna, qualcosa da temere, negare e distruggere».

Guardando di nuovo verso la croce, Nora aggiunse: «Ciò che ha realmente fatto irritare il regime nazista sono stati gli uomini dietro i dipinti. Li ha visti come una razza pericolosa che ha sfidato lo status quo invitando lo spettatore a pensare con la propria testa. Come San Donato...».

«Perché, sai», intervenne Juliette, camminando verso il muro più lontano per studiare una porzione di affresco, «arte, libertà e creatività cambiano la società più rapidamente della politica».

«Esatto», disse Nora, alzandosi per unirsi a lei. «Quindi, per quanto Hitler volesse accumulare la più grande collezione d'arte per se stesso, per ironia della sorte, ne distrusse una porzione incredibile. Voleva purificare la cultura tedesca, quindi tutti i libri contrari al regime furono bruciati. Dichiarò anche guerra anche all'arte moderna, distruggendo e profanando molti dipinti. Alla fine, gli artisti iniziarono a dipingere in segreto, troppo spaventati per esprimersi liberamente».

«*Oui.* È esattamente quello che è successo a Parigi», convenne Juliette. «I nazisti tenevano sotto stretto controllo le aree in cui vivevano le comunità degli artisti, facendo incursioni e molestando Picasso, Dalì e Mirò. Erano come segugi a caccia di sangue; cercavano di distruggere le idee moderne e schiacciare il libero pensiero e la creatività».

«Ti immagini cosa sarebbe successo se Hitler avesse raggiunto il suo obiettivo?», chiese Marco. «Se fosse riuscito a cancellare completamente la libertà di espressione?»

«Un mondo senza Picasso», mormorò Nora. «Che perdita sarebbe stata. Certamente non sarebbe stato un mondo in cui avrei avuto voglia di vivere».

Un forte clic echeggiò attraverso la chiesa quando la luce a tempo che era stata proiettata sulla croce si spense. Marco indicò la direzione dell'uscita e le due ragazze lo seguirono. Entrando nella piazza soleggiata, Marco guardò l'orologio e disse: «Chi ha fame? Conosco un posticino vicino...»

Prima che potesse continuare, Juliette, indicò con entusiasmo un ambulante che vendeva striscioni e souvenir per il giorno successivo, e gridò: «Guarda... guarda quelle sciarpe, Nora. Vedi, ti ho detto che sarebbero state facili da trovare! Prendiamone una blu e gialla, offro io».

Marco roteò gli occhi con finto sdegno. «Sei sicura di non voler indossare i colori del mio quartiere, Nora? Verde e rosso...»

«Oh, sta' zitto, Marco», protestò Juliette. «Non ti preoccupare, domani indosserò i tuoi colori. Infatti, se mi dai un po' di soldi, prendo anche una sciarpa verde e rossa».

«Amore, tu sì che mi ami». Sorridendo, baciò Juliette.

«*Mais bien sûr, je t'aime mon amour*», replicò Juliette dolcemente. Lo lusingò con un sorriso affascinante prima di voltarsi per esaminare la gamma di sciarpe colorate.

Marco lanciò un'occhiata a Nora e confessò: «Adoro quando mi parla in francese». Sorridendo, aggiunse: «Avanti, allora, indossa i colori di Santo Spirito. So che farà felice Luca la prossima volta che lo vedrai. Possiamo anche venire da parti diverse della città e fare il tifo per squadre diverse, ma siamo migliori amici da quando eravamo bambini. Ricordo che una volta - dovevamo avere circa quattordici anni - abbiamo deciso di liberare alcuni cavalli dalle scuderie di Porta del Foro e...»

Juliette lo interruppe. «E per liberare intendi rubare?». Alzando una sciarpa, proseguì: «Cosa ne pensi, Nora? Ti piace questa o... o questa qui? Qual è meglio?»

Alzando le braccia in segno di difesa, Marco puntualizzò: «Okay, per la cronaca, diciamo solo che li abbiamo presi in prestito per il pomeriggio».

Nora valutò le opzioni e indicò la sciarpa che Juliette teneva nella mano sinistra. «Mi piace quella».

«Marco, tira fuori il portafoglio», lo richiamò Juliette da sopra la sua spalla. «Mi serve un altro euro».

«Dai! Sto raccontando una storia. Dov'ero rimasto?»

«Qualcosa su un furto di cavalli, credo», gli ricordò Nora.

«Giusto», disse lui. «Comunque, Luca ed io eravamo sempre stati competitivi e non in senso positivo. Non siamo sempre stati i bravi ragazzi che siamo oggi. Ma, ora che ci penso, è stata un'idea di Carlotta. Un giorno decise che dovevamo fare uno scherzo agli scudieri delle stalle e portare i cavalli a fare un giretto senza chiedere il permesso. Quindi noi...»

«Carlotta? Chi è Carlotta?», lo interruppe Nora.

«Era una nostra amica:» disse Marco un po' troppo casualmente. «Quando eravamo ragazzi, eravamo piuttosto uniti. Eravamo sempre io, Luca e Carlotta. Anche lei cavalcava. In passato eravamo tutti piuttosto pazzi». Scosse la testa al ricordo, poi aggiunse: «Ma è sempre sembrato che Carlotta avesse tutte idee che alla fine ci mettevano nei guai».

«Sembra una rompiscatole».

«Carlotta sapeva essere molto persuasiva».

«Ragazze come quella, diventano donne pericolose».

Si fermò e rimase in silenzio, poi aggiunse: «Era bella e audace. Per di più era testarda. A volte pensavo che il diavolo la possedesse».

«Non vedo l'ora di incontrarla», disse Nora. «Abita ancora qui?»

La sua domanda rimase sospesa nell'aria per un momento. Finalmente rispose con tono piatto: «Carlotta è morta alcuni anni fa».

Gli occhi di Nora si fecero grandi, e gli mise una mano sulla spalla. «Mi dispiace. Cosa è successo?»

Nora attese e quando lui rispose sembrò che scegliesse con attenzione le sue parole. «Carlotta era un tipo speciale, una persona che dovevi davvero conoscere bene per apprezzare. Spero che...»

«Ehi, Marco! Senti amore—non mettere via il portafoglio.» Juliette gridò. Non ho finito qui».

«Con un'inclinazione della testa verso Juliette, disse: "Vedi, il capo ha bisogno di me.»

Andò da Juliette, le posò una mano sulla schiena e disse: «Dimmi tesoro. Quanti soldi ti servono?»

Nora osservò l'umore di Marco alleggerirsi all'istante mentre chiacchierava animatamente con il venditore dietro lo stand. Quando l'uomo consegnò il resto a Marco, Juliette si avvincinò a Nora e avvolse la sciarpa blu e gialla appena acquistata attorno alle sue spalle. Legandolo in un nodo sciolto, aggiustò le pieghe, e poi fece un passo indietro e disse: «Ecco, sembra perfetta per te».

Toccò la stoffa morbida, ma i pensieri di Nora rimasero concentrati su una donna di nome Carlotta. Il solo nome sembrava suscitare ricordi contrastanti per Marco. Aveva percepito una strana atmosfera, come l'altro giorno dopo aver visto Marco e Luca insieme.

Non riusciva a spiegarlo, ma Nora aveva la sensazione che questa amica d'infanzia fosse la causa della sottile tensione tra i due uomini. Carlotta aveva preso solo cavalli—o aveva rubato anche i loro cuori?

Mentre il terzetto tornava verso Piazza Grande, Nora si chiese se Carlotta fosse stata una peccatrice o una santa. O, come Isabella, era stata un po' di entrambe.

Capitolo 12

Affari di famiglia

*U*n'ora prima del tramonto, Nora risalì in cima alla collina per incontrare Luca al suo stand alla fiera antiquaria. Come sostenitrice di Porta Santo Spirito, si era cambiata e aveva indossato una maglietta blu e la sciarpa che Juliette aveva acquistato per lei. Se doveva partecipare alla cena propiziatoria del Saracino con uno dei suoi ex-giostratori, doveva vestirsi in modo appropriato.

Quando arrivò al belvedere, incontrò una nuvola di palloncini colorati e una grande folla. Rimase per un momento a guardare quella scena pittoresca, osservando con piacere la moltitudine di bancarelle sistemate sotto la chioma degli alberi. Senza fretta, cominciò a farsi strada tra tavoli pieni di lenzuola ricamate con fili d'argento e vecchi telefoni. All'inizio resistette alla tentazione ma dopo dieci minuti, attratta dal luccichio di un paio di ganci da parete in ottone, la sua forza di volontà cedette. Chiese il prezzo, e dieci euro l'uno le sembrò un affare. Per altro erano abbastanza piccoli da poter essere infilati in valigia.

Stringendo il sacchetto con il suo acquisto, si avviò risolutamente in cerca di Luca, ma si fermò di nuovo a pochi metri di distanza, distratta da una bancarella che esponeva scintillanti lampadari. Era così presa dai pendenti in cristallo luccicanti dei lampadari che non sentì che qualcuno la stava chiamando per nome. Fu solo quando l'uomo che vendeva le lampade la toccò leggermente sul braccio che si voltò e vide Luca a poca distanza.

«Leonora, è difficile attirare la tua attenzione», gridò. «Sembri molto affascinata dalla nostra fiera dell'antiquariato». Vedendo i colori che indossava, la elogiò: «Complimenti! Vedo che stai entrando nello spirito della giostra».

«Scusa, non ho riconosciuto il mio nome completo, sono abituata a sentirmi chiamare solo Nora». Giochicchiando con la sciarpa, continuò: «Ti piace? Juliette l'ha comprata per me oggi».

«Penso sia perfetta», disse lui. «Era il tocco mancante di cui avevi bisogno. Ora sembri una vera Aretina». Notando il suo sacchetto, aggiunse: «Vedo che hai acquisito anche qualche altra cosa».

«Oh, sono stata tentata da molte cose qui al mercato». Aprendo la busta, gli mostrò i ganci di ottone che aveva appena acquistato. «Almeno questi entrano in valigia».

«Vieni, lascia che ti mostri quello che stiamo vendendo oggi», la invitò Luca.

Nora lo seguì alla bancarella dei Donati, che era piena di mobili e vecchi specchi. Passando la mano su un tavolo, disse: «Questo pezzo è stupendo: la lavorazione del legno e la manifattura sono squisiti».

Alzando lo sguardo, vide una cassapanca rinascimentale—qualcosa che Isabella avrebbe potuto usare come baule del corredo—e esplose con un: «E questo!» Costeggiò un paio di sedie e si chinò per esaminarle più da vicino. «Mio padre è un falegname e sicuramente adorerebbe questo pezzo».

«Davvero?», fece Luca. «Anche mio nonno lo era. Aveva l'abitudine di costruire questi bauli con degli scomparti nascosti. Geniale, non credi?».

«Curioso! Anche mio padre faceva la stessa cosa!». Voltando lo sguardo verso destra, esclamò di nuovo: «E guarda quel tavolino, morirei per averlo. Peccato non riesco a piegarlo e trasportarlo sull'aereo. Spedite al...»

Fu interrotta dallo schiamazzo di un cagnolino. Si alzò e vide una coppia matura avvicinarsi allo stand. Vide la donna passare il guinzaglio, a cui era legato uno scatenato terrier bianco, al suo compagno. «Ecco, Edi, prendi Rocco per un minuto». Camminando verso Luca, lei gli diede un affettuoso abbraccio. «Ciao, amore, come stai?»

La donna guardò Nora che si era voltata per ammirare il tavolo e disse: «Buona sera, signora. Non è un bel pezzo?»

Quando Nora annuì, la donna disse a Luca: «Scusami, non volevo intromettermi, volevamo solo fermarci e vederti prima di partire domani.»

«Figurati, mamma». Rivolgendosi a Nora, disse: «Mi piacerebbe presentarti i miei genitori, Edoardo ed Elena». Poi a sua madre, disse: «Leonora è appena arrivata dalla California e starà nell'appartamento di Juliette per l'estate. Lei è la persona che sta girando il documentario. Marco e Juliette sono bloccati in cantina, quindi stasera verrà con me alla cena a Santo Spirito».

Elena osservò Nora con interesse crescente. «Ah, sì? Li abbiamo visti oggi mentre sistemavano i tavoli in strada». Notando la sua sciarpa, chiese: «Sei una fan dei gialloblù, oppure Gianluca ti ha costretta a indossare i nostri colori?»

«Niente affatto», l'assicurò Nora. «Sono una sostenitrice quartiere del Santo Spirito già da un po'». Dando uno sguardo a Luca, aggiunse: «Trovo che i cavalieri di Santo Spirito siano particolarmente premurosi».

Luca sorrise della loro complicità poi disse a suo padre: «È stata una buona giornata. Ho venduto un tavolo e una credenza. Verranno a prenderli domani».

Edoardo sembrò soddisfatto. «Bene!». Poi si rivolse a Nora e, con un ampio movimento del braccio, sovrastando il tumulto intorno a loro chiese: «Allora che ne pensi del nostro famoso mercato?»

«Non credo esista niente di simile al mondo», esclamò Nora. «Stavo appunto ammirando gli oggetti in vendita nel vostro stand».

«Ricorda, questo è solo un assaggio di tutto ciò che offriamo», la rassicurò. «Devi venire a visitare il nostro negozio in via Bicchieraia».

«È sempre stato della Sua famiglia?»

«Per anni! Mio nonno Bernardo, il bisnonno di Luca, iniziò l'attività nei primi anni trenta. Lui, insieme a mia madre Margherita, hanno gestito il negozio per anni. Con un gusto impeccabile, e lei—beh, era una forza da non sottovalutare! Aveva un notevole senso per gli affari e il talento per i numeri. Dopo la guerra, ha ricostruito e mantenuto le cose senza intoppi, e alla fine ho preso il negozio da lei».

Dando un'occhiata a suo figlio, aggiunse: «Adesso tocca a Gianluca prendere le redini».

«Il vostro business è davvero un affare di famiglia. È una delle cose che mi piace d'Italia—come le cose vengono tramandate di generazione in generazione».

«Gianluca sta facendo un ottimo lavoro. Negli ultimi anni ha fatto molte innovazioni. Penso che abbia preso il fiuto per gli affari da sua nonna. Come mio padre e mio nonno, anche lui ha un talento per trovare gemme nascoste, come alcune delle cose che hai appena ammirato».

«Non vedo l'ora di passare dal Suo negozio per vedere dove è iniziato tutto».

Guardò il banchetto che Luca aveva organizzato per la fiera dell'antiquariato, e immaginò che il negozio dei Donati sarebbe stato ancora più delizioso—un posto in cui si sarebbe potuta perdere per ore. Dato quello che aveva visto in pochi minuti nel loro stand, poteva già dire che sarebbe stata sommersa da bicchieri incisi, candelabri di ottone e tavoli di mogano. Appesi alle pareti forse ci sarebbero stati splendidi dipinti del XVI secolo e, sparso per il locale, un vasto assortimento di piedistalli e busti marmorei di imperatori romani.

Con gli occhi della mente, poteva anche vedere i membri originali della famiglia Donati: Margherita con una matita dietro l'orecchio, che calcolava i guadagni del giorno; e suo padre Bernardo, che chiacchierava con i clienti al centro del negozio esaltando le qualità di un vaso di porcellana.

Quando il cagnolino piagnucolò alla vista di un barboncino che passava, Nora guardò verso Elena. Osservò con divertimento come la madre di Luca prendeva il guinzaglio da suo marito e gli dava un leggero strattone. «Zitto, Rocco! Non conosci le buone maniere?». Rivolgendosi al marito, disse: «Edi, penso che sia ora di andare. Rocco deve cenare». Posando una mano sul braccio di Nora, dichiarò: «È stato bello chiacchierare con Lei, Leonora».

«Anche per me. Forse ci rivedremo presto. Sarete alla giostra domani sera?»

«Non questa volta. Partiremo domani per Londra». Annuendo

verso suo figlio, lei disse: «Probabilmente gliel'ha detto Gianluca, ma è stato un giostratore per diversi anni—e mi manca fare il tifo per lui mentre cavalca in piazza sul suo famoso cavallo, Bright Dawn».

«Quel cavallo era un animale magnifico», concordò Edoardo. Mettendo una mano sulla spalla di suo figlio, aggiunse: «Lo sapevi che con quel cavallo ha vinto sei giostre di fila? Sono stati giorni entusiasmanti per la famiglia».

Luca si strinse nelle spalle con nonchalance Nora capì che era imbarazzato per l'elogio dei suoi genitori. Tuttavia, fu un notevole risultato—qualcosa degno solo di un atleta altamente qualificato e abile, e lei capì che in fondo era anche molto orgoglioso.

«Ad ogni modo», disse Elena, «partiamo di buon'ora per visitare Serena, la sorella di Luca, e...»

«E dopo l'Inghilterra», interruppe Edoardo, «porto Elena a Venezia per una vacanza romantica».

Elena scosse la testa. Appoggiandosi a Nora, disse sussurrando: «Si addormenta ogni sera alle nove, te l'assicuro. Ho intenzione di uscire per ballare in Piazza San Marco—magari farò anche un giro in gondola...»

Edoardo ridacchiò. «Tu, tesoro, non hai il senso dell'orientamento. Se esci da sola, finirai nel canale, e dovrò essere io a tirarti fuori».

Nora sorrise alle loro battute. «Forse vi vedrò quando tornerete. Rimango in Italia fino a metà settembre».

«Bene!», disse Elena. «Sarai qui per la giostra alla fine dell'estate. In tal caso, prima di tornare a casa, devi venire a cena».

Guardò Luca di nuovo e aggiunse: «Quando torniamo da Londra, porta Nora a casa. Ricordamelo quando torno, va bene? Faremo una bella cena tutti insieme».

Luca alzò le mani. «Sì, mamma, qualunque cosa desideri».

Mentre la coppia si allontanava per andarsene, Nora li salutò: «Buon viaggio!» Tornando a guardare Luca, vide che a sua volta la stava guardando con un sorriso divertito. «Che c'è? Cosa c'è di così divertente?»

«Sei qui solo da poco ma sembra che tu abbia amici ovunque

vai. Prima io... e ora hai ricevuto un invito a cena dai miei genitori. Ed entrambe le volte, hai ottenuto questi inviti in meno di dieci minuti».

Nora rise: «Giusto per tua informazione, non accetto appuntamenti da chiunque. I tuoi genitori sembrano carini e mi piacerebbe conoscerli meglio, inoltre adoro l'ospitalità italiana e un autentico pasto fatto in casa. Sei un pazzo se pensi che non avrei accettato quell'invito».

Mentre parlava, Nora guardò un giovane entrare nello stand e iniziare a mettere degli oggetti su di una scatola. Senza dire nemmeno una parola, chiuse il coperchio e camminò verso un furgone parcheggiato a breve distanza. Nora inclinò la testa in direzione dell'intruso e lanciò a Luca un'occhiata interrogativa.

Seguì il suo sguardo e lui la rassicurò: «Oh, non preoccuparti. Quello è Franco, lavora per noi. Il mercato chiuderà presto e l'ho chiamato poco fa per aiutare a chiudere lo stand e iniziare a impacchettare la merce per riportarla al negozio».

Controllando l'orologio, Luca disse a Nora: «È ancora presto. La cena inizia intorno alle sette... ti andrebbe di bere qualcosa prima?».

«Volentieri», disse lei.

Quando Franco tornò per iniziare a caricare più cose, Luca gli gridò: «Giovanni sarà qui tra un minuto. Hai bisogno di ulteriore aiuto?»

Franco fece un cenno con la mano. «Tranquillo, capo! Abbiamo tutto sotto controllo. Ci vediamo più tardi in piazza».

Fece un cenno con la testa verso la cattedrale, e insieme camminarono fianco a fianco in direzione della chiesa di San Donato. Scendendo le scale verso la strada, un passante chiamò e salutò amichevolmente Luca. In risposta, Luca agitò la mano. Mentre si avvicinavano alla chiesa, costruita con arenaria e colonne rimosse da un antico tempio romano, Nora alzò lo sguardo. Ammirava la linea del tetto della chiesa e il campanile—il caratteristico tetto rosso a pinnacolo che si ergeva maestosamente come per toccare il cielo sopra.

Dando uno sguardo a Luca, lei disse: «Questa mattina ero nella cattedrale. Marco e Juli mi hanno fatto fare un tour».

«A quest'ora domani, dopo il torneo sarà pieno dei tifosi di Santo

Spirito! Tutto quello che vedrai saranno bandiere blu e gialle».

«Divertente», fece notare Nora. «È la stessa cosa che ha detto Marco, ma ha lasciato intendere che avrei visto un mare di rosso e verde celebrare la vittoria del suo quartiere».

Luca non rispose, si limitò a scrollare le spalle, come se non ci credesse nemmeno per un minuto. Indicando un tavolino davanti ad un caffè vicino, la invitò a sedersi. Nora sorrise di nuovo a quella sfacciata rivalità e si sedette su una sedia le cui gambe erano state modificate con la parte anteriore più corta rispetto a quella posteriore, per meglio adattarsi alla ripida pendenza della collina. Sia la sedia che il tavolo oscillarono un po'.

Luca scherzò col cameriere, che era un suo amico, e ordinò due spritz. Quando arrivarono i drink, i due uomini parlarono ancora per un momento dell'imminente giostra. Nel frattempo, Nora sollevò il bicchiere e ammirò il profondo colore ambrato del suo aperitivo. Bevve un sorso, e poi un altro; le piacque la sensazione calda che le si diffondeva in corpo mentre l'alcol cominciava a fare effetto.

Quando il suo amico rientrò nel bar, Luca si appoggiò allo schienale della sedia e iniziò a bere il proprio drink. Dando uno sguardo a Luca, Nora disse: «Sembra che tu conosca tutti qui. Sei proprio *The Big Man on Campus*».

Luca sembrò confuso dallo slang americano. Nora rifletté: «Come posso spiegartelo? Sembri molto popolare, molto conosciuto e rispettato».

«Ah, ecco. Certo, conosco tutti qui. Te l'ho detto ieri... Ho vissuto qui tutta la mia vita».

«Sembra una parte importante dell'identità italiana essere così fedele al luogo in cui sei nato».

Le rivolse uno sguardo. «Non farmi passare per uno stereotipo. Ho viaggiato in tutta Europa e ho studiato a Roma, ma sono sempre felice di tornare a casa». Gesticolando, continuò: «Vuoi farne una colpa avere un debole per questo posto?»

«Al contrario», replicò Nora, «invidio l'orgoglio che hai per la tua città». Considerò l'edificio di pietra dorata sul lato opposto della strada che lui aveva appena indicato, che corrispondeva al colore della sua bevanda, ed era quasi altrettanto inebriante. Nora non poté quindi fare a meno di accondiscendere. «Per me ha perfettamente senso. Mi piacciono gli edifici antichi e tutte le torri—vorrei poter chiamare questo posto casa mia».

Con un sorriso, aggiunse: «È sicuramente un posto che vale la pena difendere».

«Arezzo ha sempre fatto del suo meglio per proteggersi. Abbiamo costruito delle mura imponenti intorno alla città...»

«E ha addestrato i cavalieri con le giostre per difendersi dai nemici e dagli infedeli».

Luca sorrise. «Beh, gli Aretini hanno combattuto valorosamente a quei tempi. Sfortunatamente, non avevamo i numeri per tenere le truppe fiorentine fuori dalla nostra bella città e, alla fine, l'esercito di Cosimo ci ha invasi e la città è diventata sua».

Gesticolando con la sua cannuccia, aggiunse: «Ha costruito una fortezza in cima alla collina laggiù. All'inizio, non eravamo presi troppo bene dai Medici, ci è voluto un po', ma abbiamo imparato ad andare tutti d'accordo, alla fine».

«E oggi, invece di combattere i Medici o i Saraceni, vi limitate a mettere in mostra i vostri coraggiosi cavalli da corsa in pista ed a duellare con un manichino di legno», disse Nora innocentemente.

«A quello», ribatté Luca, «e a salvare galantemente donne che scivolano goffamente dalle tribune degli spettatori».

«Touché», disse Nora con una piccola risata. «Non fraintendermi, penso che la giostra sia meravigliosa, e sono davvero impressionata dai tuoi risultati, e posso dire che anche i tuoi sono fieri di te. Quindi vivete tutti insieme?»

«Questo è un altro degli stereotipi sugli italiani che sono lieto di poter smentire: non vivo più con loro da anni. I miei genitori hanno ancora la casa di famiglia in cui sono cresciuto; mia nonna viveva all'ultimo piano, dove potevano tenerla d'occhio». Fece una pausa, e poi aggiunse: «Ma a ben pensarci, forse era il contrario. Credo che fosse mia nonna quella che si prendeva cura di tutti noi».

Luca scosse il bicchiere facendo tintinnare il ghiaccio. «Si chiamava Margherita, ma tutti la chiamavano Nita». Bevendo un sorso, continuò: «Ad ogni modo, saresti piaciuta alla nonna, specialmente perché sei californiana. Parlava sempre di andarci un giorno. Voleva vedere Los Angeles e San Francisco. Se lo chiedi a me, penso che volesse andare ad Hollywood per incontrare Cary Grant».

«E chi non lo vorrebbe? Ci è mai andata?»

«No, sfortunatamente non l'ha mai fatto. Ma leggeva molto e guardava tanti film americani. Anche se non ne ha mai avuto l'occasione, sempre incoraggiava Serena e me ad andarci».

Alzò lo sguardo quando il cameriere posò una piccola ciotola di patatine sul tavolo. Lo ringraziò e poi disse: «In risposta alla tua domanda, vivo nell'appartamento sopra il negozio. Negli anni Novanta, mio padre ha trasformato in abitazioni private quelli che prima erano laboratori sopra il negozio. Le affittavamo ai turisti in vacanza, poi ci sono andato a stare io circa due anni fa. È stato dopo...».

Esitò un attimo e Nora attese che continuasse. Quando non disse nulla, lo incoraggiò: «Sì, subito dopo...»

«Subito dopo avere rilevato l'azienda», disse: finendo rapidamente il suo pensiero. A mio babbo piace rimanere coinvolto, e ovviamente, io cerco di tenerlo aggiornato. Tuttavia, non voglio disturbarlo con tante cose fastidiose...»

«Le cose non stanno andando bene?»

«Le vendite sono state un po' lente di recente».

«Lente... perché? Da quello che ho visto, avete dei pezzi di pregio. Direi che hai un buon occhio. Non hai detto prima che hai venduto un pezzo a buon prezzo?»

«La fiera antiquaria attira una grande folla. Facciamo sempre una buona vendita ai turisti e ai collezionisti più prestigiosi, alla ricerca di mobili rari e ben fatti. È durante la settimana che realizziamo un buon profitto su oggetti più piccoli, come lampade e pezzi decorativi, ma di recente ho notato una tendenza al ribasso.»

Sai, oggigiorno le donne lavorano, nessuno vuole più spolverare o lucidare chincaglierie. Inoltre, le persone sono più minimaliste: un tavolo semplice, linee pulite, un vaso... è così che la gente arreda oggi».

«Capisco».

«E la scorsa settimana abbiamo subito un furto. Una mattina sono andato al lavoro e ho trovato la vetrina in frantumi e un paio di pezzi rubati».

«Un'irruzione? Veramente?»

«Fortunatamente, gli intrusi non sono riusciti a rubare molto, e non ci sono stati molti danni, a parte la sostituzione della finestra. Ma è stato fastidioso compilare i documenti per la polizia e tutta la burocrazia».

Vedendo la sua crescente preoccupazione, Luca aggiunse rapidamente: «Non importa. I furti non succedono spesso ad Arezzo—è davvero un posto sicuro. Però quando si ha un negozio pieno di pezzi d'antiquariato e cose preziose è quasi inevitabile, ad un certo punto, che accada. È stato un brutto momento, ma alla fine ne è uscito qualcosa di buono: ho capito che dovevo aggiornare le misure di sicurezza.

«Si vede che ti piace quello che fai» disse Nora. «L'azienda di famiglia è in buone mani».

Appoggiandosi, Luca disse: «Ho studiato business e marketing a Roma, ma quello che mi piace davvero è esplorare la zona per trovare cose insolite in posti fuori mano. In effetti ho appena acquisito un...».

Quando un'ombra cadde sul tavolo si fermò. All'unisono, alzarono gli occhi e videro una figura scura a pochi passi di distanza, stagliata dal sole al tramonto. Dal modo in cui era chino sul bastone, respirando affannosamente, sembrava provato dalla salita per la ripida collina.

L'uomo fece un passo avanti, e Nora poté vedere più chiaramente la sua faccia vissuta. Sul bavero, portava una spilla con i colori rosso e giallo di un'altra contrada. Tornò a guardare Luca curiosamente, in attesa di un segnale. Ma, invece di salutare l'uomo piacevolmente, come lo aveva visto fare prima con gli altri, si limitava a giocherellare con il suo drink, e guardava impassibile l'uomo più anziano. A lei sembrava che si stesse preparando per quello che l'uomo avrebbe fatto o avrebbe detto.

Dopo un momento, quando il silenzio divenne imbarazzante, fece le presentazioni. «Scusami, Leonora, questo è Ruggero Falconi».

Con gentilezza, Nora tese la mano per stringere quella del vecchio. Accettò il gesto ma continuò a fissare Luca. Mentre ritirava la mano, disse: «Signora, dovrebbe scegliere saggiamente i suoi amici. Non vorrà mischiarsi con cattive compagnie. Di questi tempi non si sa mai di chi ci si possa fidare». Confusa dal commento dell'uomo, Nora catturò lo sguardo di Luca, chiedendo silenziosamente una spiegazione. Senza tradire alcuna emozione, lui mormorò in inglese: «Ignoralo».

Lanciando uno sguardo alla spilla dell'uomo, Nora si rese improvvisamente conto, a causa dei colori del quartiere avversaria che indossava, che forse stava scherzando. A conferma dei suoi sospetti, Luca disse: «Leonora, come puoi vedere dai colori del signor Falconi, viene da Porta del Foro».

Nora salutò educatamente l'uomo. «Signor Falconi, sarà al torneo di domani? Sono nuova in città e non vedo l'ora di...»

«Certo, signora», disse con voce rauca. «Non mi perdo una giostra da vent'anni».

Rivolse la sua attenzione a Luca, di nuovo e lo guardò in silenzio. Ma, invece di parlare della giostra ancora, come Nora si aspettava, improvvisamente cambiò argomento.

«Dimmi figlio mio. Come vanno gli affari di questi tempi?»

Luca lo studiò attentamente e poi disse: «Tutti dovrebbero sapere la risposta a questa domanda. Stavo appunto raccontando a Leonora del tentato furto della scorsa settimana...»

«Ne ho sentito parlare. Brutto affare», disse. «Sai, Luca, dovresti prenderti più cura delle tue cose—quando sei distratto sembra che le cose ti scivolino tra le dita».

Che strano, pensò Nora. Il commento sembrava vagamente familiare. Marco non aveva intimato a Luca praticamente la stessa cosa?

«Non preoccuparti», disse Luca in un tono equo. «Abbiamo ripulito tutto, e ho fatto i verbali —il negozio sta funzionando meglio che mai...»

«Quel negozio! Sei sempre concentrato sul business. Se solo ti fossi preoccupato di più per Carlotta...»

Nora, che stava giocando nervosamente con il tovagliolo, alzò gli occhi velocemente. Carlotta? Osservò Luca, chiedendosi quale sarebbe stata la sua risposta. Ma invece di rispondere al signor Falconi, lui scosse solo la testa stancamente.

Dopo un momento, il signor Falconi, stanco del gioco sottile che stavano giocando, batté il bastone sul terreno e emise un sospiro frustrato. Con fermezza, fece un passo indietro e senza un'altra parola continuò a salire la collina, fermandosi ogni tanto per riprendere fiato. Mentre lo guardava allontanarsi, Nora si chiese dove stesse andando, forse alla messa serale a San Donato?

Spingendo via il bicchiere vuoto, guardò Luca per un momento. «Di cosa si trattava? Chi è Carlotta? Anche Marco l'ha menzionata stamattina. Mi è parso di capire che fosse una vostra amica».

Luca la guardò per un lungo momento prima di rispondere. «Giusto. Eravamo suoi amici».

«Qual è il collegamento con il signor...».

«Carlotta era la nipote del vecchio».

Dopo aver bevuto l'ultimo sorso dal suo bicchiere, aggiunse: «Carlotta era anche mia moglie».

Capitolo 13

Leggende

Senza ulteriori commenti, ignorando completamente l'intero strano incidente, Luca alzò la mano e fece cenno al cameriere di portare il conto. Con un'occhiata a Nora, disse: «Dai. È ora di andare. Andiamocene da qui. Ci sarà più intrattenimento nel quartiere di Porta Santa Spirito. E Claudio avrà iniziato la musica».

Aprì il portafoglio e pagò il conto, nonostante le proteste di Nora e i tentativi di dividere. «Offro io. La prossima volta, toccherà a te. Hai fame? Avranno già acceso la griglia per la bistecca».

«Certo», disse lei in modo leggero, seguendo la sua guida, facendo finta di non aver assistito all'incontro con il signor Falconi solo qualche istante prima. Invece, concentrò la sua attenzione sulla cena propiziatoria a cui erano diretti nella piazza nel quartiere di Luca.

«Fare su e giù per la collina oggi mi ha fatto venire un certo appetito».

Nonostante quello che aveva detto, ciò che in realtà la stava divorando era la curiosità nei confronti di questa Carlotta, che si era rivelata non solo un'amica d'infanzia, ma nientemeno che la moglie di Luca. Una notizia bomba, oltretutto drammatica. Marco non le aveva detto niente al riguardo quella mattina e ora un milione di domande le riempivano la testa: moriva dalla voglia di saperne di più.

Incapace si soppesare le sue domande, lei casualmente chiese: "Allora, Carlotta era tua moglie... ed eravate tutti amici? Marco ha iniziato a parlarmi di lei stamattina. Sono così dispiaciuto per la tua perdita. Da quanto tempo...»

Luca si girò lentamente verso di lei, e l'espressione sul suo viso la fermò sulle sue tracce. «Lascia stare. Guarda, è tutto nel passato. È tutto ciò che devi sapere».

Nora tacque e sentì le guance avvampare. Sentiva la tensione vibrare dentro di lui. Era evidente che il signor Falconi aveva innescato qualcosa di spiacevole e che le innocenti domande lo avevano solo aggravato di più.

«Io... io non intendevo...», balbettò come un'idiota.

Luca non disse altro. Lui annuì solo, riconoscendo e poi rapidamente respingendo le parole di scuse. Con un piccolo gesto, indicò la strada e suggerì di continuare la discesa giù per la collina.

Nora si meravigliò del suo cambiamento di umore. Ad essere onesti, come quella di Marco quella mattina, non era molto carino da parte sua ficcare il naso negli affari privati degli altri. Dalle loro reazioni, era ovvio che i due uomini erano ancora turbati dalla morte di una ragazza che avevano conosciuto bene in gioventù. E nel caso di Luca, la donna che aveva sposato.

Sapendo di aver fatto una brutta figura, per ripristinare un certo equilibrio, Nora cercò un argomento di conversazione più sicuro. Ricordando la passione che aveva per il suo lavoro, tornò alla conversazione che avevano iniziato prima che il signor Falconi li interrompesse, lei chiese: «Allora, parlami di quella acquisizione che hai menzionato prima».

«Ho parlato troppo. Dovrei chiederti del tuo lavoro», disse lui.

Sorrise alla sua tecnica evasiva per focalizzare la luce su di lei.

«Beh, come Juliette ti avrà detto, sto lavorando su un cortometraggio su Isabella de' Medici. Era la figlia di Cosimo—come tu già sai—il duca che costruì la fortezza qui sulla cima della collina di Arezzo di cui parlavi prima. Hai sentito qualcosa su di lei?»

«Solo un po'. Per lo più, ho sentito le storie sul fantasma di Isabella. Tutti qui intorno conoscono la leggenda metropolitana».

«La signora ha sviluppato una certa reputazione», concordò Nora. «Apparentemente, si presenta di tanto in tanto quando meno te lo aspetti».

«Da quanto ho capito, però succede soprattutto alle persone che hanno bevuto troppo».

«Esatto, la chiamano La Dama Bianca», disse Nora. «Speravo di incontrarla l'altro giorno».

Quando le rivolse uno sguardo interrogativo, aggiunse, con una piccola risata: «Oh, non che fossi ubriaca! Questo era un incontro strettamente professionale che speravo di avere con lei. Dopo il mio arrivo a Roma, prima di venire qui, sono andata direttamente a Cerreto Guidi per iniziare le riprese».

«Allora, Isabella non si è presentata per il suo colloqui?», disse Luca.

Vedendo la scintilla del divertimento tornare ai suoi occhi, Nora aggiunse: «Non l'ho incontrata nella villa e sono rimasta un po' delusa. Ma, più tardi, ho fatto un sogno stranissimo».

Lei lo guardò e scrollò le spalle. "Figurati! Vedila come jet lag o la cena che ho fatto a Vinci. Sei mai stato lì? Spero di tornare con Juliette tra poche settimane».

«In effetti, la spedizione di oggetti d'antiquariato di cui stavo iniziando a parlarti proviene da una casa del quindicesimo secolo lì vicino. La casa e il terreno in vendita. C'è stata un'asta e ho comprato alcuni pezzi davvero carini e alcuni dipinti. Ho anche raccolto dei lotti non visti, che potenzialmente potrebbero essere piuttosto redditizi».

«Sembra promettente», disse Nora mentre camminava accanto a lui.

«Sto prendendo un po' di rischio, ma penso che alla fine si rivelerà interessante».

«Sai qualcosa di più su di Isabella? Voglio dire, oltre alle storie di fantasmi? Non le rendono giustizia. Era un'antesignana».

«Non tanto. Solo quello che ho imparato da Carlotta. Era affascinata dal fantasma di Isabella e quando era ragazza inventava sempre storie dell'orrore...»

Nora aspettò che continuasse, ma ancora una volta cadde in silenzio. Mentre passavano davanti alla chiesa di San Francesco, si ricordò che Marco aveva raccontato degli affreschi che il bisnonno di Luca, Bernardo, aveva salvato dal sacco dei nazisti. Vedendolo come un mezzo per rianimare la loro conversazione, lei rapidamente disse: «Marco mi ha raccontato alcune cose su tuo nonno. Come, durante la guerra, ha dato una mano per proteggere i dipinti all'interno di quella chiesa».

Ammirando la facciata dell'edificio, Luca confermò: «Sì, è vero. Durante la guerra, la chiesa fu usata dai tedeschi come una specie di caserma. Hanno praticamente distrutto il posto. Bernardo però ha contribuito a proteggere gli affreschi dalle grinfie di quei soldati sconsiderati. Insieme a mio nonno Federico, li hanno anche sostenuti con sacchi di sabbia per impedire che cadessero dal muro durante i bombardamenti. Nascosero ai nazisti anche molti altri dipinti e opere d'arte».

«Marco ha detto anche questo. Penso che il fatto che la tua famiglia abbia avuto parte in tutto questo sia davvero impressionante», disse Nora.

«Erano davvero persone straordinarie, leggenda dei suoi tempi», disse Luca con un certo orgoglio.

Passando accanto ad un'osteria, Nora fu momentaneamente distratta dal profumo pungente del pecorino appena tagliato e dall'odore piccante della salsiccia di cinghiale. Quando riportò la sua attenzione su Luca, vide il suo sguardo canzonatorio.

«Beccata!», fece lui. «Non ti preoccupare ci saranno molte cose da mangiare tra un po'».

«Se la cena è qualcosa come l'ultima volta che sono stata qui, dovrò scalare questa collina un altro paio di volte domani per smaltirla».

Diede un'occhiata a lei in segno di apprezzamento e commentò, «Non mi sembra che sia qualcosa di cui tu ti debba preoccupare».

«Bene, grazie», disse Nora, sentendosi lusingata.

«Inoltre, stasera festeggiamo con tutti i fan di Santo Spirito. Lasciati andare un po'».

«Sono completamente d'accordo. È passato troppo tempo da quando ero così spensierata».

«L'Italia ti farà bene, allora», disse lui. «Tutti hanno bisogno di ricominciare da capo. Juliette mi ha parlato un po' del tuo passato».

Nora rimase zitta un momento. Ora era il suo turno di diventare reticente. Come lui, realizzò che non voleva rovinare la serata condividono tutti i dettagli intimi della sua vita fino ad ora. Alla fine, disse: «Diciamo che sono proprio dove devo essere. Mi ci è voluto troppo tempo per tornarci».

«Immagino che dovremmo ringraziare la principessa dei Medici per il tuo ritorno», disse Luca con un sorriso.

«Per quanto strano possa sembrare, è vero. Sono felice di ripagarla raccontandone la storia, e realizzando il mio documentario. Non sarebbe già qualcosa se potessi scoprire di più sul suo dipinto scomparso?»

«Vuoi dire il Bronzino scomparso?" chiese Luca.

«Conosci il dipinto?»

«Ovviamente. È molto famoso».

«È scomparso dal Louvre durante la guerra. Forse i partigiani francesi l'hanno nascosto da qualche parte a Parigi ed è ancora lì in un attico dimenticato».

«Forse», disse un po' evasivo.

C'era qualcosa nel suo tono che fece sì che Nora lo guardasse con curiosità. «Mi piacerebbe saperne di più su quello che i tuoi nonni hanno combinato qui», aggiunse. «Sarebbe un argomento interessante per il mio prossimo documentario».

«Certo», disse Luca. «Ho molte storie. Sono cresciuto ascoltandole da mia nonna Margherita. Mi diceva quanto fosse importante mantenere vivi i loro ricordi e continuare a tramandare le loro storie. Penso che le piacerebbe l'idea di registrarli per le future generazioni».

«I tuoi... erano sempre di Arezzo?»

«Mia nonna lo era, ma Federico, suo marito, era del Lazio. Era un artista che ha studiato all'Accademia di Roma, ma durante la sua giovinezza—metà degli anni trenta—si trasferì a Parigi, ed è lì che ha sperimentato gli stili di pittura moderni—espressionismo, fauvismo...»

«Davvero?», disse Nora. «Ha vissuto a Parigi—in quale parte della città?»

«Nella parte più povera, dove viveva la maggior parte dei pittori e dei poeti. Era solo uno dei tanti artisti affamati. Secondo nonna, aveva un posto a La Ruche».

«Sono stata a Parigi una volta—ho trascorso le vacanze d'inverno lì con la famiglia di Juliette quando eravamo coinquiline. È una città bellissima, e lei ed io siamo andate in giro e abbiamo anche visitato quel quartiere così come Montparnasse. Lo sapevi che è ancora una colonia di artisti? Oggigiorno è considerato piuttosto di fascia alta, ma allora era un po' un postaccio».

«L'affitto era economico, non aveva il riscaldamento...»

«E probabilmente era infestato da ratti e pulci», disse Nora.

«Sì, ma era l'unica cosa che poteva permettersi», disse Luca. «Non aveva molti soldi—proprio come tutti gli altri artisti che facevano fatica ad affermarsi, lui ha venduto i suoi quadri per pochissimo—solo pochi franchi. Quanto basta per avere un tetto sulla testa e comprare del pane».

«Sono sicura che per lui valeva la pena», disse Nora. «In quale altro posto, potresti affiancare o sperare di intravedere intellettuali affascinanti come Picasso, semplicemente bevendo un bicchiere di vino in piccoli caffè come Le Dôme and La Ronde?».

«Sì. Mia nonna mi ha detto che erano grandi amici».

Nora si fermò, con la bocca spalancata. «Tuo nonno conosceva Picasso?»

Luca si voltò e, vedendola con le mani sui fianchi e un'espressione sbalordita sul viso, rise forte. «È vero!».

Mentre un colpo di tamburo balzava in lontananza, Luca si fermò ad ascoltare. «Senti? Gli sbandieratori passeranno di qui a breve. Se ci sbrighiamo, possiamo vederli mentre si esercitano».

Accelerando il passo, Nora disse: «Sai, darei qualsiasi cosa per tornare indietro nel tempo in uno di quei bar e incontrare le persone che c'erano. Immagina di fare una conversazione con Picasso o Man Ray, Dalì, persino Severini».

«Margherita mi ha raccontato una volta, che quando Federico non poteva pagare i suoi conti, ha lasciato uno dei suoi disegni sul tavolo come garanzia. Immagino fosse una pratica comune, molti artisti l'hanno fatto».

«Caspita! Ti immagini entrare in uno di quei luoghi e vedere il lavoro di Georges Braque, Raoul Dufy e Jaun Gris tutti insieme appesi alle pareti di un bar?»

«Sono d'accordo», disse Luca. «Farebbe scoppiare di invidia ogni antiquario—incluso me».

In fondo alla collina, all'angolo con Via Roma, dove finiva la zona pedonale della città e il traffico iniziava, si fermarono al semaforo. Sul lato opposto della strada sventolavano bandiere blu e gialle dagli edifici e Nora vide che stavano per entrare nel quartiere di Santo Spirito. In lontananza, sentiva la musica e il suono dei musicisti itineranti crescere sempre più forte. In risposta, il suo stesso cuore iniziò a martellare a tempo, con un ritmo tonante, riempiendola di un'inspiegabile sensazione di premonizione.

In attesa di attraversare la strada, impaziente di vederli, Nora alzò gli occhi su Luca e gli chiese: «Quando tornò tuo nonno in Italia dalla Francia?».

«Un anno dopo che i tedeschi avevano preso il controllo di Parigi. In quel periodo le cose si rivelarono piuttosto pericolose per gli artisti d'avanguardia che vivevano lì».

Era così assorbita dalla sua storia e dai colpi di tamburo che la chiamavano, che quando la luce divenne verde, Nora scese distrattamente dal marciapiede finendo sulla stessa traiettoria di una vespa. Accelerando il motore, sfrecciò verso di lei, ma prima che si scontrassero, Luca allungò un braccio e la tirò indietro, abbracciandola stretta al suo fianco. All'uomo in motocicletta urlò: «Stronzo! Fai attenzione!»

«Stai bene?», domandò esaminandola dall'alto in basso.

Per la seconda volta in due giorni, si sentì un'idiota e poté solo immaginare l'impressione che stava dando all'uomo. Prima, era caduta fuori dagli stand in piazza, e ora si era quasi fatta investire per la strada.

Riprendendo il suo buon umore, Nora disse: «Stavo mettendo alla prova i tuoi riflessi. Hai superato di nuovo la prova».

Lei lo guardò e incontrò i suoi occhi, e ancora una volta il suo cuore martellò. Persa nel suo sguardo, dimenticò di cosa stavano parlando.

Mentre la folla rifluiva e scorreva intorno a loro, non si rendeva conto di ciò che li circondava.

Poi, guardando verso il semaforo, prima che potesse scattare di nuovo, Luca la prese per un gomito e la guidò dall'altra parte della strada.

«Stavi dicendo...», disse Nora, riprendendo lentamente i suoi sensi.

«Ah...», le sembrava anche Luca avesse difficoltà a riprendere il filo della loro conversazione. «Dov'ero rimasto...?»

«Credo... ah... mi stavi dicendo perché tuo nonno ha lasciato Parigi», disse distrattamente.

«Sì, giusto», disse lui. «Bhe... um... vediamo... Federico lasciò Parigi nel '41 e arrivò qui ad Arezzo nell'estate di quell'anno. Fortunatamente per me, poco dopo essere arrivato qui, incontrò mia nonna. Si innamorarono e si sposarono, e beh... nove mesi dopo è nato mio padre».

«Non hanno certo perso tempo», scherzò Nora restituendo il suo senso dell'umorismo. «Ma perché Federico si è fermato qui ad Arezzo? Non fraintendermi, adoro questo posto. È solo che beh... è un po' in mezzo al nulla. Non è esattamente Parigi o Firenze. Perché non è tornato a Roma dalla sua famiglia?»

«Beh, ecco, Federico era in missione speciale. Gli era stato affidato il compito di contrabbandare tre capolavori da Parigi».

«Stai scherzando!», esclamò Nora. «Era un contrabbandiere—un ladro d'arte—e conosceva Picasso?»

«Secondo mia nonna, li ha fatti passare attraverso il controllo al confine proprio sotto il naso della Gestapo»

«Come ci è riuscito, esattamente?»

«Nascondendoli tra due materassi in un camion della Croce Rossa».

«Molto ingegnoso ma molto pericoloso», disse Nora.

Mentre parlava, Nora cominciò a visualizzare l'intera scena nella sua mente. Nel cuore della notte, un furgone si ferma davanti ad una sbarra chiusa e i tedeschi incominciano a interrogare Federico. Ticchettando con le dita sul volante, in attesa che le guardie controllino i suoi documenti, il nonno di Luca deve essere serio e impassibile come lo era stato Luca pochi istanti prima, durante l'incontro con il signor Falconi. Nonostante la sua calma esteriore, tuttavia, il cuore di Federico batte all'impazzata quando i militari spalancano i portelloni posteriori e accendono le torce per illuminare l'interno del camion.

Vedendo solo coperte, bende e materassi, immagina il suo sollievo quando le guardie tedesche fanno cenno di aprire il cancello per lasciarlo passare. Rilasciato e autorizzato a proseguire, immagina che Federico sollevi educatamente il cappello e continui lentamente oltre il confine. Ma una volta che le sue gomme sono sul suolo italiano, e lui è libero, come deve aver urlato di trionfo per aver battuto in astuzia i tedeschi per tornare a casa con il suo prezioso carico!

Quando Luca concluse la sua storia, Nora sbatté le palpebre un paio di volte quando arrivarono in Piazza San Jacopo, notando la folla di gente che si aggregava, e le eleganti vetrine dei negozi. «Devo dire che nascondere i dipinti in un furgone della Croce Rossa è stato molto creativo. Tuo nonno era davvero una specie di spia che sfidava i nazisti! Comunque, non può aver lavorato da solo. Dove aveva preso i dipinti, tanto per cominciare?»

«Vennero dati a Federico da Paul Rosenberg».

«Il collezionista d'arte francese che rappresentava Pablo Picasso?».

«Sì. Fu Picasso a presentarli. Rosenberg aveva comprato un paio di dipinti di mio nonno. Da quello che ho capito, sono ancora nella sua galleria di New York».

«Rosenberg aveva un occhio attento per l'arte moderna e faceva sempre nuove scoperte».

«Sì, è vero. Rosenberg era un uomo influente ed era anche molto astuto. Essendo ebreo intuì i segni del pericolo e immaginò cosa sarebbe successo. Già nei primi anni trenta, quando Hitler era ancora all'inizio della sua scalata al potere, aveva iniziato a spostare la sua collezione da Parigi alle sue gallerie di Londra e New York. E quando cadde Parigi, aiutò a nascondere i dipinti del Louvre per tenerli fuori dalle mani del dittatore».

«Ricordo di aver letto dello sforzo di Jacques Jaujard, il direttore del museo», disse Nora. «Lui organizzò una massiccia operazione per spostare i dipinti fuori da Parigi e in campagna».

«Giusto. Nascosero i dipinti nei luoghi più insoliti. Alcuni addirittura nella cantina di Rosenberg. Ma quando alla fine fu costretto a fuggire a New York, diede i dipinti rimasti a Federico per contrabbandarli oltre il confine italiano».

«E la sua destinazione era Arezzo?»

«Sì. Rosenberg conosceva Bernardo e il lavoro che faceva nella resistenza. Credeva che con i suoi contatti italiani, Bernardo avrebbe potuto mandare i dipinti fuori dal paese dal porto di Livorno, per poi portarli a Londra».

Quando raggiunsero la porta di Santo Spirito, dove erano stati allestiti lunghi tavoli per la strada, la folla diventò più densa e Nora si avvicinò di più al fianco di Luca per sentirlo meglio. «E ha avuto successo?»

«Per la maggior parte, sì. Federico arrivò qui con diversi dipinti famosi—un Picasso, un Matisse e uno di un pittore italiano del sedicesimo secolo. Consegnò il Picasso e il Matisse a Bernardo...»

«E il terzo? Cosa gli è successo?» chiese Nora. Poi lo guardò, improvvisamente con sospetto. «È stato dipinto da un pittore italiano, hai detto...»

«Quel quadro è stato nascosto una volta arrivato qui».

«Perché» Aspetta un minuto... Un famoso dipinto italiano del XVI secolo? Qual era esattamente?»

Luca esitò poi disse: «Secondo mia nonna, era il ritratto di Eleonora de' Toledo, la duchessa dei Medici, e Isabella dipinta dal Bronzino».

«Cosa?», esclamò incredula.

«Sì, è vero. Rosenberg era dalla parte degli italiani e pensò che il dipinto del Bronzino delle donne de' Medici dovesse essere legittimamente custodito nella Galleria degli Uffizi. Voleva che tornasse al popolo italiano».

Nora lo fissò confusa. «Tuo nonno ha contribuito alla scomparsa del dipinto del Bronzino? È in possesso della tua famiglia adesso?»

«Non essere sciocca. Ovviamente no. Se sapessi dov'è oggi, sarebbe appeso negli Uffizi».

«Ma...»

«Lo so. Il dipinto è ancora disperso», disse lui.

«Cos'ha fatto Federico e dov'è ora?»

«Questo, Leonora, è ancora un mistero. Come ho detto, era nascosto da qualche parte qui ad Arezzo. Molto probabilmente non è mai stato ritrovato perché è stato distrutto in uno dei bombardamenti. Gran parte della città e della campagna circostante furono rase al suolo. Guardati intorno—si vede che quest'area è più nuova di altre parti della città. Non è come la zona più antica in cui si trova il mio negozio vicino a Piazza Grande».

Nora si concentrò con maggior attenzione sul quartiere di Santo Spirito, notando che l'architettura era effettivamente più contemporanea. Una volta questa zona era piena di edifici merlati e strette torri medievali proprio come la parte alta della città.

«Pensare che tuo nonno—Federico Donati—aveva qualcosa a che fare con il ritorno del quadro di Isabella e sua madre a casa, mi fa impazzire. È davvero la leggenda di cui sono fatte le leggende. E dopo che Federico è arrivato qui, ha detto a Bernardo del dipinto del Bronzino?»

«No. Non l'hai mai fatto».

«Ma perché?»

«Sapeva di dover tenere il segreto fino alla fine della guerra. A quell'epoca, se fosse andato direttamente alle autorità italiane e avesse consegnato il quadro di Bronzino, sarebbe stato come se stesse restituendo l'immagine direttamente nelle mani di Hitler».

Nora annuì vedendo il suo punto.

«Così, invece, per tenere al sicuro i suoi cari, Federico tenne segreto il dipinto a tutti. Se qualcuno lo avesse scoperto e lo avesse detto alla Gestapo, sarebbe stato lui solo a prendersi la piena colpa e la punizione».

«Ovviamente, dopo deve averlo detto a tua nonna».

«Glielo disse in privato, ma anche con lei, non ha mai detto dove l'avesse messo».

Nora tacque mentre meditava su questa nuova informazione. Alla fine, disse: «È molto romantico e un po' poetico, non credi?»

«Come mai?»

«Il mercante d'arte francese dà il Bronzino a tuo nonno—un artista italiano—per riportare Isabella in patria in Italia per correggere un vecchio torto».

Si guardarono l'un l'altro e sorrisero. Persi nel momento si studiarono, ancora una volta perdendo la cognizione del tempo. Sembrava che la principessa dei Medici e le sue stravaganti macchinazioni stesse lavorando per avvicinarli. I pensieri inespressi di Nora, tuttavia, furono bruscamente interrotti quando un altoparlante, installato a breve distanza, emise uno strillo acuto, facendole coprire le orecchie.

Dall'altra parte della piazza sentiva la voce di Claudio il deejay, che squillava attraverso un microfono, ma fu rapidamente soffocato da un gruppo di uomini che intonò un canto spontaneo. Ben presto, tutta la restante folla frenetica si unì al coro per inneggiare i loro giostratori.

In alto, altre bandiere blu e oro ondeggiavano nella brezza serale e, nel bel mezzo della confusione, i giostratori tenevano banco su un palco centrale. Per la serata, le loro uniformi erano state sostituite da camicie, giacche e jeans. Quella sera erano uomini moderni, vestiti come chiunque altro, ma l'indomani avrebbero indossato farsetti medievali e avrebbero riportato la città indietro nel tempo.

Luca le posò una mano sulla schiena e la guidò tra la folla. «Dai. Voglio presentarti ad alcuni amici».

Mentre prendevano posto in uno dei lunghi tavoli Nora, colpita da un nuovo pensiero, disse: «Aspetta! Qualcosa non quadra. Se tuo nonno era l'unico a sapere dov'era nascosto il dipinto dopo la fine della guerra, perché non si è fatto avanti e lo ha detto a qualcun altro? Almeno si sarebbe saputo per certo che è stato distrutto dai bombardamenti».

«Vorrei che l'avesse fatto, sul serio», rispose Luca. «È stata una vera tragedia. Federico fu arrestato e imprigionato dai tedeschi poche settimane prima che arrivassero gli alleati, La Gestapo ricevette la soffiata da una fonte sconosciuta infiltrata tra le forze partigiane. I nazisti lo uccisero nella sua cella. Ha portato il segreto del dipinto con sé nella tomba».

Incredibile, pensò Nora. Nell'arco di dieci minuti, il mistero del dipinto di Isabella era risolto. Ma, come il fantasma di Isabella dopo aver fatto un'apparizione, era rapidamente svanito di nuovo.

Le parole di Luca avevano dipinto un'immagine vivida e, in piedi in mezzo alla folla di Santo Spirito, tra il rumore e la confusione, i sensi di Nora si accentuarono. Poteva sentire ancora una volta le voci del passato che la chiamavano.

Quando la musica riprese a suonare e il timpano della batteria attaccò un palpitante ritmo medievale di nuovo, Nora sentì, al suo posto, il ruggito degli aerei da combattimento e il suono delle bombe che esplodevano sulla sua testa.

Chiuse gli occhi e rivisse la leggenda.

Margherita

Capitolo 14

Il Negozio dietro l'angolo

October 26, 1941

*L*a porta si spalancò facendo tintinnare la campanella del negozio e facendo sobbalzare Margherita. Alzò gli occhi dal registratore di cassa, ma sorrise quando vide una faccia familiare guardarla scusandosi.

«Mi dispiace! Faccio troppo rumore», si giustificò Corrado. «C'è vento stasera e la porta mi è sfuggita. Come stai mia cara? Tuo padre è in giro? Stasera vogliamo finire il baule di nozze. Probabilmente è nel retrobottega ad escogitare qualche nuova idea, vero?».

Abbassando il volume della radio, Nita, questo il soprannome di Margherita, inclinò la testa all'indietro. «Sì, sta iniziando a disfare le casse che sono appena arrivate».

«Come pensavo, sta creando problemi, senza dubbio», disse con una risata. Si tolse il cappotto e il cappello e si avvicinò al bancone. «Sei particolarmente adorabile questa sera, mia cara», disse. «Sono venuto apposta qualche momento presto perché ho bisogno di un tuo consiglio. È il compleanno della signora Michelozzi domani, e voglio prenderle un pensiero. Pensavo che forse potresti aiutarmi a scegliere un piccolo gingillo tra tutti questi tesori».

«Certamente, signor Michelozzi», abbozzò Margherita. Con un cenno della mano, indicò un tavolo vicino. «Abbiamo una bella collezione di porcellane di Limoges che è appena stata esposta. Forse una teiera potrebbe fare al caso della signora».

Prima che potesse concentrare la sua attenzione sulla delicata porcellana, che era stata esposta invitante su un vassoio d'argento, la vista della mano della ragazza catturò l'attenzione di Corrado. Strizzando gli occhi, disse: «Non indossi il tuo anello di fidanzamento stasera, mia cara. Pensavo che ti piacesse la montatura che ho creato appositamente per te.

Il tuo fidanzato non ha badato a spese quando l'ha ordinato».

Margherita agitò coscientemente le dita. «Sì sì sì. Mi piace molto, signor Michelozzi. È una veretta d'oro molto bella». Esitò, poi disse: «È che è diventata un po' larga, e ho preferito toglierla per sicurezza. Ho passato tutto il giorno a fare le faccende e non volevo che scivolasse via».

Il signor Michelozzi annuì e le accarezzò affettuosamente il dorso della mano. «Capisco... prenditi cura di quell'anello, mia cara, l'oro è molto richiesto in questi giorni. Io di certo sto tenendo il mio sottochiave».

Le fece l'occhiolino e aggiunse: «Sono venuto anche per vedere tuo padre e bere un bicchiere con lui, o anche due. Oh mio Dio, date le notizie di oggi, forse ne berremo una bottiglia intera!»

«Bene, allora», disse Margherita, «vuol dire che non lo aspetterò stasera. Forse potrei bere qualcosa anch'io».

Michelozzi ridacchiò e si voltò ad ispezionare i delicati pezzi di porcellana. Canticchiò sottovoce, testando il peso di una tazza nella propria mano. Sia il suo studio che il negozio di antiquariato erano situati sulla stessa strada, proprio dietro l'angolo di Piazza Grande. Quando aveva bisogno di una pausa o di un po' di ispirazione, gli piaceva fermarsi senza preavviso per dare un'occhiata al negozio del suo amico.

Fin dall'epoca degli Etruschi, Arezzo era rinomata come centro orafo, poiché le colline intorno erano ricche di minerali preziosi. La reputazione orafa della città aveva continuato a crescere, e recentemente aveva ricevuto ancora più elogi e consensi grazie ai bei pezzi che designer come il signor Michelozzi e suo figlio Egidio producevano.

In quei giorni però, a causa dei combattimenti fuori regione e dei tedeschi che si erano stabiliti nella loro sonnolenta cittadina, i gioiellieri di Arezzo potevano considerarsi fortunati a rimanere in attività. La maggior parte delle forniture di argento e platino venivano confiscate dal governo fascista per continuare a finanziare la guerra. Molti sostennero, e tra questi Bernardo, che il denaro che proveniva dalla vendita dei metalli fosse usato, in realtà, per altri scopi, finendo soprattutto nelle tasche di funzionari governativi corrotti.

Nonostante la scarsità delle materie prime, tuttavia, c'erano molte aziende che erano riuscite a tenere le porte aperte, e la gioielleria di Michelozzi era una di queste. I suoi eleganti pezzi erano particolarmente popolari sia tra i burocrati italiani locali che tra gli ufficiali nazisti, e lui era sempre molto occupato a produrre ammennicoli e gingilli vari da regalare alle mogli di questi.

Sbirciando oltre l'assortimento confuso di lampade e tavoli, Corrado vide una lama di luce attraversare la porta aperta sul retro. Sia lui che Nita rimasero in ascolto un momento, finché la ragazza udì suo padre canticchiare la melodia di *Bella Ciao*! Quando raggiunse il ritornello, la voce si abbassò ma la convinzione con la quale cantava era sempre la stessa: «*Una mattina mi son svegliato, o bella ciao bella ciao, bella ciao ciao ciao. Una mattina mi sono svegliato e ci ho trovato l'invasor. E se muoio da partigiano, o bella ciao bella ciao, bella ciao ciao ciao. E se muoio da partigiano tu mi devi seppellir. Seppellire lassù in montagna, o bella ciao bella ciao bella ciao ciao ciao; seppellire lassù in montagna, sotto l'ombra di un bel fior. / E le genti che passeranno, o bella ciao bella ciao bella ciao ciao ciao, e le genti che passeranno, e diranno: o che bel fior! È questo il fiore del partigiano o bella ciao bella ciao bella ciao ciao ciao/ È questo il fiore del partigiano morto per la libertà*».

I due si scambiarono un'occhiata consapevole. «Bernardo sembra piuttosto soddisfatto. Deduco che la nuova spedizione di dipinti è finalmente arrivata, eh? So che l'aspettava da settimane. Con Melchiori responsabile della dogana in questi giorni, tra la burocrazia e i controlli alle frontiere, sembra che ci siano sempre ritardi. Quell'uomo è un pazzo, questo è certo, e i tedeschi lo hanno in pugno».

Lasciando che il suo sguardo vagasse per il negozio, Corrado aggiunse: «Ma questo posto... Oh, mio Dio... è fantastico. Quanta ispirazione! Ogni volta che varco la soglia, mi sento come se ci fosse sempre qualcosa di nuovo da vedere».

Raccogliendo un vaso cinese traslucido, lo sollevò verso la luce, ammirandone i colori lattiginosi, e disse: «Penso che se mi ci mettessi d'impegno, da qualche parte in tutta questa bella confusione, potrei trovare un uovo Fabergé, od il cappello di Napoleone Bonaparte... forse anche il piccolo generale in persona».

Margherita fu lusingata dai suoi commenti. Anche lei amava l'antico mestiere di famiglia, essendo cresciuta tra i tavoli in stile *Regina Anna* e le sedie *Savonarola*, che suo padre acquistava per i clienti. Anche in tenera età, era capace di snocciolare dettagli su dettagli sui tavoli in marmo di Pietra Dura o datare con successo le statuette di porcellana di Capodimonte in mostra. Osservò il negozio, cercando di vedere tutto attraverso gli occhi di Michelozzi.

«Oh, può sembrare un disastro, c'è così tanta confusione qui, signor Michelozzi, ma credetemi, mio padre sa dove trovare ogni singolo pezzo. Ci sono molti tesori qui. Gli ci vuole solo un attimo per individuare qualsiasi oggetto uno possa desiderare, e se non è qui, sa esattamente dove andare a cercarlo».

«Ah, sì. Vedo che la mela non cade mai lontano dall'albero. Ti prendi cura in modo eccellente di questo posto, proprio come ti preoccupi di quel vecchio fossile di tuo padre».

Camminando verso una teca di vetro, tirò fuori un Libro delle Ore medievali. Senza alzare lo sguardo, disse: «È piuttosto tardi, sono sorpreso di vedere che siete ancora aperti. Egidio sta chiudendo e dovrebbe arrivare da un momento all'altro. Gli ho detto di incontrarci qui».

«Avevo alcune cose da finire», lei disse, «per questo ho pensato di restare aperti ancora un po'».

Proprio in quel momento Margherita sentì un colpo secco sulla vetrina e vide Egidio che la salutava attraverso il vetro. Chiamandola con il suo soprannome, disse: «Ciao, Nita! C'è mio padre lì dentro?»

Margherita inclinò la testa in direzione del signor Michelozzi che stava ancora ammirando delle illustrazioni. «Sì, certo, entra».

Egidio entrò, attraversò il negozio e le rivolse un sorriso brillante, baciandola su entrambe le guance. Si tolse il cappotto, lo appoggiò con cura sul braccio e disse: «Come va?»

«Bene, tuo papà è là a cercare di decidere cosa regalare a tua madre. Forse dovresti scegliere anche tu un regalo di compleanno per lei».

A passo di danza, seguendo la musica swing che la radio stava trasmettendo, Nita si spostò dal registratore di cassa. Egidio la seguì e cominciò a schioccare le dita.

«Cosa stai ascoltando?»

Alzando il volume, la fanciulla spiegò: «A quest'ora, a volte, si riesce a prendere una stazione radio inglese». Muovendo i fianchi a ritmo, iniziò a cantare: «*He was a famous trumpet man from out Chicago way; he had a boogie style that no one else could play. He's in the army now; he's blowin' reveille, he's the boogie woogie bugle boy of Company B.*»

Egidio la guardò ballare, scuotendo la testa a ritmo di musica. Prendendole la mano, la fece volteggiare tra le sue braccia, mentre continuavano a muoversi a tempo di musica. «Mi piace», disse lui. «Mi manca ascoltare musica decente alla radio in questi giorni».

«Uffa!», esclamò Margherita. «Non parliamone. Non ne posso più delle banalità che suonano alle stazioni italiane, solo canzoni serie e stupide marce. Sai cosa mi manca di più?»

«No, Margherita, cosa ti manca di più?», chiese Egidio mentre la faceva volteggiare di nuovo.

«Mi manca sentire Nilla Pizzi e Pippo Barzizza e tutti quei complessi divertenti. Mi piacevano le canzoni che suonavano, sempre allegre e spensierate. Ti facevano sentire bene, sai, non come le canzoni che Mussolini e le camicie nere vogliono farci ascoltare a tutti i costi»

«Adoro le canzoni di Nilla. È un peccato che sia stata allontanata dalla radio».

«Vero», concordò Margherita. «Le cose sono fuori controllo in questi giorni. Ci credi? Pensano che sia troppo moderna e...»

Egidio la interruppe. «È stata bandita perché Mussolini pensa che la sua musica sia troppo esotica e sensuale».

Staccandosi dal suo abbraccio, Nita tornò al suo libro mastro e, togliendo la penna da dietro l'orecchio sinistro, ricominciò ad occuparsi dei conti. «Oh mio Dio, a cosa sta arrivando questo mondo se una ragazza innocente non può cantare una canzone alla radio?»

Guardandola, Egidio batté leggermente le mani sul bancone come fosse un bongo. Margherita, gomiti sul bancone, appoggiò il mento sulle mani e disse: «Oh, Egidio, non sarebbe grandioso andare in America? Voglio andare in California un giorno. Che sogno! Voglio visitare Hollywood, dove girano tutti quei film. Sai che esiste anche una città chiamata San Francisco, proprio come la basilica qui ad Arezzo? Hanno il ponte Golden Gate che attraversa una baia e la città è costruita su una collina. Ma è così grande, niente a che vedere con la nostra collina qui ad Arezzo... un giorno ho intenzione di viaggiare per il mondo. E, ti giuro, lo farò».

Egidio si piegò verso di lei, e sussurrò: «È sempre bello avere sogni, Nita. Io resterò bloccato qui per il resto della mia vita, lavorando l'oro per mio padre. Ehi, hai visto il nuovo film al cinema, il nuovo poliziesco?»

Gettando velocemente uno sguardo verso il retro, dove poteva vedere suo padre muoversi, Margherita sussurrò: «Sì, sono uscita di nascosto ieri sera e ho visto l'ultimo spettacolo. Ma non dirlo a papà...»

«Non dire a papà cosa?», chiese Corrado, camminando verso i due. «Quali segreti potresti tenere nascosti al tuo vecchio babbo, Nita?»

Margherita si mise le mani sui fianchi e disse: «Bella domanda, signor Michelozzi. Potrei chiedere lo stesso a voi».

Con scaltrezza, aggiunse: «Siete venuto per aiutare mio padre a finire quel cassettone che state costruendo in soffitta? Ultimamente passate molto tempo insieme. Sembra che voi facciate molto più che limare un pezzo di legno».

Corrado, l'immagine dell'innocenza, disse: «Non preoccuparti per noi, mia cara, non c'è niente di misterioso al piano di sopra. Solo un gruppo di innocui vecchietti che armeggiano, niente che ti possa lontanamente interessare».

Sentendo la voce del suo amico, Bernardo Lancini lo chiamò dal retro: «Corrado, vecchia volpe, era ora che arrivassi! Vieni qui. Voglio mostrarti qualcosa».

«Arrivo, amico mio». Rivolgendosi a suo figlio, aggiunse: «Egidio, vai su. Arrivo tra un minuto».

Egidio salutò obbediente suo padre e mentre si voltava per salire le scale verso le stanze sopra il negozio, la trasmissione radio cominciò a sfumare e la frequenza inglese fu sostituita da un'interferenza gracchiante. Margherita tentò di trovare di nuovo la stazione di prima ma al posto di musica vivace, la radio rimandava incessantemente canzoni militari, e l'annunciatore ricordava a tutti che stavano ascoltando l'EIAR, la voce della radio italiana.

Un'altra fanfara e le note di *Giovinezza*, uno degli inni preferiti dai fascisti, presero a risuonare nell'etere, mentre una voce tuonava: "*Credo in Dio, Signore del cielo e della terra. Credo nella giustizia e nella verità. Credo in un'Italia fascista. Credo in Mussolini e nella vittoria italiana.*"

Seguì la voce roboante del Duce stesso: "Cittadini d'Italia, vengo da voi stasera..."

Corrado allungò la mano e spense la radio. «È ora di spegnere questa roba», disse. Con una pacca sulla mano di Margherita, andò ad unirsi al suo amico nel retrobottega.

Di nuovo sola, Nita inserì altri numeri nel suo libro mastro e poi lo nascose. Nella quiete, sentiva Egidio che camminava al piano di sopra e qualcosa di pesante che veniva spinto sul pavimento. Nita non era sicura di cosa stessero facendo e, forse, era saggio non immischiarsi nei loro affari.

C'erano ragioni valide nel desiderio di suo padre di tenere alcuni segreti. Lui non aveva aderito alla politica fascista dell'attuale governo del Duce e quando leggeva i giornali, brontolava e talvolta diventava così furioso da sbattere il pugno sul tavolo. Quello che stava accadendo era una farsa; la gente stava cominciando a scomparire e ogni giorno venivano imposte regole ridicole.

Ora i libri, e persino i dipinti, venivano confiscati, se non erano conformi ai gusti del regime. Alcuni venivano addirittura distrutti. Era degradante essere sottoposti ad una tale tirannia e vivere ogni giorno nella paura.

Ciò che faceva più infuriare suo padre, però, era il lavaggio del cervello ottenuto con false notizie - la propaganda - stampate sui giornali o trasmesse dalla radio. Secondo il governo, tutto questo era fatto in nome di un bene superiore e per il trionfo del popolo italiano. Era irragionevole.

Chi aveva dato a un così piccolo gruppo di persone un tale potere su un intero popolo, decretando ciò che potevano o non potevano fare, ciò che poteva piacere o non piacere, e persino ciò in cui dovevano credere?

Quando Parigi era caduta, Bernardo era rimasto inorridito alle notizie del saccheggio nazista. L'arroganza e la crudeltà di una nazione straniera che ne violentava un'altra e ne rubava l'arte era semplicemente intollerabile, e temeva molto per i tesori nazionali dell'Italia.

Mettendo via il giornale, quel giorno aveva detto a sua figlia, «Margherita, è un mondo pericoloso quello in cui viviamo. Se vogliamo sopravvivere, dobbiamo essere estremamente cauti. Comunque, non starò seduto con le mani in mano e con il capo chino mentre le cose che so essere sbagliate accadono nella mia stessa città... nel mio paese. Sceglierò di camminare a testa alta e, se sarà necessario, di resistere».

Margherita era fiera di suo padre, ma era anche preoccupata. Sua madre era morta anni prima quando lei era solo una ragazzina e, con l'inizio della guerra e le crescenti tensioni, suo padre stava iniziando ad invecchiare. La guerra lo stava trasformando in un vecchio davanti ai suoi occhi. Ecco perché aveva deciso di sposarsi. Suo padre aveva bisogno di un socio in affari e sperava che insieme, lei e il suo futuro marito, avrebbero potuto alleggerire i suoi fardelli. Alla fine di giornate lunghe come queste, però, Margherita si chiedeva se avesse preso la decisione migliore.

Mentre riordinava il bancone, vide un'ombra che passava accanto alla finestra del negozio. La melodia americana che stava canticchiando le morì sulle labbra e il cuore iniziò a batterle più forte. Con sgomento, si ricordò che non aveva ancora chiuso a chiave la porta.

Quando vide il volto dell'uomo che scrutava attraverso la vetrina, esclamò sollevata: «Oh Santo Cielo, sei tu! Ruggero, mi hai fatto prendere una tale paura!»

«Ciao amore, mi sei mancata». Afferrando la sua fidanzata per la vita, l'uomo la fece girare in circolo, proprio come aveva fatto Egidio, ma questa volta Margherita si liberò rapidamente.

«Smettila, mi stai facendo girare la testa! Non ti aspettavo stasera».

«Sono appena sceso dal treno da Roma e non vedevo l'ora di

rivederti». Baciandola sulla bocca, disse: «Ti sono mancato?»

Margherita fece un passo indietro e si lisciò i capelli, facendo scorrere inconsciamente le dita sulle labbra. «Sì, sì. Mi sei mancato». Tornò al registratore di cassa, tirò fuori l'anello di fidanzamento e se lo infilò al dito. «Pensavo che saresti stato via fino a dopodomani».

«Lo so. Ma non vedevo l'ora di tornare da te. Aspetta... ti ho portato un regalo».

Nita osservò l'esile uomo dai capelli scuri che le stava davanti, vestito con un soprabito costoso, che reggeva una grossa scatola con un grande nastro intrecciato.

«Coraggio, aprilo», la esortò.

Prendendo il regalo dalle sue mani tese, Margherita lo appoggiò sul bancone, sciolse il nastro e sollevò il coperchio. Dentro c'era un cappello di feltro verde. Era un oggetto elaborato, addobbato con una retina e un'enorme penna viola. Dall'espressione contenta che Ruggero aveva stampata in volto, sapeva che il cappello non era costato poco e sebbene non fosse del tutto di suo gusto, non volendo ferire i suoi sentimenti, gli diede un rapido bacio sulla guancia.

«È l'ultima moda a Roma, sai? Solo il meglio per la mia Nita». Spingendo la scatola di lato, aggiunse: «Allora, dimmi, come sta la mia bella ragazza?»

Margherita sentì una piccola fitta di rimorso. Continuava a comprarle dei regali, e lei non sapeva mai quale sarebbe stato il prossimo. La settimana prima si era trattato di una collana, e quella precedente di un paio di guanti, e ora, quel cappello ridicolo. Lui chiaramente ce la metteva tutta, ma lei non poteva fare a meno di chiedersi da dove venissero i soldi per tutte quelle cose. Di sicuro non poteva permetterselo con lo stipendio che suo padre gli pagava ogni settimana.

Come Egidio, conosceva Ruggero da sempre. Sebbene lei vivesse a Santo Spirito e lui abitasse sul lato opposto della città, nel quartiere di Porta del Foro, erano stati compagni di scuola e in seguito avevano frequentato il liceo insieme. Quando era un ragazzo di dodici anni, le regalava piccoli mazzi di margherite o, a volte, un pezzo di cioccolata.

Con gli anni si era fatto un bell'uomo, e lei era stata lusingata dal suo corteggiamento, dai mazzi sempre più grandi di rose rosse e da bottiglie di profumo francese. All'inizio, era stata felice di quei regali e del fatto di essere portata in città per una cena o per il teatro, ma non poteva ignorare il fatto che trovava la sua conversazione un po' noiosa e, soprattutto, che lo considerava più che altro un fratello. Si chiese se lo avrebbe mai amato nel modo in cui lui adorava lei.

Quando era iniziata la guerra e aveva visto il padre iniziare a invecchiare, aveva deciso di accettare la proposta di matrimonio di Ruggero. Il giovane era stato molto insistente, chiedendoglielo innumerevoli volte e alla fine lei aveva acconsentito. Eppure, nonostante fossero fidanzati da un anno, non aveva ancora fissato una data.

Venendo dal retro del negozio, insieme al signor Michelozzi, Bernardo si trovò proprio dietro al ragazzo: «Ah, Ruggero, ragazzo mio, vedo che sei tornato. Come è andata quella faccenda con Balduccio? Ha accettato i nostri termini?»

Sentendo il suono della voce di suo padre, Margherita pensò: *sciocca ragazza, certo, con il tempo imparerò ad amare Ruggero come lui ama me.*

«Sì, signor Lancini. Quando lasciai Balduccio, l'avevo in pugno. Fidatevi di me... so come portare in porto un affare».

«Bene, togliti il cappotto, giovanotto. È ora di rimboccarsi le maniche e mettersi al lavoro. C'è un nuovo ordine che ho iniziato a disimballare nel retro. Risparmieremo tempo domattina».

Ruggero si tolse cappello e cappotto e li gettò a casaccio su una sedia. Mandando un bacio al volo a Margherita, si diresse verso il retro del negozio, fischiettando un motivetto stonato. La canzone sembrava così familiare, chiuse gli occhi, cercando di ricordare quando e dove l'aveva sentita. A un tratto gli occhi di Margherita si spalancarono e ricordò. L'aveva sentita quella mattina mentre andava al mercato a comprare del pane, fischiata da un agente di pattuglia tedesco.

Cercò gli occhi di suo padre, per nascondere il suo sgomento, poi si voltò rapidamente verso il suo libro contabile.

Lo sguardo di Bernardo si spostò da sua figlia al cappotto del giovane e sospirò stancamente. Aveva osservato Ruggero per anni e sapeva che era un ragazzo intelligente che, con la giusta guida, avrebbe potuto sviluppare un potenziale notevole. Ultimamente però, c'erano delle cose in lui che lo turbavano. A volte il giovane arrivava ad essere sfacciato ed esagerato, persino arrogante, quando fingeva di essere esperto in questioni in cui non lo era.

Proprio l'altro giorno, Bernardo era arrivato in ritardo e aveva trovato Ruggero che esaltava le caratteristiche di un bel vaso di ceramica alla signora Castellani. Mentre ascoltava, tuttavia, si era reso conto che il suo aiutante aveva confuso i fatti, sostenendo che si trattava di un pezzo antico risalente della dinastia Ming. Quando la donna gli aveva chiesto il prezzo, aveva dichiarato una cifra oltraggiosa. Bernardo si era quindi subito fatto avanti per sistemare le cose, e aveva assicurato alla sua cliente che si trattava di un pezzo decisamente più moderno, risalente alla dinastia Qing. Ruggero, rendendosi conto del suo errore, si era scusato a profusione.

Più tardi, osservando il giovane che stava trattando un'altra vendita, Bernardo non era riuscito a scuotersi di dosso la sensazione che forse non era stato un errore in buona fede, quanto piuttosto un astuto stratagemma per ingannare la povera signora. Quello era stato solo uno dei tanti incidenti. Mentre l'affetto del giovane per sua figlia sembrava genuino, se non eccessivo, la sua integrità morale forse non lo era altrettanto.

Specialmente in quel momento, quando avere fiducia in qualcuno faceva la differenza tra vivere o morire, non era sicuro da quale parte della barricata stesse il suo futuro genero. A lui sembrava del tutto possibile che Ruggero potesse essere persuaso a sostenere qualsiasi partito politico o a mettersi a disposizione di chiunque gli promettesse qualche vantaggio.

Sentendo Ruggero fischiettare nella stanza sul retro, Bernardo diede a Corrado un'occhiata interrogativa.

Margherita vide il messaggio telegrafico che passò tra suo padre e Corrado. Sapeva che era preoccupato, ma lei aveva preso una decisione e l'avrebbe mantenuta. Chiuse il registratore di cassa con un energico clic, prese una chiave da un gancio sul muro e si diresse verso la porta d'ingresso per chiuderla per la notte. Prima che potesse farlo, tuttavia, la campanella suonò di nuovo e uno sconosciuto, alto in statura, entrò nel negozio.

Era un uomo intorno alla trentina, e indossava un soprabito di tweed e una sciarpa avvolta intorno al collo. La sua alta figura sembrava invadere tutta la stanza. Con attenzione, chiuse la porta, si tolse il cappello e annuì brevemente verso di lei. Rivolgendosi ai due uomini, disse: «Salve, sono Federico Donati. Sono qui per vedere Bernardo Lancini. Ho degli affari di cui vorrei parlare con lui».

Bernardo si fece avanti e strinse la mano dell'uomo. «Sì, sì, vi aspettavamo, Donati. Benvenuto. Permettetemi di presentarvi Corrado Michelozzi. Anche suo figlio Egidio è qui ed è ansioso di conoscervi».

Lo sconosciuto ricambiò il saluto dell'uomo più anziano, poi guardò la giovane donna dietro il banconne. Vedendo il suo sguardo interrogativo, Bernardo fece rapidamente le presentazioni.

«E questa è mia figlia Margherita. Mi aiuta qui nel negozio».

Appoggiandosi, Bernardo sussurrò all'orecchio di sua figlia: «Corri a casa ora, cara. Resterò qui a lungo. Ci vediamo domani mattina».

Rivolgendosi a Donati, disse: «Venite. Seguitemi».

I due uomini più anziani fecero da guida, ma il nuovo arrivato si fermò un istante. Con un piede sul gradino più basso, si girò e guardò Margherita. Quando Bernardo ricominciò a parlare, girò la testa nella sua direzione.

«Quindi voi siete il famoso Federico di cui abbiamo sentito parlare. Siete appena arrivato da Parigi? Ditemi, amico mio, che notizie ci portate?»

Capitolo 15

L'artista del piano di sopra

*N*ei giorni seguenti, Margherita osservò che quell'uomo di nome Federico faceva visite frequenti al negozio dei Lancini. Ogni volta che entrava, si toccava cortesemente il cappello come gesto di saluto e si dirigeva direttamente verso le scale. Quando usciva, le passava accanto senza dire una parola. Non sprecava mai tempo in chiacchiere futili, come il signor Michelozzi, né commentava programmi radiofonici, come piaceva fare ad Egidio. Da quello che era riuscita a stabilire sul suo conto, l'uomo doveva essere decisamente più grande di lei. Considerando che per lo più era come se le fosse del tutto invisibile, arrivò a chiedersi se si fosse reso conto che, dopotutto, era lì anche lei.

Dopo alcuni giorni, chiese a suo padre in che tipo di attività lui e Federico fossero coinvolti. Bernardo le rispose in modo vago: «È un artista. È appena arrivato dalla Francia, Nita. Sai, di questi tempi non è certo il posto migliore per un pittore. È un brav'uomo, e l'ho assunto per fare un po' di lavori di restauro; gli permetto l'uso della soffitta come studio per lavorare ai suoi dipinti».

Prima di tornare alle sue faccende, aggiunse: «Gli ho detto che avrebbe potuto vivere con noi per un po', nel solaio, sopra il negozio».

Questa sistemazione sembrava un po' strana a Margherita. Suo padre era perfettamente in grado di riparare e restaurare oggetti antichi da solo, e non aveva mai invitato nessuno a vivere nelle stanze della soffitta. Sebbene il signor Donati fosse appena arrivato, sembrava che avesse già conquistato la fiducia di suo padre, qualcosa che Ruggero, invece, stentava ad ottenere.

Curiosa di saperne di più, continuò a tempestare suo padre di domande: «Per quanto tempo il signor Donati rimarrà con noi?»

«Finché sarà necessario, immagino».

«E cosa fa esattamente?»

«Oh, un po' di tutto. Ho alcuni progetti in ballo per cui ho bisogno del suo aiuto».

«Capisco». Ma non era vero. Non capiva davvero. «E da dove viene? E dove andrà dopo?»

«Beh, i suoi sono di Roma, quindi mi aspetto che alla fine ritornerà da loro. Nel frattempo, gli ho chiesto anche se vuole mangiare con noi. Di tanto in tanto, verrà a cena da noi, e qualche volta forse potresti portargli tu di sopra un po' di zuppa e del pane. Ma, l'ammonì—non disturbarlo. Se non risponde alla porta, lascia fuori il cesto; lo prenderà dopo. Sai come sono gli artisti: a loro non piace essere interrotti quando sono impegnati a creare».

«Se proprio lo vuoi sapere», disse Margherita in tono seccato, «tutto questo sembra un po' misterioso. Cosa mai potrebbe fare il signor Donati lassù, a porte chiuse?»

Bernardo disse: «Cara, cara figlia, penso che tu abbia visto troppi film polizieschi al cinema. Smetti di essere così ficcanaso. È un pittore. E i pittori dipingono!»

Margherita inclinò la testa da un lato e attese una risposta migliore. Rendendosi conto che non l'aveva convinta, Bernardo le accarezzò leggermente la mano e disse: «Hai preso tutta da tua madre, Nita. Non solo le assomigli fisicamente, ma hai ereditato anche la sua fervida immaginazione. Federico sarà semplicemente nostro ospite per un po'. Molto probabilmente si annoierà a morte e se ne andrà entro la fine del mese».

Tirò fuori il suo orologio da tasca, poi in tono pratico disse: «Ora è il momento di mettersi al lavoro. Puoi portarmi quella pila di fatture? Vediamo quali dobbiamo pagare oggi».

Margherita fece quello che le aveva chiesto, ma non riuscì a distogliere il pensiero dal misterioso uomo al piano di sopra. Alla fine del mese, l'uomo era ancora lì, ed era diventato una presenza fissa nelle loro vite. Non mostrava alcuna fretta di partire.

Nelle settimane successive, venne a cena a casa loro un paio di volte, ma per la maggior parte preferì rimanere nelle proprie stanze.

Quando lei saliva le scale per portargli un po' di brodo ed una caraffa di vino, si fermava spesso e appoggiava un orecchio alla porta. Ma non le riuscì mai di cogliere nemmeno un suono. Le cose sembravano tranquille dall'altra parte, e lei continuò a chiedersi cosa lo assorbisse così intensamente.

Alla fine, non riuscì più a contenere la curiosità. Un mattino, approfittò di un momento in cui Ruggero e suo padre erano fuori dal negozio e decise di affrontare Donati. Se l'uomo aveva qualcosa di sospetto, qualcosa che poteva mettere in pericolo suo padre, lei aveva bisogno di saperlo—almeno questo era quello che si disse.

Quando Donati tornò dalle sue commissioni in tarda mattinata, si tolse il cappello come sempre e la salutò educatamente. Questa volta, però, prima che lui le sfuggisse salendo su per le scale, Margherita gridò: «Signor Donati... aspettate un momento. Avete un minuto per me?»

L'uomo si voltò e la guardò interrogativamente. Facendo qualche passo nella sua direzione, rispose: «Certo, Signorina Lancini. Cosa posso fare per voi?»

Ora che si trovava a tu per tu davanti a lui, tuttavia, Margherita si trovò a corto di parole. L'uomo la osservò per un momento, poi alzò un sopracciglio e chiese: «Allora, c'era qualcosa che volevate... o posso andare ora?».

Facendosi coraggio, la ragazza riuscì a dire: «Sì, ecco... capisco che siete un pittore. Papà dice che avete studiato a Roma e che siete originario di lì».

«Ho studiato all'Accademia delle Belle Arti, ma è stato tanto tempo fa», la guardò incuriosito. «Siete mai stata a Roma?»

«Certo che sono stata a Roma», esclamò lei.

«Bene, ottimo», disse lui sorridendole. «Credo che chiunque apprezzi l'arte o voglia dipingere dovrebbe iniziare la sua formazione lì. Non c'è nemmeno bisogno di entrare in un museo o in una galleria. Ogni angolo, ogni piazza... beh, c'è sempre qualcosa di incredibile da vedere. Ho imparato molto all'Accademia, ma ho imparato di più nelle chiese o vagando semplicemente per strada. Lì si possono trovare i migliori insegnanti: Michelangelo, Raffaello e Bernini, solo per citarne alcuni».

«Parlate così appassionatamente di arte. Mi piacerebbe vedere alcuni dei vostri lavori», disse Margherita tutto d'un fiato.

«Davvero?», chiese Federico. Si studiarono l'un l'altro per un momento, poi lentamente lui fece un gesto con il cappello, indicando le scale. «Bene, andiamo allora. Lasciate che vi mostri alcune cose».

Margherita fu colta alla sprovvista. Lo guardò sorpresa, non si sarebbe mai sognata che lui l'avrebbe invitata nelle sue stanze. Quando lei non si mosse, l'uomo ridacchiò e disse: «Pensavo voleste vedere il mio lavoro. Giuro che non mordo».

Lei inclinò la testa, ponderando la situazione, non del tutto convinta dalla sua ultima affermazione. Donati le chiese ancora: «Beh, vi interessa vedere il lavoro di questo povero artista o no?»

Guardando l'orologio, Margherita si accorse che era quasi mezzogiorno. Con un cauto cenno di assenso, si diresse verso la porta e la chiuse a chiave. Quando tornò verso il signor Donati, vide che stava già salendo le scale. Guardò il negozio silenzioso, e trasse un profondo respiro per calmarsi. Almeno, pensò, avrebbe avuto delle risposte.

Quando arrivarono in cima alle scale, al limitare tra luce e oscurità, Nita guardò Donati mentre apriva il laboratorio. Lui la guardò da sopra la spalla e le sorrise prima di spalancare la porta. Gesticolando educatamente, la invitò ad entrare prima di lui.

Margherita esitò ancora. A dispetto di tutta la sua precedente baldanza, ora sembrava temere il passo successivo. Percepita la sua riluttanza, Federico entrò nella stanza, poi, voltatosi, le tese la mano. Con cautela, lei mise una mano nella sua e si lasciò condurre oltre la soglia dello studio.

La luce proveniente dalle ampie finestre era in netto contrasto con la sala scura. Margherita dovette sbattere le palpebre un paio di volte per mettere a fuoco la stanza; poi, si guardò intorno velocemente, ma tutto sembrava essere in ordine. Accatastate contro il muro, c'erano tele diverse da quelle presenti l'ultima volta che era stata autorizzata a metter piede nella stanza, ma non era poi così insolito. Al centro della camera notò il grande baule da corredo che suo padre e Michelozzi stavano costruendo. Non era sicura del perché, ma all'improvviso si sentì un po' delusa.

Con un'occhiata interrogativa, non poté fare a meno di chiedere: «Allora, che cosa avete fatto esattamente in queste settimane, signor Donati?».

Lui indicò un grande cavalletto installato vicino alle finestre e lei vide che sosteneva una tela di notevoli dimensioni. Accanto c'era un piccolo tavolo con gli strumenti dell'artista, tubi di colore e solventi. Arricciò il naso all'odore della trementina e dell'olio di lino.

Margherita si avvicinò al dipinto e vide che era una copia perfetta della Madonna col bambino di Raffaello. Lo osservò da vicino per un momento, e poi chiese: «È questo che fate?»

L'artista indicò la stanza con un ampio gesto della mano. «Questi sono tutti quadri miei, sì».

«Beh, sono proprio belli. Sono colpita! Assomigliano così tanto agli originali che avreste potuto ingannarmi. Posso dare una sbirciatina anche a quelli laggiù?»

Togliendosi la sciarpa di lana ed il cappotto, Federico rispose: «Sì, prego, fate pure. È per questo che siete venuta fin qui, non è vero? Per vedere il mio lavoro».

Margherita si mosse verso i quadri. Li spostò e li inclinò secondo diverse angolazioni in modo da poterli vedere meglio. Le immagini raffiguravano per la maggior parte Madonne con bambini paffuti, ma anche martiri religiosi. Prese in mano un dipinto e vide che era una versione di Santa Margherita. La faccia della santa era un po' troppo pallida e angelica per i suoi gusti. A parte il cagnolino ai piedi di Margherita, era piuttosto carino, ma, nel complesso, il dipinto era troppo scialbo e triste.

Guardandolo, disse gentilmente quello che pensava: «Per quanto siano belli sono un po' opprimenti. Mi aspettavo qualcosa... beh, qualcosa di un po' più moderno».

L'uomo apparve un po' deluso, e quando non disse nulla, sentendosi un po' nervoso per aver criticato il suo lavoro, si affrettò a dire: «Papà mi dice che siete venuto di recente da Parigi. Pensavo che il vostro lavoro sarebbe stato... beh, un po' diverso da questo».

«Ho trascorso diversi anni a Parigi», raccontò Federico. «A Roma sono stato educato allo stile accademico. Non vi piace lo stile classico?»

«Certo che ammiro i vecchi maestri. Sono particolarmente attratta da Raffaello, Leonardo... e, beh, Bronzino. Penso che dipingesse magnificamente e usasse colori molto brillanti. Ho sempre amato il suo dipinto di Eleonora de' Toledo nel suo abito dorato. E poi c'è quello insieme alla figlia Isabella. È al Louvre ora. L'ho visto alcuni anni fa quando ho accompagnato mio padre a Parigi in uno dei suoi viaggi di lavoro. È un peccato che sia lì e non qui in Italia».

Federico non disse nulla, ma la guardò pensieroso.

Rivolgendosi ai suoi dipinti di nuovo, Nita aggiunse: «I dipinti classici sono molto belli, e voi siete un pittore di talent...»

«Ma...», disse lui.

Esitò, poi lei disse: «Beh, ammiro particolarmente il lavoro di un artista contemporaneo che sono sicura che odiereste assolutamente. Non è come i pittori che ho appena menzionato, e non lavora in questo modo. In realtà, si trova nella parte opposta della gamma.»

Voltandosi verso di lui, disse con audacia: «Mi piace piuttosto il lavoro di Picasso. Comunica i volumi nel tratto più semplice e in uno sciabordio di colori minimo e...»

Si fermò sorpresa quando Federico rise forte. Non si era aspettata né che la sua affermazione sarebbe stata accolta con ilarità, né la calda considerazione con cui ora lui la stava osservando. Lo guardò con sospetto, aspettando di sapere cosa avrebbe detto.

«E se adesso vi dicessi che Picasso è un mio amico?»

Margherita lo guardò incredula. La stava prendendo in giro per vendicarsi dei commenti che aveva fatto in precedenza sul suo lavoro? Quando continuò a fissarla con un sorriso divertito, socchiuse gli occhi e disse: «Non ci posso credere. *Voi!* Voi, Federico Donati, conoscete Picasso? Ne dubito fortemente».

«È proprio vero. Eravamo praticamente vicini di casa e vivevamo nella stessa strada. Avevo un piccolo posto in Rue Delambre. Niente di spettacolare, intendiamoci, ma era economico. Avevo molti amici lì—Picasso era solo uno di loro».

Margherita si lasciò cadere su una sedia vicino alla finestra. «Caspita!»

«Ci incontravamo a La Rotonde a notte fonda. Non importava chi fossi o da dove venissi, ciò che era importante era l'arte—e le idee».

Sorridendo, aggiunse: «Non vi so dire quante notti si sono trasformate in mattinate, seduto ad un tavolo immerso in una conversazione profonda con qualcuno. Parlavamo di creatività e politica... parlavamo di tutto e di niente. Mettevamo in discussione le reciproche percezioni della bellezza. Sembrava che il sole dell'ispirazione illuminasse Parigi molto intensamente. Ma poi i tedeschi hanno invaso la città. Purtroppo, ora è solo un pallido ricordo di ciò che era un tempo. Così me ne sono andato».

Camminò verso la tela sul cavalletto, prese un pennello e cominciò a pulirlo con uno straccio sporco. Guardò fuori dalla finestra. «Sai chi sono altri grandi amici? Man Ray e Gino Severini. Uno è un fotografo surrealista e l'altro un leader del movimento futurista. Mi piacevano molto quei due e trovavo le nostre conversazioni estremamente stimolanti».

«Severini è di Cortona. Lo sapevate? E Man Ray... Non riesco a credere che lo conoscete! Quella volta, quando sono stata a Parigi con mio padre, ho visto alcuni dei suoi lavori. Cosa gli è successo?»

Scrollando le spalle, Federico rispose: «A causa del suo lavoro è stato costretto ad andarsene. Come me, ha lasciato Parigi... credo abbia detto che sarebbe tornato a Los Angeles».

Margherita trattenne il fiato per lo stupore. «Veramente? È da lì che viene? Ho sempre desiderato andare in California».

«Sì. È americano». Si passò le dita tra i capelli e aggiunse: «Ci sono state così tante volte in cui abbiamo coperto l'uno i debiti dell'altro. Uno di noi era sempre costretto a salvare l'altro».

«E Picasso, com'è?», volle sapere Margherita.

«L'ho incontrato una sera mentre bevevo con Modigliani. Lui, beh... era molto particolare, un tipo affascinante. Non ho mai incontrato nessuno come lui. A volte poteva essere feroce e brutale ...e altre volte simpatico e gentile. Spesso non la smetteva mai di parlare, poi tornava di nuovo tranquillo e lunatico. Io ho lasciato Parigi, ma lui ha deciso di rimanere. È ancora lì adesso».

Posando il pennello, chiese: «Avete visto *Guernica* ...sapete cos'è?»

«Sì, naturalmente! Qui non siamo *così* indietro».

Federico era divertito dalla sua indignazione. «E se vi dicessi che l'ho visto con i miei occhi nell'appartamento di Picasso?». Alzò le mani e aggiunse: «Ok, forse non era il dipinto vero e proprio. Ma ho visto gli studi che ha fatto mentre progettava il quadro. Ne aveva molti attaccati al muro del suo studio».

Gli occhi di Margherita si spalancarono per lo stupore. «Avete visto gli schizzi?». Lei aveva sentito parlare di Guernica dai giornali. Era un enorme quadro che, qualche anno prima, aveva scandalizzato il mondo con le sue critiche palesi alla guerra civile spagnola e al fascismo. Conosceva persino le singole parti del dipinto: il toro infuriato, il soldato caduto, le madri urlanti con i loro bambini morti che condannavano l'inutile distruzione della vita. Ma, a dispetto della desolazione che raffigurava, Margherita pensava che Picasso avesse intenzionalmente incluso anche simboli di speranza.

«Infatti», disse Federico, «poco dopo che i tedeschi occuparono la città, io ero lì il giorno in cui la Gestapo bussò alla porta di Picasso. Pensavano che fosse un artista pazzo, un uomo folle che non faceva altro che fomentare la gente con i suoi orribili dipinti».

«E cosa hanno fatto?»

«Fecero irruzione nel suo studio, buttando all'aria i tavoli e rovistarono tra i suoi disegni. Prima di andarsene, uno dei tedeschi si fermò e indicò le immagini del cavallo e dei bambini morti appesi alla parete e chiese a Picasso: "L'hai fatto tu?". E sai qual è stata la risposta di Picasso?».

Margherita lo guardò in attesa. «No, quale?»

«"No, l'avete fatto voi!"»

Un senso di ilarità le illuminò gli occhi e disse: «Touché! Un punto per Picasso».

Federico sembrava soddisfatto dalla sua risposta. «Mi sono reso conto che dovevo lasciare la città. Parigi è cambiata velocemente, e da luogo in cui gli artisti potevano parlare e dipingere liberamente, è diventata una città di anime torturate».

Dopo un momento di riflessione, soggiunse: «Quindi pensate che i miei dipinti siano piuttosto ordinari, non così originali? Insipidi, credo, è la parola che avete usato».

Margherita, divertita dal suo tono, ribatté: «No. Ho solo detto che non erano molto moderni...».

«Ah, quindi... troppo vecchi». Rimase in silenzio per un momento. «Ditemi, sapete tenere un segreto?»

Margherita inclinò la testa e soppesò per un momento quelle parole. «Certo, certo che so mantenere un segreto».

Federico la chiamò dall'altra parte della stanza e sollevò un panno che copriva un tavolo. «Questo è ciò che mi interessa. Forse ho iniziato come pittore classico, ma il tempo che ho passato a Parigi mi ha dato molto a cui pensare».

Margherita, intanto, era rimasta a bocca aperta per lo stupore. Non era affatto come le vergini e i santi che aveva visto prima. Quei dipinti erano audaci ed espressivi. Apparentemente non avevano un soggetto definito, ma la scia di colori era vivida e cruda, e le immagini vibravano energia ed emozioni.

Guardò l'uomo accanto a lei con rinnovato interesse. C'era molto di più sotto le apparenze e, una volta graffiata via la superficie, si era scoperto un lato completamente inedito di lui. Senza dire una parola, si scambiarono un'occhiata, e Margherita sentì qualcosa di vivo farsi strada dentro di lei. Era come se stesse scrutando un nuovo universo, vedendo per la prima volta galassie che non erano mai esistite prima.

Tese la mano per stringere quella dell'artista. «Credo di dovervi delle scuse, signor Donati. Il vostro lavoro è... beh, non so nemmeno da dove cominciare. Trovo che questi dipinti siano incredibilmente belli».

Dopo quel giorno, Margherita prese a inventarsi mille scuse per rimanere nel negozio dopo l'orario di chiusura. Ogni volta che Federico era presente, la sua risata era più luminosa e lei brillava più del solito. Anche lui sembrava più a suo agio in sua compagnia, e quando gli capitava di passarle vicino, si fermava un momento per parlare con lei o per darle un libro da leggere. L'uomo che lei aveva immaginato essere riservato e misterioso era invece divertente e loquace.

Persi in un affascinante mondo tutto loro, i due non si accorsero del dolore che stavano causando ad un altro. Dall'altra parte del negozio, Ruggero guardava spesso i due con la testa china su una rivista o un libro, e notava come la disposizione di Margherita fosse cambiata. Giorno dopo giorno, diventava sempre più lampante il fatto che lei trovasse quell'uomo più interessante di lui. Ruggero non era del tutto sicuro di quali affari avesse da spartire quell'uomo con Bernardo, ma la sua presenza cominciava a preoccuparlo.

Un giorno, in un momento in cui nessuno avrebbe potuto vederlo, Ruggero salì al piano di sopra e, usando una chiave di scorta che aveva rubato tempo prima, aprì la porta dello studio di Federico. Cominciò a frugare nel laboratorio dell'artista. Come Margherita, anche lui era curioso di sapere cosa si nascondesse dietro quelle porte chiuse. Scandagliando la soffitta, tuttavia, non trovò nulla fuori dall'ordinario. Tutto ciò che scoprì furono dipinti di santi patroni e un mucchio di tele dai colori vivaci.

Fece scorrere un dito sulla superficie del dipinto che Margherita aveva tanto ammirato e lo guardò pensosamente. Per lui, era un guazzabuglio di colori senza significato, qualcosa che avrebbe potuto dipingere anche un bambino. Quell'artista doveva essere pazzo. Chiuse la porta e tornò al lavoro scuotendo la testa, completamente disorientato dal motivo per cui Margherita fosse così attratta dall'artista che viveva al piano di sopra.

Capitolo 16
Due cuori all'unisono

*P*er Margherita, le settimane seguenti passarono come una scia di colori pastello, ma per Ruggero si trascinarono lentamente in un fuoco rosso. Dall'ombra, continuava a sorvegliarla, cercando disperatamente di attirare la sua attenzione. La inondava ogni giorno di fiori e scatole di cioccolatini ed era arrivato persino ad acquistare costosi biglietti per l'opera. Quando lei usciva dal negozio, le diceva: «Nita, non dimenticare di indossare il cappello che ti ho portato da Roma, è molto più carino di quello che hai indosso ora».

Un pomeriggio, quando Ruggero prese la sua mano e iniziò a giocherellare con l'anello che lei portava al dito, Margherita sentì una fitta di panico. Questa angoscia aumentò quando lui la guardò negli occhi e disse: «I giorni passano così in fretta. Non pensi che sia ora di fissare una data? Conosco i funzionari del Prefetto, e sarebbero felici di celebrare una cerimonia civile. Potremmo celebrare un matrimonio in grande più tardi, nella chiesa di San Donato».

Sentendo Federico scendere le scale, Margherita si affrettò ad allontanare la mano e a riportare la sua attenzione sul registro contabile. Alzò lo sguardo e vide suo padre scuotere la testa stancamente. Sapeva che non si fidava completamente di Ruggero. La sera prima aveva persino sottinteso di aver visto il suo fidanzato in compagnia di ufficiali tedeschi e dei loro compari fascisti. Conosceva il potenziale pericolo di queste frequentazioni.

Quando novembre scivolò in dicembre, notò con crescente frequenza che suo padre trovava ogni motivo per mandare Ruggero a fare commissioni lontano dal negozio, a Firenze e in varie altre città vicine. Con Ruggero lontano da loro, tutti sembravano rilassarsi e respirare un po' più facilmente.

Una sera, alla chiusura, Margherita accese la radio, che inondò il negozio di musica swing, e quando il signor Michelozzi arrivò a prendere il suo amico per andare a cena, anche suo padre stava canticchiando un brano americano. Felice del suo buon umore, Margherita lo osservò mentre si metteva il cappello in testa e chiacchierava bonariamente con il suo amico.

Prima di congedarsi, Bernardo le si avvicinò e la baciò sulla guancia. Il suo umore divenne di nuovo serio quando vide una foto di sua moglie che era esposta in una cornice d'argento sulla scrivania. Scrutando Margherita, disse: «Assomigli così tanto a tua madre. Era una donna straordinaria. Ho amato moltissimo Lucrezia, lo sai».

Margherita aspettò che continuasse, pur sapendo già cosa stava per dire. Il padre riprese: «Senti, Margherita, fino ad ora ho fatto del mio meglio per proteggerti e tenerti lontano dal pericolo, ma in questi giorni stanno succedendo troppe cose e troppo velocemente. Il tuo fidanzamento con Ruggero... Beh mi preoccupa. So che ti preoccupi per me e temo che tu abbia accettato la sua proposta per le ragioni sbagliate. Ma io penso che...»

«Aspetta, babbo», lo interruppe Margherita. «Ultimamente ho riflettuto molto e sono giunta a una decisione che credo eliminerà questa tua preoccupazione». Guardò verso Corrado che aspettava vicino alla porta, disse poi: «Ora vai con il signor Michelozzi, babbo. Godetevi una buona cena. Possiamo discuterne più tardi».

Bernardo rifletté su quelle parole e, mentre il loro significato affondava lentamente nella sua mente, sorrise di sollievo: «Sei una ragazza bella e forte, Margherita. Una brava ragazza. Tua madre sarebbe orgogliosa di te». La abbracciò e si rivolse a Corrado, dicendo: «Andiamo!».

Mentre i due uomini uscivano dal negozio, il cuore di Margherita si sentì più leggero.

Il silenzio calò sul negozio. Trovandosi sola, Margherita alzò il volume della radio e presto le note di una canzone d'amore americana riempirono l'aria. *"Kiss me once and kiss me twice, then kiss me once again. It's been a long, long time. Haven't felt like this, my dear, since I can't remember when...''*

Canticchiò la canzone sottovoce, facendo ruotare l'anello sul dito. Lo fece scivolare lentamente dall'anulare e la sollevò alla luce, ammirando il disegno che aveva fatto il signor Michelozzi. Ora si rendeva conto che l'anello, così come l'uomo che gliel'aveva donato, non erano adatti a lei, ed era giunto il momento di restituire il simbolo del fidanzamento. Conosceva Ruggero da tutta la vita, ma non si era mai completamente innamorata di lui. Invece c'erano voluti solo pochi minuti, nello studio di Federico, per svegliare il suo cuore e scoprire quali erano i suoi veri sentimenti.

Mise delicatamente l'anello nel cassetto della cassa, raccolse le ricevute delle spedizioni accatastate accanto e si sedette a una piccola scrivania per sistemarle.

Al suono dei passi di Federico sulle scale, si voltò: «Ciao Federico. Pensavo che fossi già uscito».

Vedendola seduta alla sua scrivania, con il viso illuminato dalla luce della lampada, il cuore di Federico si fermò. Lei era adorabile. «Ciao, Nita. No, sono ancora qui. Pensavo di aver sentito la voce di tuo padre».

«È andato via da poco, ma se ti sbrighi, puoi raggiungerlo. È appena uscito per andare a cena con il signor Michelozzi».

Federico si avvicinò a lei. «No, no. Preferisco di gran lunga la tua compagnia alla sua». Notò i numeri che stava registrando, e chiese: «E allora, cosa ti trattiene qui così tardi questa sera? Non dirmi che sei rimasta per lavorare su questi noiosi numeri?»

Appoggiandosi allo schienale della sedia, Margherita replicò: «Beh, sì e no. Qualcuno deve pur tenere in ordine la contabilità». Continuò coraggiosamente: «Ma se vuoi sapere la verità, stavo pensando di cenare con un artista affascinante che vive al piano di sopra».

«Ah, è così?». Si allungò, prese la penna dalla mano di Margherita e la mise delicatamente accanto al libro contabile, poi, stringendole la mano sinistra, l'aiutò ad alzarsi finché non fu in piedi di fronte a lui. Notò che non indossava il suo anello di fidanzamento. Tracciò con il dito il profilo del dorso della mano e lo studiò per un momento, poi le rivolse uno sguardo interrogativo.

«Posso chiederti una cosa, Federico?»

«Certo, Margherita. Puoi chiedermi quello che vuoi».

«Ultimamente ho riflettuto su tante cose... Di tante cose, in particolare sul mio futuro. Mi stavo chiedendo, beh, dove ti vedi tra dieci o venti anni? Cosa vuoi dalla vita?»

Federico ponderò la sua domanda un momento. «Beh, credo che le decisioni che prendiamo ogni giorno ci avvicinino sempre di più a ciò che vogliamo nella vita. Possono spingerci verso ciò che i nostri cuori desiderano o, altrettanto facilmente, possono allontanarci da loro. Ogni piccola decisione, non importa quanto irrilevante, determina il nostro futuro».

I due rimasero in silenzio per un momento, catturati dalla luce soffusa della lampada da tavolo.

«E tu, Margherita?»

Facendo un passo avanti, lei disse: «Penso di essere sulla strada giusta per arrivare dove voglio».

Tirandola ancora più vicino, chiese: «E dove porta quella strada, cara Margherita?»

Tenendogli le mani saldamente, la ragazza rispose: «È qui che voglio stare. Proprio qui, a guardarti».

Un sorriso si aprì sul viso di Federico e allungando la mano dietro di lei, tirò la catena di ottone della lampada. Immediatamente, il negozio si ritrovò immerso nel buio. In una pozza di luce dorata che si riversava dalla finestra, lui le accarezzò la nuca e le alzò lentamente la testa per baciarla.

Alzò la testa e si perse nei suoi occhi, Federico disse: «Qui è dove voglio sempre stare... qui abbracciato a te, mia cara Margherita».

Più tardi quella sera, quando Margherita disse a suo padre che si era innamorata di Federico e che avevano deciso di sposarsi, Bernardo sorrise soddisfatto. Nel suo cuore, Margherita aveva immaginato che suo padre non si sarebbe minimamente opposto né sarebbe stato deluso dai recenti sviluppi. Stringendola forte, suo padre le sussurrò all'orecchio: «Cara, hai reso questo vecchio tanto felice della tua scelta. Federico è il tipo di uomo che merita te e il tuo amore».

Quando Ruggero tornò da Firenze il giorno successivo, lei lo prese in disparte, pronta a dirgli che i suoi sentimenti erano cambiati. Aveva provato il discorso, ma quando cominciò a parlare e vide il suo viso color cenere, balbettò fino a fermarsi. Lentamente, gli allungò l'anello di fidanzamento e lo mise nel palmo della sua mano.

Ruggero non disse nulla, la fissò incredulo, cercando di capire quello che stava dicendo. E poi, mentre realizzava la portata di quelle parole, la luce lasciò i suoi occhi e qualcosa si ruppe dentro di lui.

«Non farlo», sussurrò Ruggero. «Non vedi che siamo destinati a stare insieme? Non voglio nessun'altra. Sei sempre stata tu».

Margherita sapeva che lo stava facendo soffrire terribilmente, e balbettò: «Mi sono resa conto che non posso sposarti. Non potrei mai amarti come hai bisogno di essere amato. Non sarebbe giusto per nessuno di noi continuare con questa...»

All'improvviso gli occhi di Ruggero si spalancarono e, le guance arrossirono e gli diedero un senso di bruciore. Poi scrutandola intensamente, la sfidò rabbioso: «È Donati, non è vero? Mi stai lasciando a causa di un perfetto estraneo, che piomba da Dio sa dove facendoti cambiare idea. Perché sei una ragazza così ingenua e stupida? Cosa può offrirti quel vecchio che io non potrei?»

Margherita fece un passo indietro, spaventata dal tono e dagli insulti che gli uscivano dalla bocca.

«È a questo che siamo, quindi! Tu scegli quel miserabile, depravato artista invece di me. Scegli uno che dipinge come un bambino, nascondendo i suoi orribili dipinti nella soffitta al piano di sopra!»

Ruggero vide la sua preoccupazione e ammise: «Oh sì, è da un po' che so che cosa fa quell'artista dietro quelle porte chiuse. Non dipinge solo santi e Madonne di Raffaello. Potrei far scivolare alcune parole all'orecchio delle persone giuste, sai? Credimi, non sarebbe un bene con l'attuale regime».

Una terribile paura le scaturì dentro. Afferrandolo per un braccio, disse: «Ruggero, per favore! Se mi ami, non farlo. Ti voglio bene come a un amico. Per favore, non farlo».

Ruggero la guardò per un momento e chinò la testa tristemente. «Mi hai spezzato il cuore, Margherita. Sai che non farei mai nulla per ferirti intenzionalmente... Ma non posso spegnere i miei sentimenti così facilmente. Sei sempre stata tu...».

Con grande angoscia, Margherita lo guardò allontanarsi. Quel giorno Ruggero lasciò il negozio, rompendo ogni legame con la famiglia Lancini. Dopo alcune settimane, appresero che aveva aperto un piccolo negozio di mobili per conto suo. Arezzo era una piccola città e le notizie viaggiavano velocemente. Ora, quando si incrociavano per strada, lui si limitava ad annuire bruscamente. Se era sottobraccio a Federico, il saluto di Ruggero era ancora meno cordiale, se arrivava a salutarli.

Dando un'occhiata oltre le spalle, Margherita sentì che l'amarezza era ancora lì, lentamente ribollente sotto la superficie.

Capitolo 17

La fine dei giorni

*C*on indosso il lungo abito da sposa bianco, che era stato di sua madre Lucrezia, ed un mazzo di rose bianche, Margherita sposò Federico il giorno di Capodanno del 1942. L'aria era frizzante ed il sole brillava attraverso le vetrate mentre si scambiavano i voti e le promesse di fronte ad un piccolo gruppo di amici intimi nella chiesa di San Donato.

A seguire, festeggiarono con prosecco e torta di mandorle. Corrado e Bernardo regalarono a Margherita il baule pieno di cassetti segreti, che avevano costruito insieme nel laboratorio sopra il negozio. Quella sera, prima di avere il tempo di togliersi l'abito da sposa, Margherita ricevette dal marito un quadro della Sacra Famiglia che lui stesso aveva dipinto. Lo stile era raffaellesco e molto dolce.

Le disse che un giorno il dipinto avrebbe portato loro fortuna. Baciandola sul collo, sfilandole la camicia di raso e conducendola verso il letto, le promise che sarebbe stato di buon augurio per la famiglia che speravano di allargare. Fu davvero di buon auspicio, infatti più tardi quell'anno venne alla luce il loro primogenito che chiamarono Edoardo.

Anche Ruggero, alla fine, si sposò. Scelse la figlia di un dignitario del governo come sua sposa e a tutti gli effetti, fu un'unione vantaggiosa per lui. Per via delle relazioni infatti, crebbe rapidamente di importanza agli occhi dei politici locali e dei comandanti tedeschi.

Nel 1943 gli affari di Ruggero decollarono e prosperarono mentre quelli di Bernardo iniziarono a declinare. Il signor Lancini constatò controvoglia il successo del giovane, sapendo benissimo chi stava aiutando Ruggero ad arricchirsi. Ormai era noto a tutti in città che gli affari di Ruggero fossero solo una copertura e che, in realtà, lavorasse in collusione con i nazisti, ricevendo tangenti per le informazioni che forniva.

Il regime fascista continuava a controllare le vite di tutti i contrari al regime, costringendoli a parlare sottovoce e a vivere quasi nell'ombra. In quei giorni sembrava che non ci si potesse fidare di nessuno e quasi quotidianamente si sentivano notizie di persone catturate e torturate per aver collaborato con le forze dell'opposizione. Anche se i clienti si erano fatti più rari, Bernardo non intendeva abbandonare i suoi affari. Del resto, anche lui usava il negozio come copertura per attività segrete.

Dietro le porte chiuse del locale, Federico si era apertamente schierato con l'opposizione, aiutando il suocero a proteggere le opere d'arte della città. Di giorno, dipingeva soggetti religiosi per mantenere le apparenze, ma di notte, in segreto, continuava a creare vivaci dipinti espressionisti. Soffriva nel doverli tenere nascosti, ma era troppo pericoloso opporsi al potere in carica. Era diventato bravo in questo gioco dell'inganno, e ogni volta che i soldati della Gestapo bussavano alla loro porta, non trovavano che un semplice negozio pieno di oggetti d'antiquariato e di dipinti religiosi. Un dipinto in particolare, quello di Santa Margherita e del suo cane—quello che inizialmente Nita aveva trovato così brutto— era appeso nel retrobottega del negozio. All'inizio Nita aveva protestato, ma quando Federico le aveva spiegato che rappresentava tutto ciò per cui stavano combattendo—Santa Margherita, dopotutto, era la santa protettrice degli oppressi, aveva ceduto.

«Tieni Margherita al sicuro», le aveva detto. «Come il dipinto della Madonna che ti ho regalato la nostra prima notte di nozze, Margherita è la tua protettrice, e un giorno rimarrai sorpresa dai segreti che custodisce».

Le cose continuarono a peggiorare, e ogni giorno un nuovo dolore e angoscia affliggeva i loro cuori. Nell'estate del 1943, però, sembrò che qualcosa stesse per cambiare. Dopo anni di combattimenti e sottomissioni, i venti di guerra iniziarono a soffiare in loro favore. Quella fu l'estate in cui gli americani sbarcarono in Sicilia e cominciarono a farsi strada attraverso la penisola.

Tuttavia, più le forze alleate si avvicinavano ad Arezzo più i tedeschi, invece di fuggire, serravano i ranghi decisi a mantenere il controllo, aumentando i pattugliamenti delle vie d'accesso alla città e costruendo fortificazioni armate. Arezzo era una base militare strategica, situata lungo l'arteria ferroviaria principale che collegava Roma a Firenze, e perciò divenne un feroce campo di battaglia tra gli alleati e i nazisti. Le bombe iniziarono a piovere sulla città radendo al suolo gli sedifici medievali e le torri. Le strutture che un tempo erano state erette come difesa, per servire e proteggere gli Aretini, furono rapidamente distrutte e trasformate ridotte in polvere.

Entro la fine dell'estate i fascisti locali, rendendosi conto di star perdendo il sopravvento, comandarono a tutti i partigiani di deporre le armi o di affrontare la morte. Invece di arrendersi, le forze ribelli intensificarono gli attacchi.

Per rappresaglia, i tedeschi rafforzarono la sorveglianza di coloro che erano rimasti in città, sapendo benissimo che c'erano sostenitori dei ribelli. Tenevano in ostaggio persone innocenti per ottenere informazioni su chiunque aiutasse o favorisse i partigiani. Per questa ragione torturarono e uccisero senza pietà uomini anziani, donne indifese e bambini. Un attacco particolarmente brutale avvenne a San Polo, a nord est di Arezzo, dove sessantacinque italiani furono torturati e uccisi.

Quando Bernardo, Margherita e Federico appresero dei massacri, straziati dal dolore, pensarono che le cose non sarebbero potute andare peggio. Ma le cose peggiorarono eccome. Con le truppe britanniche a poche miglia e a pochi giorni dalla liberazione, il mondo sembrava schiantarsi sulla famiglia Donati.

Prima dell'alba di una grigia mattina, Margherita si svegliò accanto a suo marito, al suono di bombe e di vetri in frantumi. Mentre faceva del proprio meglio per spazzare i frammenti e riordinare il possibile, in lontananza sentì il suono sempre più forte delle sirene che annunciavano l'arrivo della Gestapo.

Senza invito, irruppero nel negozio e buttarono all'aria un tavolo pieno di piatti di porcellana. Uno dei soldati rovesciò un vassoio di teiere d'argento, facendo un rumore assordante.

Bernardo gridò perché si fermassero, ma gli ufficiali lo schernirono e gli risposero: «*Klappe, alter Kerl! Zitto vecchio!*»

Quando Federico provò a intervenire, lasciarono stare l'anziano e si concentrarono su di lui. «Sei tu quello che cerchiamo», disse il più alto in grado. L'altro soldato trascinò Federico nel mezzo del negozio e puntandogli una pistola alla testa, cominciò a gridare in un secco miscuglio di tedesco e italiano.

Quando Federico non rispose, il soldato gli intimò: «*Sprich, du dreckiger, abartiger Künstler. Beantworte die Frage! Wo sind die Gemälde? Wohin hast du sie versteckt?*» Quando Federico rimase muto, la guardia gli diede un colpo allo stomaco con la canna del fucile e ripeté: «Parla, sudicio deviante. Rispondi alla domanda! Dove sono i dipinti? Dove li hai nascosti?»

La forza del colpo fece cadere Federico. Margherita si fece avanti per aiutarlo, ma si fermò quando il soldato puntò la pistola contro il loro bambino. Si bloccò inorridita e strinse Edoardo al petto in lacrime.

«*Zum schweigen, oder ich erschieße euch beide!*», gridò la guardia. Vedendo che non capiva, ripeté lentamente, a denti stretti: «*Fa' star zitto il bambino, o sparo ad entrambi*».

Margherita fu presa dal panico. Stava per parlare, ma con un lieve cenno del capo Federico la avvertì di non dire niente né di fare qualcosa di avventato. Con gli occhi, si comunicarono un'intera vita in un istante. Poi Federico si sollevò orgogliosamente in tutta la sua altezza. In quel momento il cuore di Margherita esplose per l'amore che provava per lui e per tutto ciò che rappresentava. Con un altro sguardo, le promise che sarebbe andato tutto bene e che sarebbe tornato presto da lei.

Margherita fece come richiesto, e osservò in silenziosa agonia le guardie che lo legavano, lo imbavagliavano e lo spingevano brutalmente nel furgone. Il soldato, vedendo Bernardo chinarsi a raccogliere un piatto in frantumi, con colpetto alla testa gli ordinò di andare anche lui nel van. «Useremo anche il vecchio per ottenere maggiori informazioni da Donati».

Mentre il camion che portava via suo marito e suo padre si allontanava, con le sirene che ululavano, Margherita si appoggiò mollemente contro il telaio della porta. Quando il rumore si fece più debole e alla fine si placò, riconquistando rapidamente la sua intelligenza, corse giù per la strada alla ricerca del signor Michelozzi e di Egidio.

«Hanno preso mio padre e Federico. Aiutatemi! Aiutatemi! Dobbiamo fare qualcosa!». I due uomini si scambiarono uno sguardo cupo. Vedendo i loro volti, Margherita domandò: «Cosa c'è, ditemi! Cosa sapete?»

«Aspettiamo di esserne certi. Se sono stati portati a Villa Godiola, devono pensare che tuo marito sia una spia che lavora con i ribelli. Crediamo che stiano usando tuo padre come leva per convincere Federico a confessare».

«Sicuramente c'è qualcuno che potrebbe trattare con i comandanti tedeschi». Spostò impazientemente lo sguardo dall'uno all'altro. «Ruggero li conosce».

Sia Corrado che Egidio la guardarono con scetticismo, per nulla convinti che Ruggero sarebbe stato d'aiuto. «Nita, non stai pensando lucidamente. Lascia fare a noi, ti promettiamo che faremo il possibile».

Margherita però, non sentendo ragioni, rifiutò di farsi dissuadere; disse: «Ruggero una volta mi amava. Forse posso farlo ragionare. È la mia unica speranza. Federico è mio marito e farò tutto ciò che è in mio potere per farlo liberare. Mi metterò in ginocchio e implorerò, se necessario».

Corse febbrilmente fuori dalla porta. Irrompendo nel negozio di Ruggero, Margherita lo trovò chino seduto su una sedia. Nella mano destra teneva un bicchiere di liquido ambrato, nell'altra, una sigaretta. Quando la vide in piedi davanti a sé, i suoi occhi, semichiusi da pesanti palpebre, si spalancarono e si alzò velocemente. Mormorò sommessamente: «Margherita! Che ci fai qui?»

Notando il suo viso gonfio, i capelli spettinati, e la stanza annebbiata dal fumo, Margherita esitò un momento. Poi la preoccupazione per suo marito fu più forte, e d'impeto disse: «Ruggero, hanno arrestato mio padre e mio marito! Ho bisogno del tuo aiuto per salvarli dalla Gestapo. Per favore, per favore... parla con loro».

Ruggero bevve un sorso del suo drink e lo mise sul tavolo, ma non disse nulla. Si guardarono l'un l'altra in silenzio.

Alla fine, non potendo più sopportare l'attesa si avvicinò di un passo. «Devi aiutarci. Abbiamo un bambino... Edoardo è così piccolo. Ha bisogno di suo padre». Prendendogli la mano libera, la guidò fino a fargli toccare il suo ventre. «Sono di nuovo incinta».

Ruggero guardò la donna che aveva amato... la donna che amava ancora. Tirò via la mano come se si fosse scottato, e la sua faccia divenne pallida. Aspirò una boccata di fumo dalla sigaretta ma continuò a non dire nulla.

Scuotendolo per le spalle, Margherita lo ammonì: «Ascoltami! Ti perdonerò di essere una spia tedesca se parli con loro. Non mentirmi ora. So che hai amici tra i tedeschi. Di' loro che si sbagliano. Di' loro che sai che sono uomini onesti. Solo tu puoi farli rilasciare».

«È troppo tardi», disse Ruggero senza mostrare alcuna emozione, bevendo l'ultimo sorso dal bicchiere. «Sono già stati arrestati». E per punirla ulteriormente per non averlo amato abbastanza, sentenziò: «A quest'ora, probabilmente, saranno già morti».

Margherita ondeggiò leggermente. «Sei tu che li hai denunciati? Ruggero, per favore, non hai un'anima? Ascoltami, se avessi soldi, te li darei».

Reso ardito dall'alcool, disse: «Non voglio i tuoi soldi... né la tua pietà. L'unica cosa che ho sempre voluto me l'hai portata via. Hai fatto la tua scelta e ora devi pagarne le conseguenze. Sei tu che hai fatto questo a te stessa, tu e il tuo maledetto artista!»

Margherita lo schiaffeggiò, poi fece un passo indietro. Come poteva essere cambiato così tanto? Era davvero così pieno di odio? Lei lo ricordava come un ragazzo innocente, ma l'uomo che le stava di fronte era un mostro.

Con rabbia sibilò: «Se non lo fai per me, fallo per salvarti la pelle. Gli alleati stanno per arrivare e i tedeschi saranno presto in fuga. Rimarrai senza niente e nessuno a proteggerti. Se non parli con loro ora, ti denuncerò per il traditore che sei».

Ruggero restituì lo sguardo risoluto e soffiò fuori una boccata di fumo. Le credeva. Il tempo stava per scadere anche per lui. Dopo aver sparato a Mussolini, era stato scritto su tutti i giornali come i partigiani avessero mutilato allegramente il suo cadavere. Se le forze della resistenza si fossero impossessate di lui, sapeva che avrebbe affrontato un destino simile.

La spavalderia lo abbandonò, e si accasciò e chinando il capo disse: «Mi dispiace Nita. Non ho mai voluto farti del male. Per favore...», con la voce strozzata continuò: «Per favore perdonami per quello che ho fatto».

Si osservarono a vicenda per un lungo momento. Alla fine, lui ruppe il silenzio e disse: «Vedrò cosa posso fare».

Margherita poteva sentire l'odore dell'alcool nel suo respiro e sapeva che era ubriaco, ma gli credette. Era convinta che da qualche parte dentro quell'uomo ci fosse ancora qualcosa di buono. L'avrebbe aiutata. Ne era sicura.

Ma, alla fine, non ci fu nulla da fare. Ruggero tornò il giorno dopo e disse a Margherita che quando era arrivato a Villa Godiola aveva trovato Federico già morto.

«Dicono che abbia litigato con una delle guardie. È morto sul colpo, trauma alla testa dopo essere stato sbattuto contro un muro di pietra».

«E mio padre?», sussurrò Margherita, con le lacrime che le rigavano il viso.

«Ho parlato con il comandante. È ancora detenuto per essere interrogato. Ma ho garantito io per Bernardo. Sarà rilasciato oggi al più tardi».

Fissando cupamente Ruggero, Margherita disse: «Per questo ti ringrazio. Ora, per favore vattene».

Ruggero fece per andarsene ma esitò e tornò indietro come per aggiungere altro. Margherita, tuttavia, gli chiuse la porta in faccia, e si lasciò andare sul pavimento, sentendo la vita svanire. Una parte di lei era morta quel pomeriggio, insieme a suo marito.

Mentre giaceva sul pavimento freddo sentì il boato delle bombe in lontananza insieme alle grida del figlio di due anni. Si alzò a fatica e andò a prenderlo. Non aveva perso tutto. Le rimaneva il suo adorabile bambino, e quello che portava in grembo. In quel momento non poteva permettersi il lusso di cedere allo sconforto. Ci sarebbe stata una vita intera per piangere Federico.

Sentì le bombe cadere sempre più vicino, e sapeva che ora doveva agire. «Dobbiamo lasciare la città. Non è più sicuro qui per noi. Dobbiamo andare via».

Per gli abitanti di Arezzo, la guerra finì in un brillante luminoso giorno di luglio del 1944. I tedeschi avevano mantenuto una presa mortale sull'intera area, ma alla fine gli Alleati sfondarono le difese, costringendoli a ritirarsi a nord, verso le Alpi. Quando le truppe britanniche arrivarono finalmente in città con i carri armati, furono accolti da un silenzio inquietante; c'era solo il vento a sussurrare attraverso le piazze deserte. Nessuno corse a incontrarli.

A salutare le truppe alleate fu una città che assomigliava a un cimitero dissacrato. Tutto ciò che restava erano macerie. Tutti, inclusa Margherita e la sua famiglia, avevano trovato un porto franco sulle colline fuori città.

Quando la situazione sembrò sicura, Nita e suo padre tornarono ad Arezzo, riaprirono il negozio e provarono a ricostruire le loro vite distrutte. Margherita fece del suo meglio nel prendersi cura della famiglia, preparandosi all'arrivo del secondo figlio. Più tardi quell'autunno, tuttavia, un'altra parte di Federico a cui era rimasta aggrappata, una bambina, morì tra le sue braccia il giorno stesso in cui nacque. Le uniche cose che le restavano di suo marito erano il loro prezioso figlio Edoardo ed i suoi bellissimi dipinti.

Col tempo, gli echi delle bombe che erano cadute su Arezzo divennero un lontano ricordo. Bernardo morì pochi anni dopo, e Margherita si risposò con un uomo gentile che l'aiutò negli affari di famiglia. Purtroppo, anche lui morì per un attacco di cuore nel 1965. Margherita, rimasta vedova, abbracciò uno stile di vita indipendente e coltivò il proprio amore per le arti sponsorizzando artisti locali.

Sarebbe stata la prima a dire di aver trovato pace focalizzandosi sulla famiglia. Per questo, fu premiata con un figlio che divenne un uomo d'affari intelligente, con una nuora deliziosa e con due bellissimi nipoti che amò tanto.

La famiglia di Ruggero viveva sul lato opposto della città, vicino a Porta del Foro, mentre Margherita abitava vicino a Porta Santo Spirito. Le due famiglie convivevano pacificamente, a tal punto che Ruggero offrì a Margherita un prestito per aiutarla a riavviare il negozio e restaurare l'azienda. Alla fine, furono tutti riuniti dal matrimonio dei loro nipoti Gianluca e Carlotta. Sembrava che gli antichi rancori e risentimenti fossero stati sepolti.

Gli anni passarono e Margherita divenne una donna anziana, ma portò sempre nel cuore l'immagine dell'uomo che le aveva aperto gli occhi verso nuovi orizzonti. Lei non l'aveva mai dimenticato, nemmeno per un momento. Con tutto il cuore, fino al giorno della sua morte, aveva continuato ad amare l'artista geniale che un tempo aveva conosciuto Picasso.

Nora

Capitolo 18
La bellezza risvegliata
26 luglio 2010

*L*e storie che Luca raccontò a Nora nelle settimane successive riguardo ai suoi nonni consumarono i suoi pensieri per giorni. Stava diventando sempre più evidente il modo in cui le vite, l'energia e le azioni delle persone avevano effetti risonanti che fluivano attraverso gli anni, toccando, ispirando e scatenando il cambiamento.

Ancora una volta, sentì che l'universo le stava inviando messaggi. Prima Isabella, e ora Margherita, sembravano allungarsi verso di lei, guidandola con l'esempio. Benché di mondi diversi e separati da secoli, queste donne erano collegate e intrecciate da simili tenaci filoni di coraggio. Ognuna a modo suo aveva lottato per essere indipendente durante i periodi restrittivi—si erano anche innamorate follemente di uomini comprensivi, solo per poi avere la loro storia d'amore finita tragicamente. Anche loro avevano perso figli, eppure ognuna di loro aveva imparato ad essere felice e aveva continuato a condurre una vita significativa.

Nora si rese conto che avrebbe fatto molto bene, se avesse potuto raccogliere la metà della tenacia di queste due donne.

Guardò il suo computer e tornò al lavoro che stava finendo, apportando modifiche alla traccia audio. Trasaliva solo di tanto in tanto al suono della sua proprio voce, pensando, *Oh Dio. Suono davvero così?*

Sentendo il gorgoglio del caffè sul fornello, mise in pausa il video e si versò una tazza. Tirando indietro una delle tende che coprivano parzialmente la finestra, scrutò la scena sottostante nella piazza e osservò un uomo che, in equilibrio precario, trasportava un bambino sulla canna della bicicletta. Dall'altra parte della strada, una donna stava pulendo la vetrina del suo negozio di abbigliamento e, davanti al chiosco dei giornali, due uomini discutevano gesticolando animatamente.

Prima di voltarsi, vide Salvatore, l'inquilino che abitava sopra di lei, tornare a casa per il pranzo. Guardò divertita mentre schivava un gruppo di scolari che gli impediva il passaggio. Quando alzò lo sguardo e la vide dalla finestra, la salutò con la mano e gridò: «Buongiorno, Nora!»

Lei si affrettò ad aprire la finestra e lo salutò a sua volta: «Ciao, Salvo! Come stai?». Poteva contare le settimane ad Arezzo sulle dita di una mano, ma si sentiva molto più a suo agio in quel quartiere che in qualsiasi altro posto avesse mai vissuto.

Tornata al computer e rinvigorita dal caffè, osservò con occhio critico l'intero film dall'inizio alla fine. *Non male*, pensò.

Riavvolgendo la scena finale, guardò una bella e giovane donna a cavallo, vestita da principessa de' Medici, che accoglieva una folla festante. Nell'anniversario della morte di Isabella il 16 luglio, lei, Juliette e Marco erano tornati a Cerreto Guidi per partecipare alla rievocazione storica che celebrava la vita di Isabella de' Medici. Sembrava la conclusione perfetta per terminare il suo film, mostrare la principessa in tutta la sua gloria e regalità, al comando del suo stallone, ancora una volta.

Sulla via del ritorno verso Arezzo, si fermarono a Firenze, dove Nora girò per le stesse strade dove Isabella avrebbe potuto camminare e scattò foto di edifici che la principessa aveva conosciuto. Dopo pranzo, attraversarono il ponte Vecchio per visitare Palazzo Pitti, residenza dei Medici, e dove Isabella aveva trascorso l'infanzia. All'interno, avevano esplorato tutte le stanze, e poi passeggiarono per i vasti giardini dietro la villa, che un tempo erano stati l'esotica area giochi di Isabella.

In origine, i giardini di Boboli erano stati il frutto dell'ingegno di Eleonora de Medici, e riflettevano il fascino rinascimentale della donna per qualcosa di insolito e irregolare. Mentre gli adulti restavano stupiti dall'artificiosità delle forme, agli occhi dei bambini quello era un mondo fantastico, da favola, pieno di grotte ombrose e siepi tagliate per formare elaborati labirinti. Dietro ogni angolo, si potevano trovare fontane a forma di conchiglie o tartarughe e statue scolpite nella forma di ninfe marine.

I figli dei Medici, già dalla tenera età, venivano incoraggiati ad impegnarsi nel gioco. Così, quando non erano impegnati nello studio, si intrattenevano giocando a nascondino o facendo delle sciarade nelle grotte dietro al palazzo. I giardini rappresentavano lo sfondo perfetto, con Isabella al centro del palcoscenico, protagonista di spettacoli frutto della sua immaginazione sfrenata.

Oltre a siepi e topiarie fantasiose, i giardini erano anche provvisti di scimmie, zebre e pony per deliziare e divertire i bambini. Ma, le eccentricità non finivano lì. Erano anche popolati da personaggi insoliti—i nani—che erano spesso donati alla corte dei Medici. Il confidente di Isabella, Morgante, era solo uno dei tanti; le vite di individui così bassi erano brevi in quei giorni, prima della medicina moderna, e quando Morgante morì, fu sostituito da un altro nano a cui venne dato lo stesso nome.

Mentre Nora vagava per i giardini con Marco e Juliette, s'immaginava come doveva essere stato giocare in quei posti da bambina, con un nano fedele che la seguiva, pronto a proteggerla e a realizzare ogni suo capriccio. Camminando lungo il sentiero davanti ai suoi amici, Nora giurò di aver sentito le risate dei bambini e le lamentele di un nano esasperato.

«Vieni qui, piccolo uomo, oggi reciterai il ruolo della Fata Morgana, la malvagia strega del nord. Ecco, metti questo drappo sulla testa».

«Ma, Milady! Devo vestirmi di nuovo con abiti femminili?», brontolò Morgante.

«Silenzio! Sono io che ho ideato questa scena. E poi, è solo uno scialle di pizzo».

Esaminando la grotta ombrosa, Isabella disse: «Ora, fammi vedere. Ah, sì. Dovrai entrare da laggiù».

«Da dove?»

«Da lì, vicino alla fontana», si girò e indicò un punto vicino. «Cos'hai oggi che non va, Morgante? Dov'è finita la tua immaginazione? Non hai più fantasia?»

«L'ho lasciata sul comodino. Forse dovrei tornare a palazzo a recuperarla».

«Oh, no, non lo farai», replicò Isabella con fermezza. «Non mi sfuggirai così facilmente. Conosco i tuoi trucchi, mio caro ometto». Senza dargli tempo per inventarsi un'altra scusa, continuò: «Andiamo. Lo vedi?»

«Vedere cosa?», mormorò Morgante, fissando il boschetto ombroso.

«Che siamo su un'isola incantata, circondata da un lago sotto la cui superficie vivono creature fatate e magiche, naturalmente. Mi hai lanciato un incantesimo e mi hai rinchiusa nella tua prigione di cristallo», si mise le mani sui fianchi e disse: «E io... dove dovrei essere?»

Si illuminò. «Ah-ah!», Isabella saltò su una panchina vicina. «Mi stenderò qui, immobile come una pietra, in attesa che il mio bel principe attraversi le acque per salvarmi».

Si stese sulla panca di marmo e si posò una mano sul cuore e l'altra sulla fronte. Gridando disperatamente, disse: «Solo lui, il più vicino al mio cuore, riuscirà a svegliarmi».

Guardò sognante verso Morgante e aggiunse: «E questo accadrà solo quando riuscirà a rubarti il globo d'oro che contiene tutta la bellezza del mondo. Ma ahimè... il compito non sarà facile. Le acque sono piene di creature dei gigli di stagno...»

«Creature dei gigli di stagno? E cosa potrebbero mai essere, mia signora?»

«Sciocco, sono i meravigliosi folletti del legno che, se vengono osservati da qualcuno, ne rubano l'anima e ne tengono il cuore in ostaggio».

«Ah, quindi non sarà un'impresa facile per il galante cavaliere salvarti?»

«Direi di no!». Mettendosi seduta, disse: «A proposito, dov'è il mio nobile eroe?», fece una pausa per ascoltare, esaminando i cespugli verde smeraldo. «Giovanni! Sei qui?»

Si voltò con impazienza verso Morgante e chiese: «Dov'è finito il mio fratellino? Deve essere l'eroe che mi salva».

«L'ho visto andare dall'altra parte della grotta a bordo della sua barca».

«Beh, va' a prenderlo, piccolo folletto. Riportalo da me. Non possiamo iniziare senza di lui».

«Come desiderate, Milady».

Nora fu riportata alla realtà quando sentì di nuovo il suono di altre risate che, questa volta, provenivano dai cespugli alla sua destra. Mentre girava intorno ad una fontana di marmo, dove una graziosa dea versava acqua da un vaso greco, scorse Marco e Juliette appoggiati ad un albero. Mentre i due si baciavano, gridò: «Beccati!»

Marco le lanciò un sorriso giocoso e fece fare una giravolta a Juliette. «Sai cosa dicono: cosa succede in giardino, resta in giardino. Dicono anche che il troppo lavoro renda Nora una ragazza noiosa! Adesso spegni quella cosa e prenditi una pausa».

«Ma non è un lavoro se ti piace davvero quello che fai. E poi io sono piuttosto brava nel mio», replicò Nora con orgoglio.

«Comunque, adesso vieni a ballare con noi».

Nora mise via la macchina fotografica e obbedì. Come poteva rinunciare alla possibilità di danzare nei giardini di Boboli, e godersi il momento?

Cantò insieme una canzone che Marco pescò dalla playlist del suo telefono e che, in italiano, diceva: "Viaggi che ti cambiano la vita e non lo sai, parti senza immaginare anche un po' chi sei...»

La canzone la colpì. È vero. Ci sono viaggi che ti cambiano la vita. Parti senza sapere veramente chi sei, ma poi gli ingranaggi iniziano a spostarsi e tu non vuoi più tornare. Senti di aver finalmente trovato il tuo posto nel mondo. Come il cantante, anche lei aveva intrapreso un viaggio non sapendo bene chi fosse o cosa volesse ma da qualche parte lungo la strada per trovare Isabella, era iniziata la sua metamorfosi. Stava iniziando a dimenticare le delusioni del passato e aveva smesso di angosciarsi per le proprie scelte. Al contrario, sembrava che i suoi sensi si stessero risvegliando e stava scoprendo che era felice di assaporare tutti i sapori, i panorami e i suoni che l'Italia aveva da offrire.

In quello stato d'animo rilassato, avrebbe potuto perdonare quasi tutto a chiunque. Unendosi al ritornello, cantò: "Salute e pace pure agli stronzi." Alzò gli occhi al cielo e improvvisò: «E anche agli ex mariti!»

Dopo tanti anni, finalmente, stava volando da sola. Il peso di una relazione complicata e le delusioni del passato stavano scivolando via, e lei scoprì che poteva salire più in alto che mai. Alleggerire i suoi fardelli e aiutarla in questo nuovo viaggio di consapevolezza di sé erano le amicizie che stava coltivando in Italia. Non poteva ignorare il suo attaccamento a Isabella e Margherita, così come a Marco e Juliette... e poi, ovviamente, c'era Luca.

Dal momento in cui era caduta tra le sue braccia, e l'aveva chiamata principessa, aveva sentito una connessione istantanea, e nel corso delle ultime due settimane, il sentimento era diventato più forte. Nel giro di poche settimane, avevano scoperto di condividere molti interessi reciproci, a parte partigiani, dipinti e il passato. Durante gli aperitivi, e qualche volta a cena, si erano intrattenuti in vivaci discussioni sui loro libri e film preferiti e persino sullo stato dell'economia mondiale.

All'inizio, era rimasta divertita dal fatto che invece di chiamarla Nora come tutti gli altri, insistesse nel chiamarla Leonora. Quando le aveva chiesto perché le fosse stato dato un nome così italiano, lei rispose di non esserne esattamente sicura.

«Credo che, mia madre avesse una fervida immaginazione», tentò di spiegare Nora. «Aveva l'abitudine di leggere un sacco di romanzi rosa. Ma sai cos' è divertente? Non mi è mai piaciuto il mio nome. Era già un fastidio dover dire alla gente come si scrive il mio cognome. Sai, Havilland con due L e non solo una. Quindi, per semplificare loro la vita ed evitare il doppio rischio di confonderli anche con il nome, l'ho abbreviato. Le uniche volte in cui sono stata chiamata Leonora è stato quando mi sono messa nei guai... e credimi, non è mai stata una bella situazione».

Ora Nora si stava rendendo conto che iniziava a sviluppare un diverso apprezzamento per il suo nome di battesimo. Non solo era il nome della cugina preferita di Isabella, ma le piaceva il modo in cui Luca lo pronunciava con il suo accento italiano. Invece di suonare formale, sulle sue labbra suonava affascinante e la riempiva di aspettativa per ciò che avrebbe potuto dire in seguito. Per il momento, non l'aveva delusa, le sue osservazioni argute e i suoi commenti astuti erano una costante fonte di gioia.

Come prima, quando si sentì chiamare in Piazza Grande, si girò di scatto, infinitamente compiaciuta di vederlo. Gli fece un cenno di saluto e gridò: «Ciao Luca, come va?»

«Bene, ti ho visto arrivare dalla strada. Come sta andando il film?»

«Ho quasi finito, quindi è quasi ora di festeggiare».

«È meraviglioso, complimenti! Quando hai finito, voglio vederlo. Porterò il prosecco».

«Sarebbe bello! Ti farò sapere quando sarà completato. In questo momento, però ho deciso di prendermi una pausa dal lavoro». Con un sorriso misterioso, aggiunse: «Sono alla ricerca».

«Interessante», fece lui. «E cosa stai cercando?»

«La bellezza, ovviamente».

«Bene», disse Luca indicando la piazza: «devi solo guardarti intorno. La vita è bella ed è proprio qui».

«Sì, certo», Nora concordò. «Hai assolutamente ragione. Ma oggi il mio viaggio mi porta a vedere gli affreschi di Piero della Francesca. Hai tempo per unirti a me?»

Luca controllò l'orologio e disse: «Penso che potresti convincermi». Poi, senza ulteriori indugi, a passo con lei, percorsero la breve distanza dalla piazza verso la chiesa. Dopo aver ammirato i dipinti nell'abside centrale, si sistemarono su una panca in fondo alla chiesa e osservarono in silenzio i turisti che entravano e uscivano dalla basilica.

«È incredibile pensare che il tuo bisnonno Bernardo e tuo nonno Federico abbiano aiutato a proteggere questi incredibili affreschi durante l'occupazione di Arezzo. Sarebbe stata una tragedia terribile perderli».

«Ogni volta che guardo questi affreschi, vedo qualcosa di nuovo. Basta guardare quei colori. Mi ricordano che nel mondo esiste ancora qualcosa di sorprendente e di bello».

Nora ci pensò su. «La Bellezza. È un concetto così difficile da esprimere, e allo stesso tempo una parola usata così spesso. Sono curiosa, come la definiresti? Che cosa significa per te?»

«È difficile... uno degli enigmi più affascinanti della storia della filosofia».

«Oh, andiamo! Non pensarci troppo. Dimmi la prima cosa che ti viene in mente».

«Allora. Ecco qui. La bellezza, secondo Gianluca Donati,» disse in tono eccessivamente erudito.

Soffocando una risata, Nora si abbandonò sulla sua spalla. «Sii serio. Dai, non prendermi in giro. Voglio saperlo davvero».

«Sto cercando di essere serio», rispose lui con un sorriso. Poi con una faccia seria continuò: «Okay, fammi pensare. Bellezza... beh, forse è un mezzo per stimolare i sensi. Potrebbe essere qualcosa che ti fa sentire positivo, gioioso o semplicemente vivo».

«Mi piace», disse Nora. «Vedi, non era poi così difficile dopo tutto».

Rimasero silenziosi per un momento, e poi Luca disse con enfasi teatrale: «Cosa ne pensi, Leonora? Qual è la tua definizione di bellezza?»

«Ah, perfetto. Sapevo che me lo avresti chiesto. È il mio turno, eh?»

Senza guardarla, ma sempre sorridendo, continuò ad ammirare gli affreschi davanti a loro. «Hai iniziato tu. Quel che è giusto, è giusto».

«Okay», iniziò Nora. «Credo che tutto possieda una propria bellezza, anche la più semplice delle cose. È tutto intorno a noi, ma non tutti la vedono o dedicano del tempo a scoprirla. Dunque, per me esiste quando guardiamo una cosa qualunque con lo scopo di apprezzarla e vederla davvero, come se fosse la prima volta».

Aspettò la sua reazione.

Passando dal contemplare gli affreschi ad osservare lei, Luca disse: «Continua».

Incoraggiata dal calore nei suoi occhi, Nora proseguì: «Penso che la si possa trovare anche ammirando tutto ciò che coinvolge i sensi, come un pezzo di marmo levigato o il modo in cui la luce del sole illumina le foglie di un albero. Potrebbe anche essere ascoltare "La Bohème" di Puccini, o bere acqua fresca in una giornata afosa. Penso però che, se dovessi riassumere il tutto, la bellezza sia la massima espressione della speranza».

Cadendo in un silenzio appagato, Luca e Nora, seduti fianco a fianco, continuarono ad ammirare le sfumature degli affreschi dipinti secoli prima. Mentre la luce filtrava attraverso le vetrate colorate, sorpresi dalla connessione che stavano iniziando a percepire, cominciarono a contemplare la bellezza l'uno dell'altra.

Come un lago di mezzanotte, Nora pensò che Luca avesse una profondità che stava iniziando appena a percepire. Aveva il tipo di bellezza intelligente che un pittore del Rinascimento italiano avrebbe catturato con tratti sfumati e strati di colore traslucidi. Inspirando profondamente, inalò il suo profumo e pensò che gliene piaceva ogni parte. Amava anche il suo senso dell'umorismo e le loro conversazioni. Era piacevole passare del tempo con una persona che apprezzava le sue opinioni e condivideva interessi simili ai suoi. Inoltre, la incoraggiava a coltivare nuove idee e nuovi modi di vivere, e quella era la qualità più attraente di tutte.

Nonostante quanto si fosse detta all'inizio, sul voler vivere una vita indipendente, libera da complicati legami, le toccò la mente e il cuore. Era venuta in Italia sperando di risvegliare Isabella ma seduta in quella chiesa accanto a Luca, si chiese se un altro tipo di bellezza fosse appena stata risvegliata.

Capitolo 19

La Stella di Firenze

Nora si godette il momento in cui il suo documentario era finalmente finito, spedito all'università in California. Da una parte, era entusiasta di aver realizzato il suo progetto, riportando in vita la storia di Isabella, ma dall'altra era di nuovo piena di rimpianti. Tra poche settimane sarebbe tornata a casa, al suo vecchio lavoro e alla sua vecchia vita.

Aveva sperato di passare il tempo rimanente con i suoi amici, ma il tempo della vendemmia si avvicinava e i pomeriggi di Juliette erano più impegnativi che mai, e Nora sapeva che sarebbe stato inutile chiamare Luca. Aveva appena ricevuto la "grande spedizione", come tutti la chiamavano, e sapeva che era impegnato a disimballare e catalogare tutti gli oggetti.

Un pomeriggio, non avendo niente di meglio da fare, decise di visitare la casa quattrocentesca di Giorgio Vasari, nel quartiere di Porta del Foro, e di rendere omaggio al famoso artista di Arezzo. Vasari era stato un talentuoso pittore, architetto e, in particolare il primo storico d'arte della storia, che come il Bronzino era stato assunto dal padre di Isabella. Qui ad Arezzo aveva progettato la bella loggia che ornava la sommità della piazza principale della città.

Nora non fu delusa da ciò che trovò dopo essere entrata nella casa dell'artista. Mentre vagava per le stanze, allungò il collo per studiare gli affreschi del soffitto che lo stesso Vasari aveva progettato. Ogni intradosso e ogni arco erano decorati con affreschi di profeti e dee pittoresche, e alle pareti erano appesi ritratti del XV secolo.

Dopo aver girovagato per la casa ed essersi riempita gli occhi di tumultuose scene allegoriche, Nora decise che era ora di partire e magari fare una passeggiata nel parco. Ma, girando l'angolo verso la porta, vedendo un ritratto a grandezza naturale vestito con un abito di velluto, si fermò di colpo.

«Ciao, bella! Ehilà. Che piacere incontarti qui! Non me lo aspettavo!»

Ancora una volta Isabella sembrava essere spuntata senza preavviso, e Nora era in piedi, faccia a faccia, con la principessa de' Medici. Camminando verso il ritratto, disse: «Sono felice di averti incontrata oggi. Il tuo documentario è finito. Hai vissuto come la stella di Firenze, e ora sei la stella del mio film. Spero tu sia contenta».

Nora studiò il dipinto e notò ancora una volta l'atteggiamento fiero della donna. A differenza di altri suoi ritratti, tuttavia, in questo l'artista aveva catturato qualcosa che non esprimeva affatto allegria. Sembrava che qualcosa pesasse sulla mente della principessa de' Medici. Nel momento in cui era stata ritratta, Isabella non poteva certo sapere come sarebbe finita la sua vita ma, adesso, guardando il suo sorriso triste, Nora credette che forse presagisse qualcosa.

Nora guardò a sinistra e vide un ritratto di Leonora, la cugina di Isabella accanto a lei. Uno spettatore ordinario non avrebbe mai immaginato che queste due giovani donne, vestite in abiti di velluto con i capelli intrecciati con fili di perle, fossero capaci di portare avanti affari o relazioni clandestine e organizzare feste sfrenate. Ma Nora sapeva benissimo che le cugine de' Medici si erano certamente comportate in modo discutibile.

Con Isabella a presiedere la corte fiorentina, i salotti erano diventati turbolenti e chiassosi. Ospiti maschili e femminili spesso si univano in danze maliziose o cantavano insieme, con mani che si accarezzavano mentre condividevano uno spartito. Mentre il vino scorreva liberamente, c'erano giochi d'azzardo e giochi di memoria.

Alcuni dei giochi sarebbero arrivati fino ad oggi, apparentemente di natura innocente: sciarade e "sospiri" in cui messaggi verbali venivano sussurrati da una persona all'altra lungo una catena. Una volta che il sole tramontava e la notte avanzava, però, quando le inibizioni cadevano, i giochi diventavano meno innocenti.

Nora poteva ben immaginare lo scintillio negli occhi della principessa medicea mentre presentava ai suoi ospiti il "gioco degli schiavi" in cui i giocatori, maschi e femmine, vendevano i propri servizi al miglior offerente. Quando questo gioco diventava noioso, li invitava a giocare ad un gioco chiamato "follia", in cui qualcuno, che si dichiarava impazzito per un amore non corrisposto, chiedeva di essere rinchiuso ed affidato alle cure di una donna volenterosa.

Non c'era da meravigliarsi che Isabella e Leonora fossero motivo di preoccupazione per i loro mariti, così come per Francesco, il nuovo duca mediceo. La loro famiglia stava perdendo potere, e le loro donne erano fonte di imbarazzo. Era necessario fare qualcosa per rimetterle in riga e far sapere chi comandava veramente.

Per nulla intimorite dagli uomini e dalla loro millanteria, le due donne, ignare di tutto, avevano continuato nei loro comportamenti frivoli, senza immaginare di aver disturbato un nido di vespe e di essere sul punto di essere punte.

Al suono del fruscio delle gonne e delle risate, Nora chiuse gli occhi e tornò in un salotto del XVI secolo, immaginando un'intima conversazione che Isabella e Leonora avrebbero potuto avere la mattina prima di una festa, mentre preparavano i loro giochetti per i loro entusiasti ospiti.

«Isabella, sono venuta a Firenze per sposare Pietro, su desiderio di tuo padre. Ma mio Dio, è un uomo piccolo e alquanto strano. Quando lo incontrai la prima volta, mi fissò con disprezzo. E ora eccoci qui, il matrimonio è stato celebrato da tre anni e lui deve ancora venire nel mio letto».

Sbadigliando, Isabella si alzò e andò alla finestra. Osservò gli arbusti nei giardini sottostanti e sopra la spalla disse: «Mia cara Leonora, prendila come una benedizione. Mio fratello è sempre stato un po' lento. Anche quando eravamo bambini, lo consideravo un sempliciotto, e ora non è diverso».

Con un cenno sprezzante della mano, continuò: «Passa il suo tempo nei bordelli, come mio marito, a ricoprire le sue amanti in gioielli acquistati con il denaro dei Medici. La mia raccomandazione, cara cugina, è di fare come ho fatto io. Sii contenta di vivere una vita indipendente e prenditi un amante».

Leonora si avvicinò alle sue spalle e abbracciò la cugina cingendole la vita. Con una risatina, disse: «Isabella, domani sera alla festa dobbiamo fare quel delizioso gioco che il signor Bellini ha inventato l'ultima volta che eravamo tutti insieme».

Isabella si voltò e baciò dolcemente Leonora sulla guancia, poi fece un passo indietro e la guardò interrogativamente. «E quale sarebbe, tesoro?»

«Ah, credo proprio che tu lo sappia. Quello in cui un ospite è seduto su una sedia e un altro, bendato, deve capire chi sia l'altro toccandolo solo con le mani».

Agitando il ventaglio di fronte al viso per nascondere il suo rossore, suggerì coraggiosamente: «O meglio ancora, potremmo interpretare il gioco del bacio alla francese, *Le Baiser à la Capucine*, dove invece delle nostre mani dobbiamo usare le nostre labbra per indovinare chi sia la persona».

Isabella inclinò la testa e guardò il sorriso malizioso di sua cugina. «Come desideri, cara, ma forse te ne piacerà di più un altro che ho appena inventato».

«E quale sarebbe, di grazia»?

Bevendo un sorso di vino, Isabella spiegò: «Lo chiamo il gioco della musica del diavolo. È davvero semplice. Ognuno di noi deve imitare il verso di un animale. Marcello fa il verso di un maiale, Maria raglia come un asino. È davvero divertente».

«E tu, amore mio?», chiese Leonora, «che animale sarai?»

«Ululerò forte e a lungo, come un lupo solitario. È un animale feroce e così farò sapere a tutti che non ho paura!», gridò Isabella.

«Ecco, cugina, perché ti chiamano la stella di Firenze. Sei semplicemente geniale e brilli più luminosa di tutti loro. Non ti spaventa ululare alle avversità e hai il coraggio di vivere la vita al massimo, indipendentemente da quello che ti dicono di fare. Ti ammiro così tanto».

«Sì, mia cara. Una vita è sprecata se non è vissuta completamente, o se non si ama con passione. A dir la verità, sono le mie attività creative a rendermi più felice. È quando scrivo un verso o compongo una canzone che sono più soddisfatta. Quindi presta attenzione a questo consiglio, mia cara: non vivere mai all'ombra di un altro. Abbraccia la tua vita, Leonora. Trova la cosa che è più importante per te e che ti rende felice, e seguila con grande ardore».

Gradualmente Nora aprì gli occhi e guardò pensierosa il ritratto di Isabella. Esaminò i bei lineamenti della principessa e poi lasciò che lo sguardo scivolasse sul suo bel viso lungo il collo sottile fino alla mano che delicatamente toccava una collana meravigliosa. La catena era fatta di fili d'oro intrecciati e grappoli di rubini, e aveva una perla opalescente dalla forma irregolare, straordinaria nella sua imperfezione. Sbatté le palpebre, e quando lanciò un'altra occhiata al ritratto, sembrò che la principessa avesse sollevato la collana, tenendola in alto per favorirne l'ispezione.

Nora tirò fuori un piccolo taccuino e iniziò a disegnare. Mentre disegnava, sentì la corsa della creatività e rabbrividì impercettibilmente alla sensazione inebriante. Guardò lo schizzo che aveva appena completato e fu colpita da un'idea fantastica. La Stella di Firenze le aveva sussurrato ancora una volta qualcosa all'orecchio.

Era sempre stata lì, dormiente e sepolto dentro di lei, ma sentendo le parole di incoraggiamento di Isabella, Nora ora sapeva esattamente cosa doveva fare.

Capitolo 20

Ritratto d'amore

*C*on una nuova sensazione di urgenza, Nora lasciò la casa di Vasari. Non appena fu per strada, tirò fuori il telefono e chiamò Juliette. Sbagliò il numero più volte, e imprecò sottovoce: «Cavolo!».

Quando finalmente riuscì a chiamare, era talmente eccitata che le parole le uscirono di bocca come un fiume in piena.

«Aspetta, rallenta», disse Juliette. «Riesco a malapena a tenere il passo».

«So che non ha molto senso, ho così tante idee in testa. Juli... Oh mio Dio, dovresti vedere i gioielli che quelle donne indossavano. Non sarebbe qualcosa di stupendo ricreare quelle collane? Ricordi, come quelle che facevo a Firenze?»

«Sì, hai sempre avuto talento coi gioielli», disse Juliette.

«Vuoi mangiare un boccone?», chiese Nora. «Muoio dalla voglia di parlare con qualcuno delle mie idee».

La voce all'altro capo della linea suonò attutita, come se Juliette avesse messo la mano sul ricevitore. In lontananza, Nora sentì la voce di Marco.

Quando Juliette tornò al telefono, iniziò: «Sarebbe bello, ma ci sono delle cose che devo sbrigare in cantina stasera». Fu interrotta di nuovo, e Nora sentì una risata soffocata, immaginando perfettamente cosa fossero quelle "cose." Era ovvio che non avevano niente a che fare con l'uva.

Quando Juliette parlò di nuovo al telefono, chiedendo di rimandare ad un'altra volta, Nora disse: «Non ti preoccupare. Riesco sempre a trovare qualcosa da fare».

Prima di riattaccare, aggiunse: «Dà un bacio a Marco da parte mia».

Juliette scoppiò a ridere, rendendosi conto di quanto fosse stata trasparente, e disse: «Lo farò».

Nora gettò il telefono nella borsa e guardò su e giù, pensando a cosa avrebbe dovuto fare. Prima di rendersi completamente conto di dove stesse andando, si ritrovò in direzione del negozio di Luca.

Quando entrò, le campanelle sopra la porta tintinnarono. Sentendo il suono Luca alzò brevemente gli occhi mentre firmava i documenti che un fattorino gli aveva appena consegnato. Non appena il fattorino se ne fu andato, le spiegò che l'ultima delle casse era appena arrivata. «È stato uno di quei giorni... Problemi su problemi!»

«Per esempio?», chiese Nora.

«Beh, per cominciare, una delle casse è stata consegnata nel posto sbagliato, stavo appunto sistemando le cose con la compagnia di trasporto».

Continuò a sfogarsi per la giornata, e poi finalmente la guardò e si scusò. «Non volevo farti perdere tutto questo tempo. Grazie per aver ascoltato. È bello rivederti. A cosa devo questo piacere inaspettato?»

«Speravo di invitarti a cena stasera. Possiamo affogare le preoccupazioni in un bicchiere di vino rosso e una pasta con sugo al cinghiale».

«Ah sì?», fece con espressione interessata. «Beh, penso che tu mi abbia convinto. Prima però, devo sistemare una cosa nel retro. Voglio controllare l'ultima cassa arrivata».

Nora lo seguì nel retrobottega, dove c'erano casse di legno vuote e il pavimento era cosparso di paglia. Osservò con interesse alcuni dei pezzi che Luca aveva già disimballato, così come alcuni dipinti appoggiati al muro.

Non era mai stata nel retrobottega e sbirciò curiosa in mezzo a tutto il disordine. C'era una sedia a cui mancava un bracciolo e un armadio con le cornici rotte. Sulle pareti, i quadri erano appesi a caso. Uno, in particolare, catturò la sua attenzione. Era un dipinto di donna. Studiandolo nella penombra della sera, lo trovò particolarmente triste.

Luca vide l'interesse di Nora e spiegò: «È qui da anni. Per quanto mi ricordi, è sempre stato appeso in luoghi diversi del negozio. L'ha dipinto mio nonno. Era abbastanza bravo a copiare capolavori originali ma, a mio parere, ha dato il meglio di sé a Parigi».

Nora fece un passo avanti per vederlo da una prospettiva migliore. «Scusa per quello che sto per dire, ma è piuttosto orribile. Capisco perché nessuno l'abbia mai comprato».

Luca ridacchiò: «Oh, non lo prenderò sul personale. È un po' tetro e mistico. È un ritratto di Santa Margherita da Cortona». Ritornando alla cassa da disimballare, aggiunse: «Penso che mia nonna l'abbia tenuto solo per ragioni sentimentali—per quello e perché Margherita era la sua protettrice».

«Vedi il cane ai piedi della santa?», chiese Nora, indicando il dipinto. «Tutti i santi hanno un simbolo con cui identificarsi. Per esempio, Sant'Agata di solito è ritratta con due occhi su un piatto, le furono strappati e per questo divenne martire. Santa Margherita, invece, ha un cagnolino che rappresenta la fedeltà».

Luca borbottò qualcosa che lei non riuscì a sentire perché era piegato su una delle grandi casse aperte. Lo osservò un momento, mentre lanciava il materiale da imballaggio sul pavimento. Vedendo che era occupato, ne approfittò per continuare a curiosare nella stanza sul retro. Quando lo sentì gridare «Nora! Guarda. Vieni a dare un'occhiata!» si girò con aria colpevole.

Curiosa, Nora si avvicinò. Quando lui lanciò allora una manciata di paglia nella sua direzione, sorpresa lei balzò subito indietro. Sputando fili di paglia si vendicò raccogliendone una manciata e lanciandola contro di lui.

«Mi arrendo! Okay, chiedo una tregua». Di nuovo chino su una scatola, tirò fuori quello che sembrava un piccolo dipinto avvolto in una spessa carta e legato con lo spago. «Finora, da quello che posso vedere, tutto è arrivato sano e salvo. Sto iniziando a ordinare e catalogare il contenuto delle casse le cose e, tutto sommato, posso ritenermi alquanto soddisfatto».

«Allora, cos'è questo quadro che hai appena tirato fuori dalla cassa»

«Non ne sono sicuro», disse mentre cominciava a strappare diversi strati di carta da pacchi. Mentre il dipinto veniva disimballato, Nora vide che si trattava di una donna vestita con un abito in stile quattrocentesco in piedi di fronte ad uno strumento musicale. Accanto a lei c'era un uomo seduto su una sedia, che fumava la pipa.

«Ah, questo è interessante», disse. «Guarda. Anche questo dipinto ha un cagnolino, e anche in questo è un simbolo di fedeltà».

«E la spinetta?», chiese Luca.

«Beh, potrebbe essere interpretata come un amore sacro o profano, ma il fatto che l'uomo si trovi con le gambe divaricate e con la pipa che punta in direzione della donna, mi porta a pensare che sia un chiaro segno di lussuria».

Sbirciò verso Luca e vide che ne aveva la piena attenzione. Sorridendo, continuò: «Ma la chiave che la donna tiene in mano rappresenta il vero amore. Il dipinto è un messaggio che invita gli spettatori ad essere fedeli e a non sprecare tempo a letto giocando con gli amanti».

Luca rise. «Beh, non c'è niente di sbagliato a divertirsi ogni tanto — come si dice in inglese non c'è di niente male nel rotolarsi nel fieno di tanto in tanto».

Si abbassò quando lei gli lanciò un'altra manciata di paglia. Spazzolandosi i rimasugli dalla camicia, le fece i complimenti. «Sei davvero un'investigatrice d'arte quando si tratta di dipinti. Impressionante».

«Beh, è quello che faccio per vivere», ribatté Nora, «ricerca e controllo dei fatti».

Indicando un armadietto raffigurato nel quadro, chiese: «E che ne pensi di quello. Ha un significato?»

Nora si chinò un po' più vicina: «Mi ricorda i bauli di segreti che mio padre era solito fare». Aggiunse con un sorriso malvagio e alzando un sopracciglio: «Direi che la signora ha un segreto. Forse non è così innocente come sembra».

«Davvero? Che tipo di segreti potrebbe...?»

Luca fu interrotto dal campanello che indicava che qualcuno era entrato nel negozio. Sentendo una voce familiare che lo chiamava in un saluto, Luca alzò la voce e disse: «Buonasera, Egidio! Come va? Vieni, unisciti a noi. Siamo nel retro.

Quindi un anziano signore varcò la soglia dal negozio al magazzino, Luca gli strinse la mano, e poi gli diede un caloroso abbraccio. Rivolgendosi a Nora, disse: «Leonora, vorrei presentarti un amico di famiglia, il signor Michelozzi. Egidio e mia nonna andavano a scuola insieme. Lui e i suoi figli hanno un'oreficeria proprio dietro l'angolo. È uno dei più abili gioiellieri di Arezzo».

«Ma sentite Luca quanto mi lusinga!» fece il signor Michelozzi. «È un piacere conoscerti, Leonora. Mi sono fermato a chiedere a Luca se parteciperà al pranzo di domani in onore del sindaco. Speravo potessimo sederci vicini».

«Penso di sì», disse Luca. «Nel pomeriggio, sarò meno impegnato. La spedizione di cui ti parlavo è arrivata e ho quasi finito con il disimballaggio. Si sta rivelando un lotto di valore».

Indicando la tela di cui avevano appena parlato, disse: «Nora stava spiegando l'iconografia di questo dipinto. Vedi il baule lì accanto all'uomo con la pipa? È una cosa interessante, Nora pensa che contenesse segreti. Mi ha detto che anche suo padre era solito costruire bauli simili».

Il signor Michelozzi sorrise a Nora in segno di approvazione. «Bene, mia cara, sembra che tu abbia un buon occhio per i dettagli. Anch'io conosco alcune cose su scomparti segreti e cassetti nascosti. Nel quindicesimo secolo, erano di gran moda. Erano utili per nascondere lettere segrete e quant'altro».

Con un po' di orgoglio, proseguì: «Ne sono sempre stato affascinato. Sai, costruirli è un'arte». Rivolto a Luca, aggiunse: «Ti ricordi le scatole e le casse che il tuo bisnonno costruiva nelle soffitto di questo negozio?»

«Certamente, per me sono pezzi da collezione», confermò Luca.

«Quando li fabbricavamo, erano considerati nuovi e moderni e ora—come me e come la maggior parte delle cose—sono considerati oggetti d'antiquariato», conclude il signor Michelozzi un po' sdegnato.

Luca ridacchiò e cominciò a raccogliere un po' della paglia sparsa in giro, ammucchiandola con i piedi per poi spazzarla più tardi. Poi aggiunse: «Dimmi, Egidio, come va la Lancia D'Oro?»

Per chiarire la cosa a Nora, spiegò: «Per ogni giostra, il signor Michelozzi crea la Lancia d'Oro—il premio che viene dato al quartiere vincente. Egidio sta attualmente lavorando alla lancia per il prossimo evento di settembre».

«Veramente? Mi piacerebbe vederla. Sembra che lei sia un uomo dai molti talenti: lavorazione del legno e gioielli d'oro».

Toccando la collana che indossava, aggiunse modestamente: «Anch'io ho un interesse per disegnare gioielli. Ho realizzato questo pezzo diversi anni fa. Ho lavorato per breve tempo con il signor Martelli a Firenze, come apprendista».

«Ah, sì? Conosco il lavoro di Martelli. È un amico e collega».

Egidio si sistemò gli occhiali e si avvicinò per esaminare il delicato pendente al collo di Nora. «Sembra, Leonora, che anche tu abbia molti talenti nascosti. Questo è proprio bello, e l'artigianalità è squisita».

Soddisfatta dalla sua reazione, Nora continuò: «Posso mostrarLe qualcos'altro?». Cercò nella borsa e prese il suo taccuino; girò le pagine per rivelare la collana che aveva abbozzato in precedenza nella casa di Vasari. «Ho fatto questo disegno oggi pomeriggio. È un ciondolo che Isabella de' Medici indossa in uno dei suoi quadri».

Il vecchio la guardò pensieroso. «Forse dovremmo passare un po' di tempo per conoscerci meglio. Hai tempo, diciamo questo sabato, di fermarti nel mio studio? Per favore porta i tuoi disegni».

«Stia attento a ciò che chiede, io sono sempre pronta a fare schizzi, ho un sacco di idee. Mi piacerebbe molto venire da Lei».

«Bene, porta alcuni dei tuoi schizzi e faremo una piccola chiacchierata sabato». Mentre Michelozzi si congedava, chiamò oltre le spalle: «Allora, Luca! A domani».

Quando la porta si chiuse, Nora si voltò verso Luca, e vide che la stava osservando con chiaro divertimento. «Che cosa? Cosa c'è di così divertente?»

«Beh, se proprio devo dirlo, sono un po' geloso di Michelozzi. Viene qui e dopo solo dieci minuti schiocca le dita, menziona le parole "oro" e "gioielli" e boom! Ha una nuova ragazza!»

Nora roteò gli occhi.

«Beh, non posso biasimarlo», commentò Luca. «Ha buon gusto per i gioielli e le donne».

«Per carità!» disse lei. «Voleva essere gentile, con me. Sono sicura che ha un milione di altre cose da fare che guardare i miei disegni».

«Non sottovalutarti, Nora». Osservando il disegno che aveva appena fatto, disse: «Questo è notevole. Penso che sia una splendida idea per voi due stare insieme. Anche se è passato un po' di tempo dalla morte di sua moglie, gli farebbe bene se tu potessi tirarlo un po' su di morale».

Spense le luci, aggiunse: Così tanti funerali ultimamente—prima mia nonna, poi la signora Michelozzi, Antonio, il mio mentore e allenatore... e poi Carlotta...». Esitò, ma non proseguì.

Nora attese qualche istante, sperando che potesse dire qualcosa di più. Invece, mescolò alcuni documenti, svuotò il bancone, poi chiuse la cassa. Alzando gli occhi su di lei, chiese: «Allora, dove vuoi andare a mangiare?»

Più tardi quella sera, dopo la cena in una trattoria vicino a Piazza Grande, resa più rilassante da diversi bicchieri di vino, Nora e Luca passeggiarono per la parte alta della città. Una fresca brezza serale aveva preso a soffiare, ma le pietre su cui camminavano e gli edifici intorno a loro irradiavano ancora il calore del sole di fine luglio.

Nora girò la testa verso il cielo blu scuro e vide che stava sorgendo la luna piena. «Guardala», disse lei. «Non ho mai visto una luna così piena. È splendida. Penso che la chiamino superluna. Dicono che possa accadere qualsiasi cosa in una notte come questa».

«Veramente? Hai qualcosa di specifico in mente?», chiese Luca.

«Non funziona così», disse lei, lanciandogli un'occhiata provocatoria. «Deve essere completamente spontaneo, vedi. Quando meno te lo aspetti... boom! Magia. Succede qualcosa di magico».

Luca la guardò in modo pensieroso, ponderando le parole. «Ah, sì? È così che funziona? Un po' di magia?» Sorridendo, indicò i ripidi gradini davanti alla chiesa e la invitò a sedersi un momento. Rimasero in un silenzio sereno soddisfatto e continuarono ad ammirare la sagoma della cattedrale, illuminata dalla luce bianca della luna. In lontananza, Nora sentiva l'abbaiare di un cane ed il motore di una moto.

Dopo un momento Luca disse: «Sapevi che proprio qui in Piazza del Duomo hanno creato una magia del cinema? È qui che hanno filmato una delle scene del film di Benigni».

«Lo ricordo bene», disse Nora. «Era la scena in cui lui lanciava il tappeto rosso in modo che la sua 'principessa' potesse scendere le scale senza finire nelle pozzanghere. Pioveva forte nella scena».

«Hanno fabbricato quel temporale artificialmente. La troupe del film ha trasportato enormi cisterne d'acqua per far sembrare che diluviasse».

«Veramente? Quindi hai assistito alle riprese?»

«No, all'epoca ero a Roma, ma molti dei cittadini di Arezzo hanno partecipato come comparse. Tutti erano entusiasti quando Benigni ha vinto gli Oscar».

Lentamente, alzandosi in piedi, la guardò. «Sei pronta, principessa? Sei pronta ad andare?»

Lei gli tese la mano e lui l'aiutò ad alzarsi. Rimasero un momento in silenzio e si guardarono l'un l'altra intensamente. Quindi, galante come Cary Grant, Luca le offrì il suo braccio. Nora accettò subito, pensando che nonna Margherita gli aveva insegnato bene. Insieme camminarono a braccetto lungo la strada, ognuno perso nei propri intimi pensieri.

Quando raggiunsero il palazzo di Nora, Luca accese la luce nell'ingresso, impostata col timer, in modo che avessero il tempo sufficiente di arrivare alla porta di casa prima che il corridoio tornasse nell'oscurità. La scortò al suo appartamento al terzo piano, dove Nora si fermò a cercare il portachiavi. Una volta trovato, lo sollevò alla luce per trovare la chiave giusta che inserì nella serratura. Non funzionò.

«Penserai che a questo punto dovrei sapere quale sia quella giusta, ma pare che scelga sempre quella sbagliata».

Sollevò di nuovo il mazzo per vedere meglio, ma la luce si spense. Temporaneamente al buio, le scivolò l'intero mazzo, che cadde rumorosamente sul pavimento. «Accidenti! Cavolo».

Si chinarono entrambi nello stesso momento e, al buio, si urtarono. Nora perse l'equilibrio, e Luca allungò una mano per impedire che cadesse. Mentre cercavano le chiavi al buio, le loro mani si toccarono.

«Eccole», disse Luca. «Le ho trovate».

Sostenendosi l'uno all'altro, lentamente si rialzarono.

«Luca... dammi la chiave», disse Nora ridendo, ricordando un'altra frase memorabile del film.

Lui raccattò le chiavi, e quando lei allungò la mano per prenderle, la strinse forte a sé, facendole alzare lo sguardo. Nora fu rapita dal luccicare dei suoi occhi, appena visibili alla luce della luna. Il suo cuore accelerò mentre per un momento si fissavano l'un l'altra nell'oscurità all'ombra. Poi Luca, posandole la mano sulla nuca, le chiavi ormai dimenticate, la attirò a sé, e si baciarono.

Questa scena così romantica fu interrotta quando la luce della sala si riaccese e sentì il suo vicino Salvatore precipitarsi giù per le scale. Mentre passava, diede loro la buonanotte, gridando: «Ciao, Nora! Vado al bar per incontrarmi con gli amici, ci vediamo».

Disorientata, come se il mondo avesse cominciato a girare al contrario Nora indietreggiò, sentendo di arrossire dal collo a tutto il viso. Distrattamente, tolse il mazzo dalla mano di Luca e prese quella che sperava fosse finalmente la chiave giusta, per infilarla nella serratura. Con un leggero clic, questa volta la porta si aprì. Nora si voltò verso Luca, esitò un istante nuovamente catturata dalla sua espressione magnetica.

Passò lentamente un dito lungo la linea del profilo, dalla mascella alle sue labbra. Poi disse: «Buonanotte, principessa. È stata una serata meravigliosa, ma devo dirti che preferirei essere in questo stesso posto ad augurarti il buongiorno domani mattina...».

Lei lo guardò, rendendosi conto che anche lei non voleva che la serata finisse. Sentendo Isabella che le dava una piccola spinta, prese la mano di Luca e lo trascinò dentro casa nella sua stanza, chiudendo la porta con un piede. Lì, immersi nella luce della superluna, in una notte in cui qualsiasi cosa poteva accadere, gli avvolse le braccia attorno alla spalla e cedettero alla magia.

Capitolo 21

Urlo alla Luna

*Q*ualche giorno dopo, nella cantina di Marco, Nora guardò i campi di uva matura. L'aria odorava ancora d'estate, mentre una foschia violacea illuminava l'orizzonte proprio dove il cielo si perdeva nella valle turchese in lontananza. Sollevando il bicchiere di vino, disse: «Guarda questo posto! È bellissimo, è semplicemente stupendo. Non posso credere che lavori qui. Io non riuscirei a combinare nulla con questa vista a distrarmi tutto il giorno».

«Odio ammetterlo, ma mi ci sono abituata». Juliette si voltò verso Nora e sorrise. «No, sto scherzando. Non ci si abitua mai. È proprio bello qui»

Dopo pranzo, Nora aveva guidato per le strade tortuose per raggiungere la cantina situata sulle colline che circondavano Arezzo, circa dieci minuti fuori città. Prima di tutto, Marco e Juliette le avevano fatto fare un tour della proprietà mostrandole la moderna struttura che lui aveva costruito e che si integrava perfettamente con il paesaggio naturale. L'ingresso era decorato con travi di legno e grandi tele d'arte contemporanea, mentre nella parte posteriore c'erano gli uffici e una grande cucina. La parte più spettacolare era la sala degustazioni, che vantava un'intera parete di vetro da cui si poteva ammirare la valle sottostante.

Mentre camminavano nella vigna, Nora lasciò che la sua mano accarezzasse le foglie polverose che nascondevano i pesanti grappoli di uva quasi matura. D'impulso, diede il suo telefono a Marco chiedendogli di scattare una foto. In piedi, accanto a Juliette, sollevò un grappolo d'uva mimando la posa di mangiarlo per intero.

Juliette staccò un paio di chicchi d'uva e gliene diede uno da assaggiare. Nora chiuse gli occhi, per godersi appieno la sensazione del liquido dolce e caldo che le prorompeva in bocca come un'esplosione di sole. Juliette lanciò un chicco in aria affinché Marco lo catturasse. Rise quando lui lo mancò e gli rimbalzò, invece, sulla fronte. «Ecco, prova di nuovo», gridò, gettandogliene un altro.

«Tra poche settimane, la vendemmia sarà in pieno svolgimento», spiegò a Nora. «In quel momento le cose diventeranno molto impegnative per noi. Questa è la quiete prima della tempesta, per così dire».

Marco ispezionò la sua proprietà con orgoglio. «La mia famiglia discende da una lunga progenie di contadini. La proprietà appartiene alla famiglia da generazioni. Possedevano tutto questo lato della collina e anche un po' oltre».

«Allora voi Orlando discendete dagli Etruschi?», domandò Nora.

«Beh... non saprei veramente», disse con un sorrise, «ma questa terra appartiene alla mia famiglia da molto tempo. Questa collina è sempre stata coltivata, almeno fino alla guerra. Questa zona è stata duramente colpita dai bombardamenti. La cresta laggiù coincideva con la linea difensiva tedesca. Quando abbiamo ripreso a coltivare i campi, abbiamo trovato mine dappertutto».

«Ehi, Nora», chiamò Juliette. «Guarda questo!»

Nora si girò e vide la sua amica che indicava una grande vaso particolare all'ingresso del parcheggio.

«Quando Marco e gli operai hanno scavato le bombe, abbiamo deciso di trasformarle in un'opera d'arte».

«Mi piace», disse Nora. «Trasformare qualcosa di brutto in qualcosa di bello. Che bella idea».

Girandosi a Marco, lei chiese: «Cos'è successo alla tua famiglia dopo la guerra?»

«Le cose erano davvero un disastro allora. Ci sono voluti anni per ricostruire la città».

«Cosa ha fatto la tua famiglia? Sono tornati all'agricoltura?»

«No, dopo che i miei si sono trasferiti in città, hanno trovato lavoro facendo altro. La terra qui è stata quasi del tutto abbandonata. Eppure, mio babbo non aveva il coraggio di venderla. Alla fine, ci ha piantato un orto piuttosto grande. Venivo qui con mio nonno per aiutarlo nella coltivazione. È stato durante quei caldi pomeriggi che mi ha raccontato le storie di famiglia. Lui è stato quello che mi ha fatto appassionare a questa terra».

Marco guardò la valle, poi tornò indietro e disse: «Sai, io e Luca eravamo soliti venire qui ad accamparci, quando eravamo bambini. All'epoca eravamo un po' più selvaggi e, naturalmente, c'era anche Carlotta».

Alla menzione del nome della donna, Nora chiese: «Ah, sì, Carlotta. Che mi dici di lei?»

«Eravamo molto giovani e facevamo un sacco di stupidate. Eravamo vagabondi—durante le lunghe serate estive raccoglievamo legna, accendevamo falò, bevevamo vino e ci raccontavamo storie di fantasmi. Quando si faceva molto tardi, avevamo piazzato bottiglie con i razzi, cantavamo e ululavamo alla luna. Era il tipo di cose assurde che fanno i ragazzini».

Juliette rise. «Riesco ad immaginare te e Luca che vi ubriacavate a quei tempi».

Marco fece spallucce. «Beh, come ho detto, eravamo tutti molto più stupidi allora. Ma è per questo che ho deciso di chiamare questo posto "Urlo alla luna." Te l'ho mai detto, Juli?»

«Sì, solo un centinaio di volte. Ma continuo a pensare che sia favoloso».

Nora attese che Marco tornasse sull'argomento "Carlotta e i bei vecchi tempi", ma ancora una volta sembrò che preferisse evitare l'argomento e il problema. Carlotta—la loro cosiddetta "amica d'infanzia" iniziava a infastidirla. Cosa c'era in lei che faceva ammutolire sia Luca che Marco alla sola menzione del suo nome?

Nel tentativo di riportare la conversazione ai loro giorni spensierati, Nora domandò: «Allora, tu, Luca e Carlotta eravate piuttosto vicini, giusto? Cosa è successo a tutti?»

«Dopo il liceo Luca è andato all'università, io sono rimasto qui e ho fatto un casino...» Marco si fermò. Prese un ramoscello e lo spezzò in due. Poi scrollando le spalle, disse: «Beh, ad un certo punto ho capito che dovevo affrontare la realtà, crescere e andare avanti con la vita. Quindi, ho pensato, perché non coltivare l'uva? Sentivo di doverlo anche a mio nonno».

Lanciò il ramoscello mutilato al di là del dosso e si sfregò le mani. Tornando a Nora, disse: «Come si dice, se sei nato contadino, sarai sempre un contadino. Eeeeee... il resto è storia. E questo è quanto».

Il suo stratagemma non aveva funzionato. Nora guardò esasperata mentre Marco prendeva la mano di Juliette e disse: «Una delle cose migliori che abbia mai fatto è stata quella di assumere questa ragazza. Juli è stata una manna dal cielo. Mi ha salvato più di una volta».

«Fidati, riesce a perdersi in un bicchier d'acqua. Probabilmente sarebbe in prigione se non fosse per me», disse Juliette.

«Meno male che ci sei tu», proclamò Marco e la baciò. «Amore mio, devo lasciarvi sole per un po' adesso. Devo sbrigare alcune commissioni ma, non temete, vi ho aperto una bottiglia nella sala di degustazione. Mi raccomando. Rilassatevi e divertitevi!

Juliette e Nora non avevano bisogno di ulteriore incoraggiamento e prontamente fecero come suggeriva, versando due bicchieri di una delle migliori annate della cantina. Poi, sistemandosi in poltrone di legno sul prato, si rilassarono e si godettero il panorama.

Nora bevve un sorso di vino e ne assaporò il sapore, lasciandolo rotolare in bocca prima di deglutire. Sentendo l'auto di Marco scivolare sulla ghiaia nel parcheggio prima di allontanarsi, le disse: «Sembra che tu abbia trovato il tuo angolo di paradiso».

Juliette le diede uno sguardo eloquente. «Beh, a me sembra che anche tu abbia trovato un pezzo del tuo da queste parti. Conosco qualcuno in particolare che sta cedendo al tuo fascino».

Nora inarcò un sopracciglio e sorrise maliziosamente. «Bene, diciamo solo che non stiamo più discutendo solo di antiquariato». Si chinò verso l'amica e fece tintinnare il bicchiere contro quello di Juliette.

«Sai», disse Juliette, «originariamente ero venuta qui pensando che sarei rimasta solo per l'estate. Non era nei miei piani rimanere troppo a lungo. Inizialmente ero qui solo per fare una consulenza. Ricordi a Firenze? Il mio obiettivo era quello di gestire una sciccosa cantina in una città esotica».

Diede un'occhiata all'edificio della cantina. «E invece eccomi qui, incastrata in questo posto. Ho il viso perennemente sporco di terra e le unghie sempre spezzate. In pratica il mio lavoro consiste nel pagare le fatture dei fornitori e rispondere alle domande stupide dei clienti», si lamentò.

«Sai che le persone chiedono cose stupide tipo perché non vendiamo vini Bordeaux qui? Sul serio! Siamo in Italia e la gente viene qui alla ricerca di vini francesi? Per non parlare dei viaggi... vado a Firenze, o a Roma una volta ogni tanto ma, anche in quel caso, solo per lavoro. Per la maggior parte del tempo sono bloccata su questa collina, e devo anche fare i conti con la mamma di Marco».

Bevve un altro sorso di vino e proseguì: «Non l'hai ancora incontrata. È un personaggio. Si presenta regolarmente alla nostra porta portando piatti di pasta al forno e dicendomi che ho bisogno di mangiare di più». Inarcando la schiena, Juliette spinse in fuori la pancia. «Ci credi? Riesco a malapena ad allacciarmi i jeans».

Nora rise e disse: «Non dire sciocchezze! Sei magra come un'acciuga. Ma sono felice per te, hai trovato un lavoro che ti piace e qualcuno come Marco, anche se ha una mamma che spunta senza preavviso, di sua iniziativa. Nonostante le tue lamentele, penso che ti stia andando tutto bene».

Juliette si appoggiò su un gomito e sospirò: «Vuoi sentire qualcosa di pazzesco?»

Nora fece un cenno con il bicchiere per continuare.

«Quando ti ho mandato quella richiesta di amicizia su Facebook, devo ammettere che sono rimasta molto impressionata, e scorrendo la tua pagina mi sono sentita gelosa».

Nora le lanciò uno sguardo sbalordito.

«So che è stupido, ma quando ho letto che eri divorziata, vivevi in

California, vicino a San Francisco, e che eri un'assistente alla Stanford University... Beh, immaginavo che finalmente avessi capito tutto e vivessi da single la vita perfetta».

«Divertente. Ho avuto pensieri simili quando ho letto il tuo feed», disse Nora. «Non ho potuto fare a meno di paragonare la mia vita alla tua e, sinceramente, la mia non quadrava. La tua richiesta di amicizia ha messo in moto tante cose, e mi ha portato a rivalutare la mia intera vita e ogni decisione che avessi mai preso fino a quel momento. Ho una piccola confessione da farti».

«Come...?», chiese Juliette.

«Sono rimasta particolarmente affascinata da una delle foto che hai pubblicato».

«Veramente? Quale?»

«Ecco... quella di te in piedi tra Marco e Luca. È stata scattata qui da qualche parte circa un anno fa».

Juliette ci pensò per un momento. «Adesso mi ricordo. Sì, è stata scattata l'anno scorso durante la vendemmia. Un giorno meraviglioso. Ci sentivamo tutti così felici e rilassati. È stato il giorno in cui ho conosciuto bene Luca. Prima di allora non era mai venuto alla cantina. Sembra che lui e Marco avessero litigato un paio d'anni fa prima a causa di una donna».

«Era forse Carlotta la ragione del loro disaccordo? Doveva essere lei».

Quando Juliette annuì in segno di conferma, Nora rifletté: «Dal primo giorno in cui sono arrivata, ho percepito che c'era qualcosa di strano tra loro. Ma nessuno vuole parlare di lei. Quando viene nominato il suo nome, Luca diventa muto come un pesce e Marco cambia sempre argomento».

«Apparentemente loro—Luca, Marco e Carlotta—una volta erano migliori amici. Da quello che ho capito, tuttavia, le cose sono cambiate quando sono cresciuti. Sembra che Carlotta sia uscita con entrambi, in tempi diversi».

Schiacciando una zanzara, Nora disse: «Ho immaginato che fosse per quello. Niente distrugge una grande amicizia più velocemente di un triangolo amoroso». Sistemando i cuscini della sua sdraio per stare più comoda, si sporse verso Juliette e chiese: «Allora, cos'altro sai?»

«Bene, vediamo: Carlotta era la nipote di Ruggero. Sono sicura che hai visto il vecchio in giro per la città».

«Sì, ho avuto il "piacere" di fare la sua conoscenza. Non sembra che a lui piaccia molto Luca».

«Sì, a dir poco», disse Juliette. «Ho chiesto a Marco, ma non mi ha detto molto a riguardo. Perciò mi sono rivolta a sua sorella Mariella. Quando si annoia, può diventare piuttosto loquace. Un pomeriggio, mentre eravamo qui fuori a strofinare e pulire le botti, ne ho sentite un bel po'».

«Sei una ragazza astuta, sapevo che c'era una ragione per cui mi piacevi. Cosa ti ha detto?», chiese Nora.

«Per cominciare, ha detto che il vecchio incolpa Luca per la morte di sua nipote».

Scaldata dal vino Nora disse: «Continua».

Non avendo bisogno di ulteriori incoraggiamenti, Juliette iniziò con un po' di storia passata, dicendo a Nora che Carlotta aveva perso sua madre a causa di un tumore all'età di sette anni. Più tardi nello stesso anno, suo padre era stato ucciso in un incidente di caccia. Per un paio d'anni, Carlotta era stata sballottata tra vari membri della famiglia e, dopo una serie di disavventure—sembra che la ragazza fosse un po' ribelle— alla fine era stata accolta dai nonni.

«Poverina. Che incubo. Deve essere stato traumatico perdere entrambi i genitori, uno dopo l'altro. Almeno aveva i nonni per aiutarla a superare il dolore».

«Già ma, secondo Mariella, le hanno permesso di fare tutto ciò che voleva. Ruggero la viziava in modo scandaloso comprandole cose carissime e totalmente inutili. Era viziata e matta da legare. Beh, almeno è così che Mariella l'ha descritta. Erano tutti e tre spiriti liberi. Sempre nei guai, rimproverati dai loro insegnanti per qualche stupida bravata».

Sistemandosi gli occhiali da sole sopra alla testa, Juliette aggiunse: «Erano ragazzi, dopotutto, e Carlotta apparentemente era una specie di maschiaccio. Da quello che ho capito però, era lei quella che le combinava più grosse. Da ragazzina stava sempre ad istigarli. Non sapeva quando fermarsi e si spingeva sempre al limite. È stato divertente fin quando non hanno raggiunto l'adolescenza».

«Fammi indovinare», disse Nora. «Passò da compagna di giochi un po' maschiaccio a *femme fatale* in un battere di ciglia. Probabilmente aveva anche un corpo sensazionale. Ho ragione?»

«Secondo Mariella, questo riassume tutto. Apparentemente, era davvero carina, anzi proprio una bella ragazza. Sai... capelli lunghi e lisci, zigomi perfetti e una figura slanciata», confermò Juliette.

A queste parole, Nora alzò gli occhi al cielo e non poté fare a meno di lamentarsi all'idea che chi l'aveva preceduta con Luca fosse un tale schianto. Era quello che aveva temuto. «Semplicemente fantastico. Grande. La odio», disse con fare cupo.

Juliette rise della sua reazione esagerata. «Beh, puoi immaginare come hanno reagito quei due, non è vero?», chiese Juliette. «Come reagirebbe un qualunque ragazzo dal sangue caldo di fronte a una trasformazione così spettacolare! Fino ad allora, Luca e Marco erano interessati alle solite cose: i cavalli, i giostratori, gli scherzi agli insegnanti. Ma quando compirono diciotto anni e divennero entrambi giostratori, iniziarono a vedere Carlotta con occhio diverso».

Raggiunta la bottiglia, versò altro vino. «Ecco, bevi. Ne avrai bisogno per superare questa storia. Ora che ci penso, ne ho bisogno anch'io, perché coinvolge anche Marco».

«Allora, come è andata a finire?», incalzò Nora. «Chi ha dato la caccia a chi, per primo?»

«Pare sia stata Carlotta a mettere per prima gli occhi su Luca. La squadra di Luca aveva una serie di vittorie all'attivo e tutte le ragazze erano pazze di lui. Era super possessiva e voleva tenerlo tutto per sé».

Nora bevve un sorso del proprio vino. «E così hanno deciso di sposarsi?»

«Oh, ma siamo solo all'inizio della storia», disse Juliette, sistemandosi sulla sedia. «Quando Luca andò a Roma per studiare all'università, Carlotta si annoiò e non perse tempo cominciando a frequentare Marco. Da quello che ho capito, facevano pure sul serio, ma tutto è cambiato quando Luca è tornato a casa. Ci volle solo un attimo prima che Carlotta lasciasse Marco e ricominciasse a correre dietro a Luca».

«Sembra piuttosto crudele», disse Nora.

«Lo so», concordò Juliette. «Da quello che mi ha detto Mariella, Carlotta era una civetta, ma era anche romantica. Era affascinata dalle storie di Luca su Roma, voleva viaggiare e vedere il mondo. Inoltre, non guastava che Luca avesse un buon lavoro, guadagnasse bene e viaggiasse per affari. Così decisero di sposarsi».

«Luca mi ha detto che Ruggero un tempo era il fidanzato della nonna, ma lei lo ha lasciato per un altro. È per questo che non gli piace?»

«No. Questo è venuto dopo. All'inizio approvava il matrimonio. Sembrava che fosse ancora infatuato di Margherita Donati, ma a quel punto l'aveva perdonata ed era tutta acqua passata».

«Allora quando e perché Ruggero si è messo contro Luca?», volle sapere Nora.

«Bene, ecco cos'è successo», disse Juliette. «All'inizio sembrava a tutti in città che Luca e Carlotta fossero l'immagine di una coppia felicemente sposata. Dopo alcuni anni, quell'immagine cominciò a svanire. Credo che la realtà del matrimonio avesse iniziato ad annoiare Carlotta. Non voleva restare ad Arezzo. Voleva trasferirsi a Roma».

«Non ha senso. Sapeva che l'attività di famiglia di Luca era qui», disse Nora. «Pensava davvero di poterlo sradicare da Arezzo, una città che ovviamente amava molto?»

«Lui ha provato a compiacerla portandola con sé a volte a Parigi o a Londra, ma le cose non sono andate bene. Carlotta cambiava spesso umore e lo metteva in imbarazzo di fronte ai clienti. Desiderava essere al centro dell'attenzione, sapeva che gli uomini la trovavano attraente, e se ne approfittava. Questo alimentava il suo ego, e alla lunga ebbe effetti disastrosi sul loro matrimonio».

Juliette raccontò un paio di incidenti particolarmente intriganti di cui Mariella le aveva parlato. «Fu quello il momento in cui i loro veri problemi vennero a galla. Luca smise di portarla con sé nei suoi viaggi, ma starsene con le mani in mano in un piccolo appartamento di città non faceva per lei. Si lamentava costantemente, voleva comprare una grande casa con piscina fuori città, dove potevano tenere anche i cavalli. A quel punto, iniziò anche a contrarre un sacco di debiti, comprando vestiti, gioielli costosi e cose del genere».

«Cosa fece Luca allora?»

«Puntò i piedi e le intimò di smetterla. Al che Carlotta si rivolse a Ruggero per i soldi. Invece dei cavalli e di una casa in campagna, lui le comprò una Ferrari rossa e un appartamento a Roma, appena fuori Piazza di Spagna».

«Apparentemente», continuò: «la donna era ossessionata da quella macchina che guidava a velocità folle».

«Scommetto che non è finita bene con Luca», disse Nora. «La moglie sembra un tipo molto inquieto e instabile».

«L'ho chiesto a Marco una volta», disse Juliette. «Tutto quello che ho ottenuto è stato che Carlotta aveva qualche problema emotivo».

«Qualche problema emotivo! Se lo chiedi a me, sembra quasi che Carlotta fosse bipolare. Magari è un problema di famiglia perché, quando ho incontrato Ruggero per la prima volta, non mi è sembrato a posto».

«Marco ha detto che Luca ha cercato di farla aiutare, ma Carlotta non voleva avere nulla a che fare con trattamenti o terapie. Alla fine, lo aveva esaurito. Quando si rese conto che non poteva fare di più per lei, le chiese il divorzio».

«Divorzio? Non l'ha mai detto. Dopo avergli parlato del mio, avrei pensato che si sarebbe aperto e mi avrebbe parlato del suo», rifletté Nora. «Carlotta mi piace sempre meno. Quindi come è morta davvero? Cosa è successo? C'è stato un incidente di qualche tipo...»

«È rimasta uccisa in un incidente d'auto mentre tornava a casa dopo uno dei suoi fine settimana di baldoria. Credo che abbia perso il controllo durante un temporale e sia finita nella corsia opposta, andando a sbattere contro un camion. È stato dopo la sua morte che Luca e Marco hanno smesso di parlare e si sono persi di vista per quasi un anno. Dopo il mio arrivo, hanno iniziato a parlare di nuovo e hanno anche cominciato a lavorare insieme».

«E Ruggero?», chiese Nora.

«Mariella dice che dopo l'incidente è crollato. Ha criticato Luca per non aver tenuto sua nipote al sicuro e lontano dalla strada quella notte, incolpandolo della sua morte. Poco dopo il funerale ha iniziato ad accusare Luca in pubblico, dicendogliene di tutti i colori e diffondendo falsi pettegolezzi».

«Ovviamente il vecchio era devastato dal dolore, ma di fatto non era stato lui a comprarle quell'auto, e l'appartamento a Roma?», commentò Nora. «Sembra che in parte sia lui il responsabile».

«Può essere», disse Juliette. «Sembra che il dolore e il rimorso siano ancora ben presenti e che cerchi un capro espiatorio».

Le ragazze rimasero in silenzio per un momento. Poi Juliette guardò Nora e aggiunse: «Io non ci credo, quindi prendilo con il beneficio del dubbio, ma Mariella dice di aver sentito Luca ammettere che Carlotta fosse l'amore della sua vita. Mariella teme anche che lui sia ancora ossessionato dalla sua memoria».

Ed eccola lì, la cosa che Nora aveva cominciato a domandarsi. Sarebbe sempre stata in competizione con un bellissimo fantasma?

Capitolo 22

Una passione d'oro

*R*iflettendo sulla storia di Carlotta, Nora si sentì in colpa per le informazioni penose ottenute da terze persone e non, invece, dallo stesso Luca. La turbava il fatto che non fosse stato lui a parlarle direttamente di sua moglie. Dopo la conversazione con Juliette, aveva provato a discutere l'argomento con lui più volte. I suoi sforzi, tuttavia, erano stati accolti da un silenzio impassibile. Continuava a non essere comunicativo sulla vita che aveva condiviso con una donna che doveva essere stata una forza della natura.

In piedi nella sua camera da letto di fronte allo specchio, Nora valutò il proprio aspetto e si chiese come potesse competere con la bellezza di Carlotta. La donna che vedeva nel riflesso dello specchio era di altezza media, con tratti simmetrici, capelli lunghi e ondulati, e poteva solo indovinare cosa vedesse Luca quando la guardava.

Ne aveva un'idea, ma non si erano mai espressi esplicitamente sui rispettivi sentimenti. Non avevano mai parlato di amore, sebbene la loro relazione fosse sempre più stretta. Beh, in realtà erano incredibilmente intimi, pensò, ricordando calorosamente la notte precedente. I loro momenti insieme erano inebrianti e giacere intrecciati nell'oscurità era gratificante tanto quanto accarezzarsi l'un l'altra, bisbigliarsi parole dolci e scambiarsi caldi baci.

Tra quelle parole, tuttavia, non c'erano state promesse o impegni. Nessuno dei due aveva osato andare oltre il momento presente, nessuno dei due aveva formulato pensieri su ciò che sarebbe accaduto nel giro di un mese. Forse non volevano che i loro cuori venissero spezzati, o forse era solo troppo presto. Nel profondo c'era l'inquietante preoccupazione che la sorella di Marco avesse ragione e che Luca non sarebbe mai riuscito a dimenticare sua moglie. Si stava preparando per il fallimento?

Che importava, comunque? si disse. Sarebbe tornata in California tra un paio di settimane e, molto probabilmente, vivere in due continenti separati avrebbe messo fine alla loro "storia d'amore."

Eppure... pensò Nora, con in mano il biglietto che lui le aveva scritto quella mattina. Era ancora assopita, ma aveva avvertito che le spostava i capelli dal viso e che la baciava prima di scivolare via per occuparsi di una consegna. Quando alla fine era scesa dal letto, aveva trovato il biglietto sul tavolo appoggiato alla sua tazza di caffè. Sorrise pensando a lui, mentre studiava la sua calligrafia forte e decisa: "Buongiorno, principessa! Volevo davvero svegliarti... ma eri così bella mentre dormivi. Ci vediamo più tardi."

Piegò la lettera a metà e la mise nel cassetto accanto al letto. Nonostante i suoi dubbi, dentro di lei sussurrava un'altra voce. Una voce che le diceva che qualcosa di profondo e bello stava accadendo tra loro, e lei segretamente nutriva la speranza che quella piccola voce dicesse la verità.

A parte l'attrazione che provava per Luca, altri sentimenti altrettanto significativi si erano risvegliati dal suo arrivo in Italia. Proprio l'altro giorno, quando aveva visitato la casa di Vasari e si era ritrovata di fronte al ritratto di Isabella, qualcosa le era scattato nella mente. Aveva osservato la collana della principessa de' Medici ed era stato un momento cruciale. In quell'istante sentiva di aver preso una decisione definitiva, come quando aveva deciso di separarsi da suo marito.

Per alcuni, dare le dimissioni da un lavoro ben retribuito e in una prestigiosa università, ed entrare nel campo dei gioielli sarebbe sembrato pazzesco. A quel punto della sua vita però, era ora o mai più. Rinvigorita dalle storie di Isabella e Margherita, decise che era giunto il momento anche per lei di iniziare a scrivere la sua storia in modo più audace ed espressivo.

Per girare pagina e iniziare il capitolo successivo, ciò di cui aveva bisogno era un consiglio e un po' di aiuto da parte di un esperto. Fortunatamente, aveva conosciuto qualcuno che l'avrebbe aiutata, l'amico di Luca—il signor Michelozzi.

Il sabato seguente all'ora stabilita, Nora suonò il campanello del suo negozio. Al posto del signor Michelozzi, fu accolta da un giovane uomo che si presentò come Carlo, il nipote del gioielliere. L'accompagnò in uno showroom con vetrinette che mostravano collane, anelli e spille.

«Solo un momento, vado a dire a mio nonno che è qui. La sta aspettando».

Prima che potesse girarsi, Egidio entrò dalla porta. «Leonora, sono così felice che tu sia qui. Non vedevo l'ora di rivederti. Permettimi di iniziare mostrandoti parte del nostro lavoro».

Aprì un armadietto, tirò fuori alcuni portagioielli di velluto e li sistemò sopra il bancone. Scelse una collana con un disegno ornato e iniziò a interrogarla su come fosse stato realizzato il delicato disegno, sulle incisioni e sugli strumenti che sarebbero potuti essere stati usati, e sul modo in cui, secondo lei, era stata applicata la perlina d'oro.

Vedendo che era ben informata e contento delle sue risposte, Egidio disse: «Vieni con me. Invece di descrivere come è stato fatto, lascia che te lo mostri».

Insieme attraversarono una porta sul retro del negozio che portava in uno studio. Sparsi per la stanza c'erano diversi tavoli in legno muniti di morse e morsetti. Seduto in una delle postazioni, un uomo sulla cinquantina stava lavorando con un fornello fusorio per sciogliere una piccola pepita d'oro. Quando la vide, abbassò il fuoco e alzò gli occhiali. «Ciao!»

Egidio disse: «Questo è Pietro, mio figlio maggiore. Lui è il capo. Ha rilevato l'azienda di famiglia e ora gestisce lui tutto. Chiaramente, io non riesco a stare lontano da qui, ma i miei occhi non sono più quelli di una volta. Preferisco lavorare con il legno ultimamente. Sto addestrando Carlo, ma lui ha un maggiore interesse per gli affari che per il design, quindi di tanto in tanto aiuto ancora».

Prendendo gli occhiali da lettura si sedette su uno sgabello e prese il pezzo che stava lavorando. Nora osservò affascinata mentre riscaldava il metallo e poi, con un piccolo attrezzo, cominciava a lavorarne la superficie. Notò come, usando le pinze, faceva fondere delicatamente piccole perline di metallo sulla superficie del medaglione. «Questa è una tecnica usata dagli antichi Etruschi, lo sapevi?»

Nora annuì, osservando affascinata la lavorazione del piccolo gioiello. Il signor Michelozzi notò la sua impazienza di provare a sua volta, così le fece cenno di sedersi accanto a lui. Senza esitazione, Nora accettò. Seguendo l'esempio di Egidio, iniziò a fare piccole incisioni nel metallo morbido su cui poi applicava le perline. Ben presto si trovò così immersa nel lavoro che sentì a malapena che qualcuno la toccava leggermente sulla spalla.

«Aspetta un minuto. Lascia che ti mostri un piccolo trucco. Tieni la lama in mano in questo modo e inclina il ciondolo... così». Restituendole il pezzo, Michelozzi aggiunse: «Ora riprova».

Dopo qualche istante, Nora alzò lo sguardo e lo sorprese a studiarla. «Sto iniziando a capire come funziona. Cosa ne pensa?»

«Brava! Si capisce che ti viene naturale. Continua così».

Nora lavorò ancora per qualche minuto, poi si rese conto di essere stata maleducata a non parlare all'uomo accanto a lei. «Così hai sempre vissuto ad Arezzo?», chiese.

«Oh, sì! Ho imparato tutto questo dal mio babbo Corrado». Indicando suo figlio, proclamò: «Vedere che vogliono portare avanti la passione di famiglia mi riempie di orgoglio. Per questo, sì, sono fortunato. Sono stato anche fortunato in amore. È stata una bella vita e non mi posso lamentare».

«Mi dispiace tanto per Sua moglie. Luca mi ha detto che è morta di recente».

Egidio sorrise tristemente. «Sì, mi manca la mia Benedetta».

«Come vi siete conosciuti?»

«Era il 1945, la guerra era finita e la mia futura moglie era appena arrivata da Firenze in treno. Per quanto ricordo, lei era qui in visita da un cugino e io ero alla stazione perché mio padre Corrado mi aveva mandato a Firenze per una commissione».

Sollevò gli occhiali e disse: «Stavo per salire su un treno che andava nella direzione opposta ma, passando accanto ad uno scompartimento del treno, notai questa ragazza che stava lottando per liberare la gonna impigliata nella porta in chiusura».

«Che ha fatto allora?»

«Beh, cosa avrei dovuto fare? Mi sono precipitato da lei, ho preso la sua valigia e ho allungato una mano per aiutarla a scendere le scale. Tenendo la sua mano guantata e guardandola negli occhi per la prima volta, mi sono reso conto che era una persona che volevo conoscere meglio». Strizzando l'occhio a Nora, aggiunse: «Vedere un po' della sua sinuosa gamba, quando la gonna era rimasta impigliata nelle guide della porta, non ha fatto male».

Dall'altra parte dello studio, Pietro gemette. «Dai, papà! Quante volte abbiamo sentito questa storia?»

Nora sorrise a Pietro poi rivolta a Egidio, disse: «Beh, penso che sia una storia adorabile».

Con un cenno, gli chiese di passarle il fusorio, in modo da poter scaldare ancora un po' il metallo, e poi commentò: «Vedo che è molto orgoglioso del Suo stile. È così bello da vedere. Così tante cose sono prodotte in serie in questi giorni. Ora che comprendo più pienamente quello che fa qui, beh, penso che debba essere un lavoro che dà grandi soddisfazioni».

«Non sei felice di lavorare all'Università in California? Fare un documentario non è una cosa da poco, vero? Devi esserne orgogliosa!»

«Sì, sì, lo sono. Il mio lavoro va bene, e la ricerca a volte è affascinante. Ma il mondo accademico, beh... è ...beh, così accademico! È solo diverso. Scrivere può essere molto creativo e questo film ha richiesto un sacco di lavoro, e allo stesso tempo è stato molto gratificante».

Sollevò il pezzo d'oro su cui stava lavorando, lo esaminò attentamente e poi continuò: «Quando però penso a un gioiello che vorrei disegnare, o quando sto effettivamente manipolando metalli preziosi, provo una sensazione completamente diversa. Sono così presa dalla lavorazione che non mi accorgo nemmeno del tempo che passa. È quello che si sente quando si ama quello che si fa, vero?».

Egidio disse incoraggiante: «Sì, mia cara, vedo che sei un'artista e hai una vera passione per questo lavoro».

«Sa, ho portato delle cose da mostrarLe», disse Nora. «Le

piacerebbe ancora vederle?»

Il signor Michelozzi prese l'album da disegno e iniziò a girare le pagine. «Interessante. Molto bello. Non solo sei una brava orafa, ma sei anche portata per il design».

Si alzò e le fece segno di seguirlo. «Vieni. Forse puoi aiutarmi con qualcos'altro a cui sto lavorando. Ho bisogno di nuove idee».

Nora lo seguì ed entrarono in una stanza adiacente, simile all'altra, ma piena di strani pezzi di legno e con il pavimento ricoperto di trucioli. Nora sentì il profumo del cipresso appena tagliato. Sul lato opposto della stanza, c'erano diverse lance appoggiate al muro.

Alzando gli occhi, Nora notò una bacheca sopra il banco da lavoro che era coperta di foto e vecchi ritagli di giornali. Vide molte immagini, di anni diversi, in cui il signor Michelozzi stringeva la mano del sindaco di turno mentre stavano in piedi accanto a una delle lance che aveva scolpito. Nelle foto poteva anche vedere i volti sorridenti dei giostratori, ancora vestiti nei loro costumi medievali, che reggevano le lance.

«Queste immagini sono meravigliose. Oh, le lance che ha progettato!», esclamò Nora. «Ognuna di esse è così unica».

«Certo, ovviamente. Ogni lancia ha uno stile diverso perché è dedicata a una persona o ad un evento speciale. Dovresti chiedere a Luca di portarti al quartier generale di Santo Spirito, dove tengono tutte le Lance d'Oro che hanno vinto nel corso degli anni. Sai che ne ha vinte sei? Tra queste ce n'è una che ho creato per onorare Giuseppe Verdi, il grande musicista italiano, e un'altra per celebrare Garibaldi, il generale che ha unito l'Italia».

Avvicinandosi al muro, Nora studiò più attentamente i ritagli di giornale ingialliti. «Bene bene bene. Riconosco quei giostratori! È lui, proprio lì? Quello è Luca seduto sul suo cavallo e nel suo costume medievale».

«Sì, hai ragione», disse Egidio. «Era un eccellente cavaliere. Dicevano che aveva il dono di parlare ai cavalli».

«Guarda com'è giovane. È lui anche in questa foto?», domandò Nora, indicando una foto di Luca in piedi accanto a un uomo con i capelli bianchi e ondulati. Nella foto era in piedi con il braccio appoggiato sulle spalle dell'altro, ed entrambi sembravano ridere per uno scherzo. «E chi è l'uomo più vecchio?»

Egidio si aggiustò gli occhiali e guardò verso l'alto per vedere meglio. «Quello è Antonio Giorgeschi. Era uno dei migliori cavalieri e allenatori di Arezzo. È morto diversi anni fa di polmonite. È stato molto triste, una tragica perdita per tutti noi ad Arezzo. Fu colui che per primo insegnò a Luca a cavalcare. I due erano molto amici. Quando era adolescente, Luca era un po' matto. Stava per toccare il fondo a un certo punto, ma Giorgeschi ebbe una buona influenza su di lui e lo tirò fuori dai guai. Il suo allenamento ha formato il carattere di Luca e anche di altri ragazzi».

Il signor Michelozzi indicò un'altra foto di una lancia. «Per commemorare la memoria di Antonio, l'anno scorso ho disegnato una lancia per lui... ho pensato che fosse il minimo che potessi fare per onorare sia lui che la generazione di uomini che aveva allenato».

Scosse la testa e proseguì: «Sì, è stata una terribile perdita per la città. La morte di Antonio ha colpito soprattutto Luca, dato che ha seguito così da vicino quella di sua nonna, e poi di sua moglie, Carlotta».

«La conosceva bene? Carlotta, intendo? Beh, certo, deve averla conosciuta. Mi dispiace essere così diretta e curiosare in cose che non sono affari mio. È solo che... beh, Luca non parla molto di lei, e ho sentito solo alcuni frammenti della sua storia, voci di altre persone».

Egidio la guardò con comprensione. «Carlotta era una bella ragazza, ma a volte le apparenze possono ingannare. Di certo ha dato a Luca un bel filo da torcere».

Nora lo guardò pensosa. Quando Egidio si rese conto di non aver veramente risposto alla sua domanda, aggiunse: «Luca ha attraversato dei momenti difficili per un po'. È giusto che sia lui a parlartene. Ti dirà tutto a tempo debito. Durante le ultime due settimane è cambiato. Vedo una nuova luce nei suoi occhi».

Accarezzò affettuosamente la sua spalla. «All'inizio, non ero sicuro a chi o a cosa attribuirlo—ma ora forse comprendo».

Nora fu lieta di quelle parole. Gironzolando per la stanza, notò diversi armadietti in varie fasi di completamento. «Quelli sono i famosi bauli che contengono i cassetti nascosti?»

«Infatti. Ne sto insegnando l'arte a Carlo, così che un giorno possa trasmetterla ai suoi figli. Ne abbiamo già costruiti diversi insieme e si sta dimostrando molto abile. È proprio come mio padre Corrado. Mio nipote gli assomiglia molto».

Il signor Michelozzi la guardò con un sorriso divertito. «So che hai detto che tuo padre in California è solito fare simili bauli. Ti sfido ad aprirne uno».

«Ti avverto, sono abbastanza brava in queste cose. Mi sono allenata molto, e mio padre non ha mai potuto battermi in astuzia».

«Quindi pensi di conoscere anche i trucchi di un mastro falegname italiano? Pensi di poter sbloccare questo cassetto dei segreti?»

Nora sorrise semplicemente, accettando la sfida. Dopo aver esaminato il pezzo per un momento, iniziò a far scorrere i pannelli nascosti nello stampaggio. Poteva sentire una serie di clic. Era un gioco da ragazzi, pensò, e abilmente risolse l'enigma. Presto un piccolo cassetto in fondo si aprì.

Alzò lo sguardo verso Egidio, che sorrise con approvazione. «Complimenti! Ben fatto, mia cara. Sembra che tu abbia davvero un talento innato per risolvere misteri. Questo è stato certamente un pomeriggio delizioso e illuminante. È un peccato che tu debba tornare in California così presto».

«Sì, sta iniziando a rendere triste anche me». Accarezzando la parte superiore della cassa di legno, aggiunse: «Ma sono anche felice di aver preso una decisione importante. Come questo baule con i suoi cassetti segreti, ho conservato anch'io qualcosa di prezioso all'interno di me stessa, qualcosa che avrei voluto fare da anni».

Nora lanciò un'occhiata a Michelozzi. «E a dire il vero, è un'altra delle ragioni per cui ho voluto incontrarLa oggi: ho bisogno di qualcuno che possa aiutarmi a sbloccarlo e portarlo fuori. Posso rubare un po' del Suo tempo prezioso e chiederLe qualche consiglio?»

«Suona piuttosto intrigante», disse lui. «Allora... come posso aiutarti?»

«Quando tornerò in California, mi licenzierò dal mio lavoro. Voglio tornare a scuola o trovare un apprendistato con un designer di gioielli negli Stati Uniti. Ho pensato che forse, con le Sue connessioni, potrebbe essere in grado di darmi qualche consiglio».

«Beh, penso che sia un'idea meravigliosa. Hai un occhio eccellente per il design e, da quello che ho visto oggi, hai imparato molto da Martelli a Firenze. Hai solo bisogno di fare pratica, e di passare più tempo a lavorare con un orafo che conosce il suo mestiere».

Si chinò a studiare meglio lo schizzo di Nora della collana di Isabella. «Rimani fino alla fine di settembre, vero? Beh, che ne dici di iniziare la tua nuova carriera lavorando a questo progetto con me?»

«Signor Michelozzi, davvero?», chiese lei con entusiasmo.

«Significherebbe, naturalmente», disse con un po' di modestia, «passare più tempo con questo vecchio».

«Mi creda, non chiedo di meglio! Mi sembra di aver già imparato qualcosa di nuovo stamattina. Sarebbe un piacere continuare», disse Nora. «Sono anche certa che Lei abbia molte storie interessanti da raccontare durante le ore di lavoro».

Gli occhi del signor Michelozzi si illuminarono e lui la guardò con vivo interesse. «Sì. Penso che creare questo ciondolo sia un tributo alla principessa de' Medici e al documentario che stai realizzando. Sarà il nostro piccolo progetto».

Si fermò un attimo. «Nel frattempo, contatterò un paio di colleghi negli Stati Uniti—a pensarci bene, conosco alcune persone che si trovano proprio in California».

Con il dito, tracciò pensosamente le linee del ciondolo che Nora aveva abbozzato. Tornò a guardarla e disse: «Bene, questo è stato un pomeriggio molto illuminante. Sai, Isabella era un'eccellente amazzone e credo che tu mi abbia appena dato un'idea per la prossima lancia».

Sorridendo, aggiunse: «Torna domani, lavoreremo insieme ad entrambi i progetti».

Capitolo 23

L'amara fine

Sia San Donato che Ferragosto erano passati, e la città era arrivata ad un punto di stasi letargica. Per evitare la soffocante calura toscana, pareva che tutta la città avesse deciso di abbassare le imposte e assopirsi per alcune settimane. Si sarebbe risvegliata al suono di trombe e fanfare e col rimbombo dei cannoni che annunciavano la giostra di settembre.

Da parte sua, Nora invece di montare e doppiare il suo documentario, trascorreva i pomeriggi in compagnia del signor Michelozzi nel suo studio. Apprendeva velocemente, e in poche settimane con Egidio aveva affinato le proprie capacità e imparato nuove tecniche. Con il suo aiuto, stava creando una preziosa opera d'arte da indossare.

Mentre lavorava alla sua postazione nell'angolo dello studio di Michelozzi, faceva del proprio meglio per non pensare al ritorno a casa. Le settimane, tuttavia, stavano volando, e dire addio a Luca era un pensiero troppo amaro. Il suo umore era ulteriormente rattristato dal fatto che rimanevano così tante domande senza risposta tra loro. Ciò che era iniziato come un gioco spensierato si era fatto un po' teso.

Proprio il giorno prima, infatti, avevano litigato per una stupidaggine. Lei gli aveva detto che uno dei contatti di Egidio, un orafo di Oakland, forse l'avrebbe presa come apprendista. All'inizio, Luca era stato incoraggiante e aveva ascoltato con interesse, ma dopo un po' si erano scambiati parole accese. Ora non riusciva nemmeno a ricordare la cosa su cui non erano stati d'accordo; di sicuro una banalità alimentata dalla tensione.

Per sistemare le cose, la sera Nora aveva preparato ciò che sperava sarebbe servito per una cena romantica. Mentre sistemava il tovagliolo però, sentiva la presenza inevitabile dell'addio che fluttuava nell'aria. In più, sembrava che non stessero mangiando da soli, ma con un ospite non invitato che si era appena seduta tra di loro.

Giocherellando con il cibo, Nora aveva aspettato che fosse Luca a parlarle per primo ma, quando lui era rimasto freddamente in silenzio, aveva spinto via il piatto, aveva riempito di nuovo il proprio bicchiere di vino e lo aveva trafitto con lo sguardo. *Posso giocare anch'io allo stesso gioco*, aveva pensato.

Alla fine, però, scoprì che aveva giocato male le sue carte, e Luca lasciò il suo appartamento prima del solito quella notte; il suo premio di consolazione era dormire sola. Girandosi irrequieta sul fianco, si chiese se potessero far funzionare una storia a distanza. Luca aveva la sua vita ad Arezzo, e lei una nuova carriera che l'attendeva nella Bay Area. Potrebbe sopravvivere un amore alla distanza di un vasto oceano e di un continente?

D'altra parte, se fossero riusciti a far andare avanti le cose, la deprimeva pensare che il tempo che avrebbero passato insieme sarebbe consistito in estati in Italia per lei e saltuarie visite a San Francisco da parte di lui, e poi sarebbe diminuito fino a un rivolo di rare vacanze. Luca le avrebbe scritto? Sarebbero state lettere appassionate e sincere come quelle che Troilo aveva scritto a Isabella?

Forse, pensò, Nora, consolata dalle note d'amore che le aveva lasciato sul cuscino prima di andarsene ogni mattina. Incoraggiata dal pensiero, sentì che potevano sostenere la loro relazione per molti anni, nonostante la distanza che li separava, proprio come aveva fatto la coppia del XV secolo.

Si voltò sulla schiena e fissò il soffitto, distratta per un attimo a pensare alla lunga storia di Isabella con Troilo e al loro appassionato scambio di lettere d'amore.

«Milady! Svegliatevi. Venite ora, non potete dormire tutto il giorno. Tutta Firenze è già in piedi».

Quando Morgante tirò le pesanti tende della finestra, Isabella gemette. Schermandosi gli occhi dalla luce del mattino, si lamentò, «Lasciami dormire, piccolo diavoletto. Sono stata sveglia tutta la notte, non vedi che ho bisogno di riposo?»

«Ma mia signora, è quasi mezzogiorno». Quando concentrò lo sguardo su di lui, vide che le stava lentamente agitando due buste davanti al viso. Sbadigliando ampiamente, disse: «È per questo che mi svegli— per portarmi delle lettere? Di chi sono?»

Isabella si stiracchiò languidamente nel suo letto prima di allungarsi per prendere le buste di pergamena dalla mano di Morgante. Dopo aver studiato la calligrafia di entrambe, ignorò la prima gettandola distrattamente sul comodino. Invece, baciò leggermente la seconda prima di aprirla.

Alzandosi dal letto, si diresse verso la finestra dove la luce era migliore. Le sue labbra si curvarono verso l'alto mentre leggeva le parole di Troilo. Diede un'occhiata a Morgante, che era tornato con una brocca d'acqua, e disse: «Vieni qui! Ho bisogno che tu scriva la mia risposta».

Il servitore obbedì rispettosamente. Si sedette alla scrivania, tirò fuori un foglio di carta e intinse la penna in una boccetta d'inchiostro.

«Devo avvertirlo», disse Isabella. «Non deve firmare le sue lettere, come ha fatto in quest'ultima. Inoltre, non deve mai parlare liberamente della nostra relazione, specialmente con quelli che potrebbero riferirlo a mio fratello».

Studiò Morgante per un momento. «Ci sono spie tra di noi pronte a tradirci».

Annuendo, lui disse: «Avete ragione. Ora, Milady, come dovremmo cominciare?»

Isabella si lasciò cadere sul letto e il materasso di piume si gonfiò intorno a lei. Si mise a pancia in giù e guardò il suo pensieroso amico. «Iniziamo la lettera in questo modo...»

Caro signore, potete star certo che non vi perderò per niente al mondo. Ogni ora sembra lunga quanto un migliaio di esse, e se non fosse per le grandi speranze che ho di rivedervi, morirei in questo momento. Ditemi che il vostro ritorno sarà il più veloce possibile, così caro è alla mia vita.

Guardando verso Morgante, chiese: «Come suona?»

«Bene, mia signora, molto sentita. Sono sicuro che Troilo apprezzerà molto i vostri sentimenti», disse: con la voce tinta di sarcasmo.

«Zitto, non pronunciare il suo nome!» Improvvisamente all'erta, lanciò rapidamente un'occhiata alla porta. In un sussurro chiese: «Hai sentito qualcosa?»

Il nano si fermò, e la piuma venne sollevata sopra la pagina. Dopo un momento di intenso ascolto scrollò le spalle, e Isabella si rilassò di nuovo sul suo cuscino di raso, soddisfatta che nessuno stesse origliando dall'altra parte.

Poi, quando le venne in mente un'idea, Isabella si sollevò sui gomiti. «Che voci senti dagli alloggi dei domestici?»

Morgante rimase in silenzio.

«Forza, dimmi tutto. So che parli con tutti».

«Bene, Milady, è opinione universale che il Granduca di Toscana sia un uomo orgoglioso, e che al momento stia semplicemente giocando con voi. Tutti pensano che sia un gioco di arguzia e potere. Quando tutto sarà detto e fatto, il duca provvederà ai suoi parenti. Nessuno crede che vi danneggerebbe in alcun modo. È il vostro protettore ora».

Isabella rise forte, ma non c'era allegria nella sua risata. «Il mio protettore, tu dici. Sei completamente stupido. Mio fratello non vede l'ora di cacciarmi da Firenze».

Balzò giù dal letto, raggiunse la finestra e guardò le stradine di Firenze fuori dalle sue stanze nel palazzo de' Medici. «Da quando mio padre è morto, il mio vero difensore è sparito. Il mio geniale papà ha fatto di me una donna facoltosa, ma Francesco si rifiuta di onorarne le volontà. Invece, tiene così stretti i cordoni della borsa che temo per il benessere dei miei figli, la mia cara Nora e il suo dolce fratello Virginio».

Si voltò per discutere faccia a faccia con Morgante, e gli ricordò altezzosamente: «Mio fratello è un uomo assetato di potere, geloso di me. Lo irrita a non finire che sua sorella sia meglio di lui».

Infilandosi la vestaglia e legandola saldamente alla vita, continuò: «No, non dovrà mai avere le prove della mia relazione. È sicuro che si vendicherebbe nel modo più vile. Guarda cosa è successo a mia cugina Leonora! Colta in flagrante con una lettera del suo amante Bernardino, quel pazzo d'amore».

Con le mani sui fianchi, continuò: «Sai cosa le ha fatto, vero? Pietro l'ha picchiata, per l'amor di Dio, e Francesco lo ha incoraggiato a batterla ancora più forte». Isabella tremò di indignazione. «Come osa un uomo picchiare una donna! Mostra solo la sua debolezza. Che tipo di vigliaccheria è? Se mai dovesse mettermi le mani addosso, giuro che lo tormenterei fino alla fine dei tempi, non si libererebbe mai di me».

Camminò avanti e indietro e aggiunse: «E quella... quella puttana veneziana che riscalda il letto di mio fratello. Segnati le mie parole, sussurra nel suo orecchio ogni notte, raccontandogli bugie sul mio conto. Temo che Bianca Cappello abbia incantato Francesco al punto che lui non pensa più col proprio cervello ma con le sue rattrappite parti basse».

Improvvisamente, si fermò in mezzo alla stanza. «Francesco ha trattenuto la mia eredità una volta, e ora è pronto a scavalcarmi di nuovo. La sua parola non ha valore per me. Non mi fido più di lui. Ma cosa posso fare?»

Isabella riprese a camminare, ma si fermò a fissare il ritratto di sua madre. Qui a Firenze, l'aveva appeso sopra il suo letto. «Mamma, questa situazione è insostenibile», disse alla donna del quadro. «Francesco è solo un parassita che ha ereditato la fortuna della nostra famiglia. Cosa ha fatto per guadagnarsi il titolo di duca? Se solo fossi un uomo sarei io a controllare la fortuna dei Medici».

Morgante ascoltò pazientemente lo sfogo della sua signora, e quando lei si fermò chiese: «Allora, cosa desiderate che scriva, Milady?»

Quando Isabella non rispose: ripeté: «Milady?»

«Dov'ero?»

Morgante rilesse le prime righe della lettera. «Dicevate che dovevate avvertirlo...»

«Sì, giusto. Digli che sono particolarmente preoccupata dalle voci secondo cui il signor Spina potrebbe sapere della nostra relazione. Quell'uomo non sa mantenere un segreto».

Mentre guardava Morgante scrivere le ultime righe della sua lettera, disse malinconicamente: «Ah, Morgante, dove è arrivato il mondo? Sono legata a un uomo ma sono disperatamente innamorata di un altro. Io e mio marito viviamo vite separate, lui a Roma e io a Firenze, e ora c'è un'amara faida di denaro con mio fratello».

Non aspettandosi una risposta, chiese: «Hai finito?»

«Sì, Milady, e l'ho firmata: "La tua schiava in eterno"».

A Isabella piaceva infinitamente immaginare Troilo a leggere le sue parole in codice. Non aveva mai scritto lettere simili a nessun altro, e sicuramente non l'aveva fatto con suo marito. Paolo, da parte sua, non avrebbe mai avuto la creatività o la passione per scrivere simili parole romantiche a lei.

«È tutto per ora, Morgante, puoi andare».

Quando la porta si chiuse, Isabella si spostò di nuovo alla finestra. Appoggiando la fronte contro il vetro, pensò a suo fratello. Non era sicura di cosa avrebbero potuto portare i giorni successivi, ma sentiva che si stava formando un clima negativo.

Raccolse la seconda lettera e vide che era di suo marito. Spiegò la pergamena e lesse:

Dolcissima Isabella, mia cara moglie, luce della mia vita, ti esorto a unirti a me a Cerreto Guidi. Ho organizzato una battuta di caccia. Sono passati secoli da quando ci siamo visti l'ultima volta, ed è mio desiderio ricongiungermi con te. Sto arrivando da Roma. Vieni appena puoi, mia cara signora.

La lettera sembrava abbastanza chiara, un invito a raggiungerlo nel loro capanno di caccia, ma era stranamente piena di parole romantiche che non erano da lui. Molto bene, sarebbe stato un bene lasciare Firenze per qualche giorno. Aveva bisogno di schiarirsi le idee.

Forse, quando fosse tornata avrebbe trovato suo fratello in uno stato più amichevole, e sarebbe stata in grado di ragionare con lui. Si ripromise di visitare anche Leonora. In effetti, pensò, era un buon momento per un "tête-à-tête", dove avrebbero potuto incoraggiarsi a vicenda. Guardando il quadro di sua madre, raddrizzò le spalle. Era una principessa de' Medici, e avrebbe capito.

Piena di rinnovata fiducia e canticchiando, Isabella continuò a leggere la lettera di suo marito. Dopo un momento, il suo respiro si bloccò e la canzone morì sulle sue labbra.

La paura le riempì il cuore mentre leggeva le sue parole di chiusura:
"Carissima signora, non dimenticare mai...Sono il tuo schiavo in eterno."

Capitolo 24

Confessioni di un ubriaco

*V*erso la fine del mese, bandiere blu, gialle, verdi e rosse tornarono a sventolare dai tetti di Arezzo, e si sentiva di nuovo il suono degli zoccoli dei cavalli per le strade. In Piazza Grande erano state erette le tribune per gli spettatori e lo spazio aperto era stato trasformato in una pista presieduta dal manichino saraceno. Tutti avevano tirato fuori i loro colori di quartiere, e frecciatine competitive venivano lanciate tra gli avventori dei bar locali.

Dopo la loro sciocca discussione, Nora non aveva più visto Luca, ed erano già passati un paio di giorni. Aveva saputo da Juliette che lui e Marco erano andati alla scuderia di Santo Spirito per controllare i cavalli, e dopo avevano passato un pomeriggio a cavallo visitando i loro luoghi preferiti.

L'equitazione non era stata davvero il suo forte, tranne durante i giorni estivi che aveva trascorso al campo di Girl Scout sulle colline della California settentrionale. Conoscendo la passione di Luca, che in quanto ex-giostratore era praticamente cresciuto in sella, Nora decise che una volta tornata negli Stati Uniti non sarebbe stato male spolverare le proprie abilità di cavallerizza. Per prepararsi a rimontare in sella, si era procurata un paio di favolosi stivali da equitazione in un negozio appena fuori da Piazza Grande.

Erano di color marrone dorato, con fibbie di ottone anticato, e le abbracciavano perfettamente i polpacci, dalla curva delle caviglie fino alle ginocchia. Vedendoli nella vetrina del negozio era quasi svenuta, ma era stato l'odore della pelle che alla fine l'aveva convinta a comprarli. Sperava sinceramente che avrebbe potuto usarli per cavalcare con Luca quando sarebbe tornata l'anno seguente.

Nora pensò che anche Isabella avrebbe approvato la sua scelta, dato che era stata un'elegante cavallerizza a sua volta. Era felice del fatto che Egidio avesse deciso di tributare alla stella di Firenze l'onore della Lancia d'Oro. Nora era rimasta a guardare con entusiasmo mentre l'uomo trasferiva il design, che lei aveva creato, su un blocco di legno dopo tanto lavoro ne era emerso il profilo della principessa de' Medici.

Quando i membri della Società della Lancia d'Oro visitarono il negozio di Egidio, furono entusiasti del progetto. Dopo essere stati presentati a Nora e aver saputo del suo documentario, l'avevano invitata a partecipare alla imminente giostra camminando nel corteo nelle vesti della stessa principessa de' Medici.

Egidio disse: «Potrai sederti accanto a me. A quel punto avremo completato la collana di Isabella. Sarà il completamento del tuo costume».

Con un nuovo obiettivo in mente, completare il ciondolo in tempo per la parata, Nora iniziò a trascorrere più ore nello studio di Michelozzi. Concentrata sul lavoro, a volte saltava la cena e spesso finiva a tarda sera. Una settimana prima della giostra, proprio dopo aver spento il fornelletto ed essere pronta per uscire, sentì vibrare il suo telefono. Guardò lo schermo e vide un messaggio di Juliette.

Ciao N. Sto cercando M. L'hai visto? Dovevo incontrarlo 2 ore fa. Mi preoccupo.

Strano, pensò Nora. Juliette non era apprensiva con Marco di solito.

Nora rispose prontamente: *No. Non ho visto M. per tutto il giorno. Forse è con L.*

Mentre prendeva la borsa e spegneva la luce, sentì di nuovo il telefono vibrare.

Nessuna nuova. Sono a casa adesso. Mi ha dato un passaggio un vicino con la sua Ape. M. è un tale cretino!

Nora era divertita al pensiero di Juliette seduta in una piccola Ape, che prendeva tutte le buche delle strade fino alla cantina. Digitò: *Beviti qualcosa. Tranquilla. M. si presenterà.* Aggiunse al testo una serie di faccine sorridenti, cuori e bicchieri di vino.

Quando il suo telefono suonò ancora, lesse: *Controlla se è al bar Piccolo Cinghiale. Grazie.*

Nora chiuse il negozio e poi si diresse verso la parte bassa della città. Mentre camminava per la strada, sentì qualcuno gridare dalla strada: *Forza gialloblù!* Era seguito un ruggito di approvazione della folla. Quando il tifo si placò, qualcun altro replicò: *Forza Porta Sant'Andrea!*

Era sabato sera, la musica suonava a tutto volume e la gente era fuori a divertirsi. Invece di unirsi alla folla sulla via principale, proseguì lungo una strada laterale, più tranquilla, alla ricerca del bar che Juliette le aveva chiesto di controllare. A quell'ora, in quella parte della città i negozi erano chiusi e non c'era nessuno in giro. Tutto aveva un'aria desolata. Si guardò intorno nervosamente, e poi rise della sua apprensione. Tuttavia, quando sentì l'esplosione di un petardo dietro l'angolo, sussultò.

Fu rincuorata quando vide, più avanti, le luci accese al Piccolo Cinghiale. Mentre si avvicinava, un uomo con un grembiule uscì e iniziò a raccogliere i tavoli che aveva allestito in strada prima. Con la maggior parte dei suoi soliti clienti a festeggiare nella piazza principale, sembrava che anche lui fosse pronto a chiudere.

Entrando, Nora gridò: «Ehi! Marco. Eccoti. Juli è preoccupata per te».

Marco si voltò e le fece un sorriso sbilenco. «Ehiiii, ciaooo, Nora. Che beello che tu sia qui! Vieniiii! Unisciti a me».

Nora rimase per un momento a valutarlo. Dal modo in cui biascicava le parole, era sicura che avesse bevuto, e anche un bel po'. «Che succede, Marco? Devo chiamare Juli per farle sapere che ti ho trovato?»

«No, no... La chiamerò io, dammi solo un secondo. Non sono sicuro di dove ho lasciato il mio telefono. Vediamo... era qui solo un minuto fa. Dovevo incontrare Juli prima. Deve essere dannatamente arrabbiata. Ma ho incontrato alcuni amici... e cooosì... abbiamo bevuto qualche drink».

Marco ruotò la testa in direzione del barista. «Tommaso, questa è Nora. Nora, questo è Tommaso». Alzando il bicchiere, continuò: «Sono venuto in città per consegnare alcune casse di vino al mio amico qui, ma ho avuto un piiiccolo imprevisto. Fortunatamente per lui ce l'ho fatta giusto in tempo prima che chiudesse».

Il barista scosse la testa divertito e chiese a Nora se voleva qualcosa da bere.

«Ecco, lascia che ti offra qualcosa», disse Marco. Aprì il portafogli, lo sollevò all'altezza del viso e cominciò ad estrarre dei soldi. Mentre li metteva sul bancone, un paio di monete rotolarono giù finendo rumorosamente sul pavimento.

«Cazzo! Scuuuusami... Nooora», disse.

Abbassandosi per raccogliere il resto, perse l'equilibrio e scivolò leggermente dalla sedia. La guardò imbarazzato: «Potrei aver bevuto un po' troppo stasera, ma ne avevo bisogno».

Nora non aveva mai visto Marco in quello stato. Si rese conto che non sarebbe potuto tornare alla cantina da solo, data la sua condizione, e gli disse: «Ascolta, manderò a Juli un messaggio. Può venire a prenderti lei».

Senza aspettare che lui rispondesse, digitò: *Trovato M. Ubriaco. Al Cinghiale.*

Messo via il telefono, alzò lo sguardo e notò che un sorriso si era diffuso sul viso del giovane. «Grazie, Nora. Sei una vera amica. È così bello che tu sia venuta».

«Puoi starne certo. Sono contenta di averti trovato. Juli mi ha detto che c'era la possibilità di trovarti qui».

«No, no, no, non è quello che intendevo», disse Marco. «Quello... la cosa che... intendevo... è che è bello che tu sia venuta qui. Qui!». Colpì energicamente il bancone con un dito. «Qui ad Arezzo».

Quando Tommaso le mise davanti un bicchiere di vino, le rivolse uno sguardo consapevole e lei rispose con un sorriso complice. Silenziosamente concordarono che entrambi avrebbero avuto cura del loro amico finché Juliette non fosse arrivata.

Sempre guardando Tommaso e pronta a bere un sorso, sentì Marco afferrarle improvvisamente un braccio. Si voltò verso di lui sorpresa quando disse: «Non andare, Nora. Resta. Non andare».

Confusa si voltò a guardarlo. «Rilassati, ho appena preso un bicchiere di vino. Rimarrò e aspetterò Juli».

«No, non andare a casa. Non tornare in California».

«Non preoccuparti», disse. «Resterò qui per qualche altra settimana ancora. Lo sai. Non tornerò a casa fino a dopo il torneo».

«No, quello che intendevo... ecco... non andare a casa». Indicando una persona invisibile dall'altra parte del bar, soggiunse: «Ha bisogno di te».

«Chi ha bisogno di me?»

«L'ho visto l'altro giorno. Lo sapevi?»

Non volendo ammettere di capire, Nora chiese: «Non ti seguo. Di chi stiamo parlando esattamente?»

«Luca! Siamo andati a cavallo. Prooooprio come ai vecchi tempi. Era tutto un Leonora questo ...e Leonora che ...non riusciva a smettere di parlare di te», si fermò e si sporse sbilenco. Facendole un cenno con la mano, chiese: «Avete litigato vero?»

Nora emise un sospiro. «Si è comportato da idiota».

Marco annuì comprensivo, poi il suo sorriso svanì gradualmente. «Anch'io sono uno stronzo. Sono stato un vero bischero. Il peggior amico che potesse avere. Sono stato un amico terribile... il peggiore».

Preoccupata, Nora gli mise una mano sulla spalla. «Marco, è successo qualcosa? È per questo che bevi stasera? Mi sembrava che voi ragazzi andaste d'accordo. Vi ho visti insieme... è successo qualcosa quando siete andati a cavallo l'altro giorno?»

«Noooo», si lamentò. «Le cose vanno meglio... ma questo è grazie a... a... te e a Juli. Quello di cui sto parlando è successo...»

Prese un sorso della sua birra e imprecò sottovoce: «Cazzo. Ho fatto una cosa terribile. Sai cos'è oggi? Lo sai? Prova a indovinare».

Non riusciva davvero a seguirlo, perciò Nora tentò. «Uhm, vediamo... è sabato...?»

«Sbagliato! Sbagliato! Riprova».

Quando lei non rispose: lui continuò: «Sto festeggiando l'anniversario della stupidità. STUPIDITÀ». Oscillando un po' a sinistra, disse: «Sono un vero cretino! Dai un'occhiata più da vicino a questa faccia. Sono il vero coglione qui».

«Cosa ti è preso, Marco? Cosa intendi?», chiese infine Nora.

«In questa data, tre anni fa, ho commesso l'errore più grande della mia vita. Sì. Esatto, io, il buon vecchio Marco, ho davvero rovinato tutto. Avrei dovuto saperlo... ma Carlotta... non si poteva ragionare con lei».

Nora si appoggiò allo schienale, prese il bicchiere e bevve un sorso. Aveva a che fare con Carlotta. Ovviamente.

«Era veramente incontrollabile con tutte quelle fantasie che si era immaginata. Carlotta aveva davvero una fantasia fuori dal comune! Più spaventose erano, meglio era».

Fece un ampio gesto con le braccia e aggiunse: «E quella stupida storia di fantasmi... come quella su Isabella... proprio come te... sai... la intrigava. Fin da piccola parlava sempre di lei. Stava sempre a inseguire quel dannato fantasma».

Inspirando velocemente, Marco singhiozzò leggermente prima di continuare: «Ricordi... ricordi... quando ti ho parlato dei vecchi tempi, quando eravamo soliti costruire quei... grandi falò fuori da casa mia?». Rise senza allegria. «Ma non le importava della storia. Oh mio Dio, no. La tragedia! Questo è quello che le piaceva. Le piaceva l'idea di morire per il vero amore. Ogni volta che raccontava dell'omicidio di Cerreto Guidi la storia diventava sempre più cruenta ...».

Marco si fermò e guardò nel vuoto. Nora immaginò che stesse evocando le immagini di un fuoco da campo sfolgorante e la figura flessuosa di Carlotta che danzava intorno a esso. Naturalmente, per intrattenere a fondo i ragazzi, Carlotta aveva inventato dettagli macabri sull'omicidio della principessa de' Medici.

Forse aveva impreziosito la sua storia dicendo loro che Isabella era stata issata su una corda finché il suo viso non era diventato blu e gli occhi le erano usciti dalle orbite. Mentre suo marito la faceva penzolare nella brezza, aveva danzato attorno al suo corpo gongolante. Invece di scivolare via in silenzio, per vendicarsi, il fantasma di Isabella era sfuggito al suo corpo per colpire l'uomo, lasciandolo annegare in una pozza del suo stesso sangue. Una volta commesso il crimine, l'anima torturata e lamentosa di Isabella era rimasta sospesa tra l'inferno e il paradiso.

Carlotta doveva aver concluso la sua storia con una voce grondante romanticismo e intrigo: «...e ora la dama bianca è intrappolata nei muri della villa, in attesa che il suo amante la salvi. Quando tornerà, Isabella e Troilo passeranno tutta l'eternità avvolti l'uno nelle braccia dell'altro».

Marco emise un gemito sconsolato e Nora si riprese dalla sua stessa fantasia. Lui continuò: «Era *perfettamente perfetta* allora. Sembrava così forte e... invincibile... e...». Tristemente, aggiunse: «Ma non lo era. Affatto. Ci ha ingannati tutti».

Giocò con il suo boccale di birra, rigirandolo sul bancone fino a quando Nora lo prese, perché non scivolasse giù e si rompesse.

«L'ho amata una volta. Questo lo sai, Nora?». Alzò lo sguardo velocemente. «Oh, non come amo Juli. Mi rendo conto di cosa sia l'amore... so cosa significa amare davvero adesso. Allora, cosa ne sapevo? Ero solo uno stupido. Capisci cosa sto dicendo... non è vero, Nora?»

«Siamo stati tutti fregati dall'amore una volta o l'altra», disse Nora. «Credimi. È successo anche a me».

«Sapevi che Carlotta e io parlavamo di sposarci?»

Nora non rispose. Sentì una confessione in arrivo e non era sicura di dover essere lei a raccoglierla. «Marco, penso che sia ora di smetterla. Juli sarà qui tra un minuto».

Ignorandola, disse: «Devo parlare. So che capirai... per favore ascoltami. Basta che ascolti».

Nonostante la ragione le suggerisse il contrario, Nora annuì perché continuasse.

«Lei... beh, qualcosa è successo a Carlotta quando i suoi genitori sono morti. Non è più stata la stessa. Era una bambina senza controllo... e quando è cresciuta...»

«Cosa è successo quando è cresciuta?».

«Ossessionata, ecco come era Carlotta», disse. «Voleva un amore come Romeo e Giulietta. Voleva che un uomo fosse così innamorato di lei da...»

«Da fare cosa?», incalzò Nora, temendo la risposta ma avendo bisogno di sentirla.

«Oh, non lo so. Forse da oltrepassare il limite, farsi accecare dalla gelosia... da... da uccidere per lei... o uccidersi per lei. Qualunque cosa. Un gesto drammatico... una sorta di prova del suo amore immortale».

Tornò a fissare il suo drink. «Ma sai una cosa?» Senza aspettare risposta, proseguì: «Quella ragazza non sapeva cosa fosse l'amore. Ce l'aveva di fronte e lei non l'ha mai riconosciuto. Non una volta. Non con me. Non con Luca. Quando hanno iniziato ad avere problemi... beh, ero contento. Dopo tutto, mi aveva scaricato per Luca. Mi chiamò al telefono, sai, e mi disse cose che non avrebbe dovuto dire. Cose... cose... tipo che il suo matrimonio era una bugia... nient'altro che una grossa menzogna. Era una grossa menzogna e Luca non l'amava. Si lamentava che a lui importava più dei cavalli, parlava persino più con loro di quanto non facesse con lei». Marco scosse la testa da un lato all'altro. «Quando l'ho sentita dire queste cose, ho detto a me stesso, *Marco... lei ha fatto un errore. È me che ama da sempre*».

Si voltò e guardò Nora. «Poi, una notte, dopo una lite particolarmente brutale, mi ha chiamato singhiozzando e... puoi indovinare la data?»

«Uhm... vediamo, tre anni fa come oggi?», fece Nora esitante.

«BINGO!», disse: così forte che Tommaso alzò gli occhi dai bicchieri che stava asciugando all'altra estremità del bancone. «Hai capito bene! Chiamò dicendo che Luca aveva appena chiesto la separazione e che se il loro matrimonio non fosse migliorato era pronto a chiudere le cose per sempre. Era arrabbiata e mi disse che doveva andare fuori città. Disse: "Andiamo a bere, Marco. Andiamo a prendere un fantasma". Mi ha persino sfidato ad andare. Ma ero abituato... ci faceva sempre fare cose di cui più tardi ci saremmo pentiti».

«Quindi sei andato con lei a Cerreto Guidi nel bel mezzo della notte?», lo interrogò Nora.

«Sì, più o meno. Sapeva come adulare, imbrogliare e persino costringere per ottenere ciò che voleva. Ad ogni modo... non ci siamo mai arrivati. Cazzo, non ce l'abbiamo fatta ad arrivare così lontano da Arezzo. Ci siamo fermati e... le cose sono... beh, per iniziare, abbiamo bevuto un po'. Beh, più di un po'. Abbiamo bevuto troppo». Chiuse gli occhi e la sua testa cominciò a ondeggiare avanti e indietro di nuovo, questa volta non per la birra, ma per il senso di colpa e il rimorso. «Siamo finiti a letto insieme».

Disse amaramente: «Ho capito subito che era stato un errore. Io... io... mi sono odiato. Non solo avevo tradito il mio migliore amico con sua moglie, ma mi ero fatto usare da Carlotta. Sapeva cosa stava facendo. Pensavo di essere stato io ad approfittare di lei, ma era lei che mi usava per tornare da Luca. Era stato il suo piano sin dall'inizio per punirlo».

Con il dolore negli occhi, disse: «Ma quella volta... sapeva di essere andata troppo oltre. Il giorno dopo, mi chiamò ancora, chiedendomi di perdonarla, dicendo che non aveva intenzione di farmi del male, che lei non voleva rompere il suo matrimonio. Voleva far funzionare le cose con Luca».

Nora gli strinse il braccio con compassione e non disse nulla.

Incoraggiato, Marco continuò: «Non sapevo cosa fare. Di certo non l'avrei detto a Luca. Quindi ho accettato di mantenere la cosa segreta. Vuoi sapere cosa ha fatto allora? È andata da Luca e glielo ha detto. Glielo ha detto! Era così, sai. Oscillava come un pendolo. Caldo. Freddo. Caldo. Freddo. Da non credere. Aveva... aveva... gettato tutto in faccia a Luca. Quel giorno ha tradito entrambi».

«Oh, Marco, mi dispiace così tanto. Come ha reagito Luca?»

«Beh, non come sperava. Penso che lei volesse spingerlo a fare qualcosa... oh, non lo so cosa... qualcosa di drammatico, come ho detto prima. Invece lui si è ritirato in silenzio».

Sospirando stancamente, Marco ammise: «Fu allora che capii che Carlotta aveva davvero bisogno di aiuto».

Allungò una mano per prendere un altro drink, ma Nora tolse delicatamente il bicchiere dalla sua presa. «Penso che tu ne abbia avuto abbastanza per stasera».

«Avrei dovuto sapere che Luca stava facendo del suo meglio, cercando di convincerla a vedere dottori, sai... per darle l'aiuto di cui aveva bisogno. Ma lei rifiutava ogni cosa. Che donna impossibile».

La storia che aveva perseguitato Nora per giorni stava iniziando ad avere un senso. Anche se aveva sperato che fosse Luca a raccontargliela per primo, ora capiva perché c'erano ancora tensioni tra i due uomini. Tuttavia, c'erano dei pezzi del puzzle mancanti, e lei non poté fare a meno di chiedere: «Allora, cosa è successo dopo?»

Marco si rannicchiò sulla sedia. «Carlotta fece quello che faceva sempre. Ci scaricò addosso il pasticcio e, per evitare le conseguenze, corse di nuovo a Roma».

«E Luca?», indagò Nora. «La seguì?»

«Non fece nulla. Beh, non "nulla" nulla. La lasciò andare, ma questa volta... beh... ruppe completamente il matrimonio. Fu allora che decise di divorziare da lei».

«E tu e lui...»

«Oh, noi ci siamo affrontati. Lui mi ha rinfacciato di essere stato un idiota per aver approfittato di Carlotta. Mi ha dato un pugno e l'ho lasciato fare. Non abbiamo parlato per mesi, dopo».

Nora gli mise un braccio intorno alle spalle e lo abbracciò, non sapendo cos'altro dire.

«Dopo l'incidente di Carlotta... dopo il funerale, le cose sono un po' migliorate. Abbiamo chiarito e fatto una tregua, e poi Juli è entrata nella mia vita e... beh, lei è fantastica».

Vedendo Juliette entrare nel bar al momento giusto, il viso di Marco si illuminò e fece lampeggiare un largo sorriso. «Ciao, amore».

Nora segnalò alla sua amica che Marco era più che solo alticcio. Stava per alzarsi e lasciare che Juliette prendesse il suo posto, quando lui l'afferrò per un braccio.

«Grazie per avermi ascoltato», disse. «È ora di dire tutto questo anche a Juli, ma volevo che anche tu lo sapessi».

Baciò la guancia di Nora. «Ci sono ancora momenti, come stasera, in cui sembra che il fantasma di Carlotta sia qui con noi», aggiunse. «È sempre lì che fluttua tra noi».

Nora gli strinse il braccio, disse. «Conosco la sensazione».

Capitolo 25

Scacciando i fantasmi

Nora aiutò Juliette a mettere Marco in macchina. Quando arrivò a casa più tardi quella sera, trovò un biglietto sotto la sua porta. Era di Luca. Sentì un impeto di piacere vedendo la sua familiare calligrafia.

Spiegò la lettera, e lesse: *Ciao, principessa. Sono passato stasera, ma non eri in casa. Immagino che tu stia finendo le tue cose da Michelozzi. Ci vediamo domani al Belvedere dopo pranzo, vicino alla fortezza. Mi manchi. A presto. L*

Dopo non averla vista per alcuni giorni, il fatto che si fosse fatto vivo perché gli era mancata le fece tirare un sospiro di sollievo.

Il giorno seguente, Nora salì sulla collina fino alla cattedrale. Nel parco accanto alla chiesa, con la sua vista panoramica sulla campagna toscana, c'erano due adolescenti con la testa china sul cellulare. La ragazza era seduta sulle ginocchia del ragazzo e ogni tanto si sporgeva per baciarlo. Dall'altra parte del prato vide dei ragazzi sugli skateboard. Dei loro amici li incitavano dal prato ombreggiato, mentre fumavano sigarette.

Nora guardò intorno ma non vide alcun segno di Luca. Guardando verso il fondo del parco dove si ergeva la fortezza di Cosimo de' Medici, pensò che forse aveva frainteso e che avrebbe dovuto incontrarlo all'interno. Tirò fuori il telefono dalla borsa, iniziò a comporre il numero ma sentì qualcuno alle proprie spalle cingerla e stringerle la vita.

«Ehi, tu», disse lei. «Mi stavo chiedendo dove fossi».

«Sono appena arrivato». Abbassandosi, lui la baciò. «Mi mancavi tanto. Sono passati solo pochi giorni... ma mi è sembrata un'eternità».

«Mi sei mancato anche tu», disse. «Che cosa hai fatto?»

«Ho passato molto tempo alla scuderia. Ci stiamo preparando per la giostra e gli allenamenti si stanno intensificando. I ragazzi sono davvero pronti, nonostante l'infortunio alla gamba di Michele del mese scorso».

«Ho sentito da Juli che tu e Marco siete andati a cavallo l'altro giorno». Lo guardò pensierosa. «Sai, penso di aver bisogno di prendere alcune lezioni per stare al passo con voi».

«Davvero? Questo potrebbe rivelarsi interessante».

«Dai! Sul serio! Ho già i miei stivali da equitazione. Potresti darmi qualche consiglio. Sono un po' arrugginita, ma ti darò comunque del filo da torcere. Ti sfido perfino in una gara».

«Sfida accettata», disse lui con un sorriso.

Tenendosi per mano, camminarono verso la fortezza dei Medici. Il parco intorno a loro era ombreggiato dagli alberi ma, da quel punto di osservazione elevato, Nora poteva vedere che il fondovalle era illuminato dal sole pomeridiano. Mentre salivano in cima ai bastioni videro i colori del prato—il marrone ambra e il verde salvia—che dipingevano la valle sottostante e respirarono l'aria dolce, Nora sapeva che le stagioni stavano per cambiare. La campagna si stava preparando per la vendemmia e presto l'uva sarebbe stata pronta per la raccolta.

Purtroppo, pensò Nora, lei non sarebbe stata lì per la vendemmia. Quando a ottobre Marco e Juliette avrebbero iniziato la raccolta, lei sarebbe stata in California. Stava per lasciare i suoi amici e Arezzo. Nel suo cuore, sapeva che non si sarebbe mai sentita così a proprio agio in nessun altro posto che non fosse quella città collinare ricca di storia, arte e antico ardore.

Sentì un'ulteriore ondata di malinconia quando si rese conto di quanto le fosse mancato Luca negli ultimi giorni. Se si sentiva così dopo una breve pausa, non poteva nemmeno immaginare quanto sarebbe stata dura una volta tornata a casa, con una differenza di nove ore a separarli.

Nora scosse la testa, cercando di alleggerire il proprio umore. Scavalcò agilmente il muretto e si sistemò sulla calda sporgenza di pietra.

«Guarda laggiù», disse. «È il cimitero della città. Lì dove sono sepolti i miei nonni».

Nora sbirciò le pietre tombali. Su quelle mura costruite dai Medici, sentiva la presenza innegabile non solo di Isabella ma anche di Margherita. Chiudendo gli occhi per un momento, Nora si godette la sensazione del sole della tarda estate sul viso, e immaginò la nonna di Luca che visitava la tomba del suo amato artista, prendendosi cura della sua lapide e portandogli dei fiori. Dalla vallata sottostante, la voce di Margherita si alzò sino a loro e lei poté sentirla raccontare a Federico degli affari e di come continuasse a fare tesoro dei suoi quadri.

«Sarai felice di sapere, amore mio», gli sussurrava Margherita, «che i tuoi quadri sono ancora con me. I quadri che apprezzo di più sono quelli che hai dipinto a Parigi. Quanto amo quei colori che mi ricordano i pomeriggi di fine estate, subito dopo un temporale. Ora non devo più nascondere la loro bellezza e posso esporli affinché tutti possano vederli».

Luca la toccò leggermente sul braccio e Nora focalizzò la sua attenzione sull'uomo di fronte a lei, desiderosa di vivere il momento.

Sorridendo lui iniziò: «Mi dispiace per il bisticcio dell'altro giorno. Colpa mia. A volte mi comporto come un idiota».

«Sì, anch'io. Abbiamo tutti i nostri momenti. Acqua passata», disse Nora. Lo attirò più vicino a sé. Si lasciò stringere volentieri nel suo abbraccio e assaporò la sensazione delle labbra sulle sue.

Quando si separarono, lei aprì gli occhi lentamente e lo trovò che la guardava intensamente. «Sono stato così impegnato con i cavalli ultimamente... Come va la collana di Isabella? Hai finito?»

Nora era contenta di aver lasciato andare la loro sciocca discussione, e la rendeva felice che Luca mostrasse interesse per il suo lavoro. «Ho quasi finito. È stato un po' complicato e sto ancora imparando, ma mi piace. Lavorare con Egidio... beh, è stato un dono inaspettato».

Riflettendoci un momento, continuò: «Questa estate è stata un bene per me. Mi ha davvero aperto gli occhi».

Quando lui le rivolse uno sguardo interrogativo, spiegò: «Mi sento come se mi stessi finalmente risvegliando e capendo cosa voglio fare da grande. Ho incontrato persone incredibili—forse anche qualche fantasma—che mi hanno impressionata».

Luca aprì le braccia e disse: «E io? Non conto?»

Nora si appoggiò contro il muro e lo guardò scettica. «Beh... immagino che tu faccia parte della lista».

La baciò di nuovo, e lei sorrise. «Ok, tu sei in cima alla lista, tallonato da vicino da Isabella».

«Sono in buona compagnia».

Intrecciarono le loro mani e Nora disse: «Sai che mi mancherà Arezzo. Sto già programmando di tornare la prossima primavera. Come potrei stare lontano? Quando vuoi venire a trovarmi a San Francisco?»

Aspettò che rispondesse, ma lui non disse nulla. Nora poteva vedere che qualcosa pesava nella sua mente. Ma ancora una volta la sua riluttanza a parlare, era frustrante. Nora sentiva di essere una donna paziente, era stata molto accomodante nei suoi confronti riguardo ai suoi sentimenti per la ex moglie. Ma quando è troppo è troppo. Aveva bisogno di alcune risposte.

Invece di arretrare, Nora decise di prendere un approccio diverso. Posando la mano sulla guancia di Luca, Nora guidò il suo sguardo verso di lei. «Luca, guardami».

Quando la guardò dritto negli occhi, lei continuò: «Ho pensato a un sacco di cose ultimamente, ma soprattutto al mio futuro—al nostro futuro—e mi sto chiedendo cosa vuoi dalla nostra relazione. Ci stiamo muovendo nella stessa direzione? Sarà già abbastanza difficile mantenere il nostro rapporto a distanza, ma sarà impossibile se non vogliamo la stessa cosa».

Prendendo un respiro profondo, proseguì: «Ho bisogno di sapere. Stai bene? Voglio dire, sei felice? Nel profondo? Mi sembra che qualcosa ti disturbi».

Fece una pausa e poi proseguì: «Ti ho parlato del mio matrimonio. Sai che ho avuto la mia parte di alti e bassi. Ti ho anche parlato di alcuni dei momenti più tristi della mia vita, ma non mi hai mai detto nulla del tuo matrimonio o della tua vita con Carlotta. Ho provato a chiedertelo prima... ma ora ho davvero bisogno di saperne di più».

Quando Luca non disse nulla, lei gemette: «Dai! Non merito questo silenzio. Senti, devi sapere che ho incontrato Marco l'altra sera. Aveva bevuto parecchio e mi ha raccontato alcune cose su Carlotta... mi ha raccontato della sua relazione con lei tre anni fa».

Esaminò attentamente la sua reazione, e riprese: «So che l'amavate entrambi, e forse la ami ancora, e forse non hai davvero superato...»

Luca la interruppe: «Le cose non sono sempre come sembrano».

«Bene, allora dimmi», disse, «come stanno le cose? Lo sai che ci tengo molto a te».

Luca raccolse un sasso dal muro e ci giocò per un momento. Lo lanciò un paio di volte in aria e lo gettò giù nella valle. Quello che disse subito dopo la fece sentire meglio. «Sei così diversa da lei. Con te, sento che il mondo ha un senso. Ricordi quel giorno in chiesa quando ti dissi che la bellezza è qualcosa che ti fa sentire vivo? Bene, questo è ciò che sei arrivata a significare per me. Con Carlotta...»

«Sì?», lo incoraggiò.

Luca guardò sopra la sua spalla ma quando Nora gli strinse la mano, ricominciò. «La maggior parte del tempo tra noi era solo rabbia, tristezza... e senso di colpa. Non fraintendermi. Non ci sarà mai nessuno come lei. Era brillante e divertente, ma c'era anche una parte solitaria e oscura che la consumava. Non c'erano vie di mezzo».

Sospirò e poi, come se si fosse rotta una diga, senza riserve, cominciò a dirle cose che non aveva mai detto a nessun altro. Descrisse a Nora i giorni d'oro in cui lui, Marco e Carlotta erano stati i migliori amici e la vita era dolce e innocente. Le raccontò delle loro fortezze segrete e delle loro sciocchezze. Ammise anche che una volta avevano barato sui compiti, copiandoli da altri.

Rise sommessamente della loro stupidità giovanile e continuò: «A volte rubavamo pasticcini dalla pasticceria di via del Corso, altre volte saltavamo la scuola per andare a cavallo nelle colline fuori città. Il sabato pomeriggio terrorizzavamo le anziane signore con i nostri monopattini lungo via del Corso».

Guardando giù verso la valle, aggiunse: «Era la ragazza di cui mi sono innamorato, ma le cose cambiano e le persone crescono. Carlotta aveva problemi profondamente sepolti che non poteva più contenere. Era una ragazza spericolata, diventata una donna tormentata. Dopo esserci sposati, è sprofondata in un luogo oscuro e, per quanto ci abbia provato, non sono riuscito a tirarla fuori».

Un'ombra passò sul suo viso. «Litigavamo spesso. Non come la stupida discussione che abbiamo avuto noi l'altro giorno. Erano violente, orribili battaglie. Mi hanno logorato emotivamente. Non si poteva ragionare con lei».

Si fermò un attimo e osservò Nora. Sistemandole una ciocca di capelli dietro l'orecchio, disse: «Ho cercato di darle l'aiuto di cui aveva bisogno, ma lo ha ignorato. Non ce la facevo più. Alla fine, ho chiesto la separazione. Ho pensato che forse sarebbe stato un campanello d'allarme e lei avrebbe finalmente affrontato il problema. Poi avremmo potuto riprovare a far funzionare le cose...».

Scuotendo la testa come se ancora non potesse crederci, mormorò, «Quando ho scoperto che era andata a letto con Marco, è stata proprio dura. L'ho perdonata, era da lei fare sbagli orribili. È stato più difficile perdonare Marco. Avrebbe dovuto sapere quello che faceva. Carlotta se ne andò di nuovo a Roma, e le cose tra noi rimasero uguali. Era troppo. Per me non c'era più modo di tornare indietro, così chiesi il divorzio».

Conosceva già la versione di Marco, ma voleva che lui la raccontasse a parole sue. «Che cosa ha fatto lei allora? Qual è stata la sua risposta?»

Luca si fermò per raccogliere i suoi pensieri, scegliendo attentamente le parole. «Carlotta mi ha ignorato, ovviamente. Passarono settimane e poi finalmente la chiamai e le dissi di tornare a casa per firmare i documenti».

Fece un respiro profondo e disse: «Ha avuto l'incidente mentre tornava. Pioveva forte quella notte. La Polizia Stradale che è arrivata sulla scena ha dovuto stabilire la dinamica dell'incidente, se la macchina era sfuggita al controllo del guidatore o...»

«O cosa?»

«C'era una macchina dietro la sua. Secondo il loro racconto, la velocità di Carlotta era irregolare quella notte, accelerava e rallentava in modo casuale. Sembrava che avesse il controllo della macchina nonostante le condizioni meteorologiche. Quando la polizia ha interrogato di più l'autista disse che l'auto davanti a lui aveva sterzato abilmente un paio di volte per evitare alcuni detriti e rami caduti sulla strada. Anche così, era preoccupato e si era tenuto a distanza di sicurezza. Ha anche detto che...»

Luca si fermò e Nora lo guardò incuriosita. «Va' avanti».

«Il testimone non pensava che Carlotta avesse perso il controllo della propria auto o che fosse stato un incidente. Secondo lui lei si era intenzionalmente buttata nell'altra corsia e...»

Gli occhi di Nora si spalancarono. «Non puoi pensare che lei abbia davvero provato...»

«Dato il suo stato d'animo e la sua instabilità», continuò lui, «chissà cosa stava pensando quella notte. Ad ogni modo, i risultati dell'indagine sono stati inconcludenti. È finita addosso a un'altra macchina ed entrambi i veicoli si distrussero, nessuno è sopravvissuto».

Chinandosi in avanti, Nora appoggiò la testa sul suo petto. Poteva sentire il suo cuore e il loro legame diventare più forte a ogni battito. Chiuse gli occhi e vide Carlotta guidare come una pazza nel temporale. In lontananza, sentì dei tuoni e la pioggia scrosciare sulla macchina, mentre i tergicristalli si muovevano avanti e indietro come spade vivaci. Delle lacrime le scendevano lungo il viso, facendole colare il mascara sulle guance. Nora sentiva anche gli insulti e le maledizioni feroci che gridava a Luca in quella notte buia come inchiostro.

Cadendo in un trance ipnotico, cullata dal costante battito della pioggia sul parabrezza, Carlotta probabilmente non si era neanche accorta di spingere sull'acceleratore, facendo sì che la macchina continuasse a correre. O sì? Nora trasalì quando vide il lampo e il paraurti di un camion che si avvicinava e si chiese se Carlotta avesse perso il controllo o se la donna, disperata, volesse vivere il suo ultimo atto da protagonista.

Finalmente Nora capì perché Luca non fosse stato in grado di dirle nulla fino ad allora; il senso di colpa che portava era troppo grande. «E ti sei incolpato per tutto questo tempo per averle chiesto di tornare a casa quella notte?», sussurrò.

Serrando la mascella, lui rispose: «Sì. Ruggero ha ragione. Sono responsabile, l'ho fatta mettere io in viaggio quella notte invece di lasciarla al sicuro».

Con voce ferma, soggiunse: «La verità è che non ero un buon marito per Carlotta. Non l'amavo abbastanza, e non ho fatto abbastanza per tirarla fuori dal baratro».

Respirò profondamente. «In risposta alla tua domanda, "amo ancora Carlotta?", parte di me lo farà sempre. Mi manca la ragazza, non la donna che è diventata. Quando è morta, ho sentito un senso di liberazione. Anche per questo motivo, continuo a sentirmi colpevole».

Digerì tutte le cose che le aveva appena detto, e poi chiese: "E tu e Marco?»

«Per molto tempo ho pensato che non mi sarei mai più potuto fidare di Marco», rispose. «Ma le cose hanno iniziato a cambiare. È stato più o meno quando è arrivata Juli. Ho visto quanto fosse giusta per Marco e ho iniziato a ricordare i giorni migliori. A quel punto, ho iniziato a perdonarlo».

Le sorrise. «E poi sei arrivata tu. Mi hai fatto credere in cose alle quali avevo smesso di credere. Mi hai mostrato che c'è ancora bellezza nel mondo».

Nora scivolò fuori dal muro e lui la prese fra le sue braccia. «Quindi, in risposta all'altra tua domanda, "sono felice?", la risposta è sì, Leonora. Sto iniziando ad imparare come esserlo ancora».

La baciò dolcemente e poi si tirò indietro per poterla vedere meglio. «Non voglio impedirti

di fare ciò che vuoi negli Stati Uniti. So che hai dei piani e nuove cose su cui concentrarti quando tornerai là».

Fece una pausa. «Ma non voglio svegliarmi e saperti lontana. Ho provato con Carlotta, ma alla fine l'ho lasciata andare via. Non farò di nuovo quell'errore. Voglio tenerti stretta a me. Quindi sai cosa mi renderebbe veramente felice? Non andare, resta qui ad Arezzo. Siamo meglio insieme».

Ad ogni parola che Luca pronunciava, Nora si sentiva più leggera. Ora, mentre guardava il cielo, con le nuvole leggere sopra le loro teste, sembrava che un fantasma fosse finalmente liberato e stesse fluttuando in lontananza. In piedi accanto a lui, sapeva che lui provava la stessa sensazione. Non c'era più tensione, solo un bellissimo senso di benessere di due persone che si erano completamente aperte l'un l'altra e sapevano a cosa appartenavano.

Se era onesta con se stessa, la decisione di rimanere ad Arezzo era stata presa molto tempo prima che incontrasse Luca. Forse dal momento in cui aveva messo piede in Italia a giugno. O forse lo era stato anche anni prima, quando era andata lì la prima volta con Juliette e si era innamorata della giostra.

C'era una ragione per cui Isabella l'aveva chiamata qui in Toscana e in quella particolare città. Adesso era sicura che non si poteva più tornare indietro. Non avrebbe fatto di nuovo quell'errore. A differenza di Carlotta, che non aveva idea di avere un grande amore davanti agli occhi, Nora lo riconosceva chiaramente e aveva compreso le sue gioiose complessità e imperfezioni. Questa volta non ci sarebbero stati rimpianti e timori riguardo alla vita che avrebbe dovuto vivere.

Questa era una scelta che faceva volentieri e con audacia.

Sorridendogli, disse: «Certo, potrei essere convinta a restare. Dopotutto mi è appena venuta in mente una cosa... ora che il film su Isabella è completato, penso che dovrei restare qui e farne uno nuovo sulla giostra di Arezzo».

Mettendogli le braccia attorno al collo, gli sussurrò: «Credo che tu abbia già superato la prima audizione... che ne dici di essere scelto come protagonista?»

Capitolo 26

Preghiere a Margherita

"*E*hi, Juli! Aspetta!» Nora si piegò in due, cercando di riprendere fiato. Alzò lo sguardo verso la sua amica, che era di parecchi passi davanti a lei sul sentiero. Avevano iniziato a scalare la collina di Cortona per raggiungere la chiesa dedicata a Santa Margherita, ma in poco tempo la sua amica l'aveva superata.

Schermandosi gli occhi dal sole, fissò la cima. Dal suo punto di osservazione sembrava che ci fosse ancora molta strada prima di raggiungere la basilica arroccata. Nora si meravigliò della resistenza di Juliette. La scalata dalla piazza sottostante sarebbe stata sufficiente per mandare il più sano dei cuori in arresto cardiaco.

A scandire il ritmo della salita verso la chiesa c'erano le stazioni della Via Crucis, realizzate in vetro colorato da Gino Severini, l'artista di Cortona che Federico aveva conosciuto a Parigi. Luca le aveva detto che anche Margherita lo aveva incontrato e che una volta lo aveva aiutato a organizzare una mostra d'arte ad Arezzo nei primi anni sessanta.

Da parecchi passi davanti a lei, Juliette chiamò: «Nora! Dai! Ancora un altro poco. Vedi? Ecco un altro mosaico».

«Sai, avremmo potuto prendere la macchina», urlò Nora all'amica.

Juliette sbuffò. «Oh, smettila di lamentarti. E poi, è l'unico modo per vedere il lavoro di Severini. Il nonno di Luca sarebbe orgoglioso di te, arrivata fin qui per vedere l'opera del suo amico. Inoltre... l'esercizio fisico fa bene anche a te. Ti serve, sai, l'amore e la pasta ti hanno fatta ingrassare».

«A Luca non sembra dispiacere», disse Nora con un sorriso. «C'è solo un po' più di me da amare e a cui aggrapparsi».

Durante la prima parte della loro gita, quando aveva ancora fiato per parlare, Nora aveva detto tutto a Juliette. La sua amica era stata una buona ascoltatrice e alla fine aveva confessato: «Anche io e Marco abbiamo parlato. Penso che sia positivo che tutto sia stato chiarito. È ora di andare avanti».

Gettando un'occhiata alla sua amica, continuò: «Per la cronaca, proprio per tenerti qui avrei rubato il tuo passaporto e l'avrei nascosto».

«Penso che il signor Michelozzi volesse fare la stessa cosa. Quando gli ho detto della mia decisione di restare, era al settimo cielo. Mi ha rivelato che i suoi contatti in California erano okay, ma che farei meglio a studiare con lui. Ha aggiunto anche che, se me ne fossi andata, sarebbe rimasto tutto solo a progettare la Lancia d'Oro del prossimo anno!».

Nora continuò: «Luca forse ha ragione. Egidio potrebbe avere una piccola cotta per me, ma è gradita perché anch'io gli voglio bene».

Arrancando dietro la sua amica, Nora annunciò: «Tornerò negli Stati Uniti a novembre per presentare il mio documentario. Vuoi che ti porti una maglietta dal Fisherman's Wharf? Anche Luca viene con me. Voglio presentarlo alla mia...»

Le parole le morirono sulle labbra quando raggiunse la vetta, non per sfinimento, ma per la spettacolare vista della Valdichiana sotto di lei. Come un magnifico arazzo dai toni brillanti, si sviluppava per chilometri, sciogliendosi nell'orizzonte. In lontananza vedeva il Lago Trasimeno e dall'altra parte le montagne di Cetona.

Guardando la cresta della collina, vide la sagoma di un'altra fortezza medicea. Le era sembrato di salire la collina insieme a Margherita e Federico e ora, sulla vetta di Cortona, si sentì invece accolta da Isabella e da suo padre Cosimo.

All'improvviso non avvertiva più la stanchezza. Al contrario, l'euforia che aveva provato dopo aver riconosciuto pienamente di voler restare ad Arezzo, tornò a sopraffarla. Lanciò le braccia in aria e si mise a danzare in cerchio. «Sono così felice. Questo posto mi rende felice. Come potrei andare via?»

Prendendo il braccio, Juliette disse: «Dai, ragazza matta, entriamo nella chiesa—e devi assolutamente mantenere la calma quando passi davanti alla bara di vetro. Ricorda, in Italia un santo è sacro.

Nora incrociò le mani sul suo cuore e promise. Fin dal primo giorno in cui Juli le aveva parlato di Santa Margherita, Nora era stata curiosa di farle visita. Il suo interesse per la santa si era intensificato dopo aver visto il dipinto di Margherita nel negozio di Luca.

Ora mentre entravano nella chiesa dedicata a Santa Margherita, Nora guardò verso l'altare per vedere la bara di vetro della santa. Nel farlo fu colpita dagli archi gotici e dal soffitto a volta dipinto di blu lapislazzuli. Avanzavano lentamente, passando accanto alle statue e ai dipinti che raffiguravano la vita di Margherita. Infine, quando raggiunsero l'altare maggiore, resero omaggio alla signora stessa, esibita in tutta la sua gloria all'interno di una bara illuminata.

Sapendo che avrebbe visto Santa Margherita oggi, Nora aveva chiesto a Marco di spiegare di più sulla Santa locale, ed era stato felice di spiegare tutta la storia. All'inizio della sua storia, Nora apprese che Margherita era la patrona delle donne, dei falsi accusati, dei senzatetto, dei malati di mente così come delle prostitute, delle madri single e delle vedove.

Nora aveva scherzato: «In un ordine particolare?»

«No, ma come puoi ben immaginare, lei era e continua ad essere una donna impegnata».

Poi aveva proseguito raccontando che Margherita era stata una bella ragazza, innamorata di un ragazzo del posto. Quando il suo cane di questo tornò a casa senza di lui, lei lo seguì nei campi e trovò il suo innamorato ucciso in un fosso. Incinta e non sposata, la ragazza fu abbandonata dalla famiglia del ragazzo, lasciata a chiedere l'elemosina e a vagare per le strade di Cortona. Ma anche in una condizione così umiliante, continuò a fare buone azioni per gli altri, non accettando mai una volta la sconfitta.

In piedi davanti al Santo ora, Nora sussurrò a Juliette: «Almeno ora la signora aveva finalmente una casa e un posto per riposare la testa. E tenere Margherita in una bara di vetro è un modo per tenerla d'occhio... sai, visto che aveva una propensione a vagare per la città e l'area circostante».

Juli soffocò un sorriso e mentre lasciavano 'altare maggiore, il suo telefono iniziò a vibrare. Controllò lo schermo, vide che era Marco. Con voce sommessa, Juliette disse: «Devo rispondere a questa chiamata, si tratta dell'attrezzatura che abbiamo ordinato. Ci vediamo fuori dalla chiesa tra pochi minuti».

A Nora non dispiacque e sollecitò la sua amica ad andare. Dopo lo sforzo che aveva fatto per arrivare sin lì, non aveva fretta di tornare. Era contenta di esplorare la chiesa anche da sola.

Camminando lungo il corridoio laterale, notò il pavimento a motivi grigi e bianchi e le pareti decorate con bande tipiche dello stile neo-gotico. Entrò in una piccola alcova illuminata da candele e si fermò per fare una foto. Mentre metteva a fuoco l'obiettivo, un uomo familiare entrò nell'inquadratura. Lentamente, Nora la abbassò, il telefono lo riconobbe—era Ruggero Falconi.

Si chiese cosa stesse facendo nella chiesa di Margherita a Cortona. Non era così lontano da Arezzo, ma comunque, nelle sue condizioni, sembrava un viaggio inutile. Rispettosamente, Nora osservò incuriosita il vecchio che fissava una statua della santa. Era lì per dire una preghiera e cercare un po' di conforto?

Oppure, si chiedeva Nora, nutriva ancora dei sentimenti per la nonna di Luca? Forse, anche dopo tutti questi anni, aveva un affetto speciale per la santa di Cortona che condivideva il nome della ragazza che un tempo sperava di sposare. Aveva fatto un pellegrinaggio speciale qui per il suo antico amore?

Il primo, forse, ma lei dubitava di quest'ultimo. Durante gli ultimi due mesi, di tanto in tanto, vedeva il signor Falconi in giro per la città, a volte, quando andava a trovare Luca, il vecchio guardava nella vetrina. Stava lì per un momento e poi, con un disgustato scuotimento della sua testa, proseguiva oltre. Altre volte, quando lei e Luca camminavano insieme, lui borbottava mentre passavano, altre volte li ignorava del tutto.

Sembrava un uomo amareggiato e solitario. Comunque, Nora non poté fare a meno di sentirsi un po' dispiaciuta per lui. Ruggero era stato respinto dalla sua fidanzata e aveva perso la moglie, la figlia e poi la nipote. Questo da solo era sufficiente a far impazzire chiunque, magari anche a spingerlo sulla strada dell'alcolismo.

Non volendo interrompere Ruggero nelle sue preghiere, Nora fece per voltarsi quando vide un uomo camminare svelto lungo il corridoio laterale. Immaginò che fosse un altro turista, quindi fu sorpresa quando si avvicinò al signor Falconi e cominciò a parlare con lui in tono sommesso.

Studiò il secondo uomo, e notò i tatuaggi che emergevano dalla manica e gli scorrevano lungo il braccio. Il design la interessava come sempre e, senza pensarci, alzò il telefono e scattò una foto. Forse l'avrebbe postata su Facebook con un commento intelligente tipo Santa Margherita attira la folla più colorita.

Nora ingrandì l'immagine e si mise a ritagliare e inquadrare la foto, mentre cercava un commento ancora più spiritoso. Quando alzò di nuovo gli occhi, i due uomini avevano smesso di parlare e ora si stavano stringendo la mano. Il loro incontro era stato breve, e Nora osservò con uno sguardo interrogativo l'uomo con il tatuaggio mentre se ne andava. Quando il portone della chiesa si chiuse, si voltò verso il signor Falconi chiedendosi se anche lui avrebbe lasciato la chiesa e sarebbe tornato ad Arezzo.

Il vecchio invece non sembrava avere fretta di andare da nessuna parte. Tornò a guardare l'immagine di Santa Margherita e chinò la testa mentre si faceva il segno della croce. Rimase immobile per qualche istante inchiodato. Mentre lei continuava a guardarlo, Nora lo vide leggermente barcollare, e pensò che stesse per cadere. Reagendo rapidamente, si mosse verso di lui con l'intenzione di dargli una mano. Vedendo che si era tenuto la parte posteriore di un banco e stava meglio, esitò e fece un passo indietro nell'ombra.

Da lontano, osservò mentre si abbassava con cautela sulla panca di legno. Seduto da sola nella chiesa buia a guardare Santa Margherita, sembrava un uomo stanco e sommesso.

Pensando a ciò che aveva appena visto, Nora lasciò la chiesa inosservata.

Capitolo 27

Il Risveglio di una Principessa

«*È* quasi finita, Nora, cosa ne pensi?», chiese Egidio.

Nora andò al suo tavolo da lavoro e osservò mentre il suo maestro applicava una foglia d'oro alla base intagliata della lancia, incidendola nel legno con uno strumento di metallo piatto. L'oro aveva chiaramente valorizzato il profilo distinto della principessa de' Medici. Faceva anche sembrare reali le perle che circondavano l'impugnatura.

«Che bello», disse Nora. «È meraviglioso. Credo che Isabella ne sarebbe molto contenta».

Fece cenno a Egidio di seguirla. «Ho anch'io qualcosa da mostrarti». Dal suo tavolo, prese una pesante catena d'oro. «Guarda, il ciondolo è finito. Sono stata qui fino a tardi, ma l'ho finito ieri sera».

Egidio sfiorò il medaglione d'oro e ammirò la perla gigantesca. «Complimenti! È un gioiello di rara bellezza e perfetto per Isabella. Penso che oggi entrambi abbiamo reso la nostra principessa molto orgogliosa».

«Senti, volevo che tu fossi il primo a vederlo, ma se non ti dispiace, non vedo l'ora di mostrarlo anche a lui. È molto interessato al mio lavoro».

«Vai, vai!», la esortò Egidio.

«Grazie, Maestro», disse: poi lo baciò sulla guancia. Fece scivolare la collana in un sacchetto di seta e si diresse verso il negozio di Luca che era proprio dietro l'angolo. La sua felicità però si ridimensionò immediatamente: vide due volanti dei carabinieri parcheggiate davanti all'ingresso. *E adesso?* pensò. *C'era stato forse un altro furto?*

Quando entrò nel negozio, vide Luca in piedi dietro il bancone e tutti i pensieri sulla sua collana furono dimenticati. Preoccupata, osservò mentre Luca veniva interrogato. Quando la notò, lui sorrise cupamente. Con un cenno della testa, le fece segno di rimanere dov'era e riportò la sua attenzione ai carabinieri.

«Possiamo avere il resto dei documenti, per favore?»

Luca allungò una mano sotto il bancone e, frugando tra le carte, tirò fuori un grosso fascicolo. Lo aprì e lo passò a uno degli ufficiali. L'uomo ne esaminò il contenuto e poi annuì bruscamente a Luca. «Dovremo portarli con noi. Per favore, venga in caserma questo pomeriggio, così potremo rivederli insieme. È solo routine, capisce, vogliamo semplicemente assicurarci che tutto sia in ordine».

Quando gli agenti le passarono accanto uscendo dal negozio, la salutano gentilmente con un cenno del cappello. Li osservò attraverso la vetrina mentre salivano in macchina e guidavano lentamente giù per la strada fino a girare l'angolo.

«Cosa è successo? C'è stata un'altra irruzione?»

Luca guardò il negozio disgustato. «Che palle! Sembra che gli agenti abbiano ricevuto una soffiata che ha messo in discussione alcuni dei miei affari. "Qualcuno" ha suggerito che potrei vendere dei falsi. Stanno controllando la documentazione di un dipinto che ho venduto di recente».

Dal modo in cui aveva detto "qualcuno", Nora sapeva che intendeva il signor Falconi. «A quale pezzo si riferiscono?», chiese.

«Il dipinto di cui discutevamo qualche tempo fa, quello della ragazza della spinetta. Hanno bisogno di rivedere la provenienza del dipinto. L'uomo che l'ha acquistato da me qualche giorno fa è andato dalle autorità dicendo che l'ho fregato. Quindi ora vogliono aprire un'indagine».

«Ma hai controllato e verificato tutto», disse.

«Si l'ho fatto. Ho controllato tutto accuratamente e mi sono documentato prima di acquistare il lotto. Tutto è stato autenticato».

«Bene. E allora perché questa cosa è esplosa all'improvviso?»

«Questa è una bella domanda!»

«Che bisogna fare ora?»

«Come hai appena sentito, devo andare più tardi con tutta la documentazione di ogni oggetto che ho venduto il mese scorso. Quindi dovrò verificare nuovamente la dimensione del dipinto per vedere se è in accordo con le dimensioni originali. Vogliono sapere se il dipinto è stato ritagliato da una tela più grande o se è stato sottoposto a una manipolazione di qualche modo. La maggior parte delle volte, i falsi sono solo copie goffe che cercano di imitare la mano di un maestro, e di solito possono essere facilmente rilevati».

In quel momento, Egidio entrò nel negozio. «Ho visto il trambusto. Che cosa è successo?».

Luca lo aggiornò rapidamente sul recente corso degli eventi, spiegando ciò che aveva appena detto a Nora.

«E pensi che ci sia dietro Ruggero Falconi?», chiese Egidio. «Lo conosco da anni, ma ultimamente la sua mente sembra offuscata».

«Volete sentire una cosa divertente?», rifletté Nora. «Ho visto il signor Falconi l'altro giorno nella chiesa di Santa Margherita, quando sono andata a Cortona con Juli. Sul momento ho pensato che fosse un po' strano. Lo vedo così raramente da queste parti, e poi mi sono imbattuta in lui lì e...»

Luca alzò lo sguardo curioso. «Falconi? A Cortona? È strano».

«Pensavo fosse lì per rendere omaggio a Santa Margherita ma, mentre era lì, ha anche incontrato un uomo in una delle cappelle della chiesa».

«Che aspetto aveva l'altro?», chiese Luca.

Nora ci pensò un momento. «Beh, era un tipo sospetto, ma non sono riuscita a sentire quello che stavano dicendo. L'uomo aveva i capelli molto corti, era quasi calvo... e aveva sul braccio un tatuaggio davvero selvaggio. Mi è sembrato interessante che parlasse con il signor Falconi. Erano una strana coppia».

Luca la interruppe. «Un tatuaggio, che tipo di tatuaggio?»

«Ecco, lascia che te lo mostri. Mi conosci, fotografo sempre le cose più strane... gabbiani, tatuaggi, santi in teche di vetro. Stavo per postarlo su Facebook». Prese il telefono e cercò tra le foto. «Guarda! Ecco Santa Margherita esposta in tutta la sua gloria». Sollevò lo schermo perché Luca potesse vederla, ma dall'espressione sul suo volto, santo o non santo, chiaramente non era dell'umore di contemplare il cadavere di qualcuno in quel momento.

«Okay, okay», disse: mentre lui le indicava con impazienza di sbrigarsi. «Ecco qui. Non è la miglior foto che abbia mai scattato; l'ho leggermente illuminata per migliorare l'immagine».

Luca le prese il telefono ed entrambi studiarono l'immagine. «Beccato! Questo è l'uomo che ha comprato il dipinto. Dimostra che il vecchio c'entra qualcosa con tutto questo. È stato sempre una spina nel fianco in questi ultimi due anni, ma questa è la prima volta che ne ho le prove. Falconi deve essersi svampito. Come hai detto tu, Egidio, è un vecchio pazzo».

«Sì, alcuni di noi invecchiano meglio di altri», disse il signor Michelozzi con un pallido sorriso. «Non mi ha mai ascoltato in passato, ma penso che farò comunque una piccola chiacchierata con il mio amico Ruggero. Sai... c'è molto passato tra noi. Forse stavolta potrò mettere un po' di buon senso in quella sua vecchia zucca».

«Sì, fallo. Digli che Donati gli sta addosso. Digli che sono stanco dei suoi giochi meschini e di smettere per sempre.»

Dopo che Egidio se ne fu andato, Nora disse: «Sai, ero dispiaciuta per Falconi l'altro giorno. Sembrava così solo».

«Non ho tempo di preoccuparmi dello stato della sua anima ora. Sono più preoccupato che potrebbe aver fatto qualche altro danno».

«Tipo cosa?»

«Se Falconi avesse fatto qualcosa di più, come inserire un falso dipinto nel lotto, in qualche modo? Ecco cosa farò. Ho intenzione di rivedere tutta la spedizione per essere sicuro che non ci siano dubbi. Non posso permettermi di avere un dipinto contraffatto tra le mani».

Valutando il lavoro che doveva essere svolto, Nora iniziò a rimboccarsi le maniche e chiese: «Allora, da dove iniziamo? Come posso aiutare?»

Lui le fece cenno di seguirlo nella stanza sul retro. «Puoi darmi una mano a controllare questi dipinti».

Nora lanciò un'occhiata e vide alcune tele poi si chinò per vederle meglio. Al di sopra della sua spalla, lei chiese: «Cosa sto cercando?»

«Cerca segni di manomissione al limite del telaio», disse Luca.

Nora studiò un dipinto, poi ne prese un altro. Ma non vedendo nulla fuori dall'ordinario, si alzò e si trovò faccia a faccia con il quadro di Santa Margherita dipinto dal nonno di Luca.

«Vuoi sentire qualcosa di interessante?», gridò Nora. «Ho appena appreso da Marco che Santa Margherita è la patrona dei falsi accusati.

Forse dovresti trattarla un po' meglio. Forse è ora di darle un po' di rispetto e trovare un posto migliore dove appendere il suo ritratto. Dopotutto, la santa è omonima di tua nonna, e l'ha dipinto tuo nonno».

Mentre continuava a studiare il dipinto, un raggio di sole mattutino attraversò la finestra, colpendo la tela come un riflettore. Nora osservò la luce colpire a superficie della tela, rivelando una trama irregolare. Inclinò la testa da un lato e guardò seria.

«Ehi, Luca, vieni qui un minuto», disse lei emozionata.

«Che cos'è? Hai trovato qualcosa?»

Quando fu in piedi direttamente dietro di lei, disse: «Non mi interessa quel dipinto, Nora. Controlla quelli...»

«Aspetta», disse Nora. «Guarda attentamente questo, prima». Indicando l'angolo a destra, lei chiese: «Che cosa ti sembra?»

Luca osservò di sbieco la tela. «A cosa stai pensando?»

«Forse è solo la mia immaginazione, ma mi sembra di vedere un po' di "pentimento"».

Si sporse più vicino e chiese: «Vedi i segni di un'altra pittura sotto?»

«Sì», disse Nora. «Vedi? Proprio qui. Potrebbe significare qualcosa, o forse no».

«Diamo un'occhiata più approfondita», disse Luca mentre sollevava il dipinto dal muro. A una distanza più ravvicinata, Nora osservò come la santa guardasse verso il cielo e avesse una mano al petto. Santa Margherita sembrava l'immagine della pietà. I misteri della sua religione erano protetti nel suo cuore generoso. Forse. Oppure la signora stava nascondendo un altro segreto.

«Questo era uno dei dipinti di tuo nonno, giusto?», chiese Nora. «Cosa pensi che stesse facendo»?

«Forse riciclava tele e dipingeva su un'immagine precedente. O forse stava aggiustando il lavoro di qualcun altro...»

Nora e Luca si scambiarono un'occhiata. «Non pensi...»

Senza aggiungere altro, Luca andò nella stanza sul retro e tornò con un panno di cotone morbido e un leggero solvente. Li usava spesso per pulire i dipinti prima di metterli in vendita. Applicò un po' di liquido sul tessuto e iniziò a strofinare l'angolo della tela, lavorando in piccoli cerchi concentrici. Dopo un momento, lo esaminò e lo tese a Nora. Il tessuto mostrava tracce di macchie scure, ma non erano il frutto di anni di sudiciume. Erano, invece, alcuni dei pigmenti superficiali rimossi.

«Questo ovviamente non è il tipico colore a olio», osservò Nora. «La consistenza è più simile alla pittura a tempera, e sta venendo via troppo facilmente».

Inclinando la tela all'indietro, fu possibile scorgere uno sfondo indaco che emergeva nell'angolo a cui stavano lavorando. Desiderosa di scoprire cosa si nascondesse sotto la copertura, Nora prese un secondo straccio di cotone e cominciò a strofinare la superficie con movimenti delicati.

«È incredibile», disse Luca stupito. «Per quanto ricordi, il dipinto di Margherita è sempre stato appeso qui nel retro del negozio sopra il banco da lavoro. Ricordo di averlo visto da ragazzo, ma non ci ho mai badato più di tanto».

Continuarono i loro sforzi e quindici minuti dopo, mentre il sottile strato superficiale si dissolveva e il volto pio di Santa Margherita svaniva, fu sotituita da un'altra—quello di una donna con perle intrecciate tra i capelli e una carnagione alabastrina.

«Non è possibile!», disse Nora, strofinando lo straccio sulla superficie della tela con movimenti abili. Insieme lavorarono diligentemente e dopo altri dieci minuti, fecero un passo indietro con gli occhi spalancati e si guardarono l'un l'altro.

«Non ci posso credere», mormorò Luca. «Chi l'avrebbe mai immaginato...»

Con un quarto del "pentimento" rimosso videro il soggetto originale del dipinto: la principessa de' Medici e sua madre. Era il dipinto del Bronzino che il nonno di Luca aveva fatto uscire di nascosto da Parigi su un camion della Croce Rossa. La tela non era andata distrutta durante la guerra. Federico si era assicurato che i nazisti non la ritrovassero dipingendoci sopra e nascondendola sotto il loro stesso naso.

In un silenzio attonito, fissarono il dipinto perduto di Isabella.

«Buongiorno, principessa!», sussurrò Nora. «Lieta di incontrarti anche qui».

Capitolo 28

Tutta la Verità

*E*gidio si fermò davanti a una porta in un quartiere di Porta del Foro. Era mezzogiorno e, ad eccezione di un cane sdraiato all'ombra in cerca di sollievo dal caldo, la strada era deserta. Mentre riparava gli occhi dal bagliore del sole che scintillava sugli edifici bianchi, notò che il cielo era punteggiato da nubi cumuliformi. Sperò che portassero pioggia e un po' di refrigerio durante le ore serali altrimenti l'indomani, alla giostra, il pubblico seduto sugli spalti avrebbe sofferto molto il caldo.

Risolutamente, riportò la propria attenzione al motivo per cui era andato in quella particolare porta. Era una parte della città dove raramente metteva piede e sapeva di non essere il benvenuto.

Proprio mentre sollevava la mano per bussare, Ruggero spalancò la porta.

«Ti ho visto dalla finestra. Cosa vuoi?», domandò l'uomo.

«Anch'io sono felice di rivederti, Ruggero, posso entrare? È ora di parlare».

Ruggero non disse nulla. Osservò l'altro uomo e socchiuse gli occhi, dicendo: «Entra, se devi, ma non ho niente da dirti».

Si girò e si trascinò per il corridoio poi, con un cenno della mano, indicò ad Egidio di seguirlo. «Chiudi la porta, vecchio, stai lasciando entrare il caldo».

Egidio si ritrovò in un salotto buio, ingombro di carte e vassoi di cibo. Sembrava la caverna di un eremita, lugubre e deprimente. Alle pareti c'erano immagini di stalloni e sullo schienale di una sedia una fascia rossa e dorata, i colori della Porta del Foro. Sparse sul tavolo c'erano alcune fotografie, e in una di esse riconobbe la moglie di Ruggero che teneva la mano di Carlotta quando la bambina aveva circa sette anni.

Egidio si diresse verso la finestra. Guardando in basso, vide che il cane era uscito dall'ombra e ora stava arrancando per la strada. Immaginò che fosse affamato e che sarebbe andato in cerca di avanzi di cibo. Si girò verso Ruggero e chiese: «Ti spiace se apro le imposte e faccio entrare un po' più di luce nella stanza?».

Senza aspettare una risposta, aprì gli scuri. Un raggio luminoso attraversò l'oscurità, creando un quadrato di luce sul pavimento. La polvere danzava nell'aria, e il silenzio era pesante. Dall'altra parte della strada si sentivano piatti che tintinnavano e le voci dei vicini che si chiamavano dalle loro terrazze.

Schermandosi il viso, Ruggero rabbrividì come se l'improvvisa esplosione di luce disturbasse i suoi occhi avvezzi all'oscurità. Sbatté le palpebre un paio di volte prima di chiedere: «Beh, non sei venuto qui solo per aprire le finestre, vero?»

Egidio lo guardò per un momento. Si tolse il cappello e spazzò via un filo di lanugine dai pantaloni stirati con cura. Di nuovo, notò che l'altro uomo non stava affatto bene. Avevano la stessa età e avevano frequentato la scuola insieme. Notando le macchie di vino secche sulla maglietta di Ruggero e i suoi capelli disordinati, Egidio si rese conto di quanto fossero diversi. Lui manteneva una postura eretta e provava ancora piacere nel proprio lavoro e nella cura del proprio aspetto, mentre Ruggero sembrava sgualcito e infranto.

«Bene», domandò Ruggero con impazienza. «Che cosa stai aspettando? Mi pare di capire che abbia qualcosa in mente. Fuori il rospo... ho cose da fare».

«Ruggero». Si fermò e indicò una sedia. «Sembri stanco, dovresti sederti».

Quando l'altro uomo lo ignorò e continuò a stare in piedi, Egidio sospirò. «Fa' come ti pare. Penso che tu sappia perché sono venuto. Ho bisogno di parlare con te di Luca Donati».

«Che gli è successo?»

«Recentemente c'è stato qualche inconveniente», rispose Egidio. «Oggi Luca ha ricevuto una visita dei carabinieri, e ora è sotto inchiesta. Ha venduto un dipinto a qualcuno, e ora l'acquirente sostiene che sia un falso».

Ruggero sorrise. «Beh, allora devono fare dei controlli. Se lo merita».

«È assurdo», rispose Egidio. «Qualcuno ti ha visto l'altro giorno a Cortona con l'uomo che ha comprato quel quadro da Luca. Non hai fatto abbastanza danni nel corso degli anni? Perché stai continuando questa guerra?»

Ruggero rispose con rabbia: «Di cosa stai parlando? Sei pazzo? Quale guerra?»

«So che stai tramando come tuo solito. Sei tornato ai tuoi soliti trucchi. Andiamo, Ruggero! Sei troppo vecchio per queste cose. È tempo di lasciare andare il passato. Devi lasciare andare anche lei».

Battendo sul pavimento con il bastone, Ruggero disse: «Non lascerò mai andare Carlotta e il dolore che lui le ha provocato. È stato la causa della sua morte».

«Non sto parlando di Carlotta. Sto parlando di Margherita».

Egidio guardò Ruggero fare un passo indietro e sprofondare in una sedia imbottita accanto al camino.

«Tu lo sai che la morte di Carlotta è stata un terribile incidente. Luca è un brav'uomo, e non è stata colpa sua. Ha fatto del suo meglio per aiutarla».

Egidio si guardò intorno nella stanza triste, poi guardò direttamente verso l'altro uomo. «Tu, vecchio amico... tu, d'altra parte, hai dei peccati da confessare».

«Di cosa stai parlando?», Ruggero mostrò un'espressione bellicosa e, per il modo in cui la gamba si contraeva, Egidio sapeva di aver appena toccato un punto particolarmente dolente.

«Sai benissimo di cosa sto parlando», disse Egidio. «Devi assumerti la responsabilità delle tue azioni passate. Tutta la rabbia e il risentimento che hai nutrito in questi anni... alla fine, è stata solo un'amarezza mal riposta. E ti sta mangiando vivo».

Ruggero rimase seduto, senza parole, ed Egidio continuò: «Non hai punito abbastanza Margherita? Non puoi continuare a incolparla di non averti amato, di aver amato Federico. So quanto ti sei preso cura di lei, e lei ti ha sempre voluto bene. Sono anche consapevole di una cosa che tu non ammetterai mai. Sono l'unico che sa il tuo segreto».

«Sa cosa... quale segreto?» Ruggero chiese stringendo gli occhi, «Dimmi, Michelozzi, che cosa sai esattamente?»

«So che sei stato tu a denunciare Federico ai tedeschi. So anche che sei stato tu ad ucciderlo».

Il ticchettio dell'orologio da mensola sembrò aumentare di intensità in quell'aria greve di vecchi rancori.

Alla fine, Ruggero esplose: «È ridicolo! Assurdo. Credi che io sia matto? Bene, sei tu che dovresti farti vedere».

Alzando il bastone in aria, urlò: «Tutti sanno che ho fatto tutto ciò che potevo, ecco perché ero lì quel giorno. Ho detto a Margherita che avrei parlato con il comandante tedesco. Le ho promesso che avrei fatto tutto quanto era in mio potere per rimediare al mio errore. Ho mantenuto la mia parola e sono stato io a far liberare suo padre. Quella è la prova di cui hai bisogno. Ero lì quel giorno per aiutare Margherita. Non sono responsabile per la morte di quel miserabile pittore. Tutti sanno che furono i tedeschi ad ucciderlo. Era morto quando sono arrivato. Ho fatto tutto...»

Egidio lo interruppe: «Ero lì. Ho visto tutto».

Di nuovo il ticchettio dell'orologio riempì la stanza di un suono assordante mentre Ruggero lo guardava incredulo.

«Ero a Villa Godiola il giorno della morte di Federico», disse Egidio in tono piatto. «So cosa è successo veramente».

«E come avresti potuto vedere qualcosa?»

Egidio resse con fermezza lo sguardo dell'altro: «Mio padre mi mandò lì quel giorno per consegnare un ciondolo che uno degli ufficiali tedeschi aveva ordinato per sua moglie».

«E questo cosa c'entra con me?», domandò Ruggero.

«Margherita venne da noi poco dopo che Bernardo e Federico erano stati presi dalla Gestapo. Sperava che tu potessi aiutarla a farli rilasciare».

Ruggero disse: «Vedi... te l'ho detto...»

Egidio lo interruppe. «Ma noi non ci fidavamo di te. Nessuno lo faceva allora. Sapevamo che collaboravi con la Gestapo».

Quando Ruggero rimase in silenzio, Egidio continuò: «Avevamo bisogno di un piano per far entrare qualcuno nel quartier generale tedesco e scoprire cosa fosse successo a Bernardo e Federico. Consegnare il pacchetto con il gioiello era la copertura perfetta. Dopo aver lasciato il pacco sono stato congedato ma, invece di andare via, ho pedalato giù per la strada e sono rientrato nella proprietà da una via laterale nascosta. Sapevamo che i detenuti erano rinchiusi negli edifici esterni alla villa, vicino alle scuderie».

Guardando Ruggero, ricordò quel giorno di tanto tempo prima. «Mentre mi avvicinavo ai granai, sentii la tua voce. Sono scivolato in una delle stalle e ti ho visto nel fienile, mentre parlavi con Federico. All'inizio, nel sentire la sua voce mi sono sentito sollevato—almeno non era stato mandato a nord in un campo di prigionia. Ero felice che fosse ancora vivo ma, quando lo vidi, rabbrividii per il modo in cui era stato maltrattato. Le mani erano strette da una corda e il suo viso era stato picchiato tanto da renderlo quasi irriconoscibile».

Schiarendosi la voce, Egidio tirò fuori un fazzoletto. «Non ero sicuro del motivo per cui tu fossi lì a parlare con lui. Speravo che volessi aiutare a liberarlo ma, mentre guardavo e ascoltavo, ho sentito i tuoi insulti e le tue provocazioni. All'inizio, Federico non ha reagito. L'ho visto ascoltare i tuoi insulti, ma sembrava che ti sentisse a malapena». Usando il panno per asciugarsi la fronte, Egidio riprese: «Ma poi ti vidi strattonare la corda, tanto che lui inciampò e cadde a terra. Provocato ed esasperato, Federico si alzò e ti colpì con i due pugni legati insieme. È stato allora che voi due avete iniziato a lottare».

Egidio attese che Ruggero dicesse qualcosa, ma quello rimase muto. Chiudendo gli occhi, come cento volte prima di allora, Egidio fece passare la scena nella propria mente. Vide Ruggero afferrare un blocco di legno dal mucchio accatastato nel granaio. Quando Federico si spostò per schivarlo ed evitare di essere colpito al petto, perse l'equilibrio; cadde all'indietro e sbatté la testa contro il muro di pietra.

Aprì gli occhi e disse: «Ho visto Federico crollare e ho visto la pozza di sangue vicino alla sua testa. Capii subito che non si sarebbe più alzato». Facendo scivolare il fazzoletto in tasca, aggiunse: «Credo davvero che tu non volessi uccidere Federico quel giorno nelle stalle. Eri terrorizzato dopo che lui cadde. Ti ho visto buttare via il blocco di legno e cercare di aiutarlo a rimettersi in piedi. Ma i tuoi sforzi sono stati inutili». Scuotendo tristemente la testa, concluse: «È stata una lotta di cui si è perso il controllo».

Ruggero non disse una parola, ma la sua postura lo tradì. La sua testa ciondolava pesantemente formando un angolo innaturale con la colonna vertebrale, come se il suo corpo non potesse più sopportarne il peso. Era il ritratto di un uomo sconfitto.

«Volevo che fossi tu a dirlo a Margherita», disse Egidio, «Ma, invece di dire la verità, hai coperto tutto. Sei tornato da lei, l'hai fissata dritto negli occhi e le hai mentito. Sei stato tu a renderla vedova quel giorno... non la guardia tedesca come hai detto a tutti. Hai vissuto con quella bugia da allora».

Respirando lentamente, Ruggero alzò la testa e disse: «Se fosse vero, perché non ti sei fatto avanti anni fa con questa ridicola accusa?»

«Era un tempo di guerra e le cose erano confuse. Ero nel quartier generale nazista e nessuno mi avrebbe creduto. Non potevo attirare l'attenzione sugli affari di mio padre o mettere in pericolo la mia famiglia».

«E dopo la guerra? Perché non hai detto niente allora?»

«Forse avrei dovuto, ma c'erano stati già troppi morti. Dopo la fine della guerra abbiamo dovuto raccogliere i pezzi e andare avanti. Stavo per dire qualcosa, ma poi ti ho visto aiutare Margherita e suo padre—guidato dal senso di colpa che provavi, immagino—offrendo loro assistenza e denaro per far ripartire gli affari. Mi sono reso conto che non avevo la forza di dirle cosa era successo quel giorno. Aveva bisogno del tuo sostegno, non di essere gravata da più dolore. Perciò sono rimasto zitto. Il tempo passava, gli anni passavano e i nipoti si innamorarono, e ancora una volta sembrò meglio lasciare che le cose rimanessero nel passato».

I due uomini rimasero un momento in silenzio. Attraverso la finestra aperta sentivano le campane di San Donato. Egidio tornò alla finestra. «Di recente qualcosa è cambiato dentro di te. Forse se io avessi detto qualcosa e tu fossi stato obbligato ad affrontare le tue responsabilità... forse avresti ritrovato un po' di pietà».

Ruggero mormorò qualcosa sottovoce, ma Egidio non riuscì a capirlo. «Cosa hai detto? Parla».

Ruggero sussurrò rauco: «Non ho mai voluto che morisse. Devi credermi. Sono andato lì per fare come aveva chiesto Margherita, ma ero ubriaco, mi sono arrabbiato... le cose mi sono sfuggite di mano. Volevo solo farlo arrabbiare...»

Egidio studiò l'uomo per un momento. «Adesso hai la possibilità, Falconi, di dire tutta la verità. Fallo per amore di Margherita. Inizia ritirando le false accuse che hai fabbricato contro Luca. Lui non ha niente a che fare con tutto questo».

Mentre si voltava verso la porta, aggiunse: «È ora, Ruggero. È ora di perdonare Margherita e lasciarla andare. Allora forse sarai in grado di perdonare te stesso».

Capitolo 29

La Giostra

*I*l cuore di Nora batteva al ritmo dei tamburini. Era in fondo alla lunga processione con altri signori e signore, in marcia verso Piazza Grande e il torneo. Davanti a loro cavalcavano i giostratori insieme ai membri di ciascuna delle contrade. Anche da dietro, si poteva sentire la folla esultare selvaggiamente per i propri eroi.

Luca era in testa al corteo, vestito con un lungo mantello blu, e camminava a fianco dei cavalli e degli altri allenatori che rappresentavano Santo Spirito. Oggi, come in passato, guidava i giostratori fino alla linea di partenza.

Nel suo costume rinascimentale, Nora si sentiva a proprio agio tra il tripudio della folla e il suono delle fanfare. Alla giostra precedente, appena arrivata ad Arezzo, lei era stata solo una spettatrice. Ora rappresentava la principessa de' Medici!

Accanto a lei c'erano Marco e Juliette, e davanti a loro una fila di uomini vestiti con tuniche dai colori vivaci, calzamaglie e cappelli piumati. Momentaneamente distratta dal suono di trombe, l'intera assemblea si fermò e guardò gli sbandieratori iniziare a volteggiare e lanciare i loro stendardi in aria. Nora si meravigliò quando gli uomini li afferrarono con precisione e abilità.

Aspettò che lo spettacolo finisse, e mentre lo faceva si guardò attorno e fece un cenno alla folla esultante che solcava la strada.Quando la processione riprese a muoversi, intravide il proprio riflesso in una vetrina vicina: sembrava quasi che Isabella la salutasse dal bordo campo.

Osservò la propria immagine con piacere. Non avrebbe potuto essere più felice dell'abito che i costumisti avevano scelto per lei. Il corpetto di velluto blu scuro era attillato e rifinito di perline. Aveva una gonna ampia che si separava al centro per rivelare una sottogonna di seta ricamata d'oro. Il taglio a V del vestito formava una scollatura piuttosto provocante, ornata da un pizzo spumoso che incorniciava perfettamente il ciondolo di Isabella. Sembrava una perfetta signora del Rinascimento, con i capelli raccolti e fissati con un pettine intarsiato di gioielli.

In piazza la formazione si ruppe. Con l'aiuto di Marco, che tese le mani a entrambe, Juliette e Nora salirono le scale fino alla grande pedana. Lì presero posto accanto agli altri delegati. Proteggendosi gli occhi dal sole, Nora indirizzò lo sguardo verso l'altro lato della piazza, l'inizio della pista, e vide Luca che teneva le redini di un cavallo.

Riportò la sua attenzione al centro della piazza e osservò lo spettacolo del pre-partita. Un altro drammatico squillo di trombe annunciò l'arrivo dei dignitari della città. Seguito da vicino dal sindaco e da sua moglie, Nora vide Egidio mentre si sistemava poche file sotto di lei, nella sezione riservata agli uomini d'affari di spicco. Lo chiamò per salutarlo calorosamente.

Mentre controllava la scena, notò che c'erano alcuni posti a sedere che erano ancora vuoti. Quando lo fece notare a Marco, lui scrollò le spalle e disse: «Uno è riservato a Falconi». Guardandosi intorno, aggiunse: «Però non lo vedo qui oggi. Ruggero non perde mai la giostra. Mi chiedo perché non sia ancora arrivato...».

L'inizio del gioco non diede tempo a Nora di riflettere ulteriormente sull'assenza di Ruggero. Lei, insieme alla folla frenetica, osservò il primo giostratore correre su per il pendio. Dopo che il cavaliere ebbe colpito il bersaglio, uomini vestiti con pantaloni e copricapo arabeggianti corsero ad afferrare il cartellone del punteggio, facendo attenzione a non essere colpiti dal manichino del saraceno.

Ci fu una breve pausa mentre i risultati del cavaliere venivano giudicati da un gruppo di uomini e donne vestiti con fluenti tuniche rosse e berretti bianchi. La folla trattenne il fiato con impazienza: molti speravano che il loro eroe di quartiere guadagnasse molti punti, mentre le squadre avversarie si auguravano che ne meritasse pochi. Mentre aspettavano, iniziarono a sbattere i piedi sui gradini degli spalti di metallo, facendo un rumore assordante.

Alla fine, i risultati vennero annunciati, gli applausi riempirono la piazza e fu il turno del giostratore successivo. Durante la carica dei cavalieri il manichino di legno ruotava selvaggiamente sul suo supporto, in una scia di colori caotici.

Dopo un'ora, erano rimasti due quartieri a sfidarsi. Se Porta Santo Spirito avesse vinto il round successivo, il quartiere di Luca sarebbe stato proclamato vincitore. Seduta sul bordo del sedile Nora osservò mentre Luca, insieme al cavaliere, raggiungeva la linea di partenza. Mentre gli uomini sfilavano, Nora vedeva l'orgoglio e la determinazione sui loro volti. Non guardavano né a sinistra né a destra, tanto erano concentrati nella loro missione.

Nora vide un commissario vestito di bianco e nero a cavallo avvicinarsi e consegnare al cavaliere la lancia ufficialmente ispezionata. Poi osservò Luca spostarsi di lato, in una posizione da cui avrebbe visto chiaramente il Maestro di Campo che invitava il cavaliere a prendere posto.

Quando il Maestro di Campo abbassò lo scettro, Luca fece segno al giovane ma, invece di avvicinarsi alla linea bianca, il cavallo iniziò a muoversi avanti e indietro, allontanandosi dal fragoroso clamore proveniente dagli spalti. La folla cominciò a cantare di nuovo, facendo spaventare ancora di più l'animale. Il cavaliere cercò di tenere fermo il suo cavallo ma, proprio mentre veniva riportato sulla linea di partenza, quello si sollevò sulle zampe posteriori scuotendo gli zoccoli in aria.

Sembrava che il cavallo fosse fuori controllo, e un grido di sgomento collettivo proruppe dalla piazza. Fu allora che Nora vide Luca andare in aiuto del cavaliere, afferrare il cavallo per le briglie e cominciare a sussurrare all'orecchio dell'animale. Poi, mentre parlava direttamente al giovane, strofinò il naso del cavallo e lentamente lo stallone si rimise in posizione.

Ancora una volta, fiducioso, il giostratore strinse le redini e riprese il controllo dell'animale. Poi, dando di sprono, ad una impressionante velocità cominciò ad attraversare la piazza. Cavallo e cavaliere erano uniti come un solo essere. Era un momento di pura bellezza. Mentre il giostratore si avvicinava alla sua meta, la folla ruggiva con approvazione.

La piazza era un pandemonio di esaltazione.

Dall'altra parte della città, una scena più tranquilla si stava svolgendo in una casa di Porta del Foro. In piedi vicino alla finestra, ascoltando il trambusto proveniente da Piazza Grande, un vecchio guardava la foto in bianco e nero della donna che aveva adorato. Si passò le dita sul viso, ricordando quanto fosse stato felice una volta ma anche i successivi anni di sofferenza. Era stato accecato dalla rabbia, consumato da un terribile odio. Per questo lui stesso l'aveva derubata di qualcosa di bello.

Gli anni erano sfumati, ma lui l'amava ancora, e ora era importante che lei sapesse.

L'uomo alzò lo sguardo quando sentì ruggire la folla, e proprio mentre la lancia del nobile cavaliere trapassava il bersaglio, Ruggero si strinse il cuore per il dolore. Barcollando in avanti afferrò lo schienale di una sedia e, mentre il suo bastone cadeva a terra, sentì aumentare la pressione nel petto.

Mentre la foto gli scivolava dalle mani e si adagiò sul pavimento, l'uomo cadde lentamente a terra, e con il suo ultimo respiro invocò il perdono della sua amata Margherita.

Capitolo 30

Un pezzo di Picasso

*L*uca sollevò Nora e la fece roteare poi, attirandola verso di sé, cominciarono a ballare insieme. Era passata una settimana dalla giostra e il quartiere Santo Spirito si era riunito di nuovo per celebrare la vittoria della loro contrada.

«È lo stesso antico festival», disse, «le stesse antiche tradizioni. Il passato sembra continuare a ripetersi ma, grazie a te, mi sembra di vedere le cose con occhi nuovi».

«Non riesco a pensare a nessun altro posto», rispose Nora «in cui vorrei essere in questo momento».

«Sei stata mandata dal cielo. Dal momento in cui sei caduta tra le mie braccia», disse: «hai dimostrato di essere il mio portafortuna».

«Ah, sì? Per quanto mi riguarda, penso che dobbiamo la nostra buona fortuna alla Dama Bianca, e non a me. Isabella è stata molto buona con entrambi. Sono così felice che abbia deciso di presentarsi e finalmente partecipare alla festa. Non poteva mancare al suo ultimo atto prima del calo del sipario».

Nora ripensò agli eventi della settimana passata. Dalla scoperta del dipinto vi era stata una raffica di attività e Luca era ormai una specie di celebrità locale. Le accuse contro di lui erano state ritirate senza ulteriori complicazioni, e il suo nome tornato perfettamente pulito. Erano cominciati a comparire articoli sul giornale, suscitando molto scalpore. Da un giorno all'altro i suoi affari erano aumentati ed era occupatissimo.

"Il negozio dietro l'angolo" fu inondato dal personale del museo degli Uffizi, e Nora e Luca osservarono con stupore che il dipinto, rimasto appeso per tanti anni nel retro della bottega e a malapena guardato, diventava il centro dell'attenzione di tutti.

Un certo Lorenzo Conti, il curatore della prestigiosa collezione rinascimentale del museo, fu particolarmente entusiasta della scoperta. Dopo alcune ore dalla rivelazione del dipinto, insieme al suo staff di esperti, lo autenticò verificando che si trattasse effettivamente del dipinto del Bronzino.

Parlando con Luca e Nora, aveva detto: «Avevo perso ogni speranza di vedere questo dipinto. È una scoperta incredibilmente significativa, storicamente ed economicamente. Una vera gemma. Bronzino superò se stesso. Basta guardare l'intensità dei colori».

Quando ebbe la prova definitiva di cui aveva bisogno, il signor Conti contattò il Museo del Louvre. Dopo una lunga conversazione, la prima di tante altre a venire immaginò Nora, le autorità incaricate acconsentirono a far restaurare il dipinto e a farlo rimanere agli Uffizi, a condizione che alla principessa e a sua madre fosse concessa una mostra speciale a Parigi l'anno seguente.

«Raccontatemi tutta la storia, dall'inizio alla fine», aveva insistito Lorenzo, e aveva ascoltato mentre Luca spiegava i dettagli di come suo nonno avesse fatto uscire di nascosto il dipinto da Parigi sotto il naso della Gestapo. Contenere a stento il suo entusiasmo, si rivolse poi a Nora, e insieme discussero l'importanza dell'iconografia e quanto fosse insolito avere le due donne dei Medici raffigurate insieme.

Dopo aver appreso della sua parte nel recupero del dipinto e del documentario per la Stanford University "Il Risveglio di Isabella", Conti la invitò a presentare al pubblico il modo in cui era riuscita a svelare il quadro.

Non male per il lavoro di un'estate, pensò Nora: *avrebbe presentato il documentario prima in California e più tardi agli Uffizi.*

Mentre Luca e Nora guardavano i curatori del museo imballare il dipinto da riportare a Firenze, chiacchierarono con la moglie del signor Conti, Sophia. Tra le sue braccia teneva la figlia di cinque anni.

«Ero curiosa di dare una prima occhiata al dipinto», disse Sophia. «Ho sempre avuto un debole per il ritratto del Bronzino della madre di Isabella». Con sorriso cospiratorio, spiegò: «È stata Eleonora, dopo tutto, che mi ha sussurrato di scommettere sull'Italia. E ora il ritratto con sua figlia è stato ritrovato in Italia. Volevo che anche mia figlia condividesse questo momento».

Continuando a ballare con Nora in giro per la piazza, Luca scherzò: «E che cosa ha detto la moglie di Conti, quando le hai detto che Isabella è stata colei che ti ha chiamata in Italia?»

«Abbiamo deciso che ci voleva una donna speciale per incanalare le voci del passato e riportare in vita tali esempi per essere apprezzati da una nuova generazione».

Distendendosi tra le sue braccia, lei disse: «Sai cos'altro le ho detto?»

«Cosa?» disse lui.

«Penso che sia particolarmente appropriato che sia tu, il nipote di Federico, a portare a termine la sua missione e restituire il dipinto del Bronzino al popolo italiano. Sarebbe molto orgoglioso di te».

«Beh», disse Luca, «sono sicuro che la nostra stella sarà felice di tornare a Firenze e di risiedere nella Galleria degli Uffizi».

«Isabella è nota per mostrarsi quando meno te l'aspetti e poi scomparire di nuovo. Dovrò tenerla d'occhio per assicurarmi che rimanga qui per sempre».

«Allora ho ragione nel presumere che anche tu stia pensando di fermarti ancora un po' qui ad Arezzo?»

«Direi che è un buona supposizione», concordò Nora. «Dopotutto, ho un nuovo video su cui lavorare che richiederà una ricerca approfondita. In effetti, ho un particolare interesse per un ex-giostratore e mi piacerebbe intervistarlo più a fondo».

«Mi sembra di ricordare che anche tu sia interessata a qualcosa, come ricominciare a cavalcare...»

«Giusto. Ci sarà molto da fare, non potrei assolutamente andarmene adesso. Penso che la vita con te... beh, diciamo che sarà piena di sorprese».

Quando la canzone finì, gli sussurrò all'orecchio: «Dimmi amore, hai altre famose opere d'arte nascoste in qualche angolo buio in attesa di essere scoperte?»

Luca scosse la testa e disse: «Mi dispiace, sono a corto di dipinti misteriosi. Ma angoli bui... potrei trovarne un bel po'».

«Beh, sembra interessante. Ti confesserò un piccolo segreto—mi sento un po' come Isabella stasera. Devo avvertirti che ho letto i suoi diari, e quella donna non era proprio una santa».

«Ah, sì?», sospirò mentre accarezzava la collana d'oro che pendeva dal collo di Nora, quella che lei aveva creato in onore di Isabella. «Sembri così innocente. Potresti ingannarmi con quel sorriso beato. Ma ora che me ne parli, sto iniziando a vedere un certo bagliore nei tuoi occhi. Perché tu e io non...»

Si fermò a metà frase. Mentre continuava a osservare la collana, una strana espressione si diffuse sul suo viso. «Aspetta! Aspetta un minuto». Prendendola per mano, aggiunse: «Dai. Andiamo».

«Dove stiamo andando esattamente?», chiese lei, divertita da quella improvvisa urgenza. «Abbiamo tutta la sera, perché dobbiamo correre?»

«Lo vedrai tra un minuto».

Nora immaginò che stessero andando a casa sua per trascorrere un momento romantico, invece Luca la condusse in una strada più tranquilla a pochi isolati di distanza. Si fermò davanti ad un elegante condominio e, dopo aver preso una chiave, aprì la porta principale.

Vedendo lo sguardo interrogativo di Nora, Luca le disse: «I Donati sono i proprietari di questo edificio; qui è dove sono cresciuto. Quando mia nonna Nita era viva, aveva il suo appartamento privato al terzo piano».

«Andiamo nell'appartamento di tua nonna? Non è esattamente quello che avevo sospettato».

Luca sorrise. «Tu e Isabella mi avete appena dato un'idea. Ho la sensazione che stiamo per trovare un altro tesoro nascosto». Mentre saliva le scale, Nora fece del suo meglio per tenere il passo. Quando raggiunsero la porta dell'appartamento di sua nonna, lui si voltò verso di lei e disse: «Vediamo se ho ragione».

Senza aggiungere altro, aprì la porta e accese la luce. Nora si guardò intorno ma non vide nulla fuori dall'ordinario. L'appartamento era molto carino. Notò che c'erano delle tende di pizzo alle finestre e, contro una parete, un lungo mobile in legno di ciliegio pieno di vasi di ceramica e piccoli tesori.

Nora si avvicinò a un tavolino e prese una foto. Mostrava una ragazza sorridente e un bell'uomo in piedi in Piazza Grande. Nora riconobbe la Loggia del Vasari dietro di loro.

«Questa è mia nonna Margherita, e accanto a lei c'è mio nonno Federico». Indicò poi un quadro appeso ad una parete e disse: «E questo è uno dei suoi dipinti».

Nora guardò la grande tela. I colori erano audaci ed evocativi, adorabili nella loro confusione asimmetrica. L'esplosione di vernice sulla tela le fece pensare al momento in cui una tempesta era appena passata e la luce del sole penetrava attraverso le nuvole scure.

«Quello era il preferito di mia nonna. La vedevo spesso seduta qui, persa nei suoi pensieri mentre lo ammirava. Ci sono altri dipinti al piano di sotto, e ne ho anche un paio nel mio appartamento».

«Questo è bellissimo. Mi piacerebbe vedere il resto», disse Nora

Prese la foto che Nora aveva ancora in mano e studiò l'immagine dei suoi nonni. «Avrei voluto conoscerlo. Ma questo posto... è proprio come lo ricordo da quando ero ragazzo».

Luca esaminò la stanza. «Abbiamo lasciato le cose come stavano. Nessuno ha avuto il coraggio di rimuovere nulla. Con mia sorella che se n'è andata a studiare in Inghilterra, e i miei genitori che viaggiano così tanto, queste stanze non servono a nessuno».

Gesticolando verso la credenza, disse: «Mia nonna teneva sempre un barattolo di biscotti al cioccolato laggiù. Me ne offriva uno insieme al succo d'arancia che lei stessa preparava. Mentre bevevo la spremuta, mi raccontava le storie su suo padre Bernardo, il mio bisnonno, che aveva dato inizio all'attività di famiglia. Diceva che ci era stato affidato il dono di curare la bellezza e che era nostra responsabilità proteggerla».

Rimase in silenzio per un momento a contemplare quel ricordo. «Attraverso le sue parole, Bernardo e Federico hanno continuato a vivere. Li descriveva come uomini che si erano ribellati al sistema e che non erano mai indietreggiati di fronte all'ingiustizia». Riguardando i dipinti di suo nonno, disse: «Diceva che io assomigliavo a loro».

«Aveva ragione», rispose Nora. «Sei come loro».

«Era così orgogliosa dell'arte di mio nonno. Posso ancora sentirla dire: "Luca, ricorda sempre che l'espressione creativa è la massima libertà, e non dovrebbe essere presa alla leggera. Se una persona non può esprimersi, praticare apertamente la propria religione o dipingere ciò che vuole, non potrà mai essere veramente libera».

Poi aggiunse affettuosamente: «Era una donna affascinante ma pure determinata».

«Posso ben immaginare. Dalle storie che mi hai raccontato di lei, mi sembra di conoscerla anch'io. Quindi... dimmi di nuovo perché siamo qui? Qualcosa su un tesoro nascosto?»

Luca si voltò verso di lei e sorrise. «Guarda laggiù», disse. Allungandosi, tirò la catena di ottone di una piccola lampada che si accese e illuminò delicatamente una nicchia nell'angolo opposto della stanza.

«Vedi quel baule? È quello con i compartimenti segreti che Bernardo ed Egidio hanno costruito per Margherita, perchè ci mettesse i suoi beni più preziosi».

Nora si avvicinò al baule, si inginocchiò e cominciò a giocherellare con i pannelli, cercando una molla per aprire gli scompartimenti. «Quindi è questo? Pensi che ci sia qualcosa nascosto dentro e che io possa scoprirlo?»

Lui la guardò e rise: «No, niente affatto. Ci giocavo, da bambino. Ho aperto tutti i cassetti. Non c'è nulla di nascosto dentro».

«Bene, allora?», fece lei con tono esasperato. Si alzò in piedi e si mise le mani sui fianchi. «Dove altro potrebbe esserci un tesoro nascosto in questo appartamento?»

«Vedi il dipinto appeso sopra il baule? Mio nonno Federico lo diede a mia nonna la prima notte di nozze. Le disse di prendersene cura e di non perderlo mai di vista».

Nora notò per la prima volta un dipinto di dimensioni modeste, circa un metro per un metro.

«È sempre stato appeso lì», disse Luca. «L'ho visto per tutta la vita e non ci ho mai pensato molto... fino a stasera. Cosa hai detto quando stavamo ballando, su santi e madonne? Poi ho visto la collana di Isabella e ho pensato alla nostra recente scoperta. Bene, ho capito in un attimo».

Nora gli rivolse un cipiglio perplesso. «È solo un dipinto della Vergine col bambino».

«Dai un'occhiata più da vicino. Forza Nora. Non vedi niente di particolare in questo dipinto?»

Sentendosi sfidata, Nora focalizzò la sua attenzione sull'immagine. Notò di nuovo una Madonna serena che teneva in braccio un bambino paffuto; c'era anche un cagnolino rannicchiato ai suoi piedi. Sopra la testa di Maria c'era una colomba che volava. Nel tranquillo pascolo raffigurato sullo sfondo riusciva a distinguere i dettagli di un piccolo toro.

«Sembra un tipico dipinto settecentesco, dolce e bucolico. L'unica cosa insolita è il cagnolino». Voltandosi verso di lui, aggiunse: «Di solito non si vedono cani associati alla Vergine Maria... tuttavia non mi sembra inverosimile».

«E...», suggerì Luca, mentre apriva un cassetto in cucina e tirava fuori una piccola torcia elettrica, delle forbici e un paio di pinze. Puntò il raggio verso il dipinto. «Cos'altro noti?»

«Non lo so. Non mi sembra così straordinario».

«Cosa pensi del volto della Madonna?»

Nora cominciò a setacciare mentalmente tutte le immagini della Madonna che aveva visto in passato. Mentre analizzava attentamente le guance di alabastro della Vergine, le labbra color rosa e il naso delicato, fu colpita da uno strano senso di familiarità.

«Beh, ora che me lo dici, l'ho già vista prima...», avvicinandosi, aggiunse: «Per certi versi, questa Madonna mi ricorda la Santa Margherita che tuo nonno ha dipinto sulla tela del Bronzino... e il cane... è lo stesso cane!»

Nora si fermò e si voltò. «No! Non crederai...»

Luca sollevò il dipinto dal muro ed esaminò il retro della tela. Con attenzione lo posò sul tavolo della sala da pranzo e staccò il legno della cornice. Nora osservò mentre con le pinze Luca allentava i chiodi che tenevano insieme il telaio. Dopo un po' di delicato lavoro, estrasse le spille e il telaio si aprì. Sotto il dipinto della Madonna col bambino, avvolto in una carta, c'era un pacchetto nascosto.

Luca ridacchiò all'espressione sbalordita di Nora. «Sembra che il mio intuito fosse giusto. Sei davvero il mio portafortuna».

«Ma cos'è?», chiese lei.

«Scopriamolo». Mentre parlava, tolse l'involucro protettivo e Nora trattenne il respiro. Era un dipinto fatto con vernice a tempera nera, grigia e bianca. I tratti audaci ed espressivi che definivano le immagini del toro e della colomba erano fin troppo familiari.

«È uno studio per *Guernica*», sussurrò Nora, sopraffatta da timore reverenziale. «Ma pensavo che i dipinti di Picasso che tuo nonno trafugò da Parigi fossero stati mandati alla galleria di Rosenberg a New York».

«Sì. Infatti. Bernardo e Federico sono riusciti a portarli fuori dall'Italia senza essere scoperti, e ora sia quelli che i quadri di Matisse sono esposti al Metropolitan Museum».

«Allora perché», chiese Nora, «questo dipinto è qui? Perché non ha mandato questo insieme agli altri? A chi appartiene?»

Luca alzò gli occhi per incontrare quelli di Nora e scosse la testa. «Non lo so».

Guardarono il dipinto ancora per qualche istante, e poi con attenzione lo girarono. Insieme lessero la nota scritta in grassetto sul retro.

A Federico - Amico mio. Nessun uomo è
veramente libero se non può esprimere i propri pensieri.

Luca guardò Nora e un lento sorriso si allargò su entrambi i loro volti. Incredibilmente, tenevano tra le mani una piccola opera di Picasso. Accecati dall'enormità della loro scoperta, si limitarono a fissare increduli l'audace disegno. Ancora una volta sembrava che Isabella avesse indicato la strada, aiutandoli a scoprire un altro dipinto che era stato nascosto e perduto.

Compresero che quel potente disegno, un capolavoro che denunciava la tirannia e l'oppressione, era stato un dono fatto a Federico dal leggendario artista spagnolo. Non volendo mettere in pericolo la famiglia, ancora una volta Federico aveva nascosto quell'eredità pensando poi di liberarla quando il mondo sarebbe stato un posto più sicuro, in cui tutti potevano esprimersi liberamente.

«L'arte è la bugia che ci fa capire la verità», aveva detto una volta Picasso, e aveva ragione. Non si dovrebbe mai sottovalutare il suo impatto, perché il semplice tocco di colore sulla tela, le parole coraggiosamente accarezzate con una penna, o le note eloquenti di una canzone hanno il potere di cambiare un uomo, una nazione, persino il mondo.

Che cosa incredibile, pensò Nora, *che insieme lei e Luca fossero stati destinati ad avere un ruolo nel salvataggio di due capolavori così diversi nello spettro della bellezza e dell'espressione creativa.* In quel preciso momento, si sentì parte di qualcosa più grande di lei. Riusciva a sentire le voci di tante persone—quelle di Isabella e Margherita erano le più forti di tutte—e percepire la loro gioia, sapendo che i loro sacrifici non erano stati vani.

Nora pensò a qualcos'altro che Picasso aveva detto: *"Ci sono solo due tipi di donne nel mondo - dee e zerbini."* Aveva ragione anche su quello. C'erano donne che sostenevano ciò in cui credevano, vivevano grandi e audaci vite, ed amavano intensamente, e poi c'erano quelle che lasciavano che la vita scivolasse loro addosso, spaventate dall'idea di realizzare il loro pieno potenziale. Dopo la scorsa estate ad Arezzo, sentì di essere egregiamente passata da quest'ultima categoria alla prima.

La sua missione di risvegliare la principessa dei Medici l'aveva presentata a due donne straordinarie—Isabella e Margherita. Le lotte e i trionfi di una principessa e di un partigiano avevano incoraggiato e ispirato Nora, aiutandola a liberare la propria dea interiore. Nell'arco di pochi mesi, era passata da sola seduta su una spiaggia desolata, ossessionata dalle sue scelte, alla cima di una montagna in Italia, gridando in giubilo, sicura di essere diretta nella giusta direzione. Le piaceva questa nuova versione di se stessa.

Attirando lo sguardo dell'uomo al suo fianco, sentì che l'amore che emanava da lui era caldo come i colori dei dipinti di suo nonno. Nora sapeva che la vita in Italia avrebbe avuto anche complicazioni, e che non sarebbe stato sempre facile con Luca, ma era disposta ad accettare una vita imperfetta per crescere insieme.

Questa volta non si sarebbe arresa, perché aveva un uomo e una relazione per cui valeva la pena combattere.

Quando Luca le mise un braccio intorno alle spalle, Nora riconobbe che sì, quella era la strada che aveva scelto, e l'Italia era la nave su cui si era imbarcata volentieri. Dove l'avrebbe portata in futuro, non poteva prevederlo, ma sapeva nel suo cuore che se fosse rimasta fedele a se stessa, la vita sarebbe sempre stata bella.

Il Risveglio di Isabella tra fiction e storia

Fiction

La storia di Isabella si basa su fatti storici ben documentati ma, poiché si tratta di un lavoro immaginario, per dar vita alla principessa, le sue conversazioni e le sue scene sono state inventate. E mentre è vero che ci sono molti ritratti di Isabella de' Medici dipinti dal Bronzino e altri artisti del Cinquecento, non esiste un dipinto che ritrae Isabella e sua madre, Eleonora da Toledo.

Il crocifisso di Cimabue ad Arezzo non fu nascosto in uno sperone ferroviario durante la guerra. L'idea è stata inventata sulla base della vera storia delle porte del Battistero in bronzo del Ghiberti a Firenze, che furono nascoste ai nazisti in un tunnel vicino a Incisa.

La Fiera Antiquaria si tiene la prima domenica di ogni mese ad Arezzo in Piazza Grande. Il torneo si svolge due volte l'anno: il terzo fine settimana di giugno (la sera) e il primo fine settimana di settembre (pomeriggio). Solo a settembre la Fiera Antiquaria e la giostra coincidono. Poiché Piazza Grande è allestita per la Giostra, la Fiera si svolge nel parco vicino al Duomo. Per la storia, la fiera e la giostra di giugno si verificano lo stesso giorno, il terzo fine settimana di giugno.

Nilla Pizzi è stata davvero allontanata dalla radio dopo un giudizio negativo sentenziato dal maestro Tito Petralia nella primavera del 1944, a causa della sua voce considerata troppo sensuale ed esotica per il regime fascista. Nel romanzo si è anticipato questo episodio di qualche anno.

Storia

C'è una leggenda metropolitana secondo cui il fantasma di Isabella ossessiona la villa di caccia dei Medici a Cerreto Guidi. Il fantasma di Isabella è stato documentato in particolare da una troupe di attori americani nel 1953 e la storia è stata ripresa dalla stampa americana.

Agnolo di Cosimo Bronzino fu il pittore di corte dei Medici tra il 1539 e il 1570.

Hitler voleva essere un artista ma fu respinto due volte dall'Accademia di Vienna. Durante la seconda guerra mondiale, ha tentato di accumulare una grande collezione d'arte per creare il più grande museo d'arte del mondo a Berlino, il "Führermuseum".

Pablo Picasso visse a Parigi durante la seconda guerra mondiale. Lì, ha dipinto Guernica, un dipinto contro la guerra. Fu esposto per la prima volta alla World's Fair del 1937. Ha creato numerosi studi preliminari sul pezzo finale, che alla fine misura un monumentale 3,49m x 7,77m.

Paul Rosenberg era un collezionista d'arte ebreo francese che rappresentava Pablo Picasso. Verso la fine degli anni '30, allertato dai segnali di una guerra che si stava avvicinando, iniziò a spostare la sua collezione dall'Europa continentale a Londra e da qui in America. Fuggì a New York nel 1940.

Jacques Jaujard, direttore del Louvre, il museo nazionale francese, ha organizzato il trasporto di 1.000 casse di antichi manufatti e 268 casse di dipinti nella Valle della Loira per nasconderli da Hitler. La Monna Lisa è stata trasportata in un'ambulanza, su una barella dotata di sospensioni elastiche per mantenerla il più sicura possibile dagli spintoni. Fu spostata circa sette volte nel corso degli anni seguenti per tenerla fuori dalle mani di Hitler.

Gli storici dell'arte chiamati "Uomini del monumento" si sono uniti e hanno lavorato instancabilmente per identificare, documentare e restituire i dipinti riemersi dopo la seconda guerra mondiale.

"Bella Ciao" è stata cantata dal movimento di resistenza antifascista attivo in Italia durante il regime.

Il film "La vita è bella" è stato girato nel 1997 ad Arezzo. Roberto Benigni ha scritto la sceneggiatura, diretto e recitato nel film. Il film è stato parzialmente ispirato al libro "In the End, Beat Hitler" e al padre di Benigni, che ha trascorso due anni in un campo di lavoro tedesco durante la Seconda Guerra Mondiale. Il film ha vinto numerosi premi internazionali e tre American Academy Awards, tra cui quello per il miglior attore a Benigni stesso.

Acknowledgements

A Patrick, Ryan, Michael e Kyle: *Grazie per il vostro amore e sostegno e per avermi fatto scivolare nel "buco nero" della scrittura, aspettando pazientemente che io ne riemergessi. Grazie per aver creduto nel mio sogno italiano. Un ringraziamento speciale a Patrick, che ha fatto il viaggio con me a Cerreto Guidi per visitare la casa di caccia dei Medici dove Isabella trascorse i suoi ultimi giorni.*

Paula Testi: *Direttrice della Scuola di Lingua e Cultura Italiana di Arezzo. Una cara amica e colei che per prima mi ha contattata e mi ha invitata ad Arezzo. Da quel giorno non ho voluto più andarmene.*

Roberto Bondi: *Insegnante di italiano presso la Scuola di Cultura Italiana e guida ad Arezzo e Cortona, che per primo mi ha presentato a San Donato e a Santa Margherita.*

Monica Brizzi: *Coordinatrice del programma di Cultura Italiana, che per prima mi ha mostrato la croce di Cimabue a San Domenico e la fortezza di Cosimo nel Belvedere.*

Barbara Lancini: *Proprietaria di Le Antiche Mura B & B, situata a pochi passi dal Duomo di San Donato. Grazie a lei ho sempre una casa ad Arezzo.*

Signori Carlo e Matteo Badii: *Grazie per avermi dato il benvenuto nel vostro studio di oreficeria ad Arezzo e per avermi mostrato come si creano splendide opere d'arte d'oro e d'argento, proprio come facevano gli Etruschi.*

Roberto Turchi: *Grazie per aver aperto il Museo e il quartier generale di Santo Spirito e per avermi mostrato i costumi, le lance, gli striscioni e per avermi insegnato la Storia della giostra di Arezzo.*

Debora Bresciani: *Tour Guide ad Arezzo. Sorellina, grazie per l'amicizia e per avermi aiutato a fare conoscere agli altri questo romanzo "Il risveglio di Isabella."*

Giampiero Bracciali: *Titolare della libreria il Viaggiatore Immaginario. Grazie per avermi aiutato nella mia ricerca e per aver trovato foto e video di Arezzo durante la guerra. La tua gentilezza e i tuoi doni sono stati inestimabili.*

Gianmaria Scortecci: *Giostratore per Santo Spirito. Grazie per aver risposto alle mie numerose domande sulla giostra e le sue regole. Forza Gialloblù!*

Arezzo, un ringraziamento speciale alla città stessa: *La gente è calda e accogliente e la città è piena di storia e arte. È una città di cui ci si innamora facilmente e un luogo che ispira il mio processo creativo. Riconoscimenti speciali a tutte le persone laboriose in ciascuno dei quattro quartieri che contribuiscono a dare vita alla Giostra due volte all'anno e a tutti i talentuosi giostratori.*

Elizabeth Bosch: *Editor creativo e lettore senza paura del libro in tutte le sue varie fasi, dalla concezione alla fine. Grazie per avermi accompagnata in questo viaggio!*

Beatrice Massaro: *Redatrice principale d'Italiano, con l'assistenza di* **Gloria Acerboni, Silvia Filipponi, Ilaria Sclafani, e Ilaria Navarra.**

Lucia Bernini: *Un ringraziamento speciale per la lettura finale in italiano. Grazie del cuore.*

 **Melissa Muldoon** è l'autrice di tre romanzi ambientati in Italia: *Dreaming Sophia, Waking Isabella (Il Risveglio di Isabella)*, e *Eternally Artemisia*. Ciascun libro racconta la storia di una donna e del suo viaggio alla scoperta di sé che la porta a trovare l'amore, scoprire verità nascoste e seguire il proprio destino verso un futuro migliore.

Melissa è anche un'artista, designer e ideatrice di StudentessaMatta.com, un blog bilingue italiano/inglese, e dei rispettivi canali Youtube, pagina Facebook e Instagram. Lei promuove la lingua e la cultura italiana, attraverso numerosi progetti, tra cui i suoi programmi di studio in Italia in collaborazione con scuole italiane come Cultura Italiana ad Arezzo. Dal suo sito web, offre anche l'opportunità di vivere e studiare in Italia nei programmi di Homestay.

Melissa ha un dottorato in Belle Arti, in Storia dell'Arte e in Storia Europea conseguiti presso il Knox College, a Galesburg, Illinois, nonché un master in Storia dell'Arte presso l'Università dell'Illinois a Champaign-Urbana.

Durante l'università, Melissa ha vissuto con una famiglia italiana per un anno. Ha studiato storia dell'arte e pittura e ha seguito corsi di italiano per principianti. Quando è tornata a casa, ha buttato via il suo dizionario d'italiano, supponendo che non ne avrebbe più avuto bisogno, ma dopo aver intrapreso una carriera di design di successo e aver formato una famiglia, ha capito che mancava qualcosa nella sua vita. Quella "cosa" era il legame che aveva stabilito con l'Italia e con gli amici che vivono lì. Vivere a Firenze è stato davvero un evento che le ha cambiato la vita. Volendo riconnettersi con l'Italia, ha deciso di iniziare nuovamente a imparare la lingua. Come posseduta da una musa italiana, ha acquistato un nuovo dizionario e ha iniziato il suo viaggio che l'ha portata molte volte in Italia e che ha arricchito la sua vita in tanti modi. Ora, con molti dizionari e libri di grammatica al seguito, dedica il proprio tempo a promuovere gli studi di lingua italiana, a viaggiare in Italia e a condividere le sue storie con altri.

Melissa ha progettato e illustrato la copertina di *Waking Isabella (Il risveglio di Isabella)*, *Dreaming Sophia* e *Eternally Artemisia*. Cura anche il blog di Dreaming Sophia e il sito Pinterest: The Art of Loving Italy. Si può visitare la pagina di Pinterest per le foto di Arezzo, la Giostra del Saracino e tutti i posti in cui sono ambientati i libri. Per ulteriori informazioni, potete visitare MelissaMuldoon.com così come il blog Studentessa Matta.

MelissaMuldoon.com
StudentessaMatta.com
ArtLovingItaly.com
Pinterest.com/ArtofLovingItaly

Dreaming Sophia
Perché sognare è un'arte

Dreaming Sophia / Sophia che sogna ad occhi aperti è uno sguardo magico sull'Italia e sulla Storia dell'Arte attraverso gli occhi di una giovane artista americana. Sophia è la figlia di una bellissima artista dallo spirito libero che ha studiato in Italia negli anni '60, all'epoca in cui gli angeli del Fango salvarono Firenze dopo l'alluvione. È cresciuta nella Sonoma Valley in California, in una casa piena di amore, risate, arte e sogni italiani. Quando la tragedia la colpisce, si trova sola al mondo con solo le sue muse italiane per compagnia. Attraverso incontri onirici, fa la conoscenza di artisti del Rinascimento, con i Principi de' Medici, duchesse del XVI secolo, Generali del Risorgimento e stelle del cinema di Cinecittà, ognuno con un suo consiglio e un regalo per aiutarla a rimettere insieme la sua vita. Sognando Sophia è la storia d'amore di una giovane donna per l'Italia e di come ella riesca a trasformare le sue fantasie in realtà mentre segue le sue muse a Firenze.

Sheri Hoyte per Blog Critics: L'autrice, Melissa Muldoon, presenta un'affascinante espressione artistica nella sua deliziosa storia, Dreaming Sophia. Non è la tipica avventura romantica italiana, Sognando Sophia è una meravigliosa storia sfaccettata che attraversa diversi generi, con strati e strati di squisito intrattenimento. Lo sviluppo dei suoi personaggi è impeccabile e senza sforzo, così come la sua capacità di attrarre i lettori nel suo mondo.

Dianne Hales, autrice di "La Bella Lingua": In Dreaming Sophia, Melissa Muldoon intreccia molti filoni della cultura italiana in una deliziosa miscela di fantasia, romanticismo, arte e storia. Con l'occhio attento e il tocco abile di un'artista, porta in vita i titani della cultura italiana nella commovente storia di una giovane donna che a partire da una perdita, scopre che "l'Italia è la risposta". I tanti italofili che condividono i suoi valori si divertiranno con le avventure di uno spirito affine.

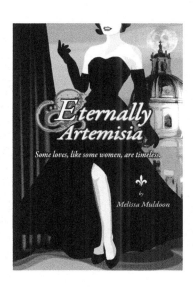

Eternally Artemisia

Alcuni amori, come alcune donne, sono senza tempo

Eternally Artemisia / Artemisia Senza Tempo Dicono che alcuni amori viaggiano nel tempo e sono destinati a incontrarsi più e più volte. A Maddie, un'arte terapeuta, che lotta con il "sentimento particolare" di aver vissuto vite precedenti e viene chiamata in Italia da voci che hanno lasciato impronte sulla sua anima, questa idea è intrigante. Nonostante i suoi migliori sforzi, tuttavia, le prove reali le sono sempre sfuggite. Cioè fino a un'estate illuminante in Italia, quando le precedenti esistenze di Maddie iniziano a penetrare nella sua realtà attuale. E quando viene presentata alla famiglia Crociani— un clan nobile con legami con la corte medicea seicentesca e che vanta antenati con un passato colorito—finalmente incontra gli amori della sua vita. Uno è un amore romantico con un uomo, e un altro è un tipo speciale di passione che solo le donne condividono, forte tra coloro che hanno sofferto molto e tuttavia hanno trionfato nonostante ciò. Mentre il rapporto di Maddie si sviluppa con Artemisia Gentileschi—un'artista che in un periodo in cui non si è mai sentito di denunciare un uomo per il reato di stupro ha fatto proprio questo—Maddie scopre uno spirito affine e un modello di ruolo, e solo ciò di cui sono capaci le donne unite insieme. In un viaggio che risale ai tempi biblici e avanza nel tempo, Maddie incontra artisti, duchi, designer e star del cinema, nonché uomini volgari e ignobili. Con Artemisia al suo fianco, dimostra continuamente che, quando abbiamo il coraggio di prendere il controllo delle nostre vite e di trovare la "cosa" che ci appassiona maggiormente siamo senza limiti e possiamo toccare le stelle.

Dianne Hales, autrice di "La Bella Lingua": Una vera donna del Rinascimento, Melissa Muldoon intreccia le sue passioni per l'arte e l'Italia in una saga commovente che attraversa i secoli. Mentre la sua eroina itinerante nel tempo Maddie si riconnette con anime affini, incontriamo Artemisia Gentileschi, l'artista del XVII secolo che vinse lo stupro e l'ignominia per ottenere rispetto e riconoscimenti internazionali. Personaggi storici come Galileo e Mussolini prendono vita anche in questo romanzo ricco di dettagli, ma le donne che sfidano ogni costruzione a prendere il controllo del proprio destino sono quelle che si dimostrano eternamente affascinanti.

Made in the USA
Las Vegas, NV
13 May 2022

48854649R10157